Thana

Les vents de Grand'Anse

Louise Simard

Thana

Les vents de Grand'Anse

ÉDITIONS FRANCE LOISIRS

Édition du Club France Loisirs,
avec l'autorisation des Éditions Libre Expression

Éditions France Loisirs,
123, boulevard de Grenelle, Paris.
www.franceloisirs.com

ISBN : 2-7441-5699-X

J'ai écrit ton nom sur le sable noir des Antilles
pour que ton âme errante retrouve sa trace.

PREMIÈRE PARTIE

... la route plongeait (montant cependant) aux vertiges sans fond de la forêt et dans son humidité primordiale : dans cela qui s'est noué, a traversé notre corps avec l'épais tumulte d'une cavalerie !
C'est la Trace du Temps d'Avant, dit-elle — si vite que l'infirmier la regarda, doutant qu'elle eût parlé.

Édouard Glissant
La Case du commandeur

1

Le soleil lui brûle le front, comme s'il voulait la marquer au fer rouge. Même en plissant les yeux et en baissant la tête, elle ne peut se dérober. Alors, comme toutes les bêtes prises au piège, elle se recroqueville et attend, à l'affût des sons et des odeurs, prête à saisir la première occasion.

Tout autour, le cercle se resserre.

Des effluves corsés lui chatouillent les narines, sans rien évoquer cependant. Quant aux voix, leur débit et leur tonalité ne suggèrent rien de connu, sauf, peut-être, au hasard des intonations, un vague et furtif sentiment de réconfort qui s'estompe aussitôt, après quelques mots. Force lui est de constater que sa mémoire, jusque-là si fidèle, la trahit. À moins que ce lieu étrange ne supporte aucune comparaison.

Quand l'homme lui ouvre la bouche pour l'examiner, son premier réflexe est de mordre, mais elle se ravise. Même en bandant tous ses muscles, même en se lançant de toutes ses forces contre ses adversaires, elle n'aurait aucune chance.

Profitant de son apparente docilité, le marchand la tâte doucement, avec des gestes retenus, presque respectueux, sans jamais la regarder dans les yeux.

— Admirez-moi ce poitrail ! s'exclame-t-il avec un enthousiasme qu'il souhaite communicatif. Une fois pleine, ça vous ferait une excellente nourrice.

L'acheteur potentiel à qui il s'adresse hésite en se mordant la lèvre inférieure. À plusieurs reprises, il émet avec sa bouche un bruit de succion qui trahit sa perplexité.

— Je ne sais pas..., marmonne-t-il. Je ne sais vraiment pas... À première vue, elle me semble en assez bon état, mais je me méfie de cette race-là.

— C'est pourtant une bonne affaire ! Vous ne le regretterez pas.

Le client soupire, de plus en plus indécis. En fin connaisseur, il sait apprécier la marchandise, tout en soupesant très sérieusement le pour et le contre.

— Tout compte fait, déclare-t-il enfin, je préfère attendre. Mon voisin quitte l'île pour la France dans une semaine et il va mettre en vente un beau parti d'une vingtaine de têtes.

— Comme vous voudrez, conclut sèchement le vendeur. De toute façon, je vous conseille fortement de venir voir les autres spécimens que j'ai à vous offrir.

Dès que les deux hommes se désintéressent de son cas et lui tournent le dos, Thana aspire une grande bouffée d'air. Depuis combien de temps n'avait-elle pas respiré à fond ?

On les a fait descendre du bateau, elle et Kiala, il y a maintenant plusieurs heures. Une lueur jaunâtre montait alors derrière les collines, et dans la rade de Saint-Pierre le jour se laissait désirer. Seuls le clapotis de l'eau contre les coques des nombreux navires et le grincement des poulies heurtaient le silence. Lorsque la barque a accosté dans le bourg endormi, un coq a chanté, puis un autre et encore un autre. Ils ont bientôt été des dizaines à annoncer le lever du soleil.

Les deux prisonniers ont été emmenés sur la place où se tient, presque tous les jours, le marché aux esclaves. Ils ont attendu, longtemps. La clarté s'est répandue sur les toits des maisons. La mer, derrière eux, s'est peu à peu gorgée de lumière. Les pêcheurs sont rentrés, leurs cageots remplis à ras bord. Les marchandes de fruits et de légumes ont monté leurs étals et des marins sont sortis des venelles, la démarche chancelante et le vin joyeux. Sont ensuite apparus des enfants, fillettes et garçonnets, blancs ou noirs.

Thana aurait tellement voulu les regarder gambader et rire. Elle aurait aimé se perdre dans leurs grands yeux émerveillés et oublier tout le reste, mais le marchand ne lui en a pas laissé le loisir. Les clients affluaient et il fallait mettre la marchandise en valeur. Il a donc plongé ses mains dans la bouche de la Mesquakie ; il a trituré ses seins et ses fesses, a écarté ses jambes et fouillé ses parties les plus intimes. Thana a eu l'impression qu'un étau lui serrait la gorge.

Maintenant que l'attention du vendeur et de ses clients est attirée ailleurs, l'air recommence à pénétrer lentement dans ses poumons. Sans le voir, elle devine à sa droite le grand corps moite de son mari dont aucun acheteur n'a encore osé s'approcher. Depuis qu'ils ont jeté l'ancre dans la rade de Saint-Pierre, en Martinique, Kiala s'est muré dans un silence enragé. Il se bat désespérément contre lui-même, tiraillé entre son désir immense de vengeance et de tuerie, et cette irrésistible envie de mourir qui le submerge parfois.

Pour ne pas attiser sa colère et surtout pour lui épargner la honte, Thana ne le regarde pas. C'est tout ce qu'elle peut lui offrir : sa dignité. Dans les circonstances, ni les mots ni les gestes de réconfort ne réussiraient à atténuer la souffrance. Pas maintenant. Pas encore. Tant que le soleil leur transpercera la peau, tant qu'ils se morfondront sur cette estrade, tripotés, jaugés comme du bétail, ils devront se concentrer sur leur propre capacité de résistance. Chacun de leur côté, ils doivent évaluer leurs compétences et faire appel à toutes les ressources dont ils disposent pour affronter leur sort et trouver le moyen de survivre.

Contrairement à son mari, qui oppose à la fatalité une révolte aveugle et sourde, Thana a besoin de comprendre même l'incompréhensible. Voilà pourquoi elle tente de capter avec tant d'attention tout ce qui se passe autour d'elle.

Pour se protéger des rayons agressifs du soleil, elle se place un peu de biais, tournant du même coup le dos à Kiala. Dans la rue, elle aperçoit de nombreux Noirs, vêtus, pour la plupart, d'un simple caleçon de toile, le dos zébré de cicatrices turgides et rosacées. Presque toujours chargés comme des bêtes de somme, ils arpentent le bourg dans toutes les directions. Contre tout bon sens, Thana se surprend à chercher Josiah, même si aucun d'entre eux ne lui ressemble vraiment. Dans plusieurs cas, l'allure est la même, en particulier dans la nonchalance du geste, le balancement des bras, mais toujours le regard d'un noir d'encre dément tout le reste. Aucun des esclaves de Saint-Pierre n'a les magnifiques yeux bleus de Josiah. Ce regard si singulier du mulâtre, elle ne le retrouve nulle part. Pourtant, comme plusieurs des hommes et des femmes qui se dirigent présentement vers la place du marché, Josiah est né ici, en Martinique, avant d'être vendu en Louisiane. Thana l'a rencontré là-bas, au fort Rosalie. Ensemble, ils ont échappé à la furie des Natchez, puis ils se sont perdus de vue. Quand elle l'a retrouvé à Québec, il l'a aidée à fuir le village des Hurons et c'est à lui que la Mesquakie a confié son fils avant de partir. Josiah est un ami précieux sur lequel elle sait pouvoir compter, même si un océan les sépare.

Quelque peu réconfortée par ce souvenir, la jeune femme se presse contre un petit garçon qui grelotte tout près d'elle, sur l'estrade. Ses bras maigres croisés sur sa poitrine, il se tient à bras-le-corps, de toutes ses pauvres forces, pour ne pas s'effondrer. De grosses gouttes de sueur perlent à ses tempes, et, parce qu'il meurt de soif, sa bouche s'entrouvre parfois comme celle d'un oiselet à la becquée. Ce n'est qu'un enfant, avec un corps d'enfant, un imaginaire et des peurs d'enfant, de celles dont on ne guérit jamais. Sur son visage d'un brun très sombre, les yeux hagards ressemblent à des perles noires dans un écrin ivoire.

Comme les autres esclaves mis en vente, le garçonnet subit sans broncher les attouchements humiliants du vendeur. Avec ses compagnons, il partage une souffrance morale et physique, aisément perceptible. Pas un qui ne soit mutilé, oreilles tailladées, lèvres coupées, dos et poitrines marqués par le fouet, jambes galeuses. Et pourtant, qu'ils soient borgnes ou manchots, maigres ou affreusement grêlés, ils trouvent tous preneur, contrairement aux deux Mesquakies qui demeurent bientôt seuls sur l'estrade.

Depuis qu'ils ont accosté sur cette île, c'est la troisième fois qu'on tente ainsi de les vendre, sans succès. Personne ne sait plus que faire d'eux. Il faut dire que Kiala est arrivé en Martinique précédé d'une réputation de guerrier sanguinaire. Avant même que le *Saint-François* n'ait levé l'ancre, dans le port de Québec, les colons de « l'île aux fleurs » connaissaient la résistance effrénée que le guerrier et les siens avaient opposée aux soldats français qui voulaient les déloger de leur terre, dans la région des grands lacs. Et les recommandations de Beauharnois, gouverneur de la Nouvelle-France et ennemi juré du peuple mesquakie, n'ont fait qu'étoffer la légende. « Cet homme compte parmi les guerriers les plus intrépides que nous ayons eu à combattre. Il doit être surveillé très attentivement », a écrit ce dernier aux autorités de la Martinique. Après toutes ces années passées à lutter contre le redoutable chef de guerre mesquakie, il voulait s'assurer que son adversaire serait puni à la mesure de ses crimes. N'ayant pu le pendre comme il le désirait, il comptait bien lui faire la vie rude en le jetant en pâture aux marchands d'esclaves. Or, ses mises en garde ont obtenu un résultat inattendu : personne n'ose, en effet, acheter Kiala et sa femme.

Longtemps, celle-ci regarde le petit esclave noir qui suit son nouveau maître d'une démarche mal assurée. Ses jambes longues et maigres comme celles des échassiers avancent par à-coups, soutenant son corps émacié, sans hanches ni fesses. Lorsqu'il disparaît au détour d'une ruelle, un soldat les ramène, elle et son mari, au bateau. Chacun des époux risque alors un regard vers l'autre. Dans leurs yeux se lit la même anxiété. On ne les gardera pas indéfiniment dans la cale infecte de ce navire. Que va-t-on faire d'eux ?

Cette question, ils se la posent depuis des semaines et elle reste toujours sans réponse. Les premiers jours de la traversée, ils ont craint qu'on les jette pardessus bord au milieu de l'océan ou qu'on les laisse mourir de soif dans le ventre du voilier. Déjà, au Canada, quand *Onontio*, le chef des Français, les avait écroués dans la prison de Québec plutôt que de tenir sa promesse de négocier la paix, les Mesquakies avaient bien cru qu'ils seraient rapidement pendus. Toutefois, jusqu'à maintenant, aucune de leurs appréhensions ne s'est vérifiée. Ils ont donc l'impression d'être en sursis depuis tout ce temps, depuis qu'ils ont été chassés de leur village, sur la rivière des Renards. Et une fois de plus, ils doivent faire face à l'inconnu.

Cependant, en débarquant sur cette île, devant ces montagnes verdoyantes aux mille replis, comme autant de pièges, ils ont tout de suite su que ce pays tenterait lui aussi de les avaler et qu'ils n'en devaient espérer aucune clémence.

2

— Montez sur le pont immédiatement !

Malgré le ton péremptoire du soldat, Thana émerge très lentement de sa torpeur. Elle s'était finalement assoupie après une autre nuit de veille, et il lui est difficile de se dépêtrer de son rêve. Tout semblait si réel. Le navire voguait vers un lieu nébuleux, sans existence tangible, ni bon ni mauvais. Peut-être même tournait-il en rond, tout simplement. Puis la porte de leur fosse s'est ouverte tout à coup sur un paysage familier, et tous ceux qu'ils avaient laissés là-bas se tenaient sur la rive, le sourire aux lèvres. Sans s'en apercevoir, les deux prisonniers avaient fait demi-tour. À moins que leurs parents et amis ne soient eux-mêmes venus à leur rencontre. Au milieu de la foule, un enfant était assis, leur enfant, celui que Thana avait dû abandonner, alors qu'il n'était âgé que de quelques jours. Il souriait lui aussi. Thana allait le toucher, le prendre dans ses bras... Il a disparu, effacé par l'ordre du soldat.

Surpris par l'état de prostration inhabituel dans lequel sa femme semble vouloir sombrer, Kiala l'aide à grimper l'échelle. En la prenant par la taille, il remarque, pour la première fois, l'usure de sa robe. Ni l'un ni l'autre n'ont plus de mocassins, et le pagne qui cache le sexe du Mesquakie tombe en lambeaux. Il faudrait chasser, coudre les peaux. Comment reprendre le fil brisé de leur vie ? Ils appartiennent au peuple de la terre rouge, créé par Wisaka, un peuple de guerriers intrépides qui se croyaient invincibles. Depuis le commencement des temps, ils ont chassé et semé selon le cycle des saisons, tenant en respect leurs ennemis et protégeant leurs alliés. Puis les Blancs sont venus, avides de fourrures et de terres, et parce que les Mesquakies n'ont rien voulu céder, ni de leur autonomie ni de leurs territoires de chasse, les Français ont armé les Sauteux et les Sioux, les ennemis naturels du peuple de Wisaka. Kiala et les siens ont été pourchassés, assiégés. Femmes et enfants sont morts sur les champs de bataille, aux côtés des guerriers. Les rares survivants ont fui à l'ouest, quémandant la protection des uns et des autres, pendant que leur chef échouait à négocier un armistice.

L'esprit de Kiala s'embrouille.

À certains moments, tout ce qui leur est arrivé lui paraît inconcevable. Son peuple à la dérive, la prison de Québec, la condamnation à l'exil et à l'esclavage, et la traversée, si longue qu'elle ressemblait de plus en plus à la mort. Puis ce drôle de pays d'un vert théâtral, frangé de bleu sur tout son pourtour, parfois échancré grossièrement, comme si un immense couteau avait tranché dans le vif, parfois tout en courbes harmonieuses, amoureusement léchées par une mer docile. Tout cela lui semble pure illusion. Or, chaque fois qu'il réussit à se fabriquer une réalité moins mensongère que celle-là, les faits le rattrapent.

Ils prennent aujourd'hui le visage d'un homme bien réel qui attend sur le pont.

Poussé par les soldats, Kiala se dirige vers lui, suivi de Thana qui cligne des yeux, autant pour se protéger de la lumière trop vive que pour échapper à son rêve.

Obéissant à un réflexe de défense, l'inconnu recule alors d'un pas. On lui a parlé de ce Sauvage du Canada en lui recommandant de ne pas s'en approcher de trop près. Curieux, il a quand même tenu à voir par lui-même, flairant la bonne affaire. En effet, si personne ne veut de ces esclaves, peut-être les offrira-t-on à un prix dérisoire. Ce sera à lui ensuite de les mater, à coups de fouet si nécessaire. Une fois cassés, les plus vicieux deviennent très souvent d'excellents travailleurs. Il en a fait l'expérience à maintes reprises.

Toutefois, devant Kiala qui se tient bien droit, les bras croisés, avec dans les yeux une lueur provocante et glaciale, l'acheteur hésite comme tous ses confrères avant lui. Il ne veut surtout pas le montrer, mais il a peur.

Du bout de son mousquet, un des soldats oblige les deux prisonniers à tourner sur eux-mêmes pour permettre au visiteur de mieux apprécier leur excellente condition. Kiala effectue un premier tour, puis, sans aucune raison, il s'immobilise net et place son bras devant Thana pour lui signifier de s'arrêter elle aussi.

Inquiète, la jeune femme essaie de comprendre où son mari veut en venir, pendant que le soldat, décontenancé, tente de les remettre en mouvement en les frappant de son arme. Avant que quiconque ait pu réagir, Kiala saisit le mousquet et le balance pardessus bord. Et même si tous les soldats se jettent aussitôt sur lui pour le maîtriser, le guerrier a le temps de cracher au visage de l'acheteur. Un frisson parcourt ce dernier des pieds à la tête. L'effroi se lit sur son visage rubicond et il lève les bras devant lui, dans l'espoir de se préserver ainsi du danger. Ses collègues avaient raison : ce Sauvage est un démon. Et s'il n'en tient qu'à lui, on ne le laissera plus jamais descendre de ce bateau. Des enragés comme celui-là ne peuvent que semer le trouble partout où ils passent, il en est désormais convaincu. Si, par malheur, le Mesquakie entre en contact avec les esclaves de l'île, il les encouragera sans aucun doute à la révolte. C'est un assassin en puissance dont tous les honnêtes gens devraient se méfier comme du mal de Siam.

Les soldats poussent Kiala au fond de la cale.

Thana le suit, désemparée. Ce qu'elle redoutait depuis le début semble dorénavant inévitable. Elle a tout juste le temps de descendre et d'enlever sa main du barreau supérieur avant qu'on referme la trappe sur eux.

Son mari évite son regard, sans réussir à dissimuler sa satisfaction. Cette démonstration d'insubordination lui a redonné une certaine fierté. Kiala, chef de guerre des Mesquakies, n'est pas à vendre ! Il n'est pas un objet qu'on troque contre un autre. Les hommes et les femmes de ce pays doivent savoir à qui ils ont affaire. Peu importe ce qu'il adviendra de lui, il ne vivra ni ne mourra comme un chien.

Thana devine les intentions légitimes du guerrier et elle tait le flot de reproches qui lui brûle les lèvres. Le cœur lourd, elle refoule ses terribles craintes et pleure en silence tous ses espoirs anéantis d'un seul coup. Cette fois, il leur reste bien peu de chances de sortir vivants de ce cagibi puant.

3

Henriette Savari grimace de dégoût. Elle marchait dans la grande rue du Mouillage lorsque, distraite par l'étalage d'un confiseur, elle a posé le bout du pied dans du crottin de porc. D'un geste rageur, elle relève sa jupe, découvrant ainsi ses bas de soie, et elle tente de nettoyer son escarpin sur l'arête d'une pierre. Plutôt que de s'arranger, les choses s'enveniment : les excréments collent à la semelle.

En maugréant, la jeune fille s'appuie d'une main sur le mur d'une boutique et, de l'autre, elle enlève sa chaussure sans oser poser le pied par terre. En équilibre instable, elle essaie encore une fois de réparer les dégâts en frottant son escarpin contre le rebord d'une fenêtre.

Au même moment, le responsable de ce désagrément ose se montrer. Indifférent à la colère de sa victime, le porc presse son groin humide contre la jambe de cette dernière. Henriette n'hésite pas un instant. Se servant de sa chaussure comme d'une arme, elle assène un coup violent à l'animal, qui se met à crier comme si on l'écorchait, avant de se sauver en trottinant.

Malgré son exaspération, la jeune fille ne peut s'empêcher de rire en le voyant traverser la rue, ses petites fesses rebondies se dandinant à qui mieux mieux. Elle rit encore en remettant son escarpin. Des gens la regardent, lui sourient, l'air navré ou moqueur. Elle les salue, faisant contre mauvaise fortune bon cœur, bien que dans son for intérieur elle maudisse une fois de plus ce pays — où elle est née pourtant — et ses habitants. Chaque jour, de petits incidents comme celui-là confortent la jeune créole dans son désir de partir. Elle n'a que dix-sept ans. Or, depuis des années lui semble-t-il, elle brûle de quitter cette île, sa moiteur, ses serpents, ses nègres, ses champs de canne, sa monotonie, sa saleté, sa vulgarité. Elle rêve de la métropole; Paris évoque pour elle la grande musique et le théâtre. Elle ne supporte plus ces soirées assommantes au cours desquelles reviennent inlassablement les mêmes discussions à propos des prix des denrées et des récoltes à finir. D'autres ambitions l'animent. Ici, tout est trop petit et il y a trop de nègres. On étouffe. Et elle a beau rire pour sauver la face, l'odeur du crottin lui répugne.

Prête à poursuivre sa route, la jeune Savari croise le père Moreau qui, aussitôt, lui reproche son inconvenance.

— Tu ne devrais pas sortir sans escorte, surtout dans ce quartier de Saint-Pierre.

— Virgine est malade, ment Henriette avec aplomb.

Même si elle ne craint aucunement le jésuite, elle n'ose pas lui avouer qu'elle se rend à un cours de danse et qu'elle préfère y aller seule, sans domestique. Tout comme son père, Adrien Savari, il désapprouverait sûrement ce genre de divertissement. Henriette connaît bien le père Moreau. Il était aumônier chez les ursulines où, comme toutes les jeunes filles de bonne famille, elle a elle-même étudié. Le jésuite est un homme bon, qui comprend tout. En dépit de ses efforts, il ne réussit jamais à conserver longtemps un air sévère. Sa bonhomie et sa gentillesse l'emportent toujours sur ses scrupules.

D'ailleurs, il a déjà pris le bras de la jeune fille, tel un chevalier servant.

— J'allais dans la direction opposée, explique-t-il, mais je ne suis pas pressé. Je te raccompagne.

Prise de court, Henriette est bien tentée de lui dire la vérité.

— Je ne peux pas rentrer maintenant, commence-t-elle.

Le jésuite devine ses réticences.

— Dis-moi ce qui se passe.

La jeune fille risque le tout pour le tout.

— J'apprends à danser avec Mme Victoire.

— Cette... dame qui tient un... une auberge ?

Le père Moreau pèse ses mots. Les ragots prêtent à Mme Victoire des occupations très peu recommandables et dont un homme de Dieu ne peut parler ouvertement.

— Elle est allée en France, plaide Henriette, et elle connaît les danses à la mode.

— Et pourquoi tiens-tu à apprendre ces danses ?

— Je dois les connaître si je ne veux pas avoir l'air d'une petite coloniale quand j'arriverai à Paris.

Le père Moreau n'est pas surpris. La jeune Savari lui a déjà glissé un mot de son désir de voir la France.

— Je comprends, dit-il.

Quel que soit son point de vue, le jésuite en arrive toujours à la même conclusion : il comprend. Henriette n'en attendait pas moins de lui. Elle dégage son bras et s'excuse :

— Je suis en retard...

Le religieux veut la retenir ; elle est déjà partie.

Il soupire, secoue la tête et fait demi-tour pour prendre la direction des quais. « Inutile de s'attarder plus longuement sur le cas d'Henriette Savari », songe-t-il. Elle se sortira toujours indemne de tout. D'autres âmes, beaucoup plus mal en point, attendent ses bons soins.

***

Engourdie par l'air vicié de la cale, Thana s'éloigne

de son mari. À certains moments, ils éprouvent le besoin de prendre leurs distances et vont alors se réfugier chacun à une extrémité du cagibi. C'est souvent ainsi que se déroulent les jours. Toutefois, quand le soleil se couche sur la mer des Antilles, au large de l'île, ils ne peuvent résister à l'envie de se reconquérir. Blottis l'un contre l'autre, ils unissent alors leurs forces contre le désespoir qui tente de s'enrouler autour d'eux, tel un serpent venimeux. En fait, malgré l'obscurité quasi permanente, ils recréent à leur façon la courbe du temps, en tournant dans leur cage comme le soleil au-dessus de leur tête.

Captive de cette routine, et craignant désormais le pire, Thana espère presque qu'on les a oubliés lorsque la trappe s'ouvre en grinçant sur une robe noire au bord élimé et maculé de boue. La jeune femme reconnaît tout de suite la soutane des jésuites et son sang ne fait qu'un tour. Une peur irrationnelle lui noue la gorge, car elle s'attend à voir apparaître le père Richer, l'aumônier des Hurons de Lorette.

Celui-ci vient sûrement pour se venger. Il avait des visées sur l'enfant qu'elle portait; il tenait à le faire éduquer dans la foi catholique. Thana le savait et elle a décidé de fuir le village des Hurons pour aller accoucher à Batiscan. Déjà, elle avait beaucoup souffert à cause de cette religion cruelle que le jésuite voulait lui imposer. Sa petite fille, née à Québec, lui avait été enlevée par une religieuse, sur l'ordre de Beauharnois, le jour même de la cérémonie du nom. Elle ne voulait pas perdre un autre enfant entre les mains des robes noires. Alors elle a fui avec l'aide de Josiah et de Philippe, un Français au cœur immense qu'elle avait connu au fort de Chartres et qui, depuis le premier jour de leur rencontre, a agi envers elle comme le plus aimant des frères. Le petit garçon de Thana est donc né à Batiscan, chez Philippe. Parce qu'elle devait accompagner Kiala dans son exil, la jeune femme a ensuite demandé à Josiah d'emmener le petit chez les siens, dans la tribu des Mesquakies, anéantissant du même coup tous les projets que nourrissait le père Richer à l'égard de l'enfant. Et voilà que le jésuite la retrouve pour lui faire payer son impudence !

Pendant que l'homme de Dieu descend un à un les barreaux de l'échelle, Thana se donne du courage en pensant très fort à son petit qu'elle espère en sécurité quelque part dans la vallée du Mississippi. Après tout, le reste n'a guère d'importance.

Quel soulagement cependant quand le jésuite se tourne vers eux en défroissant sa soutane. Il sourit ; le père Richer ne souriait jamais. En outre, alors que ce dernier dépassait tout le monde d'une tête, le nouveau venu est fluet et courtaud. Contrairement à Kiala qui ne peut rester debout sans courber le dos et plier les genoux, le religieux se meut à l'aise dans cet espace restreint.

Il vient vers Thana d'un pas sautillant et lui touche le bras. Dans la pénombre de la cale, faiblement éclairée par une chandelle vacillante, le visage guilleret du visiteur s'impose comme un phare vers lequel se tournent les deux prisonniers.

— Bonjour, dit-il, je suis le père Moreau, Ignace Moreau. (Il sort ensuite de ses grandes poches une poignée de friandises qu'il tend à la jeune femme.) Je vous ai apporté du sucre candi.

Le petit homme glousse et rentre la tête dans les épaules en écarquillant les yeux, comme un enfant tout fier du bon tour joué aux grands. Son regard pétille de malice. On dirait une luciole frétillante, difficile à suivre tellement elle bouge rapidement. Thana jette un coup d'œil furtif aux friandises collées à ses doigts ; il a déjà changé de place.

— Allez-y, goûtez ! Vous allez voir : c'est délicieux. La cuisinière du couvent est la spécialiste du sucre candi. D'ailleurs, si elle savait que j'ai encore fouillé dans ses réserves, elle me gronderait et me traiterait de chenapan.

Profitant de ce long discours auquel il n'a rien compris, Kiala s'est rapproché. Des bonbons rouges en forme d'étoile se dégage une odeur de fleurs qu'il n'arrive pas à identifier. Curieux, il veut en prendre un, mais le sucre a fondu et colle à la paume de Thana. Kiala tire doucement et la friandise laisse une empreinte étoilée dans la main de sa femme.

Celle-ci sourit, émerveillée, puis une cascade de rires la secoue. Elle n'avait pas ri depuis si longtemps. Sa gaieté est contagieuse et Kiala rit avec elle. Ils ont oublié leur visiteur. Parce qu'il est venu à eux sans crainte et sans préjugé, ils n'ont pas peur de lui. Leur confiance lui est d'ores et déjà acquise.

D'ailleurs, celui-ci se rapproche, amusé. Il prend un bonbon dans la main de Thana et le tend vers la bouche de la jeune femme. Lorsqu'elle entrouvre les lèvres, il y dépose la sucrerie. Thana ferme les yeux, ravie. Les cristaux de sucre caressent son palais et elle les laisse fondre doucement en évitant d'y toucher avec ses dents.

Alors, le religieux se tourne vers Kiala.

— Prends, dit-il. C'est un mets de roi qui sied à un chef.

Le guerrier ne se fait pas prier et, comme sa femme, il savoure le sucre candi.

Le prêtre les regarde avec compassion. « Sans le savoir, pense-t-il, ils viennent de goûter au pays, à sa plus grande richesse. Dieu veuille que les terribles cruautés dont il est aussi capable leur soient épargnées. » Pendant un bon moment, le religieux observe à son aise les prisonniers concentrés sur leur plaisir. L'homme est très grand et très puissant malgré sa maigreur, note-t-il. La femme dégage une force différente, plus intérieure. Il émane d'eux une détresse profonde, que même le rire n'arrive pas à conjurer, une détresse commune à tous les déracinés, si nombreux dans ce pays. Le père Moreau a débarqué en Martinique quelque temps à peine après avoir prononcé ses vœux. Ce qui l'a frappé en premier lieu, c'est justement cette détresse qu'il s'est consacré à enrayer sans jamais y parvenir au cours de toutes ces années. Pour la première fois cependant, il rencontre des êtres qui, plutôt que de subir l'adversité, semblent s'en nourrir. Elle fait partie d'eux, telle une force souterraine dont ils savent d'instinct soutirer le meilleur. « Quoi qu'il arrive, cet homme et cette femme ne seront jamais des esclaves comme les autres », conclut le jésuite en se dirigeant vers l'échelle.

— On va te revoir bientôt ? s'enquiert Thana.

— Si vous le désirez, lui répond le père Moreau en fixant Kiala.

Celui-ci hoche la tête en signe d'assentiment.

— Un homme a toujours besoin d'un ami, murmure-t-il.

— Je ferai tout mon possible pour mériter cette amitié.

— Alors il faut vite revenir, supplie Thana, déjà persuadée que ce petit homme représente leur dernière chance. Même sans rien dans les mains, il faut revenir.

4

Les jours suivant sa visite aux prisonniers mesquakies, le père Moreau ne chôme pas. Profondément touché par leur infortune, il mène une campagne en leur faveur. Par écrit ou de vive voix, toutes les autorités qui, de quelque façon que ce soit, pourraient améliorer les conditions de détention de ses protégés sont alertées. Le religieux sillonne ensuite le bourg et les alentours pour trouver un acheteur courageux. Les réserves de sucre candi diminuent à vue d'œil dans les armoires de la cuisinière, car le petit homme espère, dans sa naïveté, amadouer ses interlocuteurs en flattant leur palais. Malheureusement, après une semaine, les résultats s'avèrent décevants.

Loin de se laisser abattre, le jésuite demande une audience à son supérieur.

Celui-ci le reçoit au jardin et lui prête une oreille attentive.

— J'aimerais vous parler des deux Sauvages qui arrivent du Canada, explique le père Moreau, sans prendre de détours. Comme personne ne veut les acheter, j'ai pensé que nous pourrions les acquérir à peu de frais.

À son grand regret, le supérieur des jésuites refuse catégoriquement de s'encombrer de ce couple énigmatique et inquiétant.

— Que me proposez-vous ? demande le père Moreau, confiant d'obtenir un avis éclairé.

Le conseil que lui donne son supérieur ne lui plaît guère, mais le pauvre homme ne peut faire autrement que d'en reconnaître la sagesse. Forcé d'envisager une solution de dernier recours, il se rend donc à contrecœur chez les ursulines.

***

Au même moment, deux soldats soulèvent la trappe et descendent dans la cale du *Saint-François*. L'un d'eux attend au bas de l'échelle pendant que l'autre ordonne aux prisonniers de se lever.

— Apportez tout, dit-il. Vous ne reviendrez pas ici.

Sitôt sa phrase terminée, le soldat en constate l'absurdité : les Mesquakies ne possèdent rien, même pas une écuelle, seulement les pauvres hardes qu'ils portent et qui ne couvrent presque plus rien. Puisqu'il est trop tard pour ravaler son ordre, il se soulage de son malaise en bousculant et en houspillant les deux prisonniers, leur reprochant leur lenteur et leur manque de coopération.

Ainsi escortés, Thana et Kiala quittent la cale puis le bateau, et s'engagent dans la longue rue du Mouillage qui traverse tout le quartier du même nom. Tout près d'une église, une petite porte donne sur un cimetière à partir duquel se déploie une allée d'orangers. Plus loin, un jardin planté de dattiers et d'abricotiers entoure le couvent des Jacobins. Bordée de maisons assez distantes les unes des autres pour donner une impression d'isolement, la rue épouse déjà les courbes plus ou moins accentuées des mornes, ces petites montagnes sans arêtes et aux sommets arrondis qui, dès qu'on s'éloigne de la mer pour se hasarder dans les terres, façonnent le pays.

Malgré une lumière rosée qui farde l'horizon, on devine la pluie toute proche à la lourdeur de l'air. Thana regarde les bateaux qui mouillent dans la rade, et la mer étale, aussi calme qu'un lac au crépuscule, la mer à perte de vue.

Après plusieurs minutes de marche, les prisonniers

et leur escorte atteignent un hameau composé d'une dizaine de bâtisses dont certaines en imposent par leur dimension et leurs qualités architecturales. Contrairement aux autres maisons du bourg, quelques-unes sont de pierre.

Les soldats mènent promptement leurs prisonniers vers le bâtiment le plus en retrait. La façade austère parle d'elle-même : les Mesquakies n'ont quitté leur prison flottante que pour en retrouver une autre, mieux gardée, plus lugubre.

***

Ils n'ont pas encore compris ce qui leur arrivait, et voilà que le père Moreau surgit en coup de vent, plus animé que jamais. Le sourire fendu jusqu'aux oreilles, la soutane boutonnée de travers, il brandit un papier.

— J'ai eu du mal à vous trouver ! clame-t-il en pressant le gardien de déverrouiller l'impressionnant cadenas. J'ai une bonne nouvelle !

Une bouffée de chaleur rosit les joues de Thana. Son optimisme la pousse à imaginer le meilleur. Les voilà libres de retourner chez eux. Philippe et Josiah sont venus les chercher. Pourquoi ne pas rêver tant que c'est encore possible ? La jeune femme souhaite quasiment que le jésuite se taise, car quoi qu'il dise, quelle que soit la grande nouvelle dont il veut les entretenir, rien ne sera jamais à la hauteur de ses aspirations.

— Quelqu'un veut de nous ? demande Kiala, plus réaliste.

Une ombre passe dans les yeux du religieux, mais il se ressaisit rapidement et affiche de nouveau un visage espiègle.

— Les ursulines acceptent de prendre Thana, dit-il en élevant le document au-dessus de sa tête, comme si tout l'avenir reposait sur ce bout de papier. C'est un début, ajoute-t-il, un bon début. Et je reste confiant. Quand les gens se seront habitués à vous, ils n'auront plus peur. Il faut bien commencer quelque part, vous ne pensez pas ?

Il écarte les bras, comme s'il voulait les étreindre tous les deux.

Le silence tombe dans la cellule avec la même pesanteur et la même soudaineté que la pluie à l'extérieur. Mal à l'aise, le père Moreau veut bien leur faire comprendre que c'était la seule solution. Jamais il n'aurait trouvé un acheteur disposé à les prendre tous les deux. Il tient aussi à les rassurer : il ne laissera pas tomber Kiala. Ce n'est qu'une question de temps.

Mais Thana tranche d'une voix teintée de reproches.

— Je n'irai pas. Je n'abandonnerai pas mon mari dans cette prison. S'il reste ici, je reste avec lui.

Le jésuite ne le dit pas tout de suite, mais, dans les faits, la jeune femme n'a plus le choix. Les ursulines l'ont achetée en bonne et due forme. Il tente plutôt de la persuader par la douceur.

— Ça ne vaut pas la peine que vous croupissiez ici tous les deux. Tu seras beaucoup plus utile à votre cause, une fois à l'extérieur. (Il se tourne vers Kiala.) Qu'en penses-tu ?

Le guerrier ferme les yeux un moment pour chercher la réponse au-dedans de lui, loin du corps suppliant de Thana. Quand il les rouvre, il saisit les mains de sa femme et la regarde bien en face.

— Il faut bien que l'un de nous deux aille en éclaireur voir de quoi a l'air ce pays et faire savoir aux gens que nous existons. Sinon ils risquent de nous croire morts et de nous oublier ici. Va avec la robe noire ; j'irai te rejoindre bientôt.

Les yeux de Thana se remplissent d'eau. Kiala veut

laisser ses mains, mais elle serre les siennes de toutes ses forces.

— N'oublie jamais que tu es la mémoire de notre peuple, reprend le guerrier. Un jour, tu devras lui rendre compte de ce que tu as vu.

Des larmes roulent sur les joues de la jeune femme. Sans dire un mot, elle se lève, passe devant le père Moreau et quitte la cellule.

Dehors, la pluie a cessé déjà. Une vapeur diaphane monte de la terre, panachée des diverses lumières du jour. Le cœur serré, pressée par le jésuite, la Mesquakie plonge dans ce brouillard factice en tendant les bras devant elle, pareille à une aveugle.

5

Même après plusieurs jours, Thana a beau faire, elle ne s'habitue pas. Exaspérée, elle empoigne sa jupe à deux mains et la relève jusqu'à la taille avant de se remettre à genoux et de reprendre le travail. Son ardeur à arracher les chouques d'indigotier amuse ses compagnes. Elles ne se gênent d'ailleurs pas pour se moquer lorsque, arrivée au bout du rang, la Mesquakie se redresse de nouveau et saisit encore une fois un large pan de sa jupe qu'elle tord et coince à la ceinture, tout en maugréant quelque grossièreté dans sa langue.

Elle déteste ce vêtement de grosse toile dont on l'a affublée. La rugosité du tissu et son ampleur réduisent sa liberté de mouvement. « Comment font donc les autres pour bouger avec tant d'aisance et onduler des hanches avec une telle grâce, même entortillées dans ces longues jupes ? » se demande-t-elle, en jetant un coup d'œil à ses compagnes.

Une douzaine d'esclaves noires travaillent dans la plantation. La plupart appartiennent à Mme de Saint-Aubin, la propriétaire de l'indigoterie, sauf Thana et la sémillante Adélaïde qui ont été louées aux ursulines pour le temps des semailles. Les mains dans la terre grasse, les travailleuses arrachent les plants et préparent le terrain où seront ensuite semées de nouvelles graines. Après deux ans, les arbrisseaux ne rendent plus suffisamment. Ils doivent être remplacés.

Le temps est humide, porteur de pluie, un temps idéal pour les semis.

Peu habituée à cette moiteur, Thana transpire à grosses gouttes. Sa casaque lui comprime les seins. Cette blouse blanche en toile de Bretagne, que les religieuses l'obligent à porter, a dû être confectionnée pour une esclave beaucoup plus menue. Le vêtement, trop serré, dessine effrontément ses formes et lui coupe le souffle chaque fois qu'elle se penche.

Après de longues heures d'inconfort, excédée, Thana n'y tient plus. Sans même penser aux conséquences, elle passe sa casaque au-dessus de sa tête et la lance sur des branches mortes, entassées dans un coin.

— Qu'est-ce que tu fais là ? s'étonne Adélaïde. Si les sœurs l'apprennent, tu seras punie.

— J'ai trop chaud ! s'exclame Thana en replaçant maladroitement le bout de tissu blanc qui lui sert de mouchoir de tête et que les autres, contrairement à elle, savent nouer avec art pour en faire un bonnet des plus attrayants. Sans ce carcan, explique la jeune femme, je travaillerai mieux et les sœurs seront contentes.

— Je ne sais pas comment c'était chez toi, mais ici ça ne marche pas de cette façon. J'ai bien peur que tu ne l'apprennes à tes dépens.

Toute délicate mais dure à la tâche, Adélaïde a été achetée par les ursulines dès son arrivée dans la colonie, il y a une dizaine d'années. Elle a donc grandi sous l'œil sévère de la communauté et a développé une personnalité anxieuse qui la garde constamment sur le qui-vive, en attente d'une catastrophe. Tout de suite, l'assurance tranquille de Thana lui a plu, de même que son audace toute simple, sans aucune forfanterie.

— Laisse-la donc, ordonne une négresse imposante, plus noire que la houille, que toutes appellent affectueusement la grosse Dodo. Elle a raison : moi aussi, j'ai chaud. (Tout en parlant, elle enlève sa casaque et découvre ses gros seins frémissants de femme bien en chair.) Seigneur Jésus que ça fait du bien ! lance-t-elle en levant les bras au ciel.

Ses compagnes rient de bon cœur et l'imitent, les unes après les autres, avec un égal bonheur. Leurs poitrines ainsi délivrées luisent de sueur. Toutes, elles bombent le torse et aspirent un bon coup pour profiter de ce rare moment de bien-être. Puis leurs dos noirs se courbent de nouveau vers la terre. Thana avait tout à fait raison : elles travaillent avec plus d'entrain, même si, toute la journée, elles espèrent en vain une ondée qui les rafraîchirait.

En fin d'après-midi, lorsque la surveillante, qui avait dû s'absenter, revient inspecter le travail, elle ne cache pas son étonnement de les voir ainsi, la poitrine découverte. Le fait est courant chez les esclaves des campagnes, mais, dans les limites de Saint-Pierre, les femmes noires, au contact des Blanches et des mulâtres, ont appris la retenue. Elles en tirent même une certaine fierté vis-à-vis de leurs consœurs qui vivent dans les plantations éloignées, comme si ces manières de Blancs, une fois adoptées, leur conféraient quelque supériorité.

De toute façon, la surveillante ne trouve rien à redire : la besogne a été faite et bien faite. En guise de récompense, les esclaves obtiennent la permission de se baigner dans le ruisseau avant de rentrer. Le travail reprendra dès le lendemain matin, à la première heure. L'indigotier exige un terrain vierge, parfaitement uni, sans aucune mauvaise herbe susceptible d'étouffer les plants ou de favoriser la prolifération des chenilles. Il faudra donc sarcler et nettoyer encore quatre ou cinq fois, avec beaucoup d'attention. La corvée est loin d'être terminée.

Comme toujours, la baignade fait un bien immense à Thana, et la longue marche du retour, en compagnie d'Adélaïde, lui procure une joie intense. Si seulement Kiala pouvait partager ces moments avec elle. Mieux vaut l'esclavage que cette incarcération dans une cellule humide et sombre. Dehors, les ruisseaux en pleine crue descendent vers la mer, et des parfums s'entrecroisent pour donner au pays une odeur unique. Tout le long des quatre kilomètres qui séparent le couvent des ursulines de la plantation de Mme de Saint-Aubin, les arbres fruitiers abondent. Les arbrisseaux, jasmins ou frangipaniers, entre autres, envahissent les jardins et répandent un arôme doux et agréable qui attire les colibris aux ailes diaphanes. Devant la maison de l'intendant, contiguë au couvent des religieuses, un châtaignier immense est couvert de fleurs d'un rose très pâle, et de gros pigeons, des ramiers, roucoulent entre les branches, bien à l'abri dans le feuillage dense. Tout cela ressemble à l'espoir et peut-être même un peu au bonheur.

— Viens vite ! J'ai reçu une goutte.

Adélaïde agrippe sa compagne par le bras et l'entraîne vers le couvent qu'elles atteignent juste au moment où une pluie torrentielle s'abat sur le hameau. Aveuglées par la trombe d'eau, elles courent se mettre à l'abri, mais, dans leur hâte, elles bousculent une toute jeune fille qui attendait sous le préau en compagnie de sœur Marguerite.

— Mais qu'est-ce qui vous prend, toutes les deux ? s'indigne cette dernière. Vous ne pouvez pas faire attention ? Vous auriez pu blesser Mlle Savari.

Adélaïde baisse la tête, repentante, tandis que Thana s'excuse du bout des lèvres, tout en soutenant le regard scrutateur de la jeune demoiselle. Les yeux marron et légèrement bridés d'Henriette Savari lui donnent un air malicieux. Ils contrastent étrangement avec ses cheveux bouclés, d'un blond safrané. Son sourire narquois laisse percer non pas un fond de méchanceté ou encore d'hypocrisie — non, l'œil est trop vif —, mais plutôt une forme de causticité avec toutes les zones d'ombre que cela sous-entend. Des reflets jaunâtres brouillent quelque peu son teint laiteux, sans toutefois gâcher sa beauté, et elle porte une robe soyeuse d'un bleu éclatant, ornée d'une broche grosse comme le poing, sertie de pierres précieuses.

En sa présence, Thana se sent à la fois en danger et attirée.

La jeune fille blanche n'a pas baissé les yeux. Au contraire, l'intérêt de la Mesquakie l'enchante. À l'évidence, elle aime attirer les regards.

— Viens, Thana.

Encore une fois, Adélaïde doit prendre le bras de son amie pour la tirer vers la cuisine en désordre, où un maigre repas les attend, constitué de choux palmistes bouillis dans une sauce blanche. En retour, elles devront tout nettoyer avant d'aller au lit. Affamées, les deux compagnes se jettent d'un même élan sur leur écuelle, oubliant tout le reste.

***

Sous le préau, sœur Marguerite et sa jeune visiteuse attendent toujours la fin de l'ondée.

— Je vais te faire reconduire, suggère la religieuse. Je crois que ce serait préférable.

Henriette Savari ne répond pas tout de suite. Elle regarde plutôt du côté de la cuisine où ont disparu Thana et Adélaïde.

— Qui était-ce? demande-t-elle finalement, sans tenir compte des inquiétudes de la religieuse.

Celle-ci plisse le front, perplexe.

— De qui parles-tu?

— L'esclave, celle qui vient de rentrer avec Adélaïde, d'où vient-elle?

Sœur Marguerite soupire en claquant la langue

pour signifier sa contrariété. Henriette Savari ne changera donc jamais ! Déjà, comme élève, elle n'en faisait qu'à sa tête, toujours attirée par l'insolite, par tout ce qui sortait de l'ordinaire. D'une intelligence supérieure, curieuse de tout, elle a toujours désiré se singulariser. Encore aujourd'hui, elle ne recule pas devant l'incongru ou même, à l'occasion, le scabreux. C'est un être d'exception et qui a la fâcheuse manie de se considérer comme tel. Par conséquent, la jeune fille accepte difficilement de se soumettre à la règle commune, et souvent ses ambitions la mènent trop loin. Toute petite, elle n'hésitait pas, par exemple, à exploiter ses compagnes les plus faibles pour arriver à ses fins. Les enseignantes chargées de son éducation ont toujours eu du mal à lui tenir la bride sur le cou. Souvent, il leur a fallu sévir.

Ce qui n'empêche pas Henriette de leur vouer un respect sans bornes, surtout depuis le décès de sa mère, survenu il y a un peu plus d'un an. En outre, elle intercède très souvent auprès de son père, Adrien Savari, pour faire profiter son *alma mater* des rares élans de générosité du planteur. La jeune créole compte donc, d'une certaine façon, parmi les bienfaitrices du couvent.

En dehors de ces considérations pécuniaires, le lien qui unit sœur Marguerite à son ancienne élève s'apparente parfois à de l'amour maternel. Pour l'orpheline restée seule avec son père depuis que ses deux frères aînés sont partis à Paris, l'enseignante joue le rôle de confidente. Henriette la prend à témoin de ses frasques, recherchant tout à la fois son approbation et ses affectueuses remontrances. En fait, elle a besoin que l'on s'inquiète pour elle, d'accaparer l'attention, que quelqu'un se préoccupe de son avenir. Toutes choses que son père, très affecté par la mort de sa femme, peut de moins en moins lui apporter. D'humeur contrariante, la jeune Savari réclame des conseils pour avoir le plaisir de ne pas les suivre, et cherche des limites qu'elle pourra transgresser en toute sécurité.

Toutefois, en dépit de ses terribles défauts, elle a toujours été une enfant attachante. Compte tenu de ses nombreuses aptitudes, sœur Marguerite comprend sans difficulté qu'elle se sente à l'étroit dans l'île. Le sentiment étouffant de ne jamais pouvoir aller au bout de ses capacités est probablement la source de toutes ses fredaines.

— Qui est-ce ? demande de nouveau Henriette, avec un éclair dans les yeux que l'enseignante connaît bien et qui n'augure rien de bon.

— Elle vient du Canada, répond-elle, à contrecœur. Le père Moreau nous a demandé de la prendre, mais je n'en sais pas plus.

Henriette fait la moue pour montrer qu'elle n'en croit rien.

— Vous savez toujours tout, dit-elle, flatteuse, en clignant de l'œil.

— Pas cette fois, lui rétorque sœur Marguerite en lui prenant le menton comme lorsqu'elle était encore une toute jeune élève indisciplinée. Tu devras te contenter de cela, petite peste. Et je te prierais de cesser tes manigances d'enfant gâtée.

La pluie a cessé. D'un coup.

L'air embaume le jasmin.

Quelque part, pas très loin, une grive lance un chant exquis et complexe, clair comme l'eau d'une source.

Sans saluer, Henriette Savari s'engage dans la rue boueuse.

— Où vas-tu comme ça ? demande la religieuse. Ce serait plus convenable si tu prenais la voiture.

— Je n'ai pas le temps ! lui lance la jeune fille sur un ton sarcastique, en s'éloignant au pas de course. Je dois voir le père Moreau.

6

— Une demoiselle de ton rang à la prison!... Que dirait M. Savari s'il apprenait que je t'ai emmenée dans cet endroit sordide?

— Mon père a bien d'autres chats à fouetter! s'exclame Henriette, en rejetant du revers de la main l'objection du père Moreau. Par contre, je pourrais essayer de le convaincre d'acheter votre Sauvage. C'est bien ce que vous souhaitez, n'est-ce pas, trouver un acheteur? Si j'ai bien compris, tout le monde a peur de ce Kiala, et vous désespérez de le faire sortir un jour de prison.

— En effet, mais...

— Alors, faites-moi confiance. Que vous le vouliez ou non, je suis votre dernière chance. Vous ne trouverez pas meilleure ambassadrice.

Le jésuite grimace un sourire résigné. Il s'en veut d'être tombé dans le panneau. Henriette Savari a manœuvré de main de maître, et, sans se douter du piège qu'elle lui tendait, il a parlé avec un peu trop de ferveur de ses protégés. Il ne sait plus, maintenant, comment refroidir les ardeurs de la jeune fille. Depuis qu'il lui a exposé le cas des Mesquakies, elle veut absolument rencontrer Kiala, et le pauvre homme se demande jusqu'où il doit aller pour satisfaire les excentricités de cette demoiselle un peu trop entreprenante à son goût. D'un autre côté, elle est bien la seule à pouvoir influencer Adrien Savari, et le jésuite s'en voudrait de rater cette chance.

Pris au piège, il tente une dernière fois d'imposer sa vision des choses.

— Je préfère discuter de cette affaire avec M. Savari lui-même. Tu comprends ? Après tout, c'est lui qui aura le dernier mot. Peut-être pourrais-tu le persuader de venir voir Kiala.

— Comme vous voulez, concède hypocritement Henriette, mais je dois quand même me rendre à la prison avant de lui en parler. Avec ou sans vous, d'ailleurs. Mon père est souffrant ; il ne se déplace plus que difficilement, et je ne veux pas l'ennuyer avec une proposition qui n'en vaudrait pas la peine. Je dois d'abord voir la marchandise.

— C'est bien, cède le jésuite, vaincu par l'opiniâtreté de son interlocutrice.

Comme tous les habitants de la Martinique, il connaît l'affliction dont souffre Adrien Savari. Depuis la mort de sa femme, ce dernier n'est pas retourné sur sa plantation de Grand'Anse, située tout à l'est, dans la partie de l'île appelée la Capesterre. C'est là qu'il avait élu domicile, quelque temps après son mariage, et il refuse désormais d'y vivre sans sa femme.

— Allons-y maintenant, propose Henriette sur un ton résolu.

— Maintenant ?

— Mais oui ! Plus vite je serai fixée, plus vite votre protégé risque de sortir de prison.

Le jésuite s'incline.

— D'accord, allons-y.

***

Malgré toute sa détermination, la jeune fille frémit en pénétrant dans la bâtisse. L'odeur de moisissure la prend à la gorge et la saleté des lieux l'oblige à marcher sur la pointe des pieds. À mesure qu'elle s'enfonce dans les corridors sombres, une peur grisante s'empare de sa raison, une peur dont elle se délecte parce qu'elle la transporte ailleurs, loin de cette terrible monotonie dans laquelle se confinent la plupart des femmes qu'elle côtoie.

L'eau suinte le long des murs. Les pas du soldat qui les accompagne résonnent comme s'il était toute l'armée à lui seul. Henriette absorbe les bruits les uns après les autres, même ceux qu'elle imagine sans les entendre vraiment, et sa peur se transforme en fébrilité. Quand le geôlier tire la lourde porte de la cellule, les muscles de la jeune fille se contractent jusqu'à la douleur et il lui faut faire preuve de beaucoup de volonté pour ne pas laisser échapper une plainte.

— Voici Kiala, déclare le père Moreau en désignant une ombre tapie dans un coin.

Sous les yeux ébahis d'Henriette, l'ombre se déroule telle une frégate déployant ses ailes. La jeune fille voudrait reculer pour ne pas être happée. Or ses pieds collent au sol. Elle éprouve une étrange sensation, celle de tomber dans un gouffre qui s'évaserait en un puits de lumière. Une merveilleuse confusion trouble son esprit.

Kiala s'est rapproché.

Henriette distingue maintenant ses traits anguleux. Une virilité sauvage émane du corps nu du guerrier, et la jeune vierge, déjà enfiévrée, voit son désir exacerbé par l'austérité et la touffeur du lieu. Au-delà de son trouble, elle comprend que ce qu'elle convoite en ce moment, sans réussir à l'identifier clairement, seule une vraie femme pourra l'obtenir.

Aussi affolée que subjuguée, elle parvient à s'éloigner suffisamment pour se placer sous la protection symbolique du père Moreau et échapper à l'emprise du Mesquakie.

— Comment va Thana ? demande celui-ci, indifférent à l'émoi de la visiteuse.

C'est pourtant elle qui répond, d'une voix tranchante parce qu'à bout de souffle.

— Je l'ai vue hier ; elle va bien.

Étonné, Kiala darde son regard perçant sur la créole.

Les cheveux sales du prisonnier ont perdu tout leur lustre. Longs et raides, cassés aux pointes, ils retombent sur ses joues en un rideau opaque, malgré le bandeau qu'il s'est confectionné pour les retenir. Son nez busqué s'en trouve mis en relief, ce qui accentue la sévérité du visage, taillé au couteau.

— Qui es-tu ? demande-t-il à la jeune fille.

Il espère de tout son cœur l'entendre répondre : une amie — Thana a tellement besoin d'une amie —, mais Henriette ne peut émettre un seul son. La bouche sèche, elle tente d'avaler une salive qu'elle n'a plus.

— Je te présente Henriette Savari, dit le père Moreau. Je l'ai emmenée parce que son père pourrait être un acheteur éventuel. Il possède plusieurs sucreries. Ce sont des endroits où on fabrique le sucre à partir de la canne. Les planteurs ont toujours besoin d'hommes forts et vaillants.

— Comment va Thana ? répète le Mesquakie, comme si la parole de la jeune Savari ne comptait pas.

Il refuse de recevoir quoi que ce soit de cette fille blanche aux yeux étranges, trop foncés pour la nacre de la peau et la luminosité des cheveux.

— Pour le moment, lui explique patiemment le père Moreau, avec le plus de détails possible, elle travaille à l'indigoterie de Mme de Saint-Aubin. C'est une belle plantation, à quelques kilomètres du bourg. Thana se débrouille très bien. Tu ne dois pas t'en faire.

Kiala se contente de cette réponse. Sans rien ajouter, il se retire au fond de la cellule.

— Ne perds pas courage, lui murmure le père

Moreau avant de partir en poussant Henriette devant lui.

Resté seul, le Mesquakie ferme les yeux pour mieux penser à Thana. Un geignement monte de sa poitrine. Où est sa femme ? Que fait-elle ? Que voient ses yeux ? Qu'entendent ses oreilles ? Pour qui son cœur bat-il ? Quelles mains aiment et rassurent son corps ? Qu'a-t-elle donc appris qu'elle ne savait déjà ? Lui ne connaît rien de ces gens ni de ce pays où le mauvais sort les a menés. Quelques odeurs douceâtres qui flottent parfois dans l'air après l'averse, une brise suave, la moiteur sans pareille, presque insupportable, le coup de canon du soir et les lamentations des autres prisonniers, livrés, comme lui, à la nuit interminable et au silence, voilà à peu près ce qu'il perçoit de cette terre étrangère aux accents impossibles et aux saveurs indéfinissables.

Comme il aimerait sortir de cette prison, délier ses jambes et scruter l'horizon. Son corps engourdi et ses sens atrophiés réclament de l'espace. Loin de ces murs gris, entendre le hurlement du loup, le bramement de l'orignal, loin, très loin. Kiala voudrait parler dans sa langue, des jours et des nuits, comme autrefois devant le conseil quand il était un chef respecté. Sans la parole, il n'y a plus de chef. Sans le corps d'une femme, brûlant sous la main caressante, sans Thana, il n'y a plus d'homme.

Le Mesquakie relève la tête et un grand cri sourd de sa poitrine, un cri puissant qui lui laisse la voix brisée. Le chant qu'il entonne ensuite se perd en une plainte rauque et troublante.

Henriette et le père Moreau poussaient la porte de la prison. Ils ont entendu, et le hurlement de Kiala leur glace le dos.

À l'extérieur, le ciel s'est couvert de nuages.

Henriette prend quelques secondes pour se

remettre de ses émotions. La voyant aussi ébranlée, le jésuite regrette d'avoir acquiescé à sa demande.

— Je n'aurais pas dû..., commence-t-il.

Henriette l'interrompt.

— Je dois voir mon père, dit-elle.

Elle a retrouvé son air résolu, à la limite de l'arrogance. Ses yeux brillent et l'émotion qui rosit ses joues donne à son teint un nouvel éclat.

— Tu crois qu'il acceptera... ?

La jeune fille est déjà partie.

Dans sa tête, aucun doute ne subsiste : elle veut ce Sauvage et elle l'aura.

7

Une des femmes chante en créole, une langue que Thana ne maîtrise pas encore, loin de là, mais dont elle aime le phrasé capricieux. Ses compagnes répondent aux incantations de la chanteuse tout en terminant le nettoyage des rangs. Un dernier coup de balai et elles pourront entreprendre les semailles, une tâche ardue qui demande une grande endurance.

La Mesquakie se laisse prendre par cette complainte, triste à mourir. Elle a ses règles et les crampes qui lui pincent le ventre lui rappellent tous les enfants qu'elle a perdus : des espérances d'enfants jaillis de son ventre avant leur terme, et d'autres, bien réels, qu'elle a tenus dans ses bras trop peu de temps. Où repose sa petite fille jamais nommée ? Après la lui avoir enlevée, les religieuses l'avaient donnée à une famille de Montréal. Un peu plus tard, la petite vérole a tué des centaines de personnes dans cette ville. Même si elle espère le contraire, Thana est convaincue que l'enfant a succombé à la maladie. Où grandit son petit garçon ? Josiah a-t-il pu le ramener chez lui, sur les rives de la rivière des Renards ? Y avait-il encore des wigwams pour accueillir le fils de Kiala ?

Des larmes mouillent les joues de l'exilée.

— Qu'est-ce qui se passe ? s'inquiète Adélaïde. Tu es malade ? Tu as mal ?

— Ce n'est rien, la rassure Thana, en gardant la tête baissée.

Les autres ont surpris leur brève conversation. Après un moment de silence, elles entonnent une chanson rythmée, toute de joyeusetés. Les mots explosent comme des sarcasmes, les sons pétillent, insolents, les voix se cassent dans des arabesques moqueuses et inattendues.

Thana sourit malgré elle, et ses compagnes se réjouissent. La Mesquakie n'a pas inventé le désespoir. Elles le connaissent toutes. Il rôde autour des cases-nègres, transmis de mère en fille en même temps que la mémoire. Et à force de le côtoyer, les esclaves ont appris à le prendre à rebours, à son propre jeu. Malgré ses finasseries, elles ne sont pas dupes, et elles ont mis au point des armes efficaces pour le combattre. La musique en est une ; l'entraide en est une autre.

Ainsi consolée, Thana reprend courage. « Kiala compte sur moi, se sermonne-t-elle. Je dois refouler les chagrins inutiles. » Jusqu'à maintenant, elle a fourni des efforts considérables pour présenter aux gens de l'île une image rassurante. Les esclaves l'aiment bien et personne ne s'est jamais plaint de son travail. Elle ne doit pas tout gâcher à cause d'un moment de découragement. Il lui faut persévérer.

Le hennissement d'un cheval la distrait. Mme de Saint-Aubin est venue constater *de visu* l'avancement du travail. Très élégante, elle descend de sa monture et marche à l'orée du grand jardin sans s'aventurer plus avant.

Sa houe à la main, Thana l'observe de biais tout en imitant ses compagnes qui viennent de commencer à creuser les fosses où seront déposées les graines d'indigotier. Une idée germe alors dans son esprit, une idée un peu folle, mais à laquelle elle refuse de renoncer. Ne faut-il pas tout tenter pour sortir Kiala de son cachot ?

Déterminée, la jeune femme dépose son outil et frotte énergiquement ses mains sales l'une contre l'autre.

— Qu'est-ce que tu fais ? murmure Adélaïde, inquiète. Travaille ! La surveillante te regarde.

En quittant sa place, Thana vient de désorganiser tout le groupe. Chacune se fie sur l'autre, en effet, pour creuser en ligne droite. Elles sont parties d'un bout du terrain toutes ensemble, rangées comme des soldats prêts pour la bataille, et doivent arriver au bout opposé en même temps. Celles qui traînent retardent tout le monde, et le fouet de la surveillante le leur rappelle constamment : un ordre d'abord, jeté comme une injure, et un sifflement dans l'air, suivi d'un cri, d'effroi plus que de douleur la plupart du temps, car la surveillante épargne le plus possible ses esclaves.

Horrifiée par la témérité de Thana, Adélaïde agrippe le pied de son amie et la force à revenir dans le rang. Malheureusement, il est trop tard. La surveillante se dirige déjà vers elles, son fouet à la main.

— Que se passe-t-il ? crie-t-elle en levant son arme bien haut.

— Rien, explique Adélaïde. C'est le manche de la houe... C'est réparé.

Tout en parlant, la petite esclave s'est levée. Elle pousse Thana de tout son corps, et celle-ci se remet au travail de mauvaise grâce. Après quelques instants de tension, la surveillante s'éloigne enfin.

— Ne recommence plus jamais ça, marmonne la grosse Dodo. Tu vas toutes nous faire punir.

L'esclave est en nage. La préparation des fosses oblige les femmes à rester courbées pendant de longues heures, et elle exige une endurance qui s'accorde mal avec sa corpulence.

Thana regrette de les avoir effrayées, mais elle ne renonce pas. Il lui faut trouver un moyen d'approcher Mme de Saint-Aubin sans compromettre ses compagnes. Elle travaille donc sans quitter de l'œil ni la surveillante ni sa maîtresse. En même temps, elle échafaude des plans qui s'effondrent les uns après les autres, et son efficacité s'en ressent. Seule la vigilance d'Adélaïde l'empêche de se laisser distancer. En effet, tout en plantant sa houe dans la terre avec une célérité impressionnante, la petite esclave fait le guet.

— Thana ! Tu prends du retard, lance-t-elle à tout moment à son amie, avant que la surveillante ne la surprenne en flagrant délit de rêvasserie.

Aussitôt, Thana s'empresse de remonter à la hauteur des autres et elle maintient ainsi le rythme de peine et de misère, trop absorbée par son projet pour se concentrer sur la tâche à accomplir.

Après deux heures de ce travail épuisant, les femmes arrivent enfin au bout du vaste jardin. Toutes en profitent pour se redresser quelques secondes et arquer le dos en appuyant leurs mains sur leurs reins. Des gouttes de pluie, éparses, mouillent leur visage en sueur. Il faut vite repartir, remonter chacune son rang et, cette fois-ci, déposer les graines dans les fosses : onze graines, ou treize, mais toujours en nombre impair, sinon c'est la malchance assurée. Il restera ensuite à revenir une dernière fois sur leurs pas pour recouvrir les semences. Parfois, un geignement échappe malgré elle à une des esclaves tant la tâche est éreintante.

Thana ne se plaint pas. Les graines qu'elle dépose dans la terre en les faisant rouler au bout de ses doigts lui rappellent Josiah et certains événements heureux de sa vie. Elle revoit le geste large et généreux de son ami qui semait le lin lorsque le petit Kiala est venu au monde. Les graines évoquent également la joie des Mesquakies au temps des semailles, après les longs hivers de neige et de froidure. Elles lui rappellent Chakoso, son premier mari, la merveilleuse offrande de Chakoso quand il lui a demandé de devenir sa femme. Et malgré ce qui est advenu par la suite, elle sait que cet humble présent — quelques précieux grains de maïs en période de disette — a fait d'elle une meilleure personne.

Par ailleurs, elle se désole de ne pouvoir mettre son plan à exécution. Le temps passe à une vitesse vertigineuse, et la pluie qui menace oblige les semeuses à accélérer le rythme. La journée risque fort de se terminer sans qu'elle ait pu adresser sa requête à Mme de Saint-Aubin.

En levant la tête, la jeune femme aperçoit justement celle-ci qui jette les rênes par-dessus l'encolure de son cheval, prête à partir.

Plus question d'attendre.

8

Chemin faisant, Henriette a préparé son plaidoyer; la voilà fin prête.

Il s'agit, avant tout, de prendre son père par surprise et de ne pas lui laisser la chance de bâtir une de ces argumentations dont il a le secret : très souvent bancales mais étrangement inattaquables. Adrien Savari est passé maître dans l'art du sophisme, et son obstination, quand il s'agit de défendre ses positions, en a souvent fait enrager plus d'un sans qu'il s'en formalise le moins du monde.

Avant d'entrer dans le bureau, Henriette frotte ses mains moites sur sa jupe à plusieurs reprises et respire profondément. Elle avance d'un pas, puis se ravise et dénoue son chignon. Sa longue chevelure dorée ne manque jamais d'émouvoir son père.

Heureusement, la jeune fille ne compte pas seulement sur ses charmes pour convaincre le planteur. Parce qu'elle est allée à bonne école, elle manie assez bien, elle aussi, l'art de la justification. En outre, l'apathie qui afflige Adrien Savari pourrait bien lui être favorable.

D'un côté, elle le regrette. Depuis des mois, elle tente par tous les moyens de tirer son père de l'affliction dans laquelle il semble se complaire. Les distractions proposées ont toujours été refusées; toutes les discussions ont tourné au vinaigre. Henriette ne comprend pas. Elle a aimé sa mère, mais, pour elle comme pour les autres, la mort de Mme Savari a été une délivrance. La pauvre femme a été si malade et si longtemps! Pendant des mois, toute la maisonnée n'a plus vécu que pour cette moribonde au teint grisâtre, au rythme de ses souffrances et de ses nuits blanches. Henriette a souvent eu peur de sombrer. Sans pouvoir l'avouer à quiconque, elle a parfois haï sa mère pour les volets fermés en plein jour, pour les odeurs malsaines d'astringents et de fumigations. Pour le silence aussi, et sa jeunesse séquestrée par cette maladie interminable. Blessée, elle en a voulu à sa mère de se laisser mourir, de l'abandonner. Et quand Mme Savari a rendu l'âme, sa fille n'a pas longtemps résisté à son envie de vivre. Une fois la maison aérée, le chagrin a cédé la place à l'espoir. Henriette a dix-sept ans et des rêves à ne plus savoir qu'en faire ! Après quelques semaines de deuil, sa vivacité l'a tout naturellement emporté.

Voilà pourquoi elle ne comprend pas l'incapacité de son père à surmonter sa douleur. Elle a parfois l'impression que le veuf s'autoflagelle pour épier une faute inavouable. Cette hypothèse est sans fondement, mais Henriette persiste à croire qu'on ne pleure pas une femme si longtemps sans raison particulière.

D'un autre côté, cette espèce d'engourdissement qui frappe son père pourrait bien, en effet, lui faciliter les choses. Adrien Savari a perdu le goût d'argumenter et il est beaucoup plus enclin qu'auparavant à adopter les solutions qu'on lui propose.

Tous ces éléments jouant en sa faveur, Henriette se lance à l'abordage avec confiance. Après trois petits coups discrets, elle pousse la porte, s'attendant à retrouver son père comme elle l'avait laissé : affalé sur sa chaise, une plume à la main, sans encre, absorbé dans ses pensées.

Une surprise de taille l'attend.

Adrien Savari n'est pas à sa table de travail. Debout à la fenêtre ouverte, il regarde à l'extérieur, le buste profondément engagé dans l'ouverture. Lorsqu'il se retourne, un sourire radieux illumine son visage et il vient à grands pas vers sa fille, répandant dans toute la pièce l'odeur vanillée de son parfum. Le planteur a recouvré toute sa prestance, un mélange de raffinement et de froideur, avec, dans l'œil, un zeste de paillardise qui sait comment ne pas aller trop loin.

Henriette est estomaquée. Elle vient de retrouver son père, cet homme puissant qui possède six sucreries — la plus considérable étant celle de Grand'Anse — et plus de huit cents nègres : Adrien Savari, le digne petit-fils d'un flibustier aux exploits légendaires.

Depuis qu'elle est toute petite, la jeune fille aime entendre la fabuleuse histoire de ses ancêtres, et l'homme qui se tient maintenant devant elle les contient tous, avec leurs travers et leur formidable audace. Attiré par les promesses d'une vie meilleure, le premier Savari à débarquer en Martinique avait signé un contrat de trois ans, sans savoir qu'il s'engageait ainsi à de très longues et très pénibles années de servitude. C'était avant l'arrivée en masse des esclaves noirs. Les planteurs qui louaient ces « trente-six-mois » — le nom leur est resté — voulaient en avoir pour leur argent. Mal nourris, travaillant de la barre du jour au coucher du soleil, sept jours sur sept, beaucoup de ces pauvres diables sont morts à la tâche. Le grand-père d'Adrien a survécu par miracle à cette vie de misère. Il s'en est sorti avec la rage au cœur et une détermination farouche, dont Henriette croit avoir hérité. Fraude, flibuste, il a goûté à tout ce qui pouvait rapporter, jusqu'à ce que, sa fortune bien assise sur plus de terres qu'il n'en pouvait exploiter, il se retire à Grand'Anse où, contre toute attente, il a laissé le souvenir d'un homme généreux.

Son fils aîné, le père d'Adrien, a choisi la carrière des armes et s'y est rapidement distingué, démontrant un appétit pour la gloire tout aussi démesuré que celui de son père pour l'argent.

À sa naissance, Adrien Savari pouvait donc compter sur une fortune considérable, amassée par son grand-père, et sur une notoriété appréciable, due entièrement aux exploits militaires de son père. Il manquait à la famille le prestige de la noblesse. En épousant la fille d'un comte, Adrien remédiait avec brio à cette lacune. Plusieurs ont cru à un mariage de raison, mais ils n'ont pas été longs à constater l'immense amour d'Adrien pour sa femme.

— J'ai une grande nouvelle ! clame le planteur en passant et repassant la main sur une missive. (Et sans laisser à sa fille le temps de se remettre de son étonnement, il enchaîne :) Gabriel revient ! C'est écrit là, noir sur blanc : il sera ici dans tout au plus une semaine ! Es-tu contente ?

Tout à fait décontenancée, Henriette en oublie le but de sa visite. Bouche bée, elle attend que son père répète l'information, ou la démente. De son côté, M. Savari espère un éclat de joie, à tout le moins un commentaire ravi.

Pendant un court instant, le père et la fille se dévisagent comme des étrangers.

Le premier, déçu, perd peu à peu son sourire, tandis que l'autre, revenant doucement de sa surprise, affiche un enthousiasme ahuri.

Tout en secouant mécaniquement la tête, Henriette essaie en vain de se rappeler le visage de Gabriel, son allure. Ne lui reviennent en mémoire que le sourire dévastateur, et cette manie qu'avait le jeune homme de toucher ou même d'enlacer tous ceux à qui il s'adressait, comme si toute communication passait d'abord par le contact physique.

À cinq ans déjà, Gabriel Desfontaines berçait Henriette pour l'endormir quand leurs deux familles, amies depuis toujours, se réunissaient sous les étoiles, les doux soirs de relâche. À dix ans, il la prenait à bras-le-corps et la soulevait dans les airs pour exhiber sa force de jeune mâle. Si la fillette résistait, il déclenchait aussitôt une bataille qui se terminait la plupart du temps dans les larmes puis les embrassades grâce, bien sûr, à l'intervention des parents. Quelques années plus tard, Gabriel n'a soudain plus eu envie de se chamailler, en tout cas plus avec elle. Il lui prenait plutôt le bras, comme à une dame, et la petite demoiselle de treize ans marchait gravement à ses côtés en jouant les séductrices. C'était facile : le charme envoûtant de Gabriel Desfontaines donnait à chaque femme, quel que soit son âge, l'impression d'être unique.

Tout naturellement, les familles ont échangé des promesses de mariage.

Tout cela coulait de source.

Quand Gabriel a quitté l'île pour aller étudier à Paris, en compagnie de sa mère, Henriette a pleuré pendant des semaines. Elle imaginait le jeune homme entouré d'admiratrices et elle rêvait d'aller le rejoindre pour le soustraire à toutes ces tentations.

Elle devrait donc se réjouir. Or, une angoisse terrible lui étreint la poitrine.

Après ces trois années passées en France, dans la grande société, Gabriel voudra-t-il encore d'elle, la petite coloniale ? Cette union que leurs familles ont souhaitée et qui semblait aller de soi, qu'en pense le jeune homme, maintenant qu'il a goûté au vrai monde ?

— J'aurais dû aller en France aussi, marmonne Henriette, ramenant ainsi à la surface une vieille querelle jamais réglée entre elle et son père.

— Ne recommence pas, l'avertit celui-ci. Ta mère avait besoin de toi. Une fille n'abandonne pas sa mère malade.

— Et pourquoi l'abandon des fils serait-il plus

acceptable ? rétorque Henriette, faisant allusion au départ de ses deux frères pour la France, survenu à peu près en même temps que celui de Gabriel.

À cette époque, leur mère était déjà souffrante, et pourtant ni l'un ni l'autre n'a même songé à rester auprès d'elle. Ils ont quitté l'île avec la bénédiction de leur père, et les supplications d'Henriette qui voulait les accompagner n'ont jamais réussi à fléchir M. Savari.

— Suffit ! ordonne celui-ci. Nous ne reprendrons pas cette discussion stérile puisque, de toute façon, tout se termine bien. Gabriel revient et tu devrais t'en réjouir plutôt que de me chercher querelle. (Contrarié, il se retire derrière son bureau.) Nous avons beaucoup de travail tous les deux, dit-il au bout d'un moment, d'une voix radoucie. Tu dois te préparer au retour de ton fiancé, et je dois penser à un cadeau de mariage.

L'esprit alerte, Henriette saute sur l'occasion.

— Je sais ce que je veux, dit-elle.

— Tu as toujours su ce que tu voulais, lui répond son père, amusé. De quoi s'agit-il, cette fois ?

— Je veux des esclaves.

— Mais nous avons déjà des esclaves !

— Non. Vous, vous avez des esclaves.

— Et Virgine ? Elle ne compte pas ?

— Virgine est une petite sotte qui ne comprend jamais rien à rien. Et je ne veux pas arriver chez mon mari les mains vides.

— Tu as raison. Tu pourras choisir dans notre cheptel.

— J'ai une meilleure idée.

Adrien Savari soupire. Quand sa fille a des idées, il n'en résulte jamais rien de bon.

— Que veux-tu exactement ?

— Thana et Kiala.

— Qu'est-ce que c'est que ce charabia ? Parle pour que je te comprenne.

Avec une irritation grandissante, le planteur écoute les explications de sa fille. Il n'est cependant pas long à réagir. Son verdict tombe comme une masse.

— Je t'offre la femme, si tu y tiens tant que ça, mais ce Sauvage restera où il est. J'en ai entendu parler et il n'est pas question de l'avoir chez nous. C'est un fauteur de troubles. À ce qu'on dit, il a déjà tué plus de Français que n'en compte la colonie.

— Ce sont des histoires !

— Je ne veux plus en discuter. Tu prends la femme ou rien.

Pour le moment, Henriette juge plus sage d'accepter le compromis. La respiration haletante de son père et son teint blême lui font craindre le pire. Adrien Savari est réputé pour ses explosions de colère. Seule sa fille peut l'affronter sans immédiatement provoquer son courroux, mais même elle ne doit pas dépasser certaines limites. Insister maintenant ne mènerait à rien.

— Merci, dit la jeune fille, conciliante. Si vous le permettez, j'irai voir sœur Marguerite dès aujourd'hui.

Adrien Savari marque son approbation d'un geste de la main et Henriette bat en retraite. Comme elle va refermer la porte, la voix de son père lui parvient.

— J'avais oublié, précise-t-il sur un ton faussement désinvolte. Jasmin revient, lui aussi.

Henriette hausse les épaules et quitte la pièce.

Jasmin est un mulâtre dont elle se souvient seulement qu'il l'agaçait avec ses airs protecteurs. Un peu plus vieux que Gabriel, il agissait avec lui comme un grand frère, s'arrogeant des droits et prenant des libertés qu'un autre esclave ne se serait pas permis. Quand la mère de Gabriel a décidé de partir pour la France, elle a aussi emmené Jasmin parce que les deux garçons étaient très attachés l'un à l'autre et parce qu'elle comptait sur le sage mulâtre non seulement pour servir son fils, mais également pour calmer son impétuosité. Le départ de Jasmin n'a peiné personne. Henriette s'étonne même que son père souligne son retour.

Troublée par l'arrivée prochaine de Gabriel et préoccupée par la réaction des ursulines à son offre d'achat, elle n'a pas remarqué le trémolo dans la voix d'Adrien Savari.

9

Thana a échappé à la surveillance d'Adélaïde et elle a enjambé les fosses pour sortir des rangs. Elle se dirige maintenant d'un pas ferme vers Mme de Saint-Aubin. Tout en marchant, elle enlève son mouchoir de tête, libérant d'un coup son abondante chevelure.

La surveillante l'a vue venir.

— Retourne travailler, ordonne-t-elle, nerveuse.

Elle n'a pas l'habitude de sévir. Les mouvements de révolte sont rares chez les femmes.

— Je veux parler à la dame, lui répond Thana d'une voix assurée qui la stupéfie.

— Dis-moi ce que tu veux. Je verrai.

— Non, insiste Thana, je dois lui parler.

Comme elle continue à avancer, le fouet claque tout près de son épaule. La jeune femme tressaille, sans s'arrêter pour autant.

— Tu l'auras cherché ! hurle la surveillante.

Elle lève le bras, plus lentement cette fois, comme si elle désirait laisser une dernière chance à l'esclave. La voix de Mme de Saint-Aubin interrompt son geste.

— Que se passe-t-il ?

— Cette esclave demande à vous parler. Je m'occupe d'elle.

— C'est la Sauvagesse des ursulines ?

— Oui, madame.

— Laisse-la venir.

Talonnée par la surveillante, Thana se rend auprès de Mme de Saint-Aubin. Devant cette dernière, une maîtresse femme habituée à commander et rompue à tous les dangers du métier de planteur, la Mesquakie hésite une seconde.

— Que veux-tu ? s'impatiente Mme de Saint-Aubin.

— Mon mari est fort et il travaille bien, lance Thana. Il serait très utile ici.

— Il n'est pas en prison ?

— Oui, mais il n'a rien fait de mal. Chez nous, il était le plus habile, le meilleur chasseur.

La propriétaire observe l'esclave plantée devant elle, droite comme un plant de canne et tout aussi solide. Ses cheveux noirs tombent sur sa poitrine, et sa peau cuivrée, ruisselante de sueur, rappelle le vernis d'un violon. C'est une bonne travailleuse qui ne se plaint jamais. Si le mâle est du même acabit, il serait dommage de le laisser croupir en prison, malgré tout ce qu'on en dit.

— Si tu continues à bien travailler, je vais voir ce que je peux faire pour ton mari, dit-elle enfin, au grand bonheur de Thana qui prend aussitôt cette annonce pour une promesse. Je compte sur toi ; ne me déçois pas. Et maintenant, retourne avec les autres.

— Il s'appelle Kiala, lance la jeune femme en se dirigeant d'un pas allègre vers ses compagnes.

Sans la regarder ni même lever la tête, Adélaïde, toujours penchée sur une fosse, marmonne :

— Tu es complètement folle...

L'intonation laisse percer une grande admiration, mais Thana ne l'entend pas. Toute à sa joie, elle reprend fermement la houe et se remet à l'ouvrage avec un tel entrain que les autres ont du mal à la suivre. Elle a osé et elle a gagné. Kiala sera bientôt libre ; ils seront ensemble de nouveau. Son bonheur la transporte et elle fait fi de la pluie qui tombe maintenant avec plus d'insistance.

Mme de Saint-Aubin a mis son cheval au galop et, longtemps, on entend le bruit des sabots sur le sol boueux. Les semeuses s'inquiètent. Auront-elles le temps de recouvrir les graines avant l'ondée ?

En s'encourageant l'une l'autre, d'un mot, d'un sourire, elles y arrivent de justesse. Et c'est en courant qu'elles réintègrent ensuite chacune leur case.

Pour Thana et Adélaïde, le chemin du retour est plus long, jusqu'au couvent des ursulines, mais la Mesquakie refuse obstinément de courir. Elle préfère marcher pour jouir de son succès. Kiala va sortir de cette affreuse prison ; tout va s'arranger.

— Dépêche-toi, la supplie Adélaïde en la tirant par la manche. Je suis toute mouillée.

Sourde aux prières de la petite esclave, Thana garde sereinement le cap sur son nouvel espoir. Sa jupe colle à ses jambes et entrave sa marche. Sous sa blouse trempée, les seins se dressent en une courbe troublante. Thana se sent bien. Elle aime l'eau, source de vie. Elle souhaiterait s'arrêter là, au milieu de la route, et laisser cette pluie bienfaisante l'inonder de toutes parts. Comme les graines qui vont devenir plantes, elle voudrait devenir géante sous l'averse. Les peuples ont besoin de géants, de dieux tout-puissants. Si seulement elle détenait le pouvoir de ressusciter ses morts, avalés par la terre.

— Tu crois que les morts qu'on enterre deviennent des arbres ? demande-t-elle à sa compagne.

— C'est sûr ! Ils se cachent dans les fromagers ! Tout le monde le sait, lui répond celle-ci en la poussant dans le dos, de ses deux paumes. Et je crois aussi qu'à cause de toi nous serons punies.

***

Au couvent, Thana n'a pas le temps de se rendre à la cuisine. Une servante mince comme un fil et longue à pleurer l'intercepte dès qu'elle pénètre dans la cour.

— Sœur Marguerite te demande.

Les pieds noirs de la boue du chemin et le corps moulé de façon indécente dans ses vêtements trempés, Thana se présente sans aucune honte devant la religieuse, qui affiche aussitôt une moue de dégoût.

— Voilà ce que tu tiens tant à acheter, dit-elle du bout de ses lèvres pincées à Henriette, placée à contre-jour devant la fenêtre. Tu ne changes pas d'idée ? Tu es sûre de vouloir t'encombrer de cette Sauvagesse ?

— Je peux l'emmener maintenant ? demande la jeune fille, indifférente aux avertissements de sœur Marguerite.

— Ce ne sera pas possible. Nous l'avons louée à Mme de Saint-Aubin pour une autre semaine.

Les deux femmes parlent rapidement, sans tenir compte de Thana qui essaie tout de même de comprendre en suivant la conversation de son mieux. Ce qu'elle croit en saisir l'inquiète.

— Je dois partir après-demain pour Grand'Anse, conclut Henriette, déçue. Vous l'enverrez avec Margot-la-marcheuse, dès que Mme de Saint-Aubin n'aura plus besoin d'elle.

Thana s'interpose.

— Où ? demande-t-elle. Où dois-je aller ?

La religieuse sursaute, horrifiée par l'audace de la Mesquakie qui ose parler sans qu'on lui ait adressé la parole. Henriette, au contraire, sourit. C'est donc vers elle que se tourne Thana, en attente d'une réponse. Et même si le rictus de la jeune Savari tient plus du sarcasme que de l'empathie, elle ne baisse ni la tête ni les yeux.

— Je t'emmène dans notre habitation de Grand'Anse, explique Henriette avec le regard d'un chat jouant avec une souris.

— C'est loin ? s'enquiert Thana.

— De l'autre côté de l'île.

— Alors je ne pourrai pas aller dans ce village-là.

Sœur Marguerite s'insurge.

— Personne ne t'a demandé ton avis, petite insolente ! Sors d'ici immédiatement et retourne à ton travail.

— Kiala va venir me retrouver, insiste Thana, sans tenir compte des remontrances de la religieuse. Je dois rester ici.

— Sors, ordonne celle-ci, ou je te fais fouetter ! Et cesse de dire des bêtises ; ton mari est en prison et il y restera.

— Mme de Saint-Aubin va le prendre, riposte Thana.

La nouvelle sidère Henriette. Elle veut en savoir plus. Même si, pour l'instant, elle a accepté un compromis, la jeune fille n'a pas pour autant renoncé à acquérir Kiala. Au contraire ! Tant qu'elle n'aura pas trouvé un moyen d'arriver à ses fins, le Sauvage ne doit surtout pas être acheté. Elle est même prête à faire campagne pour qu'on le garde enfermé.

— Qui t'a dit ça ?

— La dame me l'a dit. Elle a promis.

— Ne compte pas là-dessus.

— Pourquoi ?

Rouge de colère, la jeune créole tourne le dos à Thana. Elle ne veut pas engager une conversation avec son esclave. Sœur Marguerite en profite pour congédier rudement la Sauvagesse.

Celle-ci hésite quelques secondes, puis elle sort de la pièce. Plutôt que de se rendre à la cuisine, elle quitte la propriété des ursulines sans qu'on songe à la retenir.

10

Une pluie fine et paisible drape la ville d'une pèlerine décolorée, conférant aux passants un teint blafard et une mine soucieuse. Personne ne fait attention à la jeune femme qui se dirige à grands pas vers la prison. Elle doit parler à Kiala et trouver avec lui un moyen de fuir. Rien de rationnel dans sa démarche, dans cette fuite absurde qui la jette dans la gueule du loup. Rien de réfléchi, seulement un trop-plein.

Ce geste de révolte, aussi insignifiant soit-il, a un effet libérateur. La Mesquakie se sent de nouveau maître de sa destinée. Elle va où elle désire aller, au rythme qu'elle a choisi. Et l'impression de plénitude qu'elle en retire vaut bien les risques auxquels elle s'expose. Peu importent les conséquences si, pendant un court instant, l'on tient son sort entre ses mains.

Aux abords de la prison, la circulation se fait plus dense.

Des chevaux nerveux, abandonnés par leurs cavaliers, se lancent quelques ruades.

Thana essaie de se frayer un chemin dans la foule, mais elle se trouve bientôt enfermée dans un étau. Elle doit jouer des coudes et avancer à contre-courant, car tout le monde semble vouloir tourner le dos à la prison et se diriger vers la place.

La jeune femme ne se décourage pas. Après avoir traversé cette cohue, il sera facile d'entrer dans la bâtisse lugubre où Kiala se morfond. Elle s'ennuie tellement de son mari et de tout ce qu'il représente. C'est un ennui profond, tel un poison distillé dans les veines, jour après jour. Prise de nausée, elle fonce tête baissée dans cette masse de corps lourds qui lui barrent la route. Des gens la bousculent et l'injurient.

À la première trouée, elle s'échappe et court vers la grande porte. À quelques pas du but, on l'intercepte, interrompant ainsi un élan qui semblait irréversible.

— On n'entre pas !

— Je veux voir mon mari.

— Pas de visites aujourd'hui !

— Pourquoi ?

Le soldat ferme les poings sur son arme, un vieux boucanier qu'il tient devant lui, tout au bout de ses bras. Il dévisage la visiteuse, confondu par son ingénuité. Les seins de la jeune femme frémissent — il les voit très bien sous la casaque transparente —, et sa poitrine se soulève à un rythme accéléré, semblable à celui de la jouissance. Même le regard implorant de la Mesquakie a quelque chose d'impudique.

Le soldat lui en veut d'être si belle, si aguichante, et d'appartenir à un autre.

— Passe ton chemin, ordonne-t-il, l'œil méchant. C'est jour d'exécution. Va donc plutôt voir là-bas si ce n'est pas ton homme qu'on va pendre.

Thana se sent défaillir. Serait-il déjà trop tard ? Ce qu'elle craignait va-t-il... ? Chancelante, elle cherche un point d'appui et n'en trouve pas. Alors, refusant de céder à la panique, elle se contraint à avancer. Une force prodigieuse la propulse vers la foule. Elle fend l'air, frappe les obstacles de ses poings et parvient au bout de sa route, la bouche sèche et la gorge en feu.

Au milieu du vide savamment aménagé autour de lui, le condamné tient debout par habitude. Les épaules affaissées, le visage enlaidi par la peur, il crie son désarroi sans même bouger les lèvres, seulement avec ses yeux noirs qui roulent dans leur orbite, affolés. Nu, si on excepte une corde qui lui enserre la taille, il repousse ses longs cheveux raides et luisants en secouant sporadiquement la tête, dans une attitude démente.

Thana le reconnaît sans l'avoir jamais connu, car il ressemble à Kiala.

Jusqu'à maintenant, aucun Indien caraïbe n'avait croisé sa route. Or, elle se sent tout de suite proche de cet homme comme d'un membre de la famille et, malgré son soulagement, elle éprouve une immense tristesse à le voir ainsi livré aux regards malveillants de la foule. Parmi tous ces gens pressés d'assister à l'exécution, les Blancs représentent une forte majorité, même si quelques Noirs et une poignée de mulâtres occupent une place de choix.

Le condamné est seul de sa race, et Thana, même sans rien connaître de son histoire, s'impose à elle-même un devoir d'assistance. Bien qu'il ait vu le jour à mille lieues de la rivière des Renards, si loin d'eux que les Mesquakies n'auraient pas pu l'imaginer, cet homme est très clairement un des leurs. Cette évidence transparaît dans chacun de ses traits. La jeune femme ignore la gravité de son crime, mais elle sait que les Blancs tuent ou avilissent ce qui ne leur ressemble pas, sans s'encombrer de véritables motifs et encore moins de remords. Elle tient donc à rester près de cet homme jusqu'à la fin.

Cependant, lorsque, chavirée par tout ce qui se passe, elle croit distinguer la silhouette d'Henriette Savari parmi les spectateurs, elle replonge d'un coup dans son propre drame, qu'elle avait oublié, le temps d'épouser celui du Caraïbe. Abandonnant celui-ci à son malheureux sort, elle se faufile le plus rapidement possible entre les curieux et quitte la place sans trop savoir quelle direction prendre.

Après un grand détour, elle se retrouve devant la rivière du Fort qui coupe Saint-Pierre en deux. Un petit pont de bois relie les deux rives. Thana s'en éloigne tout en longeant le cours d'eau. Peu à peu, les bruits s'estompent et le silence s'impose.

La jeune femme s'assoit dans les hautes herbes qui bordent la rivière. Depuis combien de temps n'a-t-elle pas été seule ? Dans les champs, à la cuisine, la nuit, le jour, elle est constamment surveillée. Pourtant, cette soudaine solitude lui pèse. Pourquoi se sent-elle aussi abandonnée que le Caraïbe au milieu de ses bourreaux ?

Un rayon de soleil couchant lui caresse la joue. La pluie a cessé. L'obscurité va venir, sans préambule, avec pour seul avertissement ce rai de lumière orangée qui perce les nuages. Thana va couler dans la nuit avec lui et disparaître, comme si elle n'avait jamais existé. Comment n'avoir jamais été et redevenir rivière comme au temps d'avant ? La fille de Wapello aimerait se dissoudre dans le courant, et que la douleur s'évanouisse.

— Enfin je te trouve ! (Adélaïde est à bout de souffle.) Les sœurs te cherchent partout et, si tu ne rentres pas de toi-même, tu vas goûter à la médecine des capteurs d'esclaves. Et moi aussi, du même coup ! Tu te rends compte que je risque le fouet pour avoir quitté le couvent sans permission ?

— Rentre vite, lui conseille Thana. Ne t'occupe pas de moi.

— Je ne rentrerai pas sans toi ! s'insurge la petite esclave, en écartant prudemment les herbes humides. Je ne te laisserai pas aux fers-de-lance.

— De quoi parles-tu ?

— Tu ne connais pas le fer-de-lance ! C'est un serpent qui a la mauvaise habitude de se cacher dans les hautes herbes, et autant que possible sur le bord des rivières, si tu vois où je veux en venir.

— Je n'ai pas peur des serpents, déclare Thana en haussant les épaules.

— Eh bien, tu devrais ! Même les plus forts et les

plus entêtés comme toi ne survivent pas à sa morsure. Son venin va droit au cœur de sa victime.

Thana s'obstine à ne pas bouger. Elle a atteint le bout de la route. Aucune menace ne la fera revenir en arrière. Pourtant, lorsque son amie lui touche l'épaule, elle éclate en sanglots.

— Ça fait tellement mal, là, dit-elle, le visage baigné de larmes, en se frappant l'abdomen.

Malgré sa frousse des reptiles, Adélaïde la prend dans ses bras.

— Ne pleure pas, murmure-t-elle sur le ton d'une berceuse, ne pleure pas. Tu n'es pas faite pour les larmes, tu le sais bien. Les pleurs ne servent qu'aux faibles comme moi. Ils brouillent la vue, et toi, tu as besoin de voir clair pour te rendre où tu dois aller.

— Que veux-tu dire ? demande Thana entre deux hoquets.

Adélaïde n'a pas le temps de répondre. Un glissement furtif qui pourrait bien être celui d'un fer-de-lance la fait sursauter, et elle reste pantoise, hésitant entre la fuite et une absolue fixité. Sa réaction désopilante distrait Thana de son chagrin. Ravalant ses larmes, elle imite si bien l'effarement de sa compagne que celle-ci en oublie sa frayeur et rit de bon cœur.

— Tu es complètement folle, s'exclame-t-elle, et je me demande bien pourquoi je t'aime autant. Viens, rentrons maintenant. Nous aurons quand même eu du bon temps, n'est-ce pas ?

11

Margot-la-marcheuse dépasse tout le monde d'une tête, même Thana, par ailleurs fascinée par cette belle mulâtresse au teint délicieusement chocolaté. Sa vieille jupe de calicot retroussée sur le devant est maintenue à la taille par une écharpe. Les jambes ainsi dénudées jusqu'au bas des cuisses apparaissent dans toute leur splendeur, fortes, musclées, d'une robustesse presque virile malgré les courbes parfaites et l'élégance raffinée des attaches. Ses vêtements usés ne la discréditent en rien. Au contraire, ils ajoutent à sa présence incontestable un caractère sensuel dont elle joue très habilement, sans rien brusquer, avec une intelligence remarquable.

Thana est subjuguée.

— Margot va te conduire à l'habitation Savari, à Grand'Anse. Tu la suivras sans rechigner et tu feras tout ce qu'elle te dira de faire. Elle connaît bien le pays ; vous ne devriez pas avoir de problèmes.

La Mesquakie écoute d'une oreille distraite les directives de sœur Marguerite, car toute son attention est plutôt dirigée vers la marcheuse. Celle-ci a rejoint Adélaïde qui montait la garde devant un immense panier. De sa poche, elle sort un mouchoir qu'elle enroule avec dextérité autour de ses doigts. Le beigne ainsi formé servira de support. Elle le place donc sur sa tête, le tapote à quelques reprises, puis, avec l'aide d'Adélaïde, elle y dépose le panier.

Droite comme un cierge, malgré les quarante kilos dont elle vient de se charger, Margot-la-marcheuse entreprend la seconde étape de son excursion mensuelle. Partie de Grand'Anse il y a deux jours, elle a traversé l'île d'est en ouest pour venir dévaliser les boutiques de Saint-Pierre, en quête d'objets divers, parfois utiles, parfois tout à fait frivoles. Une fois de retour à la Capesterre, la partie de l'île baignée par l'Atlantique, elle remettra cette marchandise à sa patronne qui la revendra avec profit.

Elles sont des dizaines comme elle à sillonner le pays, parfois à leur propre compte, parfois comme simples engagées. On les appelle les marcheuses, parce qu'elles vont toujours à pied, bravant toutes les intempéries. Les petits commerçants dépendent de ces femmes. Sans elles, l'approvisionnement serait impossible. En outre, les marcheuses peuvent se rendre dans les endroits les plus éloignés et les plus difficiles d'accès. Elles connaissent l'île par cœur et, tout en livrant leurs produits, elles ne manquent jamais de colporter les nouvelles. On les attend toujours avec impatience.

Habituellement, elles se déplacent en groupe, tant pour éviter l'ennui que pour contrer les attaques des maraudeurs. Parfois, comme c'est le cas aujourd'hui, l'une d'entre elles doit s'aventurer seule sur les routes. Au poids de la marchandise s'ajoute alors une tension qui la garde constamment en alerte, car les chemins ne sont pas toujours sûrs.

Sans dire un mot, sans même regarder Thana, qu'elle semble considérer comme une marchandise de plus, Margot se met en marche. Elle roule du bassin avec une aisance nonchalante, en dépit de son fardeau, et son port de reine lui confère une prestance qui frise la superbe. Une petite bouteille de tafia — l'eau-de-vie fabriquée à partir de la canne à sucre — bat à sa hanche, de même qu'une bourse de toile qui contient tout son avoir. Elle n'a besoin de rien d'autre pour se rendre à bon port.

Avant de lui emboîter le pas, Thana ne peut résister

à l'envie de prendre Adélaïde dans ses bras une dernière fois.

— Fais attention aux serpents, lui recommande son amie, les yeux pleins d'eau.

— Je ne t'oublierai jamais, déclare Thana, le cœur serré, avant de tourner brusquement les talons.

La Mesquakie refuse de s'attendrir. Si elle succombe au chagrin communicatif d'Adélaïde, si elle s'apitoie sur son sort, elle risque de se laisser entraîner par un flot d'émotions dévastatrices. D'un pas résolu, elle rejoint donc la marcheuse, et toutes les deux quittent le bourg de Saint-Pierre, en direction du Levant.

Elles s'engagent dans une allée d'orangers plantée entre deux vastes habitations, où s'activent des centaines d'esclaves. Parfois, l'un d'eux lève la tête pour les regarder passer, mais il revient très vite à son travail par peur des représailles, et les voyageuses franchissent les premiers kilomètres sans croiser personne.

En dépit de ses bonnes résolutions, Thana ne peut s'empêcher de jeter un regard furtif derrière elle. En notant certains repères, un parapet, une croix de bois, elle marque son chemin, calcule à sa manière la distance toujours grandissante qui la sépare de Kiala.

La marcheuse ne lui a pas encore adressé la parole.

Sans jamais s'arrêter pour déposer son fardeau, ne fût-ce que quelques secondes, celle-ci attaque en force les très nombreuses montées. Thana ne comprend pas où elle puise son étonnante énergie. Libre de toute charge, la Mesquakie peine tout de même à la suivre. L'autre, la plante des pieds durcie par l'entraînement, épouse les inégalités de la route avec assurance. Là où Thana grimace de douleur, elle semble flotter au-dessus des aspérités.

Une montée abrupte les mène au Morne-Rouge, un minuscule hameau — trois ou quatre maisons — à l'ombre de la grande montagne. Passé ce point, la route devenue sentier se resserre peu à peu en une simple trace. Les habitants du pays nomment ainsi les sentes étroites, souvent boueuses et tortueuses, qui se fraient un passage dans la végétation luxuriante de l'île. Une dernière grimpée, et les voilà au sommet de la Calebasse, le point le plus élevé à des kilomètres à la ronde.

Au grand soulagement de Thana, la marcheuse autorise une courte halte. Sans se départir de son fardeau, elle scrute attentivement les environs avant d'avaler une gorgée de tafia.

— Bois, dit-elle ensuite en tendant la bouteille à Thana. Tu l'as bien mérité : elles sont rares celles qui peuvent me suivre sans se plaindre.

Ce seront là ses seuls mots, mais le compliment réjouit la jeune femme, qui porte le goulot à ses lèvres et laisse couler le liquide dans sa gorge. Une chaleur radiante se répand dans sa poitrine. Le breuvage sans finesse la revigore. Son âcreté même a quelque chose de vivifiant. Elle confère à la liqueur une personnalité puissante, âpre et farouche, à l'image de Margot-la-marcheuse.

Tout en reprenant son souffle, Thana observe sa compagne.

Même au repos, celle-ci ne perd rien de sa distinction. Souveraine, elle règne sur son île, les pieds dans les fougères, le front nimbé de soleil. Derrière et devant se profilent de hautes montagnes aux sommets empanachés de nuages. Tout autour, deux océans se donnent la main — l'un, clément, d'un bleu virginal ; l'autre, furieux, comme si les bonaces du premier annonçaient les débordements du second —, forgeant ainsi une alliance mystérieuse qui influence non seulement le climat de l'île et sa végétation, mais également le caractère de ses habitants.

Margot porte en elle ces deux forces. Son silence

quiet épouse la dormance de la mer des Antilles ; son corps vigoureux contient les furies de l'Atlantique. Magnifiques, éloquents même dans leur mutisme, femme et océans se définissent l'un l'autre.

Admirative, Thana pivote sur elle-même et se gorge de cette beauté, où se confondent mers et ciel, d'un même bleu entre les massifs de balisiers en fleurs. « Ce pays est si petit, pense-t-elle, qu'on en voit les contours. »

Soudain, un froissement de feuilles mortes s'échappe du sous-bois, derrière elles.

La marcheuse tourne immédiatement la tête dans cette direction. Les muscles de son cou, tendus à l'extrême, saillent sous la peau. D'un geste, elle ordonne à Thana de ne pas bouger, et les deux femmes restent figées, dans l'attente. Au bout de quelques secondes, le bruit se répète, beaucoup plus près cette fois. Mais la marcheuse sourit : elle a identifié le maraudeur. La tension baisse d'un cran.

— C'est la tourterelle, murmure-t-elle en désignant de la tête un superbe oiseau au plumage orangé, délicatement nuancé de pourpre, qui picore des graines sur le sol.

Celui-ci s'envole aussitôt dans un bruyant battement d'ailes et, quelques instants plus tard, les deux femmes entendent sa roucoulade.

Tout se termine bien, mais cette fausse alerte leur a laissé un goût amer.

Sans plus attendre, la marcheuse affermit sa charge d'une pression des mains et elle reprend la route, bien décidée à ne pas s'attarder inutilement.

***

Au bout de deux heures d'une marche soutenue et épuisante, de montées et de descentes, de ravins et de ravines, les deux femmes quittent enfin les mornes et atteignent la rivière Capot. Gonflée par les pluies, celle-ci est malheureusement infranchissable. Il leur faut descendre plus bas encore, jusqu'à son embouchure. Avant de couler doucement dans la mer, les eaux claires de la rivière y vocalisent sur un lit de pierres, lisses comme des œufs.

Thana veut boire, mais la marcheuse l'en empêche.

— Il faut couper l'eau avec le tafia, sinon tu seras malade.

Après s'être désaltérées, les voyageuses prennent un repos bien mérité. Pour le moment, tout danger semble écarté. Elles sont à découvert sur cette plage de galets, et à même pas une heure de marche de Grand'Anse. Les risques de mauvaises rencontres s'amenuisent avec la distance.

Tout ici n'est que force brute. La mer s'érige, tel un chien de garde devant cette bande de terre si fragile. Le vent du large souffle dans les oreilles des deux femmes avec une violence dramatique. Sur toute la côte, il a ciselé les rochers ocres et couché la végétation, qui s'étale en éventail, toujours dans la même direction. Thana et sa compagne n'entendent rien d'autre que ce bourdonnement continu, doublé par le ronflement des vagues.

Elles pataugent dans l'eau quelques instants pour soulager leurs pieds endoloris, puis Margot donne le signal du départ.

Avant de la suivre, Thana ramasse un caillou poli par le vent et la mer, qu'elle cale au creux de sa paume. Ce contact agréable la réconforte. Puis elle replonge à son tour dans les bois, par un passage à peine visible entre les arbres, et grimpe un talus à même les racines géantes d'un figuier. Sous le feuillage épais, le sentier tapissé de feuilles et de copeaux baigne dans la pénombre. Des filaments pendent aux arbres en longues barbes grises. À tout moment, ces plantes qu'on appelle filles-de-l'air leur frôlent le visage. La mer gronde toujours, même si elles l'entendent sans la voir, mais l'oreille fine de Thana perçoit soudain un autre bruit. Intriguée, elle se retourne et surprend deux hommes d'une saleté répugnante qui marchent derrière elles.

12

Thana doit appeler sa compagne à deux reprises avant qu'elle ne se retourne. Le premier mouvement de surprise passé, celle-ci décide de ne pas s'en laisser imposer.

Les deux hommes se sont arrêtés, les mains dans les poches. Margot ne les quitte pas des yeux. Ce sont des Blancs, de taille moyenne. La crasse collée à leurs vêtements constitue leur seul trait distinctif. Ils les surveillent sûrement depuis la rivière, et ils ont préféré les suivre pour les attaquer à l'endroit le plus propice.

La marcheuse n'a guère le choix. Inutile de tenter de fuir avec son fardeau, et il n'est pas question d'abandonner sa précieuse marchandise aux mains de ces voleurs. C'est tout ce qu'ils veulent, avec sa bourse, mais tant qu'elle sera en vie, ils n'auront rien. D'un autre côté, les affronter serait périlleux. Malgré leur stature peu imposante, ils sont sûrement plus forts qu'elle, et surtout plus habitués à se battre. Restent la ruse et l'audace, et l'espoir qu'un bon Samaritain passera par là. Ces vauriens ne sont, la plupart du temps, que de vilains cabots hargneux qui grognent au bout de leur chaîne et se trouvent démunis dès qu'on les défie.

Risquant le tout pour le tout, la marcheuse se dirige vers eux, suivie de Thana, un peu rassurée par l'aplomb de sa compagne, mais tout de même assez troublée pour serrer bien fort le caillou dans sa main. Lorsque Margot s'arrête, elle se range immédiatement à ses côtés, les sens en alerte.

La Mesquakie décèle dans le faciès des deux hommes une ironie méprisante qu'elle connaît trop bien. Prête à réagir à la moindre menace, elle épie leurs battements de cils, surveille leurs épaules. Rien ne lui échappe. Si bien qu'au premier geste suspect elle bondit. Son assaillant n'a pas le temps de l'atteindre. Elle fonce sur lui et le frappe violemment à la tempe avec le caillou. L'homme chancelle, puis il tombe à genoux, à moitié inconscient.

Lourdement chargée, Margot n'a pu réagir aussi vite. Son agresseur l'a fait tomber, et son panier avec elle, avant de la bourrer de coups. La jugeant hors d'état de nuire, il s'est ensuite emparé de la petite bourse qu'elle portait à la ceinture, puis, d'un geste rageur, il a déchiré la toile qui recouvrait le panier pour fouiller l'assemblage hétéroclite en quête d'objets de valeur.

C'est à ce moment que Thana saute sur lui, avec l'agilité et la férocité d'un grand félin. Le voleur ne s'attendait pas à une telle attaque; il ploie sous les coups. Le caillou lacère son cuir chevelu et il est bientôt aveuglé par son propre sang. Abasourdi, il ne cherche qu'à fuir, en rampant s'il le faut, pour échapper à cette furie. Les esclaves parlent souvent des *guiablesses*, de véritables sorcières possédées par le démon et capables de tuer un homme par la seule force de leur pensée. Le vagabond est convaincu d'en avoir rencontré une, et il profite d'un repli stratégique de Thana pour rassembler ses dernières forces et déguerpir.

La Mesquakie se tourne aussitôt vers sa première victime, pour constater qu'elle a disparu, elle aussi.

— Qu'ont-ils pris ? demande Margot en se frottant une jambe.

— Rien, la rassure Thana. Tout est là.

— La bourse ?

Thana la lui tend.

— Tu es blessée ? s'inquiète alors la marcheuse en voyant du sang sur la main de la jeune femme.

— Non, non, ce n'est pas mon sang.

Ahuries, les voyageuses se dévisagent l'une l'autre, bien conscientes qu'elles l'ont échappé belle.

— Je n'aurais pas dû partir seule, ronchonne Margot. C'est trop dangereux. Quand les marcheuses voyagent en groupe, personne n'ose les attaquer. Je n'aurais pas dû, répète-t-elle. Si tu n'avais pas été là...

Elle ne le dit pas à Thana, mais elle a quitté Saint-Pierre avant ses consœurs parce que Mlle Savari lui a offert un bon montant pour emmener la Sauvagesse aujourd'hui même.

Sans répondre, celle-ci l'aide à se lever. Elles n'ont rien de cassé, ni l'une ni l'autre, seulement quelques contusions. Leurs gestes sont lents, un peu hésitants.

Ensemble, elles rassemblent les objets éparpillés, et, devant ces trésors, Thana oublie vite l'incident. Curieuse, elle prend un temps fou à ranger les encriers, les rubans, les savons odorants. Elle renifle les cosmétiques, s'émerveille devant les poupées. Si bien que Margot doit la presser.

— Dépêchons-nous. Ces petits Blancs pourraient revenir.

— Pourquoi ce nom si drôle ?

— Pour les distinguer des grands Blancs, les maîtres des plantations, les grands propriétaires qui possèdent des centaines d'esclaves, comme M. Savari. Les petits Blancs ne possèdent rien. Ils vont d'une habitation à une autre, sans réussir à garder un travail, tellement ils sont paresseux. Les grands Blancs les méprisent et les Noirs les détestent.

Thana comprend. Elle ne connaissait pas l'expression, mais au cours de ses pérégrinations dans la vallée du Mississippi, elle a rencontré quelques petits Blancs.

Une fois la marchandise replacée dans le panier,

Margot respire mieux. Son chignon refait, elle ajuste correctement le lourd fardeau sur sa tête.

— Il ne manque rien, dit-elle, grâce à toi. Je te remercie d'être restée auprès de moi. Tu n'es pas comme les autres. Tu aurais pu fuir et me laisser seule avec ces voleurs.

Thana hausse les sourcils, étonnée : à aucun moment cette idée ne lui a effleuré l'esprit.

— Que vas-tu faire de toutes ces choses ? demande-t-elle, sans relever l'incongruité de la remarque.

— Je vais les vendre.

— Alors, tu seras riche !

Margot est touchée par la naïveté de la Mesquakie.

— Non, je ne serai pas riche, car je garde seulement un petit pourcentage des ventes. Tu comprends ? Le reste va à ma patronne. Par contre, elle a promis de me laisser la boutique quand elle se retirera des affaires. Alors je serai riche et j'achèterai un magasin à Saint-Pierre, rempli de beaux vêtements et de bijoux.

Les yeux de la mulâtresse brillent à cette évocation. Elle est plus belle que jamais, et Thana se rend compte seulement maintenant qu'elle parle un français très soigné et non pas le créole, comme les Noirs qu'elle a rencontrés. Née de l'union secrète d'une esclave noire et d'un maître blanc, Margot a grandi libre, partagée entre les deux races. Comme tous les êtres de sa condition, elle jouit de droits restreints et surtout très contestés. Aux yeux des Blancs, les mulâtres incarnent le vice. Ils sont le fruit du péché, et tous les prétextes sont bons pour leur retirer leurs privilèges. Pour les Noirs, ils représentent un danger, à cause du sang blanc qui coule dans leurs veines. Toujours en liberté surveillée, et précaire, les mulâtres essaient de trouver leur propre voie et de se forger une identité en empruntant ici et là des façons d'être, un langage, et en cultivant des ambitions parfois démesurées. Margot rêve d'une boutique depuis son plus jeune âge. Elle en a fait le symbole de son émancipation.

— Merci, répète-t-elle. Je n'oublierai pas ce que tu as fait pour moi.

13

Le voyage avait commencé entre deux allées d'orangers, à la sortie de Saint-Pierre. Il s'achève de la même façon. Ceux-là ont poussé si serrés à certains endroits que leurs écorces se sont unies, et ils forment une barricade épineuse qui protège les cultures des vents marins. Tout au bout, le village de Grand'Anse leur apparaît. Blotti dans la vallée, il tient entre deux promontoires rocheux sur lesquels viennent se briser les déferlantes, et s'adosse à une enfilade de mornes, plantés de cannes jusqu'à leur faîte arrondi.

Les voyageuses remontent l'unique rue du village. Des gens sortent d'une vieille église décrépite. D'autres quittent les maisons ou les boutiques. Blancs, Noirs et mulâtres, tous pareillement concentrés, semblent engagés dans une quête laborieuse, dont ils ne peuvent se laisser distraire sans risquer un faux pas. Après la cohue de Saint-Pierre, une telle placidité déconcerte. Plusieurs saluent Margot-la-marcheuse d'un hochement de tête. Elle leur répond avec la même discrétion. Et cette attitude compassée contribue à installer une atmosphère feutrée, meublée par la plainte lancinante de l'alizé.

Épuisée par la longue marche, Thana a l'impression de tomber en somnolence. Tout se dilue dans le vent opaque, presque palpable, dont la mélopée se répercute à l'infini.

Envoûtée, elle sursaute et étouffe un cri de frayeur lorsque débouchent de nulle part un cavalier et sa monture, lancée au galop. Les passants se rangent sagement sur le côté, sans marquer le moindre déplaisir. Certains ébauchent même un sourire.

Quand son maître tente de le mettre au pas, le cheval se cabre. Il finit par se calmer, mais cette nouvelle allure ne lui plaît guère, c'est évident. Les oreilles sans cesse en mouvement, il attend avec impatience un contrordre.

L'arrivée tapageuse du tandem a créé un effet inattendu. La rue s'est animée. Les femmes relèvent la tête et passent une main dans leurs cheveux ; les hommes bombent le torse. Très affable, le cavalier salue chacun des villageois, leur crie un bon mot. Il les connaît tous par leur nom et tous le connaissent, même la marcheuse, devant laquelle il s'arrête.

— Bonjour, la Margot ! lance-t-il, le sourire avenant. Qu'est-ce que tu ramènes ?

— J'ai quelque chose pour vous, M. Desfontaines, lui répond la mulâtresse d'un air entendu.

— Tu as trouvé ce que je voulais ?

— Exactement !

Vincent Desfontaines descend de cheval avec une aisance surprenante. Il n'est plus tout jeune, la quarantaine avancée. Costaud sans lourdeur, il paraît moins grand qu'il ne l'est en réalité, à cause de ses larges épaules. Ses yeux d'un bleu indigo, très fortement violacé, rappellent un coucher de soleil automnal.

— Je t'accompagne jusqu'à la boutique, dit-il, le visage gourmand. J'ai trop hâte de voir. (Il lève les bras au ciel en grimaçant et se tourne vers Thana.) C'est comme ça : je suis un incorrigible curieux ! Serait-il trop indiscret de te demander ton nom ?

— C'est Thana, répond la marcheuse. Mlle Savari l'a achetée aux ursulines.

— Ce n'est pas une Caraïbe...

— Je suis une Mesquakie, déclare la principale intéressée avec fierté.

— Ce mot résonne comme un coup de canon dans ta bouche, s'étonne le cavalier. Et d'où viens-tu ?

La réponse de Thana suscite immédiatement l'intérêt de Vincent Desfontaines. Il veut en savoir davantage et questionne plus avant. Quand la jeune femme évoque le Mississippi, une flamme s'allume dans les yeux vifs de son interlocuteur. Il s'adresse à Margot-la-marcheuse.

— J'allais justement chez les Savari. Je peux l'emmener si tu veux.

— Vous ne désirez pas voir ce que je vous ai apporté ?

— Bien sûr !

Le trio se dirige vers une petite bicoque peinte en jaune.

Gênée par le regard pénétrant du cavalier, Thana ne sait trop quelle attitude adopter. Ces yeux d'une couleur singulière, qui épient chacun de ses gestes, la troublent profondément. La présence de Vincent Desfontaines à ses côtés lui cause un réel inconfort dont elle ne saisit pas vraiment la teneur.

Par chance, celui-ci se concentre maintenant sur une poignée de cailloux que Margot vient d'extirper de son panier. Ni l'un ni l'autre ne fait cas d'une vieille femme plantée derrière le comptoir, minuscule au milieu de sa pacotille. Son visage raviné n'a plus de couleur. On dirait une statuette sans relief.

— Je suis très content ! s'exclame Vincent Desfontaines en caressant chacune des pierres. Je passerai prendre le collier dans une semaine.

— Il sera terminé, l'assure Margot.

En passant à sa hauteur, l'homme touche la joue de la vieille femme qui s'anime comme par magie, puis il accroche le bras de Thana.

— Allez, ma belle. Ta maîtresse t'attend. (Tout en l'entraînant à l'extérieur, il lui raconte :) J'ai ramassé une pierre dans chacune des cinq rivières qui baignent Grand'Anse, et Margot s'est occupée de les faire polir et laquer à Saint-Pierre. Montées sur un collier de pailles entrelacées, elles feront un très beau bijou.

Thana ignore pourquoi il lui fait part de tous ces détails et elle ne cherche pas à comprendre. Cette familiarité lui fait un bien immense. Elle aimerait savoir à qui est destiné le collier, mais Vincent Desfontaines a déjà enfourché sa monture. Il lui tend la main.

La jeune femme recule, craintive.

— Je vais marcher, dit-elle.

— Il n'en est pas question ! s'exclame le cavalier. Un peu de courage ! Ce cheval est doux comme un agneau.

Penché sur l'encolure de la bête, il attrape prestement l'avant-bras de Thana et l'attire vers lui. Prisonnière de sa poigne de fer, la Mesquakie se donne un élan, à contrecœur, et se retrouve en croupe. En quelques secondes, ses palpitations se transforment en un frisson de plaisir. Ses jambes nues étreignent les flancs chauds et frémissants de la bête, et toutes ses appréhensions s'évanouissent derrière un merveilleux sentiment de puissance. La force de l'animal la traverse ; sa fatigue disparaît. La voilà dotée de quatre jambes robustes et d'une encolure nerveuse et musclée. Ses reins peuvent porter les plus lourds fardeaux, et ses épaules, renverser tous les obstacles.

Sous l'impulsion du cavalier, la bête se met au pas. Craignant d'être désarçonnée, Thana enlace fermement le torse musculeux de Vincent Desfontaines, et appuie la tête contre son dos. L'homme pose une main rassurante sur celles de la jeune femme, jointes sur sa poitrine, puis il commande un petit trot au cheval, une allure confortable et gracieuse, sans à-coups.

Thana ferme les yeux et se laisse enivrer par les

odeurs terreuses de l'homme et de la bête, et par tant d'autres fragrances qui les accompagnent tout le long du chemin : celle des orangers, plus sucrée, ou celle, envahissante, des bois d'Inde, où pépient grives et ramiers.

Vincent Desfontaines choisit ce moment de recueillement pour pousser la cadence. Affolée, Thana s'agrippe de plus belle. Devant eux s'épivarde une bande d'ortolans effarouchés. Curieuse, la jeune femme risque un œil par-dessus l'épaule du cavalier. Elle aperçoit, droit devant, une maison d'une blancheur immaculée, drapée dans la lumière ambrée du demi-jour, et qui se rapproche à une vitesse effarante.

Arrivé en trombe dans la cour, le cheval, les naseaux dilatés, a du mal à s'arrêter. En jouant des rênes, son maître le fait tourner sur lui-même, et le paysage s'enroule autour de Thana en une écharpe soyeuse aux tons pastel : le vert tendre des cannes, la grande montagne, au loin, et sa collerette d'écume, le bleu jade d'une rivière qui rampe vers la mer, les fleurs aux mille coloris et, tout près de la maison, le feuillage émeraude d'un imposant fromager aux racines comme des contreforts. Le manège dans lequel elle se trouve entraînée gomme les teintes plus tristes, le gris ou le brun, pour ne garder des alentours que cette vision idyllique aux couleurs de l'arc-en-ciel.

Vincent Desfontaines n'a pas crié. Il mène les bêtes comme les hommes, avec finesse et respect. À bout de souffle, le cheval s'arrête de lui-même. Aussitôt, le cavalier passe la jambe droite par-dessus l'encolure et saute par terre. Il tend ensuite les bras à Thana et l'aide à descendre.

La jeune femme tient à peine debout. La tête lui tourne et elle perdrait l'équilibre si Vincent Desfontaines ne la soutenait pas.

— Te voilà rendue, lui dit-il en la tenant solidement par les épaules. Essaie d'être heureuse, ajoute-t-il plus bas. Je reviendrai te voir ; j'aimerais que tu me parles plus longuement de ton pays.

Thana voudrait lui dire qu'elle n'oubliera jamais cette chevauchée, mais elle ne trouve pas la manière. Comment expliquer cette émotion confuse avec de simples mots ?

Après l'avoir saluée, Vincent Desfontaines l'abandonne pour se diriger à grands pas vers la maison. Un homme en sort au même moment. Grand et svelte, il porte une chemise de dentelle et une culotte taillée dans un tissu fin et léger.

— Cher ami ! s'exclame-t-il en venant au-devant de son visiteur.

Sa démarche saccadée trahit son âge. Ses muscles ne répondent plus comme avant et il manque de souplesse, même s'il fait des efforts surhumains pour le dissimuler. Surtout devant son ami, de deux ans son aîné et pourtant plus alerte qu'un jeune homme.

— Mon cher Savari ! dit celui-ci. Te voilà enfin de retour à Grand'Anse. Ce n'est pas trop tôt !

Les deux hommes s'étreignent avec une joie évidente. Ils sont très différents l'un de l'autre. Adrien Savari, le père d'Henriette, affiche des allures d'aristocrate avec ses vêtements bien découpés et sa perruque poudrée. Vincent Desfontaines, au contraire, très à l'aise dans son pantalon trop ample et sa veste de toile délavée, incarne l'esprit antillais dans ce qu'il a de plus rebelle. Dégagé de tous les dogmes, débarrassé de toutes les croyances, il vit au jour le jour, selon les impulsions du moment, indifférent aux ragots. Souvent, les deux hommes s'affrontent dans des discussions enflammées, où ni l'un ni l'autre n'accepte de céder du terrain. Pourtant, leur amitié ne s'est jamais démentie, et Vincent Desfontaines se réjouit aujourd'hui de retrouver son complice aussi serein. Les dernières années ont été dures pour Adrien Savari. Son ami le sait plus que quiconque, car il connaît tous ses secrets.

— Rentrons vite ! Nous avons tellement de temps à rattraper.

Bras dessus, bras dessous, les deux hommes se dirigent vers la maison, lorsque Vincent Desfontaines se rappelle Thana qui est restée plantée au milieu de la cour, près du cheval.

— Je t'ai emmené quelqu'un, commence-t-il.

L'autre hausse les épaules.

— Une lubie de ma fille... Tu la connais !

— Où est-elle ? J'ai tellement hâte d'embrasser ma future belle-fille. Vous nous avez manqué, tous les deux. Grand'Anse n'était pas le même sans vous. Il ne faut plus jamais partir aussi longtemps.

Tout en ouvrant la porte à son visiteur, le maître des lieux fait un signe discret. Aussitôt apparaissent trois esclaves, à qui il donne des ordres brefs et précis avant de les congédier. Le premier se charge du cheval. Le deuxième s'empare de la sacoche, et le troisième enjoint à Thana de le suivre. D'autres Noirs traversent la cour, pressés. Ils sont partout maintenant. Plusieurs travaillent au potager. Des domestiques sortent de la grande maison. Un vieil homme nourrit des poules. « Mais où étaient-ils donc ? » se demande Thana, ébahie. Par quel miracle a-t-elle pu ne pas les voir ?

Elle aperçoit des dizaines de travailleurs qui reviennent des champs. Ils marchent lentement, tête baissée pour la plupart. Chacun tient une brassée d'herbe. Comment a-t-elle pu faire abstraction de leur présence ? Soudain, le splendide paysage s'estompe pour céder la place à ces esclaves, maigres et dépenaillés, le visage crasseux. Tous se déplacent au même rythme, telle une immense bête de somme en route vers l'étable.

Un seul d'entre eux n'épouse pas la cadence imposée par le groupe. D'un pas léger, il remonte le long cortège jusqu'à sa tête. Il n'ose pas cependant se détacher du peloton, dont il a rejoint le responsable. Celui-ci l'observe de biais, méfiant, les doigts serrés sur le manche de son fouet. Au premier coup d'œil, Thana devine la tension entre les deux hommes qui pénètrent de concert dans la cour. À leur suite, le groupe se dirige avec un bel ensemble vers les enclos où chacun jette sa brassée d'herbe. Les esclaves s'éparpillent ensuite vers les cases misérables, rangées en une ligne parfaite au pied des mornes.

Menée par son guide, Thana emboîte le pas aux deux meneurs et pénètre, derrière eux, dans une de ces cases, un peu plus grande que les autres, mais tout aussi rudimentaire. On la confie aussitôt à l'homme au fouet, dont le visage épanoui lui inspire confiance.

— Je m'appelle Jolicœur, dit celui-ci. Je suis le commandeur de l'habitation Savari. C'est moi qui suis responsable des esclaves. Voici ma mère, maman Joseph, et Michau, mon frère aîné. Nous avons aussi une sœur que tu rencontreras plus tard ; elle s'appelle Virgine. Tu peux prendre cette paillasse, là, dans le coin.

Intimidée, Thana veut se retirer, mais l'esclave dissident, celui que le commandeur appelle Michau, se braque devant elle et lui coupe la route.

— Cette Sauvagesse ne va quand même pas s'installer chez nous ! grogne-t-il. Et d'abord, qui est-elle ?

— Mlle Henriette l'a achetée à Saint-Pierre, explique Jolicœur. Nous devons la garder ici pour quelque temps.

— Et depuis quand le sais-tu ?

— Ça ne te regarde pas.

— Tu aurais pu au moins avertir notre mère.

— Si elle n'est pas d'accord, elle le dira elle-même.

Bien que le commandeur n'ait pas élevé la voix, il tient toujours son fouet.

Coincée entre les deux hommes, Thana se sent minuscule, et si seule. S'ils en viennent aux coups, comme elle le craint, elle sera leur première cible.

14

Au grand soulagement de la Mesquakie, une petite voix fragile desserre l'étau autour d'elle.

— Ça suffit ! Venez manger.

Maman Joseph pousse ses fils vers la table, une planche mal équarrie déposée sur deux grosses pierres. Désireuse de les réunir, du moins dans son étreinte, elle les entoure de ses bras. Michau et Jolicœur renoncent aussitôt à poursuivre la discussion, mais ils restent quand même sur leur quant-à-soi. Leur mère est si menue qu'il serait bien difficile de croire qu'elle a mis au monde ces deux gaillards, si ce n'était l'autorité qu'elle exerce encore sur eux. Son large front dégarni éclaire un visage sévère, au regard attristé par un fond d'amertume. Malgré les seins flasques et le dos courbé, une impression de robustesse émane de ce petit corps usé, et ses fils, deux hommes faits qui la dominent pourtant de leur stature imposante, ne s'y trompent pas. Ils ont grandi dans les champs de canne et gagné le droit de vivre en suant corps et âme, jour après jour. Le travail leur a façonné une forte musculature, où la colère maintient une tension constante. Seule l'affection indéfectible de leur mère arrive à les apaiser. C'est pourquoi ils reviennent sans cesse auprès d'elle, en quête de réconfort.

Maintenant qu'ils sont installés à la table, maman Joseph prend la main de Thana et la tapote affectueusement.

— Tu dois avoir faim, dit-elle. Viens t'asseoir.

La Mesquakie prend place sur le banc, auprès de Michau.

D'une beauté insolente, celui-ci ne décolère pas. Derrière son visage buté, il semble ruminer quelque plan diabolique. Seules ses lèvres pulpeuses trahissent un appétit inassouvissable pour la vie, surtout lorsqu'elles esquissent un sourire forcé, hésitant entre le cynisme et la franche grossièreté.

— Maintenant que Mlle Henriette est revenue, raille-t-il, tu vas devoir te remettre à tes cours de danse.

Jolicœur, assis en face de lui, ne répond pas.

Il porte bien son nom. Peut-être à cause d'une fossette au menton qui lui donne une allure juvénile. Cependant, il passe à tout moment dans son œil sombre une lueur farouche qui intrigue Thana et l'inquiète, beaucoup plus que l'air revêche de Michau.

Encouragée par maman Joseph, la jeune femme plonge la main dans un coui, un bol fabriqué dans une calebasse vidée et séchée, et en retire une igname bien chaude.

— Ajoute un peu de pimentade, lui suggère la vieille femme. C'est du jus de citron...

Elle ne termine pas sa phrase, car une toute jeune fille fait irruption dans la pièce.

Mince sans maigreur, la poitrine généreuse et les fesses bellement rebondies, Virgine, dix-sept ans, observe les autres avec méfiance, telle une biche aux abois.

— C'est la Sauvagesse de Mlle Henriette ? demande-t-elle en apercevant Thana.

Sa voix plane dans les aigus, avec une préciosité qui fait sourire ses frères.

— Tu viens la chercher ? s'informe Jolicœur.

— Non, je n'ai reçu aucune instruction. Je savais

seulement qu'elle arriverait aujourd'hui. Elle a l'air moins grande qu'on le disait.

— Ça n'empêche pas qu'elle prend de la place, grommelle Michau.

Thana se recroqueville sous le mépris. Ces gens la traitent comme un animal ou une chose. Savent-ils seulement qu'elle a des oreilles pour entendre et des yeux pour pleurer ? Ils parlent en créole et elle ne saisit pas tout, mais elle comprend qu'elle n'est la bienvenue nulle part.

— Tu pourrais peut-être l'emmener à la grand'case, demain matin, suggère Jolicœur.

— Il n'en est pas question ! Quand Mlle Henriette aura pris une décision à son sujet, je serai la première informée. En attendant, je ne m'en mêle pas.

Le commandeur soupire. La ridicule vanité de sa jeune sœur le consternera toujours.

— Elle devra venir aux champs, alors.

Il n'aime pas beaucoup s'encombrer d'une novice. La période d'apprentissage est toujours la plus pénible, tant pour l'esclave que pour lui. Surtout que Mlle Henriette n'a sûrement pas acheté cette Sauvagesse pour l'envoyer dans les pièces de canne. Il risque donc de la former pour rien.

Maman Joseph vient à sa rescousse.

— Je vais m'en occuper, dit-elle. Elle gardera les enfants avec moi, en attendant. Ils sont si nombreux que je ne sais plus où donner de la tête.

***

Le lendemain, les coqs chantent bien avant l'aube, et il fait encore nuit lorsque résonne le son grave du lambis, un gros coquillage évidé dans lequel souffle le commandeur pour réveiller les esclaves. Ceux-ci se rassemblent dans la cour, et Thana les rejoint, en compagnie de maman Joseph.

Après l'appel et la prière, présidée par Jolicœur, tous se dispersent dans le jour naissant. Les plus costauds se dirigent vers les champs de canne, qu'ils appellent le grand jardin. D'autres, hache sur l'épaule, prennent la direction des bois. Quelques femmes s'apprêtent à laver les blanchets, de grandes toiles qui serviront plus tard à passer le jus des cannes, pendant que les cabrouettiers crient déjà des ordres à leurs bêtes. Tous les autres, tonneliers, forgerons, charpentiers ou domestiques de la grand'case — la maison des maîtres —, s'acheminent en silence vers leur poste de travail.

Une nouvelle journée commence, qui ressemblera sans doute à la précédente, éreintante pour sûr, avec son lot habituel de courbatures et de contusions. À moins que l'un des travailleurs ne se fasse mordre par un trigonocéphale, ou fer-de-lance, ce serpent venimeux dont tous doivent constamment se méfier, où qu'ils soient.

Malgré leur indifférence à son égard, Thana observe attentivement les esclaves. Elle est curieuse de ces gens à la peau si noire, qui ondulent plus qu'ils ne marchent, qui rient comme des enfants avec, dans les yeux, un perpétuel désarroi. Ils n'ont pas faim : Adrien Savari les nourrit bien. Dans leurs vêtements propres et décents, les corps pavoisent, beaux et sensuels, fiévreux, toujours en état d'urgence. D'où l'exubérance dans le geste, la volubilité, la gourmandise et la démesure en tout, dans l'amour comme dans la haine, dans le travail comme dans la fête.

La jeune femme aimerait les suivre, pour le seul plaisir d'aller quelque part et de savoir, à l'avance, de quoi sera faite sa journée. En même temps, elle imagine comme il serait bon de fuir cet endroit, où personne ne semble disposé à lui faire une place. Kiala lui manque cruellement, de même que la rivière des Renards.

Toute à ses réflexions, elle frémit lorsqu'une petite main se glisse dans la sienne. L'enfant est si délicate qu'on s'étonne de la voir tenir sur ses jambes. Ils sont une douzaine comme elle, garçons et filles, agglutinés autour de la Mesquakie. Âgés de deux ou trois ans, ils lèvent la tête vers l'étrangère et la dévorent de leurs grands yeux inquiets et déroutants.

— Je vous présente Thana, lance maman Joseph en poussant les enfants vers le potager. Ce sera votre nouvelle amie. Elle va nous aider à sarcler, venez ! Et que je n'en vois pas un seul m'arracher un plant ! Ensuite nous irons nourrir les cochons.

La vieille femme imite les grognements des porcs, et les enfants ricanent. Thana ne peut résister à leur rire contagieux. Ils s'agrippent à elle, maintenant, réclamant une caresse, un sourire. Déjà, elle les aime de tout son cœur, et elle éprouve une joie immense à contempler leurs visages tout en rondeurs ou à toucher leur peau soyeuse. Ils l'ont adoptée sans rien demander, sans tenir compte de sa différence. La jeune femme a simplement ouvert les bras ; le reste a coulé de source.

Maman Joseph se réjouit de cette aide inespérée. Les petits, dont elle a la charge pendant toute la journée, grouillent de vie, et elle manque d'yeux et de bras pour les surveiller et freiner leurs désirs de découverte. En outre, elle doit s'occuper du potager, des poules et des cochons. La présence de Thana lui facilitera grandement la tâche, et elle espère bien pouvoir la garder pendant quelque temps.

— Tout le monde bat des pieds, ordonne-t-elle en pénétrant dans le potager.

Les enfants s'en donnent à cœur joie. L'exercice a pour seul but de chasser les serpents ou autres indésirables, mais ils en font un jeu, et il faut toute l'autorité de maman Joseph pour ramener un peu d'ordre.

En suivant ses directives, les enfants s'accroupissent ici et là, dans le potager, et entreprennent de fouiller la terre de leurs doigts malhabiles. Chaque fois qu'ils arrachent une racine, les petits la montrent fièrement à l'une ou l'autre de leurs gardiennes, attendant avec anxiété un signe d'approbation. Rassurés, ils retournent ensuite à leur tâche en pépiant comme les didines, ces petites parulines à la tête brun-rouge qui volent de branche en branche à la recherche d'insectes. Malgré les menaces, ni maman Joseph ni Thana ne les réprimandent pour un plant arraché par mégarde. Elles dirigent plutôt le coupable vers un autre rang, où les mauvaises herbes sont plus faciles à distinguer des bonnes.

Profitant de chaque moment de répit, la vieille esclave se raconte, heureuse de trouver une oreille attentive.

— Là-bas, en Afrique, j'étais l'esclave d'un homme puissant, auquel mon père m'avait vendue un bon prix pour acheter un lopin de terre et établir mes frères. Très vite, mon maître m'a remarquée, mais les attentions dont il me faisait l'honneur ont déplu à sa première femme. Celle-ci m'a vendue à un marchand de la compagnie de Guinée.

Tout en parlant, la vieille esclave a sorti de sa casaque un bout de tissu froissé et jauni : le mouchoir que son maître lui avait offert. Ce carré de soie, brodé aux insignes d'un prince africain, elle l'a gardé sur son cœur toutes ces années. C'était un cadeau qui laissait présager un avenir prometteur, car les esclaves ainsi courtisées par un homme de pouvoir amélioraient considérablement leur condition. En triturant ce mouchoir, maman Joseph repense à tout ce qui n'est jamais advenu, et ses yeux se gonflent de larmes, même si elle ne pleure plus sur son passé depuis longtemps. Elle a quitté un esclavage pour un autre, en choisissant de magnifier le premier pour mieux supporter le second.

— Cette vieille folle rabâche encore les mêmes sornettes ! Surtout, ne la laisse pas t'ennuyer avec ses histoires à dormir debout.

— Ça ne m'ennuie pas du tout ! rétorque vivement Thana au vieillard qui arrive.

Le vieux Magloire sourcille. Il ne s'attendait pas à une telle repartie. Il connaît maman Joseph depuis le temps lointain où elle et lui portaient encore un nom africain. À cette époque, il était le plus âgé des deux. Depuis, sa vieille amie semble l'avoir rejoint. Le bateau négrier les a jetés ensemble sur cette île, et le hasard les a fait ensuite se croiser, se perdre de vue, puis se retrouver. Ils appartiennent à l'habitation Savari depuis tant d'années maintenant ! Et ils ont accumulé tellement de souvenirs dont ils sont désormais les seuls dépositaires. Cette complicité leur donne des droits l'un sur l'autre, dont celui de s'asticoter, et même de se faire mutuellement enrager.

— Tu radotes encore sur le passé, maman Joseph ? se moque le vieux Magloire. C'est tout ce qui lui reste, ajoute-t-il en se tournant vers Thana.

— C'est déjà beaucoup d'avoir une histoire, lui répond celle-ci. N'est-ce pas le plus important ?

Étonné par tant de sagacité, le vieillard plisse le front. Sous ses sourcils épais et grisonnants, les yeux font un trou noir, sans fond. Un large chapeau de paille couvre son crâne dégarni, et ses lèvres crevassées s'entrouvrent sur une bouche édentée. Le vieillard est très maigre — on peut compter ses côtes —, mais ses mains d'une largeur démesurée ressemblent à des battoirs. De grosses veines y soulèvent une peau fripée et rugueuse comme l'écorce d'un vieux prunier.

— D'ordinaire, les jeunes gens comme toi ne comprennent pas ces choses, dit-il après quelques secondes de réflexion. J'aimerais bien savoir qui te les a apprises.

Thana baisse les yeux. Elle pense à son père, Wapello, et à tous les sages de son village. Touchée par son chagrin, maman Joseph bougonne :

— Qu'est-ce que tu fais ici, à perdre ton temps et le nôtre, vieux fainéant ?

— Je suis venu chercher ce qu'il faut pour les pièges. Les hommes ont vu des rats dans les cannes, hier, et Jolicœur m'a demandé.

— Alors, va vite ! Ne fais pas attendre mon fils.

La vieille femme a appuyé avec une certaine arrogance sur les deux derniers mots, pour bien rappeler au chasseur de rats qu'elle est la mère du commandeur.

Le vieillard secoue la tête, amusé. Il a saisi le message.

Maman Joseph s'enorgueillit de la réussite de ses enfants, comme elle a toujours tiré vanité de l'influence de son mari. Celui-ci, apprécié de ses maîtres et des esclaves, était lui-même commandeur. À sa mort, la veuve a tenu à garder son nom : Joseph. Aujourd'hui, Jolicœur a pris la relève de son illustre père à ce poste de prestige, et Virgine est la femme de chambre et la confidente de Mlle Henriette. Quant à Michau-le-rebelle, sa force physique en impose même aux maîtres.

Maman Joseph a bâti son univers autour de ses enfants, et le vieux Magloire ne manque jamais une occasion de se moquer.

— Tes enfants ont de qui tenir, dit-il. Les grands airs, ça s'attrape à la mamelle.

Sans laisser à sa vieille complice la chance de riposter, il tourne le dos aux deux femmes et se sauve. Il est déjà loin lorsqu'il se ravise.

— J'allais oublier, crie-t-il à Thana. Mlle Henriette veut te voir à la grand'case.

La Mesquakie frissonne. Elle savait que ce moment

viendrait, mais elle aurait préféré avoir plus de temps pour s'y préparer.

À regret, elle quitte le potager.

Une fillette la suit, et lorsqu'elle s'en aperçoit, la jeune femme doit revenir sur ses pas pour la reconduire auprès de maman Joseph. La petite ne comprend pas pourquoi elle la repousse. Elle ravale ses larmes et s'assoit par terre, résolue à ne plus bouger tant que sa nouvelle amie ne sera pas de retour.

Thana aimerait rester près d'elle, bien à l'abri au creux de l'enfance, mais ce n'est pas possible. Elle respire donc à fond — on dirait un long sanglot —, puis elle serre les poings et marche à grandes enjambées vers la maison des maîtres.

15

Dans la chambre de Mlle Henriette, Virgine replace pour la dixième fois l'épaisse couette blanche jetée sur le lit à colonnes. Elle en profite pour tapoter un coussin et enlever un long cheveu blond pris dans la guipure. Sur une table basse, des fleurs de la passion embaument la pièce de leur arôme acidulé. La jeune fille les examine et arrache quelques feuilles à la pointe jaunâtre. Sa maîtresse exige un nouvel arrangement chaque jour, mais elle préfère attendre en fin de matinée pour aller au jardin. Les fleurs sont toujours plus belles à ce moment-là.

Après un dernier tour d'horizon, Virgine s'empresse de replier très soigneusement un châle oublié sur une chaise. Voilà, tout est impeccable.

Satisfaite, la jeune fille pose les mains sur ses hanches et prend des airs de propriétaire. Elle aime cet endroit plus que tout autre. Mlle Henriette l'y a admise alors que toutes les deux n'étaient encore que des enfants. Nées la même année, elles ont grandi côte à côte, et cette pièce est vite devenue leur refuge. C'est là que Virgine a appris à servir et à admirer sa jeune maîtresse. À force d'y passer du temps, elle en est même arrivée à croire que cette chambre, d'une certaine façon, lui appartenait. Même sourde et aveugle, elle en reconnaîtrait les parfums délicats, et un jour, croit-elle, ce lit douillet sera le sien. Elle posera alors sa tête sur l'oreiller bourré du coton le plus fin, et elle dormira profondément, jusqu'au matin, jusqu'à l'ivresse. Oui, elle se soûlera de sommeil, sans se réveiller toutes les heures comme maintenant.

À l'abri entre ces murs blancs, on n'entend sûrement pas les cris de la nuit; dans ce lit-forteresse, rien ne peut vous atteindre.

La jeune fille ne résiste pas à l'envie de glisser une dernière fois ses doigts sur les tissus soyeux : le taffetas des robes, le velours des draperies. Puis elle se rend sur la pointe des pieds jusqu'à la porte. Elle entrouvre doucement, écoute. Aucun bruit ne lui parvient. Elle referme donc avec mille précautions, avant d'aller s'agenouiller devant le grand coffre placé au pied du lit.

Encore une fois, elle tend l'oreille.

Rassurée, elle soulève le lourd couvercle et plonge la main dans les sous-vêtements de soie et de batiste. Ce qu'elle cherche se trouve tout au fond et n'est pas facile à atteindre. Finalement, après quelques grimaces, elle extirpe du tas de vêtements une liasse de lettres réunies par un ruban rouge, qu'elle presse contre son cœur.

Tous ses rêves, toutes ses convoitises tiennent dans ces missives qui ne lui sont même pas adressées, et dont elle ne peut déchiffrer les signes. Pourtant, elle en connaît par cœur le contenu. Mlle Henriette lui a lu et relu chacune des phrases, et elle les a patiemment mémorisées. Aucune ne mentionne même son nom. Or, Virgine cultive la conviction profonde que chaque mot la concerne.

Au contact du papier, la perspective du bonheur à venir l'enfièvre, et le feu lui monte au visage. Toutefois, sa joie est de courte durée : la cinquième marche de l'escalier grince; quelqu'un vient.

La jeune fille replace lettres et vêtements en toute hâte. Lorsqu'on frappe à la porte, plus rien ne paraît de son indiscrétion.

— La maîtresse te demande.

***

Quelques instants plus tard, suivant en cela les directives de Mlle Henriette, Virgine promène Thana à travers la maison, en l'inondant d'explications auxquelles cette dernière ne comprend strictement rien. Il y a tant à voir et à apprendre ! À quoi peuvent bien servir tous ces objets ? Pourquoi toutes ces tables, de différentes dimensions, toutes ces chaises habillées et toutes ces images accrochées aux murs ? En dépit de ses efforts, la Mesquakie a du mal à s'y reconnaître. La mine revêche, Virgine parle trop vite et sur un ton autoritaire qui ne laisse aucune place au dialogue.

Une large galerie intérieure ceinture la maison. Les très nombreuses jalousies percées dans les murs y permettent une bonne circulation de l'air, et des banquettes aux sièges rembourrés sont appuyées contre les cloisons.

— Tu dois toujours commencer ici. C'est la pièce la plus importante. Les maîtres et leurs visiteurs aiment y passer leurs soirées.

Pour s'assurer qu'elle a bien compris, Virgine l'oblige à répéter les consignes à plusieurs reprises. Et quand Thana croit avoir enfin tout assimilé, la jeune esclave prend un plaisir fou à tout embrouiller. Ainsi, certaines pièces sont toujours interdites, d'autres seulement à des heures précises. On peut ouvrir certains meubles, quand c'est nécessaire, mais on ne doit jamais toucher à certains autres.

Thana se concentre, sans tenir compte de la mauvaise foi de son guide.

Virgine n'a rien de sa mère. Maman Joseph ne lui a pas légué cette espèce de résignation généreuse, toujours prête au compromis, que la Mesquakie a cru déceler chez Jolicœur. Une résignation qui n'est jamais totale, jamais absolue, qui se ménage précieusement quelques replis intimes auxquels bien peu ont accès, et que les moins vigilants ne soupçonnent même pas.

À première vue, Virgine ressemble plutôt à Michau, son frère le plus âgé : la même impatience et la même révolte, inscrites dans tous ses traits et qui lui creusent une ride à l'angle interne du sourcil.

Tous les deux, à leur façon, sont assurément en guerre. Son aîné lutte avec sa force d'homme, mais Virgine dispose d'armes différentes. Collier, boucles d'oreilles, bracelet, madras d'un jaune éclatant assorti à sa jupe, rien n'a été négligé. Si la couleur de sa peau ne la trahissait pas, on pourrait la prendre pour la maîtresse des lieux. En tout cas, elle s'acharne à le faire croire. Même sa façon péremptoire de s'adresser aux autres esclaves imite à la perfection le ton des maîtres. Malheureusement, cette comédie ridicule ne leurre personne, sauf elle-même.

Thana préfère lui laisser ses illusions. Elle la suit d'une pièce à l'autre, sans dire un mot. La jeune fille essaie de l'impressionner en employant des superlatifs et en se gonflant d'importance. Pour bien lui faire saisir la portée de son influence dans cette maison, elle l'entraîne même jusque dans la chambre de Mlle Henriette.

— Tu ne dois jamais venir ici, la prévient-elle sur un ton menaçant. Chaque matin, j'aide la maîtresse à faire sa toilette et à s'habiller. Je nettoie, je range la chambre et j'apporte des fleurs.

Elle a énuméré ses principales tâches avec la fierté empesée d'un colonel débitant ses faits d'armes. Oubliant ses bonnes résolutions, Thana ne peut s'empêcher de relever la contradiction.

— Pourquoi m'avoir emmenée si je ne dois jamais y venir ?

Virgine reste un moment interdite, puis elle explose :

— Parce que, chaque jour, tu devras prendre ce

que j'aurai déposé dans le couloir ! Tu porteras les vêtements sales à la lessive et les plats aux cuisines !

Thana acquiesce, conciliante. Sur un signe de l'esclave, elle s'apprête ensuite à quitter la pièce, lorsque Henriette Savari apparaît dans l'embrasure.

L'attitude de Virgine change instantanément. Rude et autoritaire jusque-là, elle s'assouplit comme le cuir tanné d'une peau de bison. Tout sourire, elle cède le passage à sa maîtresse en courbant la tête.

— Tu as besoin de quelque chose, mademoiselle ?

Henriette ne répond pas. Pendant quelques secondes, on pourrait croire qu'elle n'a pas vu sa femme de chambre.

— Il faudrait lui trouver des vêtements plus appropriés, dit-elle cependant en désignant Thana. Je ne supporte pas que mes domestiques se négligent.

— Nous y allions justement, la rassure Virgine. La couturière nous attend.

Henriette les retient.

— Tu n'as pas encore changé les fleurs ?

Mal à l'aise, la jeune esclave bredouille quelques excuses maladroites.

— Je préférais attendre... Je ne croyais pas... Elles seront plus belles...

Henriette la fait taire d'un geste, puis elle s'adresse à Thana.

— Va au jardin couper quelques fleurs. Tu les disposeras ensuite dans ce vase.

Virgine se raidit comme si on l'avait giflée.

D'abord, Thana ne sait trop comment réagir. Elle-même est étonnée de se voir confier une tâche aussi intime, mais sa hâte de sortir de cette maison est si grande qu'elle se précipite à l'extérieur. Pas assez vite cependant pour ne pas croiser le regard courroucé de Virgine, dont les yeux noirs brillent comme la lame d'une épée.

16

— Tu ne feras jamais rien comme les autres, Henriette Savari !

La jeune fille rosit, enchantée du compliment. Son émoi passe cependant inaperçu, car toutes ses invitées ont le même teint fleuri et délicatement moite. La chaleur y contribue grandement, certes, mais la limonade à base d'un vin des Canaries et de jus de citron est sûrement la première responsable.

Les quatre jeunes créoles bavardent avec animation. Légèrement émoustillées par la boisson au goût fin et trompeur de cannelle et de muscade, elles tiennent des propos égrillards, sur des sujets qu'en d'autres temps elles n'oseraient aborder. Vêtues comme des princesses, elles viennent des plus riches plantations de la Capesterre. À cause des distances et des routes qui ne sont guère recommandables, elles se fréquentent peu, en tout cas moins qu'elles ne le souhaiteraient. Alors chaque minute compte. Les nouvelles les plus banales font l'objet de longues discussions. Il faut tout dire en une journée, tout savoir, les amours de l'une, le chapeau à la mode.

Or, le sujet qui, pour l'instant, retient leur attention fait le bonheur d'Henriette Savari. Sans trop pavoiser, la jeune fille triomphe intérieurement. Son audace est récompensée. Elle aime faire envie et se particulariser, et Thana, comme prévu, lui en offre l'occasion.

Plantée devant ces demoiselles, tel un bibelot insolite, la Mesquakie fait en effet les frais de leur conversation, et c'est elle qui provoque, sans le vouloir, l'hilarité impertinente des jeunes filles. Sa tâche consistait à servir des fruits secs et à remplir les verres, mais elle est vite devenue la principale attraction. Henriette Savari a raconté son histoire en l'arrangeant à sa manière. Sa nouvelle esclave aurait été capturée dans les bois du Canada, après une poursuite de plusieurs semaines, dans la neige et les bourrasques. Et tout le reste du récit fabuleux a ainsi été brodé autour de la vérité, avec une semblable démesure. Comme d'habitude, Henriette s'est surpassée. D'ailleurs, on parle déjà de la Sauvagesse du Canada sur toute la côte atlantique de la Martinique, et plusieurs sont venus spécialement pour la voir. L'intérêt sera de courte durée, bien sûr. Pour le moment, toutefois, il amuse la jeune Savari et l'empêche de succomber à l'ennui. Si seulement elle pouvait trouver un moyen d'acquérir le mâle... L'effet serait décuplé.

— Vous pouvez passer à table, mesdemoiselles.

L'arrivée de Virgine déclenche un joyeux brouhaha. Avec empressement, la jeune esclave débarrasse les convives de leurs verres. Rien n'y paraît, mais elle a supervisé la préparation du repas, l'esprit troublé. La présence de Thana dans la grand'case et la curiosité des visiteurs à son endroit la relèguent au second plan. Cette situation l'inquiète. La Sauvagesse prend beaucoup trop d'importance, principalement auprès de Mlle Savari qui semble conquise par son air effarouché. Virgine connaît bien sa maîtresse, toujours avide de considération. Elle s'étonne néanmoins de la voir succomber aux charmes de la Mesquakie. Comment peut-elle être si naïve ? Virgine, elle, ne s'y trompe pas. Sous ses allures hautaines, Thana ne cherche qu'à lui voler sa place. Pour faire contrepoids, l'esclave a particulièrement soigné sa tenue, et, tout en dirigeant les invitées vers la salle à manger, elle multiplie les courbettes.

Thana reste seule au salon.

Les voix enjouées se dissolvent dans un silence fragile. La jeune femme ne bouge pas. L'odeur d'encaustique, persistante, reprend ses droits sur les parfums légers. Prise de nausées, la Mesquakie fixe le plancher qu'elle a lavé si souvent. Un talon a laissé une marque. Il faudra astiquer de nouveau. Elle se concentre ainsi sur des détails pour se soustraire au dégoût. Combien de temps encore pourra-t-elle supporter ces rubans dans ses cheveux et cette robe ridicule et contraignante ? Jusqu'où pourra-t-elle souffrir la morgue des uns et des autres ? Les esclaves lui font pitié. Ils s'approprient des miettes de pouvoir en escroquant leurs frères de misère. Ils s'épient entre eux, sans vergogne. Ceux de la grande maison regardent de haut les gens de métier ; ces derniers méprisent les travailleurs des champs. Quant aux Blancs, quels êtres grossiers et condescendants ! Ils ne savent rien et se croient au-dessus de tout. Comme Thana voudrait fuir ces gens et cet endroit ! Pourtant, elle reste là devant eux, comme une poupée qu'on habille ou déshabille à son gré.

A-t-elle le choix ? Ces personnes sont les seules à pouvoir libérer Kiala, dont elle n'a plus eu de nouvelles. Voilà pourquoi elle endure tout, le pire et le reste, sans se plaindre. Voilà pourquoi elle s'applique de toutes ses forces, tout en écoutant les conversations et en observant. Il lui faut à tout prix identifier les puissants, ceux d'entre eux qui détiennent la clé de la prison. À son corps défendant, elle sait bien que le salut viendra nécessairement des Blancs. Alors, elle les supporte. Comment faire autrement ?

— Tu te permets de bâcler le travail, maintenant ?

Virgine est revenue sans qu'elle l'entende. Elle brandit sous le nez de Thana une serviette de table.

— Regarde cette tache ! dit-elle. Mlle Henriette a eu

honte devant ses invitées, à cause de toi. Tu étais chargée de la lessive et tu as mal fait ton travail.

Thana sait déjà que la jeune esclave va lui rappeler une autre fois son incroyable chance : on ne prend pas n'importe qui dans la grande maison. « Une chance qui se mérite », répétera-t-elle sur un ton plein de sous-entendus. De fait, tout se passe comme prévu, et Virgine conclut :

— Si les maîtres ne sont pas satisfaits, tu iras dans les champs de canne. Tu vas voir que c'est moins drôle là-bas.

La jeune esclave en profite pour réitérer ses menaces, mais Thana, à force d'habitude, n'y porte guère attention.

— Va aux fourneaux, ordonne Virgine. On a besoin de quelqu'un pour cuire la farine de manioc.

***

Dehors, la Mesquakie aspire une grande bouffée d'air, comme chaque fois qu'elle quitte l'ambiance irrespirable de la grand'case. Une clarté ombrée distille dans l'atmosphère des particules poussiéreuses. Le jour s'achève. Le soleil est déjà loin, de l'autre côté des mornes. Ici, dans la partie est de l'île, il s'éclipse toujours en douce pour aller s'éteindre dans la mer des Antilles. Le soleil ne se couche jamais sur l'océan Atlantique. La nuit vient de l'ouest comme un voile sombre qui tomberait des montagnes.

Avant de se rendre aux fourneaux, Thana se désaltère à même une jarre remplie d'eau de pluie. Les yeux fermés, elle s'asperge longuement le visage et le cou, jusqu'à ce qu'un grincement de roues attire son attention.

Blaise Pasquier, le gérant de l'habitation Savari, revient du village. C'est un homme quelconque, de taille moyenne. Ses longues bottes sur lesquelles il fait constamment claquer sa cravache constituent son unique particularité.

Il n'est pas seul. Une dizaine d'esclaves, dont il est allé prendre livraison aujourd'hui même, descendent avec peine de la charrette. Leurs chaînes s'emmêlent. Deux hommes tombent par terre et ont du mal à se relever. Ils doivent compter sur l'aide de leurs compagnons qui, de toute façon, ne peuvent avancer sans eux.

Instinctivement, Thana se dirige vers les infortunés, espérant y trouver Kiala.

Le gérant l'intercepte aussitôt.

— Passe plus loin, lui dit-il. Tu ne dois pas approcher les nouveaux tant qu'ils n'ont pas été désinfectés. Tu ne voudrais pas qu'on coupe cette belle crinière parce qu'elle serait infestée de poux ?

Il tend la main pour toucher les cheveux de Thana, mais la jeune femme s'esquive. Pasquier rit de bon cœur avant de retourner vers les esclaves. D'un coup de cravache, il les pousse vers le hangar.

Pendant de longues secondes, Thana regarde le misérable cortège défiler dans un cliquetis de chaînes. Elle n'arrive plus à détacher les yeux de ces malheureux, visiblement épuisés et affamés.

Soudain, son cœur se serre. Elle croit avoir reconnu quelqu'un.

Elle plisse les yeux. C'est bien lui ; elle ne peut pas se tromper.

Le garçonnet a encore maigri, si cela est possible, depuis qu'elle l'a vu à Saint-Pierre, place du marché. Ce jour-là, elle avait essayé en vain de le réchauffer, car il grelottait de tous ses membres, sur l'estrade où on les avait exposés aux regards inquisiteurs des acheteurs. Aujourd'hui, la tête rasée de l'enfant semble disproportionnée sur son corps émacié. Il regarde tout autour, l'esprit égaré. « Son premier maître s'est donc aussitôt débarrassé de lui », s'indigne Thana.

Troublée, elle marche un moment derrière le groupe, se rapprochant un peu plus à chaque pas. Jusqu'à ce que le gérant remarque son manège et fasse claquer sa cravache, après l'avoir pointée dans sa direction.

Thana se résigne et prend le chemin des fourneaux. Une pensée la hante cependant : cet enfant a-t-il une mère quelque part qui pleure la disparition de son fils ? Cette perspective la bouleverse. La seule évocation de cette femme qui, chaque soir, lève ses mains vides vers le ciel lui serre la poitrine. Elle voudrait apaiser sa douleur parce qu'elle la connaît trop bien.

— Je vais m'occuper de ton petit, promet-elle à cette inconnue, en espérant qu'elle l'entendra, où qu'elle soit.

***

Il fait nuit noire lorsque la jeune femme peut enfin s'étendre sur sa natte. Par chance, le gérant a envoyé quelqu'un pour l'aider aux fourneaux, sinon elle aurait dû renoncer à dormir. À cause des longues heures passées au-dessus de l'immense poêle de cuivre, à remuer le manioc pour l'empêcher de coller, ses mains pleines d'ampoules la font souffrir, de même que ses épaules courbaturées. Le mouvement de rotation, répétitif, exige un effort considérable, et Thana est rompue de fatigue.

Elle croyait tomber comme une souche. Or le sommeil la fuit, à son grand désespoir. Elle entend les ravets qui s'attaquent aux réserves de patates. Ces gros cafards rongent tout ce qu'ils trouvent. Des anolis grimpent sur les murs. Thana devine sans le voir le déplacement furtif de ces petits lézards d'une agilité étonnante. Tout cela, pourtant si familier, la tient éveillée. En outre, la case empeste. Maman Joseph a fait cuire une caouane, une grosse tortue de mer que Blaise Pasquier a rapportée de Grand'Anse pour Joli-cœur. La carapace galeuse trônait encore sur la table à son retour. Et même si Thana n'a pas mangé depuis le matin et que son estomac la tiraille, elle a préféré rester sur sa faim plutôt que de goûter à cette chair coriace, dont l'odeur nauséabonde empoisonnera l'atmosphère pendant des jours.

D'une certaine façon, la jeune femme est soulagée de n'avoir pu manger avec le commandeur et sa famille. Son dédain pour un mets qu'ils apprécient aurait sans doute froissé tout le monde et n'aurait fait qu'aggraver ses relations avec Virgine, toujours prête à l'accuser de suffisance. Par chance, cette dernière dort déjà. Elle devrait passer la nuit dans l'appentis destiné aux domestiques attachés directement au service des maîtres, mais, chaque fois qu'elle le peut, elle s'échappe pour venir ici, chez sa mère. Comme ses frères, elle semble avoir besoin de ce contact quotidien, même si la tension entre les membres de cette famille atteint parfois son paroxysme. Ce sont des êtres entiers, ambitieux, chacun à leur manière, obstinés et engagés sur des voies différentes, mais toutes pareillement sans issue.

Thana regrette de ne pas avoir su se lier d'amitié avec Virgine et ses frères. Elle aurait tellement besoin de quelqu'un à qui se confier. Il y a bien maman Joseph, mais elle éprouve quelques scrupules à accabler davantage la vieille femme. Celle-ci a besoin de toute son énergie pour garder à la famille une certaine cohésion. Dans la tête de l'esseulée défile une galerie de portraits. De Chikea, son amie de la rivière des Renards, fidèle et généreuse, jusqu'à Margot-la-marcheuse, dont elle s'ennuie déjà, des visages lui sourient. Et lorsque ses rêveries la mènent à Kiala, des larmes lui montent aux yeux, venues de si loin qu'elle peut à chacune accoler un nom et un lieu. Ce travail de mémoire contribue avec tout le reste à la tenir éveillée, alors qu'elle souhaiterait tant dormir.

En se tournant sur sa couche, elle érafle ses mains meurtries et étouffe une plainte. Au même moment, un mouvement capte son attention. Quelqu'un s'est levé. Sans doute maman Joseph, reprise par ses coliques. Certains jours, la pauvre femme souffre le martyre. Jolicœur lui apporte quelquefois un peu de vin dans lequel elle fait infuser de la racine pilée de bois-lait. C'est un arbrisseau assez malingre, souvent planté pour délimiter les terrains cultivés. Le remède est efficace, mais l'effet est de courte durée, et la douleur reprend alors de plus belle, le plus souvent la nuit.

Thana se lève doucement pour ne pas réveiller les autres. Peut-être la vieille femme a-t-elle besoin d'aide. Elle trouve la porte à tâtons et sort. Un croissant de lune diffuse une faible lueur, suffisante toutefois pour distinguer une ombre qui s'éloigne à pas feutrés. Surprise, Thana reconnaît la silhouette toute en courbes de Virgine. Où peut-elle bien aller à pareille heure ?

Curieuse et agacée par ses problèmes d'insomnie, elle décide de la suivre. Une formidable impulsion la lance sur les traces de la jeune esclave. Si son indiscrétion peut l'aider à percer les défenses de Virgine, peut-être pourra-t-elle mieux comprendre son animosité.

17

Aussi leste qu'un anolis, la jeune Noire évite soigneusement le boisé, sans doute à cause des serpents. Elle contourne plutôt la maison des maîtres et longe l'allée d'orangers jusqu'au logement des potiers. De là, elle se rend aux entrepôts où sont emmagasinées toutes les marchandises nécessaires à l'habitation, de la viande salée jusqu'aux balles de fusil.

Quand elle voit Virgine se glisser derrière les bâtisses et forcer une fenêtre pour pénétrer à l'intérieur, Thana appréhende la suite. Elle avait d'abord cru à une aventure galante, mais l'intrusion de la domestique dans les entrepôts laisse supposer tout autre chose. Inquiète, la Mesquakie préférerait n'avoir rien vu. Toutefois il est maintenant trop tard. Sa curiosité est piquée. Elle doit savoir de quoi il retourne.

Sur le qui-vive, elle se tapit derrière un buisson et guette, attentive au moindre bruissement, tablant sur sa chance pour ne pas tomber sur le nid d'un serpent.

Après quelques minutes, Virgine réapparaît.

Les bras chargés, l'esclave a du mal à enjamber le rebord de la fenêtre. Il paraît évident qu'elle transporte des bouteilles, car le verre qui s'entrechoque produit un tintement caractéristique. « Le tafia ! se dit Thana, sidérée. Virgine vole des bouteilles de tafia... » Lorsque la jeune fille passe devant elle, ses doutes sont confirmés.

Elle la suit à pas de loup, en se posant mille questions. Pourquoi ? Pour qui ? Que va-t-elle faire de toute cette boisson ?

Perplexe, ahurie par l'audace de la voleuse qui se dirige droit vers la grand'case, Thana se rapproche le plus possible, juste assez pour la voir déposer son fardeau au pied du fromager qui flanque la maison des maîtres. C'est un arbre magnifique et plus que centenaire qui pousse fièrement sa couronne de feuilles vers le ciel. De son faîte pendent de longues et fortes lianes qui s'entremêlent aux branches, et ses racines robustes sortent de terre comme de grandes vagues grises, figées dans leur élan. Elles forment des creux où Virgine cache son butin.

Thana en a assez vu. Elle court jusqu'à la case et se couche avant le retour de la jeune esclave. De justesse ! Cette dernière se glisse, quelques secondes plus tard, dans la pièce sombre et soudain dramatiquement silencieuse. Essoufflée, Thana retient sa respiration pour ne pas se trahir.

Elle n'est pas la seule. Le va-et-vient des deux jeunes femmes a réveillé Jolicœur.

***

Le lendemain matin, la case baigne déjà dans une douce lueur rosée, lorsque Thana est réveillée par des cris. D'abord, elle croit avoir oublié de se lever. Les autres sont déjà aux champs ou aux ateliers. On l'attend à la grand'case et elle sera punie. Bien vite cependant, elle se rappelle que c'est aujourd'hui dimanche et, du même coup, elle réalise que ces vociférations ne la concernent pas. Encore une fois, les deux frères se querellent. Ou plutôt, Michau crache son venin pendant que Jolicœur, stoïque, le laisse dire. L'aîné ne mâche pas ses mots : chien, pantin, lâche, traître, sa rage s'exprime avec force, et tout ce qui peut blesser fait l'affaire. Le commandeur réplique à peine, et toujours à voix basse. Il subit les attaques avec un flegme désarmant qui décuple l'exaspération de son frère.

Thana s'est assise sur sa couche. Elle craint qu'ils n'en viennent aux poings et n'ose pas s'interposer. Il n'y a personne autour, seulement Virgine, à l'autre extrémité de la pièce. Allongée sur son lit — deux planches posées sur des traverses, elles-mêmes appuyées sur des branches croisées —, la jeune fille feint de dormir.

Thana décide d'attendre elle aussi la fin de l'orage, lorsqu'un ordre s'élève au-dessus des invectives.

— Taisez-vous tous les deux ! Taisez-vous !

La voix râpeuse et brisée de maman Joseph réussit à imposer le silence. La vieille femme arrive tout juste de l'extérieur, où elle a probablement ranimé le feu pour cuire le petit déjeuner. Autoritaire, elle toise ses fils qui finissent par baisser la tête.

Thana ne comprend rien à ces deux hommes, ni à leur colère ni à leur soumission. Plus elle les côtoie, moins elle les connaît, lui semble-t-il. L'aîné est bâti tout d'une pièce, franc et constant dans sa révolte et ses indignations, dont les fondements paraissent par ailleurs nébuleux. Il est né esclave et semble supporter sa condition comme on se résigne à une infirmité. Or sa colère ne tarit jamais. Comme s'il n'arrivait pas à identifier le mal qui le gruge et avait choisi d'accuser tout et tout le monde. Le cadet, par contre, louvoie avec grâce. Sans faire semblant, sans farder la vérité, il arrive pourtant à conserver entre lui et les autres une certaine distance. Il s'expose tout en se préservant.

Bien que déconcertée par ce double langage, Thana l'observe avec beaucoup d'intérêt. Le poste de commandeur est délicat. Il exige à la fois de garder la confiance des maîtres tout en obtenant le respect des esclaves, et Jolicœur, malgré son jeune âge, y réussit à merveille. Son intelligence et sa capacité à se concilier les uns et les autres fascinent la Mesquakie. D'après ce qu'elle a pu en juger, seul son propre frère résiste à l'ascendant du commandeur.

— Sortez d'ici !

Leur mère les jette dehors et elle reste un certain temps à fixer la porte mal refermée. Son corps fluet, perdu dans sa casaque trop grande, exprime soudain une grande lassitude. Depuis quelques jours, la vieille femme perd des forces. Elle s'affaisse encore un peu plus, comme si cette journée qui commence sous de mauvais auspices lui pesait davantage que la précédente. Thana ne l'avait jamais vue aussi peu combative.

La fragilité de maman Joseph lui rappelle d'un coup les événements de la veille : d'abord l'arrivée du jeune garçon, puis l'escapade mystérieuse de Virgine.

Celle-ci se lève justement. Sans un mot de réconfort, elle s'habille et passe devant sa mère.

— Mange un peu, lui recommande maman Joseph, navrée de la voir partir si vite.

— Je prendrai quelque chose à la grand'case, lui répond sa fille d'une voix impatiente. La cuisinière me fera un chocolat chaud.

Elle non plus ne ferme pas la porte. Maman Joseph soupire, le visage défait.

***

Restées seules, Thana et la vieille femme rangent l'humble logis, car cet après-midi le gérant inspectera toutes les cases-nègres. Il profitera de sa tournée du dimanche pour distribuer les rations de la semaine. Les nattes sont donc secouées et roulées en un tournemain, et les couis, lavés à grande eau. En balayant le plancher de terre battue, Thana déloge quelques gros ravets enfermés dans une toile d'araignée. Elle les pourchasse et les écrase avant de les pousser à l'extérieur. Le ménage terminé, il reste à arracher les patates et les ignames. Il faut le faire avant la messe, dont personne ne peut être exempté.

En compagnie de maman Joseph, Thana se rend donc au potager, tout en jetant un œil aux alentours. Elle espère voir le petit esclave.

C'est plutôt Margot-la-marcheuse qu'elle entrevoit. Comme à l'accoutumée, la grande femme, robuste et racée, porte tout son avoir sur sa tête. Pleine d'espoir, la Mesquakie veut la rejoindre — peut-être a-t-elle des nouvelles de Kiala —, mais Virgine la précède. La jeune fille s'est précipitée au-devant de la marcheuse et elle la presse maintenant vers la maison des maîtres. Margot adresse à Thana un signe de connivence : elles se verront plus tard.

***

Une demi-heure avant la messe, les deux amies se retrouvent avec joie.

— Tu vas bien ? s'inquiète la marcheuse. Ce n'est pas trop dur, ici ?

Thana hausse les épaules et fait non de la tête. Le travail ne lui fait pas peur.

— As-tu des nouvelles de Kiala ? demande-t-elle plutôt.

— Il est toujours à la prison de Saint-Pierre. Je n'ai rien appris de plus, malheureusement.

Déçues toutes les deux, elles se taisent quelques secondes. Kiala est entre elles, si présent, si vivant. Margot aimerait dire à son amie de ne pas perdre courage ; pourtant elle ne dit rien. Ce serait inutile. Quoi qu'il advienne, l'espoir est ancré dans le cœur de la Mesquakie, indestructible. Il transparaît jusque dans ses mains calleuses et puissantes qui battent l'air, lestes et précises, avant de se joindre, comme en prière.

— Tu as fait de bonnes affaires ?

— Très bonnes ! s'exclame Margot en reprenant son panier à moitié vide. Henriette Savari est une excellente cliente.

Thana veut l'aider. Elle saisit la grosse corbeille d'un côté, un peu trop brusquement. À l'intérieur, des bouteilles s'entrechoquent, et la marcheuse, inquiète, s'empresse de vérifier l'état de la marchandise.

— Tu vends du tafia ? s'étonne Thana en regardant par-dessus son épaule.

— Mais non ! C'est beaucoup mieux que ça ! Ce sont des eaux-de-vie de Nantes et de Cognac. Elles viennent de France. Mlle Savari me paye souvent avec quelques bonnes bouteilles. Ça m'arrange, car je n'ai aucune difficulté à les revendre, et avec un bon profit.

Sidérée, Thana écarquille les yeux.

— Mlle Savari ? C'est bien elle qui te paye avec ces bouteilles ?

— Mais oui ! Quand la marchandise est de bonne qualité et facile à vendre comme celle-là, ça ne me gêne pas. Pourquoi es-tu si étonnée ?

— Pour rien... Ce n'est rien...

Avec beaucoup de précautions cette fois, Thana aide la mulâtresse à installer son fardeau sur sa tête. Elle l'accompagne ensuite jusqu'à la grande allée, puis rebrousse chemin. Toute cette histoire est si étrange ! Pourquoi Virgine volerait-elle du vin pour permettre à Mlle Henriette de payer Margot ? C'est insensé ! À moins que les deux événements n'aient aucun lien entre eux... Elle doit en avoir le cœur net.

Après s'être assurée qu'on ne la surveille pas, Thana se rend en catimini jusqu'au fromager sous lequel Virgine a dissimulé le fruit de son larcin. La cachette est vide ; plus aucune trace des bouteilles. La jeune femme, interloquée, n'a toutefois pas le loisir de s'interroger plus avant, car la cloche appelle les fidèles. La petite chapelle se trouve derrière les cases-nègres, sur une butte à flanc de morne. Si elle ne se hâte pas, elle sera en retard.

Thana contourne la grande maison et fonce à travers le jardin. Elle n'a pas sitôt franchi la haie de grenadiers nains qu'elle se trouve nez à nez avec Virgine.

— D'où viens-tu ? demande celle-ci d'une voix blanche de colère, mal contrôlée.

— J'ai raccompagné Margot jusqu'à la route, ment Thana, à demi.

— De quoi avez-vous parlé ?

— De rien... Je voulais des nouvelles de mon mari.

— Tu ne peux pas faire ce que tu veux, ici !

Thana comprend l'avertissement. Virgine a voulu lui dire : « Je t'ai à l'œil ! » Sans s'attarder, la jeune femme reprend sa course et pénètre à bout de souffle dans la chapelle pleine à craquer, au moment où le commandeur fermait la porte.

— Tu as vu Virgine ? demande-t-il, l'air soucieux.

— Elle arrive.

Tout en gagnant sa place, près de maman Joseph et du vieux Magloire, la jeune femme cherche dans l'assemblée. Le petit esclave n'y est pas.

18

Le garçon était à l'hôpital, une case un peu plus grande que les autres, située entre le quartier des esclaves et le moulin. La cabane, qui comprend une salle pour les hommes et une pour les femmes, sert également de prison, quand c'est nécessaire. De toute façon, malades ou prisonniers y sont tous mis à la barre, c'est-à-dire que leurs pieds sont enserrés dans une large poutre, fixée au sol et cadenassée. Ils doivent donc obligatoirement rester assis, ou couchés sur le dos.

Ces précautions facilitent la tâche de l'unique gardien, un mulâtre libre qui agit à l'occasion comme bourreau. En fait, il gagne sa vie avec son métier de charpentier, mais il a accepté la responsabilité de l'hôpital-prison pour augmenter ses revenus sans trop d'effort. Une fois mis à la barre, les pensionnaires n'ont, en effet, presque plus besoin de surveillance.

Blaise Pasquier, le gérant de l'habitation Savari, a choisi d'isoler le garçon dès son arrivée, car il le trouvait mal en point. Même si ses yeux bouffis et son ventre gonflé ne cachent peut-être qu'un simple mal d'estomac dû à une mauvaise alimentation, il a préféré ne pas courir de risques. Des maladies comme le pian ou la petite vérole sont toujours à craindre chez les nouveaux esclaves, et si on n'y prend garde, elles peuvent causer un tort considérable au cheptel. Pour ne pas déranger le médecin de Grand'Anse, beaucoup trop cher, Pasquier a plutôt confié le malade au vieux Magloire, le chasseur de rats, reconnu à la fois comme sorcier et comme guérisseur. Les Noirs l'appellent tantôt le quimboiseur — c'est ce que préfère le vieillard —, parce qu'ils le soupçonnent d'être associé aux forces du Mal, et tantôt le séancier, parce qu'il pratique aussi le Bien. Sans l'avouer, on redoute un peu ses potions, car la légende lui impute quelques morts suspectes. Cependant, personne n'hésite très longtemps à recourir à ces mêmes potions en cas de maladie. Leur efficacité ne fait plus aucun doute, dans l'esprit de chacun. Pour les esclaves, il s'avère donc très important de rester dans les bonnes grâces du vieil homme. Nul ne peut prédire quand ils devront faire appel à ses services.

— Je peux aller avec vous ?

Le quimboiseur acquiesce. Il aurait été surpris de ne pas voir Thana. Chaque soir de la semaine, elle l'a accompagné à l'hôpital.

— Que lui apportes-tu, cette fois ?

La jeune femme lui montre avec fierté une belle grosse orange qu'elle tient comme un trésor.

— C'est maman Joseph qui me l'a donnée, explique-t-elle.

— Un cadeau de Jolicœur, je suppose ?

— Oui. Elle a insisté pour que je la prenne.

— Et tu ne t'es pas trop fait prier...

Thana baisse la tête, un peu honteuse. Il est vrai que, pour son protégé, elle dépouillerait même les plus démunis de l'habitation.

— Il va guérir ?

— Ça dépend de lui.

Le vieil homme n'en dit pas plus. Depuis que Blaise Pasquier lui a confié le garçon, il n'a jamais voulu poser un diagnostic. Il reste vague et refuse même de préciser le traitement qu'il privilégie. « C'est entre moi et le malade », répète-t-il chaque fois que le gérant lui demande où il en est. Et Thana n'a pas droit à plus de détails.

Peu lui importe d'ailleurs, puisque le petit prend du mieux. Il ne parle pas encore, réagit très peu, mais il mange tout ce qu'elle lui apporte et se blottit volontiers dans ses bras. C'est, dirait-on, le seul langage qu'il comprenne. Quand elle le tient, tout chaud, sur sa poitrine, la Mesquakie se rappelle chaque fois les enfants tués dans la grande prairie. Son peuple subissait alors un terrible siège. L'eau manquait dans le fort depuis des jours, de même que la nourriture. Les mères ont voulu faire sortir les enfants, en espérant que les Sakis, leurs anciens alliés et frères de sang, les recueilleraient. Les Blancs ont tiré et les petits sont tombés dans l'herbe haute. Ils ont été les premières victimes de cette guerre impitoyable qui a décimé son peuple. Quand le garçon l'enlace et qu'elle pose une main sur sa tête lourde, les images lui reviennent, et sa volonté de le sauver s'en trouve décuplée.

— La porte est ouverte, s'inquiète la jeune femme en apercevant l'hôpital derrière le bosquet de bois-lait, un arbrisseau dont les fleurs jaunes en entonnoir parfument l'atmosphère humide.

Elle pense aussitôt au petit malade, couché sur la terre battue, avec, pour seule protection, une natte de jonc. Elle pense également aux serpents qui peuvent se glisser dans la case. Les pieds dans la barre, l'enfant ne pourra pas se défendre.

— Je ne comprends pas, marmonne le vieux Magloire.

Tous les deux pressent le pas. Beaucoup plus agile, Thana arrive la première.

La case-hôpital est vide.

***

— Vous cherchez le petit ?

Les suivant d'à peine quelques secondes — à moins qu'il n'ait toujours été là, comme le soupçonne

Thana —, Blaise Pasquier leur bloque la sortie. Appuyé des deux mains aux chambranles de la porte, il doit s'incliner pour ne pas heurter la branche qui sert de linteau. Son air satisfait laisse supposer qu'il connaît la réponse à la question qui leur brûle les lèvres. Pourtant, il s'amuse à les faire languir.

Le quimboiseur n'a guère envie de jouer. Il est visiblement très inquiet.

— Où est-il ?

— Grâce à vos bons soins, raille le gérant, il a pu quitter l'hôpital.

— Où est-il ? répète le vieux Magloire.

— Ne vous en faites plus pour lui : je l'ai conduit chez Bibine. La bonne femme a des enfants de son âge qui sont déjà très habiles. Ils lui montreront à travailler.

— Il n'est pas prêt, riposte le quimboiseur. Il a encore le Mal en lui.

— Pas du tout. Tu l'as remis sur pied et il est grand temps qu'il rapporte. Rentrez tous les deux. Je ne veux pas vous voir traîner à cette heure-ci.

La discussion est close. Pasquier les précède un bout de chemin pour s'assurer qu'ils se conforment à ses ordres, puis il prend la direction du moulin.

***

— Il faut trouver le garçon, murmure le quimboiseur dès que le gérant s'est un peu éloigné.

Sa nervosité est contagieuse. Sans poser de questions, Thana le suit jusqu'au quartier des esclaves, déjà plongé dans l'obscurité. On a allumé les chandelles à l'intérieur des cases, et des lueurs tremblotent à travers les fissures du mortier, fait de boue séchée et craquelée. On dirait des lucioles prises au piège.

Le vieux Magloire entraîne sa compagne vers une cahute plus délabrée que les autres. Une femme enceinte se tient sur le seuil. Les mains posées sur les reins, elle pousse son gros ventre vers l'avant, tout en se déliant les épaules. Des siècles de fatigue semblent s'être accumulés sur son corps usé par les grossesses.

— Le garçon est chez toi ? demande le quimboiseur, oubliant de la saluer.

— Lequel ? ironise la femme sur un ton désabusé. Il y en a au moins six qui dorment là-dedans.

— Le petit malade, celui qui vient d'arriver.

Intimidée par la froideur inhabituelle de son visiteur, Bibine hésite quelques secondes.

— Il est..., commence-t-elle, mal à l'aise. Ce n'est pas ma faute...

— Alors ? s'impatiente son interlocuteur. Où est-il ?

La femme s'affole. Il n'est jamais bon d'irriter le quimboiseur.

— Il est sorti, avoue-t-elle enfin dans un déluge de mots. Je croyais qu'il reviendrait vite, mais je l'attends toujours. Dans l'état où je suis, je ne pouvais quand même pas aller le chercher. Je risquais de tomber. Et il y a les autres : je ne peux pas les laisser tout seuls.

Thana et le vieux Magloire ne l'écoutent plus.

Chacun de leur côté, ils se lancent à la recherche du garçon.

Le quimboiseur descend vers la grande maison, alors que la jeune femme se faufile entre les cases reliées entre elles par des potagers et de petits enclos. Soucieuse de ne rien détruire, elle marche en équilibre entre les buttes et contourne soigneusement les clôtures bringuebalantes derrière lesquelles sont enfermés poules et cochons. En l'entendant approcher, un porcelet croit bêtement qu'elle vient le nourrir. Il lâche des cris perçants pour s'assurer qu'on ne l'oublie pas. Thana s'éloigne en vitesse, espérant ainsi le faire taire, mais l'animal s'égosille de plus belle, comme si on voulait l'égorger. À lui seul, il fait un vacarme de tous les diables, et la Mesquakie craint d'être accusée de vol ou de complicité. Parfois, des esclaves des autres plantations profitent ainsi de la nuit pour effectuer une razzia dans les basses-cours, et tout le monde sait bien qu'ils ont besoin, pour réussir leur coup, de comparses déjà sur les lieux. La jeune femme hâte donc le pas, avant que tout le quartier se réveille et que les cases-nègres se vident.

Effrayées, trois poules s'épivardent devant elle en battant des ailes. Rusées et polissonnes, les volailles trouvent souvent la brèche qui leur permet d'aller picorer chez le voisin. Ce qui entraîne inévitablement des disputes ; des comptes se règlent ainsi sur le dos des animaux, car tous les prétextes sont bons pour vider de vieilles querelles. Ces poules fuient justement vers le potager le plus près, semant devant elles plumes, duvet et fientes. À quelques pas de là, un chien aboie avec une telle furie qu'il donne l'impression d'une invasion. Affolée, Thana saute par-dessus les buttes plantées de fines herbes odorantes. Elle doit rentrer, sinon maîtres et esclaves risquent de la prendre en chasse, et il lui sera difficile d'expliquer sa présence.

C'est alors qu'elle l'aperçoit.

19

Assis sur les talons, ses longues jambes maigres repliées comme des fétus de paille, le garçon se tient immobile, ramassé sur lui-même. Sur son visage maculé de boue, des larmes grisâtres tracent des rigoles. Il n'a pas vu Thana, n'a entendu ni le cochon ni le chien. Il se concentre sur une grosse poignée de terre qu'il porte à sa bouche et engloutit avec voracité.

Stupéfaite, Thana écarquille les yeux. Pendant un moment, elle reste pétrifiée, se demandant si elle a bien vu. Toutefois, lorsque le garçon se remet à fouiller le sol de ses deux mains, elle plonge sur lui, tel un oiseau-pêcheur, et le tire vers le haut, comme on sort un noyé de l'eau. Avec rudesse, elle l'oblige à se lever et lui secoue les mains l'une contre l'autre. Relevant un pan de sa jupe, elle tâche ensuite d'essuyer son visage, sans grand résultat.

Le petit ne résiste pas. Elle a l'impression de tenir entre ses bras une poupée de feuilles, avec une tête de porcelaine d'une excessive fragilité. Elle le presse sur son cœur, en murmurant des paroles réconfortantes. Que faire d'autre ? Sinon supplier Wisaka, le dieu des Mesquakies, de veiller sur cet enfant et sur tous ceux qui souffrent. Tout en resserrant son étreinte, Thana implore le Grand Esprit de se pencher sur leur détresse et de les bénir.

Le petit ne réagit toujours pas. Alors qu'elle le croit endormi, ou évanoui, une voix s'élève dans l'obscurité, si forte que la jeune femme se sent soudainement mise à nue.

— C'est bien ce que je pensais !

Blaise Pasquier surgit du vide que la nuit avait créé autour d'eux et lui arrache l'enfant des bras. Sa lanterne glisse sur le corps du garçon et éclaire crûment la terre collée sur son visage et ses mains. Furieux, le gérant empoigne le petit par le cou, d'une seule main, et le pousse rudement.

Thana tente de s'interposer.

— Où l'emmenez-vous ? demande-t-elle, indignée. Il n'a rien fait de mal.

Blaise Pasquier balance sa lanterne vers la jeune femme qui l'esquive de justesse.

Elle veut aussitôt revenir à la charge, mais quelqu'un lui saisit le bras. C'est le vieux Magloire. Elle constate alors la présence d'une dizaine d'esclaves. Alertés par le bruit, ils observent la scène. Michau est de ceux-là. Le fils aîné de maman Joseph jette sur la Mesquakie un regard perplexe.

— Retournez dans vos cases ! ordonne Pasquier en entraînant le garçon.

Tous rentrent chez eux, sauf Magloire et Michau qui entourent Thana.

— Ça va aller ? demande le grand Noir en venant vers la jeune femme.

Celle-ci hoche la tête. L'attention de Michau l'étonne et la touche. Depuis son arrivée à l'habitation Savari, c'est la première fois que le bel esclave lui adresse la parole avec douceur.

— Passe devant, dit le quimboiseur au jeune homme. Je n'y vois plus rien.

Michau s'éloigne et Thana, plutôt que de le suivre, se plante devant le vieux Magloire. Elle a bien l'intention de le garder en otage tant qu'il n'aura pas répondu à ses questions.

— Pourquoi le petit fait-il ça ? demande-t-elle.

— Pour rentrer chez lui.

Elle croit qu'il n'a pas compris et précise sa pensée :

— Pourquoi mange-t-il de la terre ?

— Je te l'ai dit : pour retourner chez lui.

— Vous dites n'importe quoi ! Ça n'a aucun sens ! Manger de la terre de cette façon va le rendre malade. Il risque de mourir et de ne jamais revoir son pays.

— Au contraire, s'entête le quimboiseur, la mort le ramènera chez lui.

— Vous êtes fou ! riposte Thana, exaspérée. Aussi fou que lui ! S'il veut revoir les siens, il doit vivre. Il faut vivre ; il faut se battre pour ne pas mourir loin de son pays.

Le vieux Magloire frôle la joue de la Mesquakie. Il mesure, derrière ce plaidoyer éloquent, toute la résistance héroïque de la jeune femme. En quelques mots, elle vient d'exprimer l'essentiel de sa propre lutte. En bon quimboiseur, le vieil homme devine le courage de Thana et son formidable entêtement. « Pour elle, pense-t-il, tout est encore possible. » Pour les autres, cependant, ses frères d'Afrique, il a perdu tout espoir. Ils devront conquérir ce pays ou mourir. Dès leur arrivée, la plupart des esclaves partent en guerre, chacun à leur manière. Les plus audacieux se rebellent et cherchent constamment à fuir. Les autres s'accommodent tant bien que mal de leur condition, essayant de trouver dans la servitude un espace de liberté qui, aussi ténu soit-il, leur tient lieu de révolte et les garde en vie. Par ailleurs, certains, comme leur petit protégé, choisissent de se rendre sans combattre. Ceux-là se raccrochent aveuglément à la seule croyance qui leur reste. Thana doit le comprendre et ne pas intervenir.

— Après leur mort, explique le quimboiseur, les esclaves croient pouvoir retourner dans leur pays. Le petit est un Mine du Togo. Il appartient à une nation dont la bravoure est légendaire. Ces hommes et ces femmes n'ont peur de rien, surtout pas de la mort. Le garçon veut retrouver ses parents. Voilà pourquoi il désire mourir, car seule la mort peut le ramener chez lui. Rien ne le fera changer d'idée ; sa foi est plus forte que tout.

— Il ne faut pas le laisser faire !

— As-tu une meilleure solution à lui offrir ? Tes dieux sont-ils plus puissants que les siens ?

Thana baisse les bras, décontenancée.

— Vous le saviez, n'est-ce pas, qu'il voulait mourir ? Depuis le début...

Le quimboiseur ne répond pas. Il s'empresse de rattraper Michau, et la jeune femme se retrouve seule dans le noir. Un silence vibrant, d'une troublante densité, semble tomber des hauteurs. Le vent s'est tu ; les animaux également. Dans l'air lourd persiste un parfum de jasmin qui se mêle aux odeurs rances d'urine.

Thana a peur soudain de ce pays sorti de l'eau, foisonnant d'oiseaux et de fleurs, où l'essentiel se joue la nuit, à l'envers du jour et de la lumière, comme si, dans l'obscurité mystérieuse, les vraies passions se déchaînaient. Ce territoire appartient à la nuit et à l'invisible. Du lever jusqu'à la disparition du soleil derrière les mornes, chacun se dissimule sous un masque et se fabrique un semblant de vie. On mange, on respire, on s'épie, on ordonne ou on obéit, mais on n'existe jamais réellement. Il faut les ténèbres, vastes et libres, pour révéler les êtres à eux-mêmes. La nuit défait les artifices du jour, et dans l'obscurité les enfants se donnent la mort.

Le cœur chaviré, Thana titube jusque chez elle. Elle n'y voit plus rien et se trompe plusieurs fois de route. Lorsqu'elle pousse enfin la porte de la case, une chandelle finit de fondre sur la table. Maman Joseph s'est endormie sur l'unique chaise et elle ronfle en geignant. Michau n'est pas encore rentré. Virgine et Jolicœur sont sans doute restés avec les domestiques de la grande maison.

Il serait temps de dormir, mais une faim dévorante pousse la Mesquakie vers les calebasses accrochées au plafond. Une terrible sensation de vide lui tenaille l'estomac. Prise de vertige, elle plonge une main fébrile au fond d'un récipient. Chaque esclave a droit à trois pots de farine de manioc par semaine, et dans chacune des cases on met habituellement les rations en commun. Cette fois, la réserve est presque épuisée. Thana extirpe péniblement les derniers morceaux de farine roussie et les dévore gloutonnement. Rien ne la rassasie. Toujours aussi affamée, elle cherche autre chose à se mettre sous la dent et ne trouve qu'un restant de patate qu'elle avale tout rond, au risque de s'étouffer.

— Viens t'asseoir, ma belle. Je vais te préparer un vrai repas.

Maman Joseph, encore tout engourdie de sommeil, prend la jeune femme par la taille et l'oblige à s'installer sur un banc. Elle ouvre ensuite le coffre où sont conservés tous les trésors de la famille et en sort un gros morceau de bœuf salé, enveloppé dans un linge.

— J'ai toujours des réserves, dit-elle en souriant. Pour les mauvais jours...

Thana a déjà la bouche pleine. La languette de bœuf lui rappelle le pays et les chasseurs. Dans la forêt enneigée, le feu réchauffe les wigwams ; elle l'entend crépiter et la fumée lui brûle les yeux. Alors elle pleure à chaudes larmes, sans cesser de s'empiffrer, jusqu'à ne plus pouvoir déglutir. Maman Joseph lui verse un peu de tafia et la Mesquakie avale l'eau-de-vie d'une traite, entre deux sanglots.

— Il ne faut pas pleurer, mon cœur. Il ne faut pas pleurer. Ici, ça ne donne rien.

La vieille femme prend le visage de Thana dans ses

mains rugueuses, et celle-ci se blottit contre ce gros ventre de mère, moelleux et chaud. Elle pleure jusqu'à ce que ses yeux bouffis se ferment d'eux-mêmes, et elle s'endort dans la moiteur rassurante de maman Joseph.

20

Henriette Savari attend sa femme de chambre. Levée à l'heure des esclaves, la jeune fille s'est mise en tête de se rendre à Saint-Pierre. Depuis des jours, elle espère des nouvelles de Gabriel Desfontaines qui devrait déjà avoir débarqué en Martinique. Elle a beau essayer de se renseigner, personne ne semble savoir ce qu'il est advenu de son fiancé. Vincent Desfontaines, le père du jeune homme, a maladroitement éludé ses questions lors d'une courte visite. Margot, interrogée à son tour, n'a pas été plus loquace. Henriette en a assez de ces faux-fuyants qu'on lui sert comme à une demeurée. Si, comme elle le craint, Gabriel ne désire plus l'épouser, aussi bien le savoir maintenant. Le jeune homme n'a pas à s'en faire : elle ne va pas s'acharner. Sa fierté l'en empêcherait.

— Enfin, te voilà !

Virgine ne s'attendait pas à la voir levée de si bonne heure et prête à s'habiller.

— Il est très tôt. Tu devrais être encore au lit.

— Nous allons à Saint-Pierre.

Étonnée mais ravie, l'esclave ne peut qu'admirer l'audace de sa maîtresse. Depuis quelque temps, l'anxiété de cette dernière est palpable. Or, comme toujours, elle a décidé d'agir plutôt que de s'abîmer dans une attente résignée.

— Je vais chercher ton petit déjeuner.

— Non, aide-moi plutôt à me coiffer.

Derrière l'air frondeur d'Henriette se cache parfois une fillette désemparée que Virgine reconnaît à certains signes. Avec le temps, les jeunes filles ont développé un langage qui leur est propre et dont elles ne sont souvent même pas conscientes. Par exemple, la dernière requête d'Henriette trahit un grand besoin de réconfort. Virgine prend donc une brosse sur la table de chevet et passe derrière sa maîtresse. Tout doucement, elle coiffe les longs cheveux blonds, fins comme le duvet d'un levraut.

— Tu le reverras très bientôt, chuchote-t-elle à l'oreille de la jeune fille.

— Tu crois qu'il me trouvera... ?

— À ses yeux, tu seras toujours la plus belle, tu le sais bien.

Henriette ne proteste pas. C'est ce qu'elle désirait entendre.

— Je voudrais tellement que tout soit parfait. Quand Gabriel est parti, il y a trois ans, j'ai cru que je ne le reverrais jamais. Tu t'en souviens ? J'ai supplié mon père de me laisser partir aussi. En vain, bien sûr. Et maintenant, j'ai terriblement peur. S'il ne m'aimait plus ? S'il ne voulait plus de moi ?

Virgine la rassure :

— Il t'aime puisqu'il est revenu. Et lui t'amènera en France...

Henriette Savari se redresse. Sans voir son visage, la jeune esclave devine le sourire accroché aux lèvres et la brillance dans les yeux noisette. Sa maîtresse l'a si souvent entretenue de la métropole ! Cette passion-là dépasse toutes les autres. Même son union avec Gabriel la séduit d'abord et avant tout parce qu'elle la rapproche de la France. Après avoir connu le faste parisien, le jeune homme ne souffrira certainement plus la vulgarité des îles. Ils fuiront ensemble cette médiocrité. Cela, Henriette Savari l'a répété très souvent à sa femme de chambre. Certains soirs, en mal de confidences, elle a même été beaucoup plus loin en affirmant qu'elle renoncerait à ce mariage s'il devait la confiner dans la colonie.

La jeune esclave exulte en secret.

À maintes reprises, sa maîtresse lui a confié ses aspirations, sans le moins du monde s'intéresser aux siennes. Or les unes et les autres se rejoignent, car si Henriette Savari, fille de colon fortuné, considère son prochain départ pour la France comme une forme d'affranchissement, pour sa femme de chambre, pourtant née esclave, cela signifie encore plus. Quelqu'un l'attend là-bas et, pas un instant, la jeune Noire n'a douté qu'elle serait du voyage.

— Je vais mettre ma robe bleue.

La voix enjouée et résolue de Mlle Savari ramène Virgine à la réalité.

— Thana l'a apportée à la lessive, explique-t-elle. Je vais la chercher.

— Fais vite ! Nous avons assez perdu de temps.

***

Installé tout près d'un foyer — trois grosses pierres placées en cercle —, dont la braise réchauffe encore, le vieux Magloire a rassemblé les enfants des cases-nègres autour de lui. Sur ses genoux sont étalées des feuilles de cocotier séchées et brunies, toutes d'égale dimension. Avec une dextérité étonnante, qui subjugue les petits, l'artisan entrecroise savamment les languettes, de façon à obtenir un oiseau ou une tortue. À l'occasion, il se sert de son couteau pour tailler les folioles ou apporter une touche finale à ses œuvres, et les copeaux s'accumulent à ses pieds. Encore et encore, ses admirateurs en redemandent. Impossible d'interrompre la production. Chacun réclame son animal. Les grenouilles, surtout, remportent un vif succès.

Aussi curieuse que les enfants, Thana s'attarde

quelques instants. Elle se rendait à l'hôpital, où son protégé a de nouveau été enfermé. De tout cœur, elle espère que le gérant permettra au garçon de profiter lui aussi de cette journée de repos.

Autour du quimboiseur, les jeunes babillent, excités. Tout heureux du bonheur des petits, le vieil homme adresse un clin d'œil à Thana. Elle veut le féliciter pour son adresse, mais il affiche subitement une mine consternée. La jeune femme suit son regard et découvre Blaise Pasquier qui débouche du sentier en tenant fermement le petit mangeur de terre par le bras. Contrairement à son habitude, le garçon se débat comme un diable et réussit à se dégager. Ses tentatives de fuite avortent cependant, car ses jambes ankylosées par la barre ne répondent plus. Il chancelle comme un faon nouveau-né. Le gérant va le rattraper facilement. Alors, le garçon se jette par terre.

Thana n'hésite pas. Elle court vers lui, craignant par-dessus tout que Blaise Pasquier ne le frappe de sa cravache. Ce dernier, au contraire, abandonne l'enfant à son sort et rebrousse chemin.

Thana est soulagée. Cependant, arrivée à quelques pas de son protégé, elle s'immobilise, prise de stupeur. Un masque de fer couvre la moitié du visage du garçon. Désespéré, celui-ci tente de l'arracher. Des deux mains, il tire sur le carcan qu'il frappe ensuite de ses poings, au risque de se blesser. Comme tous ses efforts restent vains, il s'étend de tout son long et gratte la terre avec le rebord du masque. Sur son front écorché par les cailloux, du sang ruisselle. On dirait un cheval apeuré qui refuse le mors.

Les esclaves font cercle autour de lui. Tous éprouvent une secrète admiration pour cet enfant courageux et d'une loyauté inébranlable envers les siens. Pourtant, ils ne feront rien pour l'aider. Ils préfèrent s'en tenir loin, comme s'ils craignaient d'être contaminés. Même ceux qui ont misé, comme lui, sur la mort pour retourner chez eux essaient de l'éviter. Tous savent que l'épreuve doit se vivre en solitaire, tel un rite de passage. Seuls les plus couards croient nécessaire de se regrouper pour entreprendre l'ultime voyage. Ceux-là manquent de foi, et un maître quelque peu convaincant et retors peut aisément ébranler leur détermination et faire avorter leur projet. Le petit Mine, lui, n'a besoin de personne; il ira jusqu'au bout. Et plusieurs réprouvent l'entêtement de la Sauvagesse à le sauver de lui-même.

La jeune femme passe outre à leur muette désapprobation. Plusieurs fois, elle tente de toucher le garçon, mais il se rebiffe. Alors elle attend qu'il se calme de lui-même, épuisé, et elle l'entoure de ses bras. Les autres s'éloignent en secouant la tête, sauf maman Joseph et le vieux Magloire.

— Emmenons-le près du feu.

Ils l'aident à se relever, lorsque Virgine surgit derrière eux. Le souffle court d'avoir couru, elle admoneste Thana.

— Tu devais t'occuper de la robe bleue de Mlle Henriette.

Tout en soutenant l'enfant, Thana répond :

— Elle est prête. Je l'ai rangée dans la petite chambre.

— Va la chercher immédiatement! Mlle Henriette attend.

Thana a trop à faire pour s'intéresser au problème de Virgine. Celle-ci insiste, sur un ton courroucé :

— Tu m'écoutes? Va chercher cette robe!

— Va la chercher toi-même!

Thana n'aurait pas osé. C'est maman Joseph qui a remis Virgine à sa place.

Surprise par la rudesse de sa mère, la jeune esclave ne sait plus comment réagir. Elle choisit de tourner les talons et s'éloigne à grandes enjambées.

Les trois autres installent l'enfant devant le foyer. Thana reste auprès de lui, tandis que le quimboiseur, harcelé par ses admirateurs, reprend ses languettes de cocotier. Pour soulager l'atmosphère et dérider Thana, il propose à la jeune femme de tenter sa chance. Celle-ci joue le jeu, et devant le regard amusé des petits elle essaie de confectionner un oiseau en suivant les directives pourtant précises du vieux Magloire. Au bout du compte, le supposé volatile ne ressemble à rien et les enfants rient à gorge déployée.

Thana regarde le petit Mine, venu de si loin. Elle ne voit que ses yeux, mais il lui semble y avoir surpris un éclair fugace. La gaucherie de la jeune femme et la joie des spectateurs lui ont arraché un pauvre sourire. Le vieux Magloire a vu, lui aussi. En un tournemain, il répare l'oiseau raté et l'offre à Thana.

— Maintenant, dit-il en pointant l'index vers le garçon, j'en fais un spécialement pour toi.

Il n'a pas le temps de s'exécuter, car un visiteur inattendu s'amène.

***

Le père Moreau sautille comme une chèvre. Son pas bondissant le propulse par à-coups. On le dirait toujours prêt à s'envoler, alors qu'en fait ses foulées ne couvrent qu'un espace très limité.

Les enfants l'ont aperçu les premiers et déjà ils s'accrochent à sa soutane. Les plus impertinents fouillent les grandes poches remplies de trésors : fruits confits, biscuits glacés, et tant d'autres merveilles. Chaque visite, trop rare, du père Moreau est une fête.

— Vous devez partager, mes chéris, les exhorte le petit homme avec du soleil dans la voix. Chacun doit avoir sa part.

Restée à l'écart, Thana brûle d'impatience. Elle voudrait fondre sur les enfants, comme un renard dans un poulailler, qu'ils s'éparpillent aux quatre coins de l'habitation et la laissent seule avec le jésuite. Apporte-t-il de bonnes ou de mauvaises nouvelles ? Que devient Kiala ? A-t-il été acheté ? En dépit de son empressement à savoir, la jeune femme ne peut se libérer de terribles appréhensions. Voilà pourquoi elle attend sans rien précipiter.

Quand ses poches sont vides, le père Moreau la rejoint enfin et lui prend les mains.

— Comme je suis heureux de te voir ! Tu vas tout me raconter, n'est-ce pas ? Adélaïde m'a bien fait promettre de n'omettre aucun détail à mon retour.

Au souvenir de sa compagne, la petite esclave des ursulines, le visage de Thana s'illumine. Pourtant, elle pose la seule question qui compte :

— Comment est Kiala ?

Le père Moreau pince les lèvres, mais, tout de suite, il transforme cette grimace en un large sourire. Trop tard cependant ; Thana a perçu son malaise.

— Il va bien, affirme le jésuite en hochant la tête pour donner plus de poids à ses paroles. (À quoi bon inquiéter la jeune femme ? Pourquoi lui dire la langueur dans laquelle se noie le Mesquakie, un peu plus chaque jour ?) Il va très bien, répète-t-il.

Thana n'est pas dupe. Or, elle veut garder espoir.

— Il va bientôt sortir de prison ?

Le religieux plonge les mains dans ses poches, en quête de quelque gâterie. Comme si un bonbon pouvait tout arranger. Malheureusement, il n'a plus rien à offrir.

— Pas encore, dit-il. Il faut être patient. (La déception de Thana le peine profondément.) Tu aimerais entendre sa voix ? demande-t-il toutefois, l'air mutin.

La jeune femme tressaille. Elle jette un œil furtif autour d'elle ; Kiala est peut-être là. De son côté, le père Moreau a fermé les yeux pour mieux se concentrer.

— Voici le message que t'envoie ton mari, dit-il.

Yo kata moyokane;
Dawate siwanako witatemamakani toyani;
Notate siwanaka witatemamakani toyani.

Il a tout défilé d'une traite, en appuyant sur certaines consonnes comme le faisait Kiala et en respectant les césures de son mieux. Tout le long du chemin, le religieux a répété ces syllabes étranges, avec la même ferveur qu'il met à prier.

Thana a reculé d'un pas et porté les mains à son visage. Dans ses yeux noirs brasille une flamme vive.

— Tu as compris ? s'inquiète le messager.

Elle le rassure d'un hochement de tête.

— Merci.

Le petit homme ouvre grands les bras.

— Si je pouvais faire plus...

Trop émue pour en dire davantage, la Mesquakie se retire lentement avec ce trésor inestimable que le jésuite vient de lui offrir, en toute candeur. Ce dernier hésite à la laisser. Son impuissance à réunir ces deux êtres le chagrine.

— Ayez pitié, Seigneur, murmure-t-il avant de s'acheminer vers la grande maison.

Il lui reste d'autres messages à livrer, qui ne feront plaisir à personne.

21

Très élégante dans sa robe d'un bleu lavande, Henriette Savari a déjà pris place dans la voiture. Le père Moreau gesticule pour attirer son attention.

— Personne n'avait annoncé votre visite, s'étonne la jeune fille. Vous êtes là depuis longtemps ?

— J'arrive tout juste, explique le jésuite, en omettant quelques détails. J'ai passé la nuit à Grand'Anse. Le père Rozier, qui dessert la paroisse, m'a demandé de venir célébrer la messe à sa place, ce matin. Il ne se sent pas bien.

— Qu'étiez-vous venu faire à la Capesterre ?

— Te parler.

Cette réponse un peu sèche froisse la jeune Savari.

— J'allais partir, annonce-t-elle sur le même ton.

— Ce que j'ai à te dire ne peut pas attendre.

Tout aussi intriguée qu'ennuyée, Henriette descend de voiture et précède le petit homme. Virgine les suit jusqu'au salon, où ils retrouvent Adrien Savari.

— Va nous chercher des chocolats chauds, ordonne la jeune fille à sa femme de chambre.

Elle se tourne ensuite vers le jésuite qui salue le maître de l'habitation.

— Vous vouliez me dire quelque chose ? demande-t-elle, coupant court aux politesses.

Le religieux aurait surtout voulu retarder cet instant le plus possible, mais le voilà acculé au pied du mur. Une tâche désagréable lui a été confiée ; il doit s'en acquitter.

— Gabriel Desfontaines est à Saint-Pierre, commence-t-il.

Henriette se rapproche, soudain plus réceptive.

— Quand arrive-t-il à Grand'Anse ?

— Ça risque d'être un peu plus long que prévu.

La sueur perle au front du jésuite, qui voudrait se trouver à mille lieues de là.

— Pourquoi ? demande Henriette avec rudesse.

Elle croit connaître la réponse et ses traits se sont durcis.

— Il est... Il ne va pas bien... En fait, il souffre du mal de Siam.

La nouvelle terrasse la jeune Savari. Elle se retient au fauteuil le plus près pour ne pas s'effondrer. Le mal de Siam ne pardonne que très rarement. Cette fièvre s'accompagne de terribles maux de tête et de vomissements noirs. La plupart du temps, le malade est emporté en quelques jours, après une phase de délire et plusieurs hémorragies.

Blafarde, Henriette essaie de garder la tête froide, malgré la commotion que lui cause cette annonce.

— Je dois me rendre auprès de lui, dit-elle d'une voix chevrotante.

— Ce serait tout à fait inutile, affirme le père Moreau. Gabriel refuse de voir qui que ce soit. C'est un jeune homme orgueilleux, qui a horreur de la pitié. Tu dois respecter ses volontés. Même son père n'a pas pu entrer dans sa chambre.

— Mais qui va prendre soin de lui ? Il ne faut pas le laisser seul.

— Les Jacobins l'ont recueilli dans leur couvent du Mouillage. Un médecin lui prodigue des soins et Jasmin est avec lui.

Adrien Savari, muet jusque-là, s'inquiète du mulâtre :

— Est-il touché aussi ?

— Non, le rassure le père Moreau. La maladie l'a épargné. Heureusement, car il est d'un grand secours. Il assiste le malade avec son habituel dévouement, et il ne laisse personne sombrer dans le désespoir. Je vous enjoins de faire comme lui. Gabriel Desfontaines est un jeune homme robuste. Il va se battre. Avec l'aide de Dieu, il sortira vainqueur de cette terrible épreuve.

Un silence pesant s'abat sur les Savari et leur visiteur. Pendant quelques instants, tous les trois suivent distraitement les gestes de Virgine qui est revenue de la cuisine avec des bols fumants. Le chocolat répand son arôme dans toute la pièce, mais personne n'a envie d'y tremper les lèvres.

L'esclave prend tout son temps. Elle ne veut pas s'éloigner de sa maîtresse dont les joues exsangues lui font pitié. Elle devine la tourmente dans l'esprit d'Henriette et craint qu'elle ne tombe malade à son tour. Cependant, M. Savari lui intime l'ordre de sortir, en levant l'index, et la jeune Noire doit se retirer, bien à contrecœur. Elle a déjà quitté la pièce lorsque la voix rieuse du père Moreau tente de ramener un peu de joie chez ses hôtes.

— Je n'ai pas que des mauvaises nouvelles, dit-il. Je vous apporte une lettre de votre fils cadet. Elle est arrivée à Saint-Pierre le matin de mon départ pour Grand'Anse.

Virgine s'est immobilisée. Son cœur bat la chamade. Sur la pointe des pieds, elle revient vers le salon et tend l'oreille. Le sceau qu'on déchire, le bruit du parchemin, tout lui arrive amplifié. Même la voix de M. Savari résonne comme un tambour à ses tempes, lorsqu'il déchiffre en hésitant l'écriture illisible de son fils. Rien de neuf. Les sempiternelles vieilles formules. Des phrases creuses qui éludent l'essentiel. Et pourtant, Virgine reçoit ces mots comme un poème. Le front appuyé contre le mur, elle les absorbe pour qu'ils coulent jusque dans ses veines, et ne remarque rien du silence qui s'impose de nouveau.

Le départ impromptu du père Moreau la prend de court. Surprise en train d'écouter aux portes, elle feint de chercher quelque chose.

— Je dirai la messe pour la guérison de Gabriel, dit le religieux.

Le maître et sa fille sortent derrière lui.

Aussitôt, Virgine court au salon. La lettre du jeune Savari a été abandonnée sur un fauteuil. Elle s'en empare et la porte tendrement à ses lèvres.

***

Après le dîner, Henriette s'excuse et se retire dans sa chambre, où Virgine lui apporte un café très fort. Plutôt que de retourner immédiatement à ses occupations, l'esclave s'attarde. Sans qu'on le lui demande, elle range une chemise de nuit, referme un flacon.

Plantée devant la fenêtre, Henriette reste indifférente à son manège.

Virgine se racle la gorge. L'autre ne bronche pas.

— Maîtresse, risque l'esclave. Je peux te demander quelque chose ?

La jeune fille se retourne. L'amertume se lit sur son visage.

— Que veux-tu ?

— Tu iras quand même en France ?

Elle aurait voulu employer le « nous » ; elle n'a pas osé.

La jeune Savari s'étonne une fois de plus de l'étrange et imprévisible perspicacité de sa femme de chambre, par ailleurs trop stupide pour apprendre à compter correctement. Certains jours, elle semble vraiment lire dans ses pensées. La France ! C'est, en effet, ce qui la préoccupe et ce à quoi elle n'a pas cessé de penser toute la matinée. Outre le sort de son fiancé, qui, bien sûr, l'inquiète, elle songe à son propre destin devant lequel vient de se dresser un mur.

— Si Gabriel..., commence-t-elle.

Parler de la mort lui répugne. Elle ne se hasarde pas plus loin.

Virgine a moins de scrupules.

— S'il meurt, tu dois tout de même partir.

Jamais la jeune Noire n'avait été aussi impérative en présence de sa maîtresse. Sa soudaine détermination surprend grandement Henriette Savari, qui s'empresse de la remettre à sa place en utilisant une arme qu'elle connaît bien : le sarcasme.

— Pour se rendre en France et y vivre, il faut en avoir les moyens, petite sotte. Et je ne les ai pas.

L'esclave ne se démonte pas.

— Tu n'as qu'à vendre la Sauvagesse.

Henriette n'y avait pas songé. Et d'ailleurs, le montant de la vente ne paierait que son passage. Ébranlée cependant, elle congédie sa femme de chambre en la semonçant :

— Tu dis n'importe quoi ! Et si tu continues, c'est toi que je vais vendre.

***

Dans la cour, Thana assiste au départ du père Moreau.

À la toute dernière minute, elle tend au jésuite l'oiseau confectionné par le vieux Magloire.

— C'est pour Kiala. Il faut lui dire que j'ai compris : je ne pleurerai plus et j'écouterai le vent et la brume comme il me l'a appris. Lui aussi doit avoir confiance : l'oiseau lui rendra sa liberté.

Le jésuite la bénit et monte dans la charrette que les Savari ont mis à sa disposition. Quand il se retourne au bout de l'allée d'orangers, Thana a disparu.

***

Elle rôde autour de la cuisine, son coui à la main, attendant le bon moment. Dès que la cuisinière s'absente, elle saute sur l'occasion. L'objet convoité est bien visible, sur une tablette rivée au mur. En toute hâte, Thana s'empare d'une belle grosse tranche d'ananas, marinée dans le vin et le sucre. Elle s'évapore ensuite dans la nature avec son butin pour attendre l'obscurité.

Un témoin médusé a assisté à la scène.

***

Ce soir encore, le garçon a été mis à la barre. On lui a enlevé son masque pour la nuit. Hormis deux femmes couchées dans l'autre salle, il est seul dans l'hôpital.

Thana dépose la tranche d'ananas près de lui, comme on ferait avec un animal sauvage. Les yeux du garçon papillotent. La jeune femme recule pour ne pas l'effrayer. Elle retient son souffle. Vif comme l'éclair, l'enfant s'empare de la friandise. Le liquide sucré coule le long de ses bras faméliques, mais il ne porte pas l'aliment à sa bouche. Perplexe, il regarde plutôt Thana. La sollicitude de la jeune femme l'ébranle, sans qu'il y croie tout à fait. Peut-être veut-elle tout simplement l'empêcher de retourner là-bas, sur les ailes de la mort. L'enfant ne sait plus que penser. Il est si fatigué et son pays est si loin, qu'il doute parfois d'y parvenir un jour. Dans sa main, l'ananas sent bon le soleil et le vent.

La poitrine de Thana se gonfle de joie lorsque le garçon frotte lentement le fruit sur ses lèvres. Il croque ensuite la chair juteuse et esquisse un sourire. Naïvement, elle croit l'avoir sauvé, une opinion que ne partage pas un observateur, très discret jusque-là.

— Ça ne servira à rien.

Quand il l'a vue sortir en catimini de la cuisine, Michau a voulu savoir pour qui elle risquait ainsi le fouet. Il a sa réponse. De plus en plus, cette étrangère, si différente des autres, l'intrigue.

De son côté, Thana se remet mal de la peur qu'il lui a faite. D'autant plus qu'elle craint sa réaction. Le fils de maman Joseph va-t-il la dénoncer ? Comment l'en dissuader ?

— Le petit va guérir, dit-elle. Si on l'aide.

— Tu te trompes. Ici, personne ne peut aider personne.

— Mon père m'a appris que l'autre est toujours plus important que soi, et que les peuples seront sauvés un enfant à la fois.

Le bel esclave la contemple de ses grands yeux de braise. Cette femme parle un langage qu'il ne comprend pas, mais il ne demande pas mieux que d'apprendre.

Thana aimerait lui répéter les paroles de Kiala. Elle lui prend plutôt la main et l'entraîne à l'extérieur.

En bordure du sentier qui mène aux cases-nègres, les grands bois d'Inde bruissent dans le vent, chargé de la forte odeur des fleurs. Attirées par le goût épicé des graines, les grives et les perdrix picoraient sur le sol. Dérangées, elles se réfugient dans les feuillages et passent bruyamment de branche en branche. À plusieurs reprises, des perroquets lancent leurs jacassements impétueux, et au loin on entend la mer, malmenée par l'alizé. Un bruissement furtif trahit la présence du manicou. Parti en chasse, le petit opossum de la grosseur d'un chat s'est rapproché des poulaillers, où ses prochaines victimes sentent déjà son haleine fortement alliacée.

Le Noir et la Mesquakie se sont arrêtés. Dos à dos,

comme pour balayer une plus grande étendue, collés l'un à l'autre, ils écoutent. Et pour la première fois, Michau sent le cœur de l'île battre sous ses pieds. Il ne sait pas encore le nommer avec exactitude, mais c'est un chant de liberté qui résonne à ses oreilles.

22

Ce matin, Henriette Savari n'a pas envie de se lever. Elle a réfléchi toute la nuit. Même dans les rares périodes de sommeil, son cerveau n'a pas cessé de bourdonner. Plus fatiguée que la veille, elle se pelotonne sous les couvertures, espérant au moins s'assoupir et calmer son esprit en ébullition.

Virgine est entrée dans la chambre, quelques instants plus tôt. Sans faire de bruit, la croyant endormie, elle a rassemblé une brassée de linge sale. Henriette l'a entendue soulever le broc et verser de l'eau dans le bassin de faïence blanche. Puis elle est sortie, emportant le vase de nuit.

Tout ce temps, la jeune fille a feint de dormir. Comme si elle craignait, en ouvrant les yeux, que sa femme de chambre ne devine ses pensées. Pourtant, une telle confusion règne dans sa tête. Il faudrait une finesse hors du commun pour y voir clair.

Depuis la visite du père Moreau, deux longues semaines ont passé, et elle n'a plus entendu parler de Gabriel. Il est peut-être mort, se dit-elle, et personne n'a osé le lui dire... Non ! À peine énoncée, cette éventualité la choque trop pour qu'elle y souscrive. Elle doit continuer d'espérer. D'un autre côté, il lui faut bien se préparer au pire. Son mariage lui ouvrait des portes qui risquent désormais de se refermer. Elle doit donc songer à d'autres avenues. En fait, elle y consacre toutes ses énergies. Cette nuit, comme les autres nuits, elle a cherché des solutions et s'est heurtée encore et encore à deux écueils insurmontables : son père et l'argent. L'inventaire de ses biens la mène toujours au même désolant constat. Quelques bijoux hérités de sa mère et Thana : voilà toute sa richesse personnelle. Adrien Savari fait vivre sa fille comme il a fait vivre son épouse : dans l'aisance et le confort. Toutefois, à l'une comme à l'autre il a toujours refusé le moindre pécule. Pour lui, une femme qui s'intéresse à sa fortune tombe très vite dans la vulgarité. La gent féminine ne doit pas se prêter aux jeux mercantiles des hommes. Le planteur exige de sa fille qu'elle tienne son rang avec élégance et distinction — il est prêt à payer pour cela —, mais chez ce fils de militaire, bon goût rime avec sobriété et l'extravagance est l'apanage des faibles.

Henriette souffre de cette tutelle gênante. Les principes étriqués de son père freinent ses élans. Depuis toujours elle dépense des trésors de ruse et d'imagination pour y échapper. Se distinguer coûte cher; rêver, encore plus. Sans Gabriel, comment ira-t-elle au bout de ses ambitions ?

— Il faut que je me change les idées, sinon je vais perdre la raison ! monologue la jeune fille en repoussant son édredon.

Dans le corridor, quelqu'un vient. Pieds nus, Henriette ouvre vite la porte, espérant trouver Virgine. Elle tombe plutôt sur Thana, en train de ramasser la lessive. Surprise, et surtout un brin mal à l'aise, comme chaque fois qu'elle se trouve en présence de la Mesquakie, la jeune créole reste sur le seuil, sans rien dire. Sa chemise de nuit, cousue dans une mousseline très fine, laisse deviner ses formes : des seins fermes, des hanches étroites. Mi-femme, mi-enfant, déjà désirable, bien que le corps n'ait pas atteint son plein épanouissement.

— Mademoiselle... ? demande Thana, s'attendant à un ordre.

— Rien... Va... Tu m'enverras Virgine. (Elle va

refermer la porte, mais se ravise.) Non, viens plutôt m'aider.

Thana dépose le tas de linge et pénètre dans la chambre, où elle n'a pas mis les pieds depuis sa première visite en compagnie de Virgine. Gênée par tout ce luxe, elle n'ose pas avancer.

— Cherche mon corsage de basin. Il est brodé de bleu sur le devant. Tu le trouveras peut-être dans ce coffre.

Thana a les deux mains dans la lingerie fine, lorsque Virgine fait irruption dans la pièce. La présence sacrilège de la Sauvagesse dans ce lieu-sanctuaire, le coffre — « son » coffre — ouvert à toutes les indiscrétions, c'est plus qu'elle ne peut supporter. L'esclave bout d'une colère froide, qu'elle domine en serrant les dents. Vidées de leur sang, ses lèvres épaisses prennent une teinte pourprée. Lentement, trop lentement, elle se rend auprès de la Mesquakie, toujours agenouillée. D'un coup sec, elle referme le coffre, et l'intruse reçoit le lourd couvercle sur un bras, ce qui lui arrache un cri de douleur.

Du coin de l'œil, Henriette Savari a observé la scène. Elle pourrait intervenir, mais elle n'en fait rien. D'une certaine façon, cet affrontement lui plaît. Sans l'avoir provoqué, elle l'espérait, car, depuis quelque temps, l'impertinence de sa femme de chambre dépasse les bornes. Elle doit comprendre que rien n'est acquis. D'autres peuvent prendre sa place. Ce n'est pas parce qu'elles ont grandi ensemble qu'Henriette lui est obligée.

— Que fais-tu ? demande Virgine à Thana.

— Je cherche un corsage...

— Ils ne sont pas dans le coffre, la coupe la jeune Noire. Sors d'ici, maintenant. Je m'en occupe.

Thana regarde Mlle Savari, qui détourne la tête. La Mesquakie n'insiste pas et quitte la pièce, en frottant son bras contusionné. Une seconde plus tard, Virgine apporte à sa maîtresse le vêtement qu'elle avait réclamé. Ses mains tremblent. Pendant un moment, elle reste debout, figée comme un héron aux aguets, si près d'Henriette que celle-ci sent une odeur de transpiration lui effleurer les narines. Agacée, elle veut congédier la jeune esclave lorsque celle-ci laisse échapper un cri.

— J'allais oublier ! Où ai-je la tête ? Pardonne-moi, maîtresse.

Tout en se confondant en excuses, elle extirpe de sa casaque une missive froissée.

— Qu'est-ce que c'est ? demande Henriette en tendant la main.

— Un domestique de l'habitation Desfontaines a apporté ce papier pour M. Savari. Le maître est parti à Fonds-Saint-Jacques. Je ne savais pas quoi faire. J'ai pensé...

— Très bien, l'interrompt Henriette. Tu as bien fait de me l'apporter.

La lettre est adressée à Adrien Savari. La jeune fille éprouve quelque réticence à la lire. Toutefois, dans les circonstances, tout ce qui vient de l'habitation Desfontaines risque fort de la concerner. Ce sont peut-être des nouvelles de Gabriel. Sans tergiverser davantage, elle brise le cachet et parcourt le texte à toute vitesse, en blêmissant au fur et à mesure.

— Tu es toute pâle, mademoiselle. Je vais te chercher un peu de vin.

L'esclave veut s'éloigner, mais Henriette la retient par la jupe.

— Reste... Reste avec moi...

— Qu'est-ce que tu as ? Qu'est-ce qui se passe ?

La jeune Savari n'arrive pas à parler. Sa bouche pâteuse et ses lèvres engourdies ne peuvent émettre aucun son.

— Ne me fais pas attendre comme ça ! Dis-moi ce qui arrive !

— C'est Gabriel..., bredouille Henriette.

— Dis-moi vite ! Il n'est pas... mort ?

L'autre secoue la tête. Pareil à l'horizon sur lequel se lève doucement le jour, son visage perd progressivement son expression dramatique au profit d'une lumière rayonnante.

— Il arrive, dit-elle enfin. Il est sauvé.

***

Très émues, les jeunes filles s'étreignent un long moment, comme si elles venaient d'échapper à un terrible malheur et tentaient de mesurer l'étendue de leur chance. Un calcul similaire les mène à des conclusions très semblables : si tout se passe comme prévu, elles arriveront à leurs fins.

— M. Desfontaines prépare une grande fête, annonce une Henriette à la mine réjouie, en tournant sur elle-même.

Virgine applaudit, car elle sait d'ores et déjà que les esclaves des deux plantations seront eux aussi des réjouissances. En effet, Vincent Desfontaines se distingue des autres planteurs qui, tous, craignent les rassemblements de Noirs. Lui, au contraire, les encourage. Tous les événements importants, départs, arrivées, naissances, récoltes, il les souligne à sa façon en y associant les travailleurs. Il semble ne redouter ni les complots ni les évasions, et les frayeurs irraisonnées de ses confrères l'amusent. Tolérant et curieux de la culture noire, il permet de surcroît la pratique de la *kalenda*, une danse particulièrement lascive, réprouvée par la grande majorité des maîtres à cause de ses mouvements très explicites. On l'a même vu se joindre aux danseurs noirs, à l'occasion, et se réjouir du petit scandale qu'il a chaque fois provoqué chez les grands Blancs. En outre, il feint de ne pas entendre les tambours, dont l'usage est strictement interdit. Les esclaves de la Capesterre préféreraient être fouettés plutôt que de renoncer à une fête chez Vincent Desfontaines, et Virgine se meurt de répandre la nouvelle.

Henriette pense elle aussi au planteur, qui deviendra très bientôt son beau-père. Avec un pincement au cœur, elle se remémore les médisances dont il a souvent été victime. Ses rapports trop familiers avec les esclaves, et surtout avec quelques-unes, ont toujours beaucoup fait jaser. Dans certains salons, on parle de lui comme d'un Blanc « négrifié » parce qu'il partage avec les Noirs des croyances païennes, de même qu'une forme de désinvolture fataliste qui le pousse à jouir du moment présent. D'ailleurs, ses préférences musicales, gastronomiques et vestimentaires vont dans le même sens et l'exposent fréquemment à la critique. Pourtant, en dépit de tout, Vincent Desfontaines jouit d'un tel pouvoir de séduction qu'on lui pardonne les pires écarts.

Son fils Gabriel a hérité de ce charme irrésistible.

La jeune Savari rougit de bonheur et d'excitation. Son fiancé sera bientôt là, dans quelques jours, peut-être même dans quelques heures. Il est revenu de France ; il a vaincu les fièvres. Rien maintenant ne pourra les séparer.

Dans sa lettre, Vincent Desfontaines parle d'une fête grandiose qui scellera l'amitié des deux familles. « Quelle façon courtoise d'évoquer des fiançailles ! » se dit la jeune fille. Par délicatesse, le père a voulu laisser à son fils le plaisir de faire lui-même sa demande.

— Que vas-tu porter ?

Henriette balaie la question de Virgine du revers de la main. Pour l'instant, elle a d'autres préoccupations. Selon la coutume, les invités de Vincent Desfontaines devront participer activement au déroulement de la fête. Musiciens, chanteurs, conteurs, magiciens, danseurs, le moindre talent sera réquisitionné et mis en évidence. Habituellement, les convives ne se font pas prier. Les rares récalcitrants apportent à tout le moins un mets spécial ou une invention de leur cru. Bref, chacun essaie de se démarquer, dans une ambiance de compétition amicale. Au fil des ans, certaines performances ont particulièrement retenu l'attention. On en parle encore.

Cette fois, Henriette veut l'emporter. Gabriel revient et il va lui demander de l'épouser. Ne sera-t-elle pas la reine de la fête? Elle doit être à la hauteur.

— Tu vas m'aider, dit-elle à Virgine sur un ton hésitant entre le commandement et la supplication.

— À quoi?

— Pour la fête... Je dois présenter quelque chose d'unique.

Le regard gourmand de la jeune fille apeure Virgine. L'esclave se souvient de certaines pitreries qu'elle a dû faire pour amuser la galerie. Elle pense également aux efforts ridicules de son frère Jolicœur pour apprendre à se déhancher comme les Blancs sur des musiques insipides.

— Ne me demande pas de m'exhiber devant tous ces gens. Je t'en prie, maîtresse.

— Je pensais peut-être à un groupe de danseurs... ou de danseuses. C'est ça! Seulement des femmes! Tu pourrais...

— Non! Je refuse!

— Tu feras ce que je te dirai!

— J'ai une meilleure idée.

— Laquelle?

— Tu devrais déguiser la Sauvagesse.

Henriette reste bouche bée. Un éclair malicieux illumine les traits de Virgine.

23

Les travailleurs rentrent fourbus. La période de roulaison, celle de la coupe, n'a pas encore débuté et ils sont exténués. Les cannes atteindront bientôt leur pleine maturité. Au-dessus des feuilles tranchantes comme un fin coquillage dentelé, les hampes florales pointent leurs flèches vers le ciel. De l'aube au crépuscule, leur teinte fluctue au gré du vent et de la lumière. Elles passent de l'écru au violet, se fondent aux mornes sombres ou éclatent au soleil.

En attendant que commence la coupe, les esclaves s'activent aux derniers préparatifs. Il y a tant à faire ! Nettoyer le moulin de fond en comble, vider et racler les canaux, inspecter tout le matériel, des chaudières aux tambours, sans oublier les formes, les écumoires, les cuillères, les poinçons, les couteaux. Dès le premier jour de la roulaison, tout devra être en état de fonctionner. Le bon déroulement des récoltes en dépend. Les bêtes sont également bichonnées et entraînées. Comme les hommes et les femmes, elles ne chômeront pas dans les mois à venir.

Blaise Pasquier a adjoint le petit mangeur de terre au gardien du bétail. Tous les matins, le garçon mène les animaux paître dans la savane. Il a appris à traire les vaches et les chèvres, et se débrouille très bien. En outre, la compagnie des bêtes lui semble bénéfique.

Ce soir encore, Thana le regarde venir, et, une fois de plus, elle constate à quel point son nouveau nom lui va bien. Les Noirs l'ont en effet baptisé Papillon, à cause de sa fragilité et de sa façon silencieuse et aérienne de se mouvoir : l'enfant volette plus qu'il ne marche. Même après une longue journée de travail, il semble aussi léger que les insectes aux ailes jaunes qui voltigent dans les potagers. Si ce n'était ce masque d'acier qui lui dévore la moitié de la figure, on pourrait l'imaginer insouciant, sereinement résigné à sa condition de déraciné.

Dès qu'il la rejoint, Thana lui prend la main et le conduit d'un pas résolu à la case de maman Joseph, où elle sait trouver Jolicœur.

— Il faut lui enlever ce masque, dit-elle au commandeur.

Ce n'est pas la première fois qu'elle lui adresse cette requête. Jolicœur se doutait bien qu'elle reviendrait à la charge, mais elle ne l'avait jamais abordé avec autant de détermination.

— Elle a raison, renchérit maman Joseph.

— Je ne sais pas. Je dois en parler à Pasquier.

— C'est toi le commandeur, insiste la vieille femme. Pasquier est à Basse-Pointe avec le maître. La décision te revient.

— Et s'il recommençait ?

— Il ne recommencera pas, affirme Thana. Il voulait mourir parce que son autre maître était cruel. Il sait qu'ici on ne le maltraitera pas. Il a des amis, maintenant. Il ne recommencera pas.

— Tu en es sûre ?

— Oui.

— Assez pour répondre de lui ?

Maman Joseph veut la mettre en garde, mais la jeune femme s'empresse de rassurer le commandeur.

— Oui, je réponds de lui.

Thana retient son souffle. Jolicœur est sur le point de céder.

— Tu comprends bien que, s'il récidive ou se comporte mal, tu en seras tenue responsable ?

— Oui.

L'assurance et le courage de la Mesquakie en

imposent au jeune homme. Sans rien ajouter, il sort une clé de sa sacoche et libère l'enfant. Celui-ci ose à peine y croire. Il s'apprête à rentrer de lui-même à l'hôpital, où il a été mis à la barre chaque soir. Thana doit lui expliquer qu'il ne sera plus enfermé.

— Tu dormiras ici, mon garçon, déclare maman Joseph. On te trouvera bien une place.

Reconnaissante, Thana entoure la vieille femme de ses bras. Ce combat pour garder l'enfant en vie, elles l'ont mené de concert.

— Nous allons célébrer ! lance maman Joseph en se dégageant. Va inviter Magloire, ajoute-t-elle à l'intention de Papillon.

Depuis longtemps, Thana n'a pas été aussi heureuse. Cette victoire sur la mort ranime son propre désir de vivre. Ses pensées vont à Kiala auquel elle voudrait insuffler une part de cette vaillance toute neuve.

— Viens m'aider.

Maman Joseph s'étire pour saisir un panier accroché au plafond. C'est peine perdue. Plus grande d'une tête, Thana vient à sa rescousse et tire facilement du contenant trois grosses bananes.

— On va les faire rôtir. Avec un peu de...

La cuisinière est interrompue par une domestique de la grand'case, porteuse d'un message pour Thana.

— Tu dois venir.

***

Virgine attendait dans la petite chambre. Elle a éparpillé son matériel de couture sur le lit, et le sol est jonché de retailles. Il lui a fallu trois jours complets pour réunir le nécessaire. À partir d'une gravure que lui a fournie Mlle Henriette, elle a d'abord trouvé tissus et accessoires, puis elle a taillé et cousu, sans trop soigner les finitions, dont une couturière plus expérimentée se chargera. Ses talents de bricoleuse ont également été mis à contribution, car, à partir de rien, elle a dû accomplir de petits miracles. Ajouté à ses tâches quotidiennes, ce travail l'a privée de quelques heures de sommeil, mais le résultat est à la hauteur de ses attentes.

— Ça en valait la peine, marmonne-t-elle. Mlle Henriette va être enchantée, et la Sauvagesse sera ridicule.

Celle-ci entre justement, et la jeune esclave se mord les lèvres : trop tard pour retirer ses paroles. À son grand soulagement, Thana ne semble pas avoir entendu. Les vêtements et les bijoux, jetés épars sur le lit, retiennent son attention et suscitent chez elle quelques inquiétudes.

— Essaie cette robe, lui dit Virgine.

— Pourquoi ?

— Mlle Henriette l'a ordonné.

— Ce n'est pas une robe.

— C'est une robe de Sauvagesse et tu devras la porter aux fiançailles de mademoiselle avec le fils Desfontaines.

Thana ne comprend pas. Lorsque Virgine veut lui enfiler le vêtement, elle recule.

L'autre s'impatiente.

— Chaque esclave doit faire sa part pour que Mlle Henriette ait de belles fiançailles, explique-t-elle d'un ton cassant. C'est un cadeau. Tu sais ce que c'est, un cadeau ? Tu ne veux pas faire plaisir à notre maîtresse ?

Thana acquiesce.

— Alors, tu porteras cette robe.

Pour ne pas pousser Virgine à bout, la Mesquakie consent à l'essayage. La jeune esclave aurait voulu trouver une peau d'animal assez grande, plus conforme au modèle proposé par Mlle Henriette, mais ses recherches ont échoué : on ne travaille pas le cuir aux îles. Elle a donc déniché un tissu épais d'un blanc douteux, capable de faire illusion. Frangée aux coudes et aux mollets, la robe est ceinturée à la taille par un chapelet de petits cailloux. Des plumes de coq et de poule ont été piquées ici et là, au col surtout, et la couturière essaie d'en fixer quelques-unes dans les cheveux de Thana, tressés en deux longues nattes.

Celle-ci se rebiffe.

— Je ne peux pas porter ces plumes.

— Pourquoi ? J'ai même coupé les pointes qui étaient souillées.

— Seuls les guerriers qui ont combattu et égorgé un ennemi peuvent porter des plumes taillées en biseau.

Virgine frémit devant tant de barbarie.

— Ici, personne ne le saura, s'empresse-t-elle de conclure, la moue dédaigneuse.

Pour mieux apprécier le résultat final, la jeune Noire prend un peu de recul et découvre avec stupéfaction que ce déguisement n'a en rien altéré la beauté de Thana. Afin de contrer l'humiliation qu'on veut lui imposer, celle-ci a adopté d'instinct une attitude de conquérant. Son port de tête et la finesse de ses traits se trouvent mis en valeur par la rudesse du tissu et la pauvreté de la confection. Il émane de l'ensemble une distinction à la fois candide et imposante.

Furieuse, Virgine attrape les ciseaux et coupe quelques franges au-dessus du genou. Elle l'a fait sans réfléchir, dans le seul but de créer un déséquilibre et de rompre cette harmonie. Du coup, elle a exposé aux regards la jambe droite de Thana. On ne voit plus que cette cuisse musclée, au galbe parfait et à la peau cuivrée, lisse comme les galets.

— Retire tout ça ! ordonne la jeune esclave, ulcérée.

Thana s'empresse de lui obéir. Dans sa hâte, elle

dévoile une épaule, puis un sein. Tout son corps palpite. La vie y éclate de partout, fougueuse, sensuelle.

Les mains crispées sur les ciseaux, Virgine détourne les yeux.

Quelle folie l'a donc traversée ? La voilà prise à son propre piège. Il faudra plus qu'un vêtement mal cousu dans une étoffe grossière, et quelques plumes, pour ridiculiser cette étrangère. La femme de chambre s'en veut amèrement d'avoir sous-estimé la valeur de sa rivale.

Thana a posé la robe sur le lit. Elle devrait partir, mais elle reste, car la colère de Virgine la bouleverse. Elle ne veut pas quitter la jeune esclave sans avoir tenté de lui parler. Quand, par maladresse, celle-ci laisse tomber le carré de toile qu'elle voulait jeter rageusement sur ses épaules, Thana se hâte de le ramasser. L'autre le lui arrache aussitôt des mains, en poussant un soupir d'exaspération. Ses yeux brillent d'une fureur contenue. Cependant, Thana y décèle surtout une peur irrationnelle.

— Tu n'as rien à craindre de moi, dit-elle en ouvrant les mains, doigts écartés.

— Qui pourrait bien avoir peur de toi ? raille Virgine d'une voix mordante, le visage décomposé par un rictus méprisant. Pour qui te prends-tu ?

— Je suis Thana, fille de Wapello, commence la Mesquakie comme si elle rencontrait Virgine pour la première fois, comme s'il était possible de tout recommencer. Mon père était un chef de paix. Et toi, qui es-tu ? Veux-tu me dire qui tu es ?

Décontenancée, la jeune Noire se réfugie de l'autre côté du lit. « Cette Sauvagesse est sournoise, pense-t-elle. J'ai eu raison de me méfier. » D'instinct, elle se drape dans son fichu.

— Dis-moi ton nom et celui de tes ancêtres, insiste Thana. Raconte-moi ton histoire. Sais-tu que j'avais une sœur ? Elle s'appelait Nucamoan. Si tu voulais, nous pourrions être sœurs.

L'autre s'indigne.

— Jamais ! Jamais je ne voudrai d'une sœur comme toi !

— Pourquoi me détestes-tu ?

— Parce que tu n'es qu'une voleuse ! explose l'esclave.

— Mais je ne t'ai rien volé ! rétorque Thana.

— Tu m'as volé ma maîtresse ! hurle Virgine. (Elle baisse le ton et continue, le visage déformé par la colère :) Tout allait bien avant que tu arrives. J'étais la seule domestique attachée au service de Mlle Henriette. Elle n'allait nulle part sans moi et personne d'autre ne pouvait la servir ou entrer dans sa chambre. Maintenant, tout a changé. Tu es partout ! Même ma mère s'est entichée de toi. Je vois bien ton petit jeu. Tes minauderies, tes grands airs, je ne suis pas dupe ! Tu ne veux qu'une chose : me prendre ma place.

— Tu te trompes. Je ne ferai jamais rien pour te séparer de ta maîtresse. Je sais à quel point tu lui es attachée. J'ai vu jusqu'où tu peux aller pour lui faire plaisir. Je t'ai vue l'autre soir...

— Tu mens ! Tu ne sais rien ! Tu ne comprends rien à rien ! Tu ne sais pas ce qu'une esclave doit faire...

— J'ai été achetée comme toi !

— Parce que Mlle Henriette ne pouvait pas acheter ton mari. C'est lui qu'elle voulait, pas toi. J'espère bien qu'elle va se débarrasser de toi au plus vite et que nous pourrons partir pour la France.

— Qu'est-ce que tu dis ? De quoi parles-tu ?

Renversée par ce qu'elle vient d'entendre, Thana ne sait trop que penser. Henriette Savari aurait voulu acheter Kiala ? Qu'est-ce qui l'en a empêchée ? Est-ce une bonne ou une mauvaise nouvelle ?

Une voix rieuse interrompt ses réflexions.

— C'est ici que vous vous cachez, toutes les deux ?

Les yeux d'Henriette pétillent. Elle s'engouffre dans la pièce en coup de vent.

— Il ne te reste plus que deux jours pour tout préparer, annonce-t-elle à Virgine, le visage épanoui.

Sa femme de chambre et confidente comprend immédiatement.

— Il est là ?

— Oui ! soupire Henriette en joignant les mains. Gabriel est à Grand'Anse et la fête aura lieu dans deux jours.

Deux longues journées, deux interminables journées, qui passeront quand même trop vite, elle le craint.

— Tu seras prête ? demande-t-elle à Virgine. (Sans attendre la réponse, elle s'adresse ensuite à Thana :) Tu sais chanter ? Tu te souviens des chants de ton pays ?

— Je n'oublie jamais, affirme la Mesquakie, ne sachant trop où tout cela va la mener.

— C'est très, très bien ! Tu chanteras à la fête.

24

— Je peux venir aussi ? demande Papillon pour la dixième fois.

— Non, tu es trop jeune, lui répète Jolicœur.

Le garçon fait la moue. Le masque a laissé sur son visage de petites rougeurs qui s'estomperont avec le temps. Par contre, le regard est demeuré intact : sombre et profond comme une nuit d'orage, parfois traversé d'éclairs.

Thana se désole de le voir aussi triste, mais son envie de participer à la fête la réjouit. Peu à peu, sans même s'en rendre compte, l'enfant plante de nouvelles racines, tout imprégnées des sons et des odeurs de ce pays. Il oublie, et la jeune femme est persuadée, en dépit de son attachement à toutes les mémoires ancestrales, que cette amnésie le sauvera. Pour la Mesquakie, renoncer à ses origines équivaudrait à une trahison — elle n'en aurait pas le droit ; pour les autres aussi, déracinés à l'âge adulte, alors que tout ce qu'ils étaient appelés à devenir germait déjà en eux. Mais Papillon est si jeune. Même si l'oubli lui fait peur, il doit y consentir et remplir le vide de sensations inexplorées, d'un savoir appris et non pas hérité, en choisissant ses propres images. Sa survie en dépend.

Avec l'aide de maman Joseph, Thana essaie de le guider dans sa découverte d'un nouveau monde, d'une histoire réinventée. Les deux femmes l'accompagnent, comme on le fait pour un enfant qui ose ses premiers pas, d'assez loin pour qu'il soit lui-même l'artisan de sa renaissance, d'assez près pour qu'il ne se sente jamais seul.

Pressée par Virgine, Thana ne peut s'attarder davantage auprès de son protégé. Tout le monde est déjà parti, et l'habitation Savari est plongée dans un silence inhabituel. Les maîtres ont pris la route, en voiture ; les Noirs ont coupé par les traces. Tous arriveront en même temps chez Vincent Desfontaines, où ils sont attendus pour célébrer le retour de Gabriel et sa miraculeuse guérison.

— Je te rapporterai quelque chose, promet Thana, en montant dans la charrette, derrière Jolicœur.

Papillon grimace. Cette assurance ne le console qu'à demi.

Maman Joseph le serre contre elle.

— Il faut bien que quelqu'un reste avec moi, dit-elle.

— Et avec moi aussi !

Tous se tournent vers le vieux Magloire qui revient d'une tournée de ses pièges. Le quimboiseur, en véritable magicien, sort de sa gibecière deux énormes rats piloris dont la forte odeur de musc ne tarde pas à se répandre.

— Regarde ce que j'ai attrapé ! clame le vieil homme, en balançant fièrement les cadavres puants devant le nez du garçon. Maman Joseph va nous les faire bouillir avec des feuilles et des quartiers d'orange. Ce sera un délice, tu peux me croire.

Fasciné par le vieux chasseur, Papillon consent volontiers à les suivre.

Malgré un haut-le-cœur, Thana préférerait de beaucoup rester avec eux. C'est malheureusement impossible. Mlle Henriette a été catégorique : elle doit se présenter chez les Desfontaines, attifée de sa robe à franges et de ses plumes, dès que Virgine lui en donnera l'ordre, ni trop tôt ni trop tard, c'est-à-dire après les salutations et avant le repas.

Lorsque la Mesquakie s'assoit à ses côtés, au fond de la charrette, la jeune Noire se rencogne dans le coin opposé. Depuis le matin, elle ne décolère pas. Sans cette Sauvagesse, elle se trouverait en ce moment auprès de sa maîtresse, dans le froufroutement délicieux des robes d'organdi et les effluves parfumés. Au lieu de quoi, elle rate le meilleur de la fête. Elle n'entendra rien de l'arrivée bruyante des invités, les exclamations de joie qui fusent à travers les claquements de fouet et le grincement des roues, les chevaux qui renâclent, nerveux, et le piétinement des sabots sur la terre battue. Par-dessus tout, elle n'assistera pas aux retrouvailles de Mlle Henriette et de Gabriel Desfontaines. Elle a manqué le premier regard, plein de promesses ou de désillusions, dont dépendra tout le reste. Dépitée, la jeune esclave jette tout le blâme sur Thana, en oubliant qu'elle a elle-même eu l'idée de cette mascarade.

— Dépêche-toi un peu, dit-elle à son frère. Nous allons être en retard.

Tout à fait insensible à l'exaspération de sa sœur, Jolicœur garde le cheval au pas. Le jeune homme est préoccupé. Au cours de la dernière fête chez les Desfontaines, deux esclaves passablement éméchés se sont battus, et l'un d'eux a été blessé grièvement. Ces festivités, arrosées de tafia et enfiévrées par la *kalenda*, comportent toujours leur lot de rixes et de dévergondages. Les esprits échauffés se contrôlent difficilement.

Appréhendant de tels excès, Blaise Pasquier a tout tenté pour empêcher ce grand rassemblement. Ses arguments, auxquels Jolicœur souscrit volontiers, n'ont pu convaincre Adrien Savari. Celui-ci s'est contenté de recommander à son gérant une surveillance accrue.

« De toute façon, se console le commandeur, priver les Noirs de cette fête risquait de causer encore plus de désagréments. » Son frère Michau n'aurait sûrement pas laissé passer une si belle occasion de protester. Il y aurait eu de la grogne. Pendant des jours, peut-être même des semaines, tout aurait fonctionné au ralenti sur l'habitation, car les esclaves maîtrisent à la perfection l'art de la révolte passive. Et avec la roulaison qui va commencer très bientôt, il est hors de question de susciter du mécontentement. Tout le monde devra avoir le cœur à l'ouvrage.

Entre le frère et la sœur, aussi taciturnes l'un que l'autre, Thana ne sait quelle attitude adopter. Elle pousse un soupir de soulagement lorsque la charrette s'engouffre entre les deux rangées de cocotiers qui marquent les abords de l'habitation Desfontaines.

Située à l'extrémité nord du village de Grand'Anse, la plantation s'étale en paliers, du niveau de la mer jusqu'au sommet de la colline, où a été construite la maison des maîtres. Pour y accéder, il faut donc longer au préalable le quartier des esclaves, établi en bordure de la rivière qui a donné son nom au bourg. Les cases-nègres s'éparpillent dans toutes les directions, sans plan précis, contrairement à celles de l'habitation Savari, rangées de chaque côté d'une allée rectiligne. Cette disposition asymétrique rappelle aux esclaves africains leurs anciens villages.

Il est encore tôt, mais sur la place aménagée au milieu des cases, la fête bat déjà son plein, sous un soleil radieux. Stoïque jusque-là, Jolicœur s'agite sur son siège. Thana perçoit très bien sa nervosité. D'un claquement de langue, le commandeur met le cheval au trot et ils franchissent très rapidement la distance qui les sépare de la grande maison.

Beaucoup plus modeste que celle des Savari, celle-ci est flanquée de deux superbes acajous-pays de plus de trente mètres de haut qui la font paraître encore plus petite. Cependant, de la terrasse où elle est érigée, elle surplombe orgueilleusement les nombreux bâtiments et les champs de canne, et déborde sur la mer houleuse, à perte de vue.

Jolicœur arrête son attelage au bas de la dernière montée. Virgine et Thana sautent par-dessus la ridelle et gravissent les marches de pierre pour rejoindre les invités, qui sont venus de partout : de Macouba, à l'extrême nord de l'île, de Saint-Pierre, de Fort-Royal et de tous les petits bourgs de la Capesterre. Thana n'ose pas lever les yeux vers eux ; ils sont trop nombreux. Des éclats de voix jaillissent parfois, comme des chants de coqs lancés au-dessus des jacassements. Tout autant que chez les esclaves, cette occasion de réjouissance a été bien accueillie par les grands propriétaires. Surtout que l'invitation lancée par Vincent Desfontaines arrivait à point nommé, juste avant le début de la coupe. L'hivernage, qui s'étend de juillet à décembre, tire à sa fin. Les pluies sont tombées, abondantes, après s'être fait attendre plus que de coutume. Tout est prêt pour la récolte. Pendant des semaines, les planteurs seront sur un pied d'alerte. Les moulins vont fonctionner à plein régime, vingt-quatre heures sur vingt-quatre, sauf le dimanche, et le jus des cannes va couler dans les chaudières, où il passera toutes les étapes de purification pour donner les sucres, brut ou raffiné, royal ou candi, qui ont fait la fortune de l'île. Aucun des convives n'aurait voulu rater cette chance unique de festoyer et de fraterniser avant la roulaison. À Saint-Pierre où logent les autorités gouvernementales et militaires, les réceptions sont plus fréquentes. Elles font même partie, en quelque sorte, des tâches administratives des uns et des autres. Ce n'est pas le cas à la campagne : bals et grands dîners y constituent des événements rares et, par conséquent, très courus.

Dans la liesse générale, l'arrivée discrète de Thana passe inaperçue. Un peu en retrait, à l'abri derrière un buisson de magnolias, la jeune fille observe tous ces gens qui manifestent bruyamment leur joie, à grandes lampées de vin. On ne s'embarrasse déjà plus d'étiquette ; le premier verre fait l'affaire. Certains boivent même à la bouteille.

À l'ombre des acajous-pays, un petit groupe fait cercle autour d'un jeune homme que la Mesquakie reconnaît immédiatement sans l'avoir jamais vu : on ne parle que de lui depuis des semaines. À peine vingt ans, peut-être moins, de taille moyenne mais bien fait, le cheveu châtain clair, abondant et ondulé, Gabriel Desfontaines dégage une sensualité à fleur de peau, que la maladie n'a pas réussi à refouler. Il parle avec les yeux, répond avec les mains, mais l'essentiel de son propos passe par un sourire irrésistible qui confère à sa physionomie, par ailleurs très ordinaire, un charme ravageur. Son teint pâle, en rappelant combien il a souffert, ajoute au pouvoir de séduction. Les femmes s'agitent autour de lui, chacune espérant un regard ou, mieux encore, ce terrible sourire qui leur chavire le cœur.

Henriette Savari se tient tout près du jeune homme, aussi près que le permettent les convenances. Les joues rougies par l'émotion, les lèvres entrouvertes comme pour boire ses paroles, la jeune fille semble étouffer dans son corsage ajusté, qui dévoile effrontément sa poitrine ferme et palpitante.

Virgine se dirige vers sa maîtresse, et plus elle s'en rapproche, plus Thana se sent vulnérable. Dans quelques instants, toutes les têtes se tourneront vers elle. Alors qu'elle ne le cherchait pas, la Mesquakie croise le regard de Gabriel Desfontaines. Surprise, elle ne songe même pas à détourner les yeux. D'ailleurs, l'étonnement est réciproque.

Après un moment d'hésitation, le jeune homme se penche vers Henriette et lui glisse quelques mots à l'oreille. Celle-ci lève aussitôt la tête vers Thana et son visage s'épanouit.

— Je vous ai préparé une surprise, dit-elle d'une voix forte qui impose le silence.

La jeune fille en profite pour rassembler tout le monde autour d'elle.

Gabriel, lui, n'a pas cessé de dévisager Thana.

Intimidée, celle-ci tente d'échapper à ce regard insistant en se concentrant sur les gestes de Mlle Henriette qui a pris la main de son fiancé, comme pour le retenir. Or, tous les deux viennent vers elle, provoquant du même coup un mouvement général. Les invités suivent le jeune couple et, devant ces visages anonymes, la Mesquakie se sent comme une bête traquée, coupée de toute retraite. Son premier réflexe est de chercher de l'aide. La présence du père Moreau la réconforte ; il ne laissera personne lui faire de mal. Derrière le jésuite, Vincent Desfontaines lui adresse un signe discret de la tête.

— Venez tous ! lance Henriette. J'ai apporté une femelle du Canada, une vraie Sauvagesse tout juste sortie de sa forêt.

Ceux et celles qui avaient déjà vu Thana s'exclament devant son accoutrement insolite et très évocateur. Les autres se réjouissent de pouvoir enfin examiner ce spécimen dont ils ont tant entendu parler. Cependant, les femmes manifestent une exubérance un peu forcée qui semble vouloir compenser l'hébétude des hommes. Le malaise est palpable et toutes, de la plus vieille à la plus naïve, se demandent comment elles pourront rivaliser avec cette Sauvagesse d'une beauté singulière, qui possède de surcroît l'exotisme tant apprécié par les coloniaux.

Gabriel vient à leur secours. Il lance d'abord à sa fiancée un regard admiratif qui lui redonne confiance, ainsi qu'à toutes ses compagnes. L'audace d'Henriette l'impressionne et il n'hésite pas à la féliciter.

— C'est une magnifique acquisition, dit-il. Est-ce une Iroquoise ?

Henriette ne veut pas le décevoir.

— Je crois que oui. En tout cas, on m'a dit qu'elle appartient à la plus belliqueuse des tribus.

Personne ne remarque le frémissement de la Mesquakie.

— Et que sait-elle faire ? demande le jeune homme.

— Elle va chanter, annonce fièrement Henriette.

— Elle est à vendre ? crie un des planteurs, revenu de sa surprise.

— Jamais de la vie ! s'offusque gentiment la propriétaire, en jetant un coup d'œil moqueur à Virgine.

Elle a repensé à la suggestion de sa femme de chambre et elle a jonglé avec l'idée de vendre Thana. Ça lui aurait permis de se constituer un petit capital, un début. Mais aujourd'hui elle se félicite de l'avoir gardée. Gabriel est revenu et elle n'aura plus besoin d'argent désormais. De toute façon, l'intérêt des spectateurs lui prouve qu'elle pourra vendre son esclave très facilement, dès qu'elle le voudra, et probablement beaucoup plus cher qu'elle ne l'a payée aux ursulines. Comblée, la jeune créole tape dans ses mains pour réclamer le silence. En même temps, elle sourit à Gabriel ; ce cadeau est pour lui.

— Chante, maintenant, ordonne-t-elle à Thana.

Au lieu de s'exécuter, celle-ci baisse la tête, confuse. Tous ces yeux braqués sur elle lui donnent froid dans le dos. Henriette veut la brusquer, mais son fiancé la retient en lui prenant le bras, peut-être un peu trop rudement. Il se rachète en lui caressant l'épaule.

— Laisse-lui le temps, murmure-t-il. Elle est timide.

Pour se donner du courage, Thana pense aux paroles de Virgine : si elle fait ce qu'on lui demande, peut-être Mlle Henriette achètera-t-elle Kiala. Que n'accepterait-elle pas pour voir son mari sortir de prison ! Elle pense à lui très fort et un souvenir émerge de sa mémoire. Elle revoit un petit matin brumeux. Ce jour-là, pour la première fois, Kiala lui a avoué son amour. C'était le printemps puisqu'elle cueillait des racines. En quête de vision, le chef s'était éloigné du village et elle l'avait surpris à chanter des paroles de courage et de foi, révélées par le Grand Esprit aux clans de plumes. Manesenoa, l'esprit de la guerre, s'adresse ainsi à ceux qu'il aime, pour leur enjoindre de cesser leurs gémissements : « Celui qui chante sera entendu, et ses ennemis perdront courage. »

Les mots franchissent doucement les lèvres de Thana en un murmure à peine audible. Les syllabes coulent de sa gorge, liées les unes aux autres, telle une plainte monotone : *telaneta ketadamene wina*. Elle entend la voix de Kiala et le chant de la grive solitaire dans l'érablière. Sa rivière n'est pas loin. La puissance mnémonique des incantations la replonge dans un autre temps, et alors, la parole fuse. Cette fois, la jeune femme mord dans les sons comme il se doit : *te la ne ta ke ta da me ne wi na*. Pour bien marquer le tempo et donner à chaque note toute sa valeur, elle module sa voix, passe du grave à l'aigu, en accompagnant chaque inflexion d'un pas saccadé. Elle s'appuie sur des siècles d'histoire : depuis la création du monde, ce chant de guerre a été transmis par les gardiens du ballot sacré. Et voilà qu'il résonne dans cette île aux mille esclaves, sur cette côte fouettée par la mer, si loin de ses origines, devant des gens qui ne savent rien du pouvoir de Wisaka.

La Mesquakie avait oublié les spectateurs.

Quand elle se rappelle leur présence, elle constate avec effarement que tous rient aux éclats. La parole sacrée de Manesenoa leur est apparue comme une bouffonnerie. Ils se sèchent les yeux en soupirant, et leurs bouches s'ouvrent toutes grandes, pareilles à des gouffres sans fond. Sa prière n'a touché personne, du moins Thana le perçoit-elle ainsi, trop bouleversée pour comprendre que les Blancs dissimulent leur malaise derrière ces ricanements. Écrasés par la puissance des incantations, ils résistent en se moquant.

Désemparée, la jeune femme cherche parmi les visages hilares. Le père Moreau a disparu, de même que Vincent Desfontaines. En tout cas, elle ne les voit plus. Pourtant, elle distingue très bien Henriette et Virgine dans la foule. Les jeunes filles sourient, la mine réjouie.

Le cœur en miettes, humiliée, Thana tourne les talons et s'enfuit. Elle traverse d'abord un mur de bras qui veulent la retenir. De toutes ses forces, elle se libère et dégringole les marches. Des rires la poursuivent. Sans réfléchir, elle emprunte le passage étroit qui longe les ateliers. Elle n'a qu'une idée : aller vers la mer.

— Tu vas perdre ton clown, Henriette. Ce serait dommage.

Thana court. Elle s'écorche aux murs de pierre, s'accroche aux branches. Les ridicules parures de plumes se détachent une à une de ses cheveux.

Derrière elle, quelqu'un crie :

— Arrêtez-la !

25

Thana file à toutes jambes sans penser à ce qui pourrait advenir. Elle va vers la mer comme on retourne à un lieu connu et rassurant. Des pas la rattrapent presque, puis ses poursuivants renoncent, rappelés par Henriette Savari.

— Elle reviendra d'elle-même, les rassure la jeune fille, satisfaite. Où voulez-vous qu'elle aille ?

La Mesquakie n'a conscience de rien, jusqu'à ce qu'elle plonge par mégarde au cœur de la fête. Des esclaves l'encerclent. Ils dansent, et leurs corps d'ébène, luisants de sueur, ondulent autour d'elle, tels des serpents de mer à la surface des eaux. Sans la toucher, ils la guident. Leurs mouvements l'emportent aussi sûrement que l'alizé maintient les sternes au-dessus des vagues.

Une immense table a été dressée sous un arbre à bougies, dont les fruits, longs et abondants, diffusent un arôme doux-amer de pomme trop mûre. C'est là que les danseurs noirs abandonnent la jeune femme, avant de se joindre à un autre groupe.

À bout de souffle, Thana regarde.

Les hommes ont revêtu leurs plus beaux atours. D'une blancheur immaculée, les vêtements tranchent sur les peaux sombres. Les femmes sont couvertes de bijoux clinquants. Ils sont superbes, les uns et les autres, plus exubérants que jamais. Le tafia qui coule à flots met de la brillance dans leurs yeux. Un joueur de tambour n'a qu'à frapper sur son instrument pour qu'aussitôt la musique jaillisse des corps souples et sensuels. Ce sont ces corps qui donnent le rythme, qui appellent les sons, en inversant les rôles. Les musiciens suivent la cadence imposée par les danseurs. Leur tambour entre les jambes, ils donnent une voix à ce qui existe d'emblée dans la chair et les muscles, latent, puissant, prêt à se révéler. La musique met au jour des passions refoulées mais rétives ; à sa manière, le tambour affranchit.

Lorsque les femmes agitent les *quaqua*, Thana revoit ses compagnes de la rivière des Renards, brandissant leurs *che-che-quon*, des nuits entières. Les battements de mains aussi lui en rappellent d'autres, de même que les pulsations des voix. Cependant, il y a chez les Noirs une exultation et une exaspération des sens tout à fait uniques, une violence différente, à laquelle les Mesquakies ne se sont jamais livrés. On ne parle ici ni de colère ni de vengeance ; non, les enjeux sont tout autres. Les esclaves s'émancipent, se repossèdent à travers la danse et la musique, comme si la délivrance passait d'abord par la sensualité et la proximité des corps.

Déroutée, Thana veut s'éloigner, mais un homme lui saisit le bras. Il tient de sa main libre une brochette de vers de palmiste. Cuites juste à point audessus du feu, les larves, de la grosseur d'un doigt, ont été saupoudrées d'un mélange de croûte de pain râpée et de poivre, sel et muscade qui absorbe les graisses. Il s'en dégage un arôme délicat.

En état d'ébriété avancée, l'homme insiste pour que Thana goûte à ce mets de choix. La jeune femme tente en vain de se libérer ; il la tient solidement. Pour l'inciter à manger, il renverse la tête vers l'arrière et mord lui-même dans la chair blanchâtre. La graisse dégouline sur son menton. La bouche pleine et les lèvres poisseuses, l'ivrogne gémit de plaisir et se penche vers Thana pour l'embrasser. Celle-ci le repousse ; il grogne, soudain irascible, et en lui enserrant la taille il la colle rudement tout contre lui. Les tambours battent la mesure; les musiciens tapent sur leurs instruments avec une frénésie décuplée. L'homme se frotte contre Thana d'un geste lascif. Son pénis durci gonfle son pantalon. Les danseurs suent à grosses gouttes, la respiration haletante, et les *quaqua* font un bruit infernal. Thana gifle l'importun de toutes ses forces et profite de l'effet de surprise pour s'échapper à travers les fêtards. Le Noir se lance à sa poursuite et la rattrape sans difficulté.

Cependant, il desserre vite son étreinte, lorsque Michau le prend par le collet.

Tendu comme un coq de combat, le fils aîné de maman Joseph paraît encore plus grand. Les veines saillent sur ses bras puissants. Elles courent sous la peau, pareilles aux ruisseaux sans cesse en mouvance. L'ivrogne n'insiste pas et retourne faire bombance. Michau le suit des yeux pour s'assurer qu'il a compris. Quand il le voit s'empiffrer de beignets aux bananes, il se retourne vers Thana.

La jeune femme a disparu.

***

Elle a repris sa course, que les danseurs avaient interrompue.

Le premier sentier qu'elle emprunte la mène à la rivière Grand'Anse, qui arrose la plantation Desfontaines. Pendant un moment, la Mesquakie marche sur le fond rocailleux, vers la mer. Ses pas tracent un sillon que le courant emporte, et parce que le clapotis de l'eau étouffe tous les autres sons, elle n'entend pas qu'on la suit de la rive. L'observateur, respectueux, reste à bonne distance. C'est un jeune homme, un mulâtre, dont le visage basané a gardé des rondeurs juvéniles. Curieux, il épie la Sauvagesse sans s'approcher, et lorsque celle-ci s'agenouille sur les cailloux grisâtres en se protégeant tant bien que mal avec sa robe, il s'éloigne discrètement et la laisse seule.

Les galets de basalte pénètrent la chair de Thana, et un mince filet de sang rosit l'eau claire. Pourtant, elle reste là, assise sur ses talons dans l'eau peu profonde, et elle prie en geignant parce que, cette fois, la douleur l'emporte sur tous les courages. Vivre ressemble soudain à un châtiment ; accepter de vivre, à une trahison. Que doit-elle faire ? Peut-être le petit Papillon avait-il raison : la mort seule peut ramener l'exilé dans ses terres. Il faut libérer l'âme de son corps trop lourd pour qu'elle puisse retourner à ses origines et atteindre le royaume de Iyapata.

Jamais, même dans les moments les plus difficiles, Thana n'avait désiré mourir. Elle a toujours senti en elle une pulsion de vie plus forte que la mort. Or, cette ultime solution lui paraît désormais la seule issue. Tout autour, le monde sombre dans une effrayante obscurité. Où qu'elle pense, où qu'elle cherche, elle se bute aux ombres des mornes, aux roches volcaniques, aux murs noircis par le vent salin, au lit des rivières, couleur de cendre, au sable noir des plages. Rien que du noir, partout. Sous le ciel en deuil, la jeune femme ne décèle plus la moindre lueur. Même les souvenirs heureux se brouillent en un magma obscur.

— Thana... Donne-moi la main.

Il faut de longues secondes à la Mesquakie pour entendre l'appel de Vincent Desfontaines. Troublé par l'attitude abandonnée de la jeune femme, l'homme n'ose pas la toucher. Il répète son nom à plusieurs reprises, comme on tente de réanimer un mourant, avec constance et fermeté, et beaucoup de tendresse.

— Viens, Thana. Donne-moi la main.

La jeune femme y met le temps, mais elle revient à la réalité. La voix la rejoint très loin, là où elle n'était jamais allée auparavant. Elle en sort rompue, aussi éreintée que si elle avait pagayé pendant des heures, mais terriblement vivante, avec une chaleur au creux de la poitrine, un foyer incandescent, dont elle ignore s'il générera une flambée de violence ou la réconciliation.

— Thana...

La présence de Vincent Desfontaines ne la surprend pas. Dès la première rencontre, elle a su d'instinct que cet homme ne lui offrirait que le meilleur de lui-même.

— Jasmin m'a dit que je te trouverais ici, commence le planteur en lui prenant la main et en la tirant hors de l'eau.

— Jasmin... ? balbutie la jeune femme, comme s'il s'agissait d'un mot mystérieux.

Elle ne connaît personne de ce nom.

— Il t'a vue, mais il n'a pas osé t'aborder, explique Vincent Desfontaines. Alors, il est venu me trouver. C'est ce qu'il faisait déjà quand lui et mon fils Gabriel étaient petits. Ils ont été élevés ensemble, comme des frères, et chaque fois que Jasmin était inquiet pour Gabriel, il venait me chercher. Mon fils avait beau crier à la trahison, Jasmin ne s'en formalisait jamais, et il revenait m'avertir dès que Gabriel recommençait ses fredaines. Je ne sais plus combien de fois il lui a ainsi sauvé la vie.

Tout en parlant, il a enlevé sa redingote. Il ne fait pas froid, loin de là, mais Thana frissonne et il la couvre en la frictionnant. D'un geste impatient, le planteur arrache ensuite les quelques plumes qui collent encore à la robe. Ce geste anodin redonne à Thana une part de sa dignité.

— Je crois qu'il m'a sauvé la vie, à moi aussi, dit-elle au bout d'un moment, d'une voix enrouée.

— Il faut tenir bon, ma belle.

— Sans Kiala, je ne pourrai plus.

— C'est ton mari?

Elle hoche la tête.

— Il est toujours à la prison de Saint-Pierre?

— Il doit être si malheureux. (Des larmes roulent dans sa gorge en même temps que les sons. Elle se souvient cependant qu'elle a promis de ne pas pleurer.) Je perds toute ma force sans lui, exhale-t-elle dans un sanglot qui n'aura pas de suite.

— Viens, lui dit Vincent Desfontaines sur un ton volontairement enjoué, comme s'il refusait de voir son désarroi. Rentrons avant que mes invités ne se fassent des idées. Ma réputation de coureur de jupons me poursuivra toujours.

Thana esquisse un pauvre sourire.

— Tu ne me crois pas? s'offusque-t-il. Tu te dis qu'un vieillard décrépit comme moi n'est pas très dangereux.

— Tu es très beau, le rassure Thana avec tellement de sincérité et de naïveté que le planteur éclate de rire.

À l'aide d'un bâton, il fouette ensuite les roseaux pour se ménager un passage. Dans sa hâte, la fugitive n'avait pas songé aux serpents. Le maître est plus prudent, et ils atteignent la savane, sains et saufs.

— Je vais te faire reconduire, propose Vincent Desfontaines. Aujourd'hui, tu seras plus tranquille chez les Savari.

Dans le sentier qui contourne les bâtiments, le père Moreau vient à leur rencontre.

— Je m'inquiétais pour toi, dit-il à Thana.

Encore troublée par tout ce qui lui est arrivé, celle-ci baisse la tête. Les deux hommes la raccompagnent en silence jusqu'aux écuries.

— Ramène Thana à l'habitation Savari, ordonne le planteur à un cocher.

La jeune femme grimpe dans la charrette, qui se met aussitôt en branle. À chaque tour, une roue instable provoque une secousse, et la Mesquakie se laisse bercer par ce qui ressemble à un battement de cœur. Fragile encore, elle en appelle néanmoins à Wisaka, le créateur. N'a-t-il pas mis Vincent Desfontaines sur sa route, et Margot-la-marcheuse, ainsi que la pétillante Adélaïde ? Jamais le Grand Esprit ne l'a abandonnée. Il avait promis : celui qui chante les mots transmis par les anciens verra ses ennemis s'éloigner, celui qui chante sera entendu. Elle doit reprendre espoir et continuer, quoi qu'il arrive.

En se retournant, elle aperçoit de loin le père Moreau et Vincent Desfontaines. Le planteur a entouré les épaules du jésuite de son bras, et tous les deux, ainsi enlacés comme des comploteurs, montent vers la grande maison.

26

Depuis le début de la roulaison, les esclaves ne trouvent plus de répit. Hormis une courte pause pour le repas de midi, ils travaillent dix-huit heures par jour, se relayant le soir et la nuit aux fourneaux et au moulin, après avoir sué du lever au coucher du soleil dans les champs de canne. L'habitation bourdonne d'une activité ininterrompue.

Pour la troisième journée consécutive, le temps est à la pluie, et la nervosité des planteurs et des gérants s'accroît au fur et à mesure que les nuages s'accumulent au-dessus de leur tête. À tout moment, le ciel plombé risque de se déchirer et de déverser son trop-plein. Tous les esclaves ont donc été envoyés au jardin — c'est-à-dire dans les champs —, même les domestiques dont la présence n'était pas indispensable à la grande maison.

Thana a passé la nuit au moulin, à pousser les cannes dans les tambours pour en extraire le jus. Après deux heures de sommeil, il lui a fallu reprendre le travail, au jardin cette fois, pour prêter main-forte à ses compagnes chargées de lier en solides paquets les tiges déjà coupées. D'un coup sec, la jeune femme tire les yeux de la canne — de longs filaments verts qui se trouvent à l'extrémité des plantes. Elle les étend ensuite sur le sol, deux par deux, et y couche une douzaine de tiges qu'elle entortille à l'aide de ces amarres.

La tâche est harassante, mais la Mesquakie se réjouit de n'être plus confinée à la grand'case, entre ces murs trop blancs, au milieu de la verroterie et de la dentelle. Elle préfère le contact de la terre rouge, dont l'humidité exalte le parfum capiteux.

Sans diminuer la cadence, la jeune femme guette le retour de Papillon. Celui-ci travaille de concert avec le cabrouettier, un borgne hargneux, au visage ravagé par le pian. Réputé pour son talent à entraîner les coqs de combat, il semble nourrir la même agressivité que ces volatiles et maugrée constamment contre le garçon.

Chaque fois que l'homme et l'enfant s'absentent pour aller livrer leur chargement de fagots au moulin, Thana s'inquiète, comme si elle craignait qu'ils ne reviennent pas. Cette fois encore, elle éprouve donc un grand soulagement lorsque le cabrouet, tiré par des bœufs nonchalants, réapparaît au bout du sentier et que Papillon lui adresse un sourire.

Suivent un cavalier et sa monture, dont le petit trot soulève un filet de poussière. Blaise Pasquier ne se fie pas toujours à Jolicœur pour talonner les esclaves. Dans les moments critiques, il préfère venir en personne et exercer ainsi une pression supplémentaire sur ses nègres.

Brutal, le gérant tire sur les rênes, et le cheval, surpris, tourne deux fois sur lui-même avant de s'arrêter. Bien en selle, le dos très droit, Blaise Pasquier paraît plus grand qu'il ne l'est en réalité. Pendant que la bête sautille sur place et encense de la tête, il lève les yeux vers le ciel de plus en plus sombre. Un orage se prépare. L'atmosphère est chargée d'étincelles prêtes à s'embraser. Dans deux heures tout au plus, la pluie va tomber à torrents.

Le gérant examine la pièce de canne, largement entamée, ainsi que les tiges déjà coupées. Au jugé, il estime qu'en mettant un peu plus de cœur à l'ouvrage on aura le temps de tout rentrer. Sans dire un mot, il mène sa bête au milieu des esclaves. Comme par magie, le rythme s'accélère. Blaise Pasquier connaît bien ses nègres, les faiblesses et les forces de chacun. En outre, il a repéré depuis longtemps les mauvaises têtes. Voilà pourquoi il s'attarde un long moment près de Michau. À grands coups de serpe, celui-ci sectionne les plants avec une précision infaillible, sans jamais les taillader. Après les avoir débarrassés des barbes, de petites excroissances accrochées à la tige, il les tronçonne en deux ou trois parties puis les jette en tas pour les amarreuses. La coupure, toujours nette, ne laisse aucune rognure.

Très irrité par l'insistance de Pasquier, le Noir travaille en silence, le visage fermé. Ses compagnons retiennent leur souffle, craignant que son exaspération ne le pousse à quelque imprudence. Le caractère impulsif du jeune homme l'a souvent mené à des excès. Dans l'air pesant, on entend le sifflement des serpes et le froissement des cannes. Parfois une expiration bruyante, à cause de l'effort soutenu, parfois le fouet du cabrouettier sur la croupe des bœufs. Les femmes se taisent elles aussi, même si les gestes répétitifs leur arrachent à l'occasion une plainte ou un soupir. Tout au bout du jardin, Jolicœur hurle un ordre, mais sa voix se perd dans cet étrange frissonnement de sons épars, où la parole n'a pas sa place. Le tonnerre roule, loin au-dessus de la mer. Le cheval de Pasquier hennit, nerveux. Pour le calmer, le cavalier lui impose une demi-volte, s'éloignant ainsi de Michau. Tous respirent mieux.

Les mains pleines, Thana jette machinalement un œil vers le cabrouettier et son jeune assistant. Encore une fois, les bœufs ont repris le sentier qu'ils connaissent par cœur. Cependant, la jeune femme fronce les sourcils. Elle étire le cou, se hisse sur la pointe des pieds. Elle a beau regarder partout, devant le cabrouet, de chaque côté : Papillon ne se trouve nulle part. Il ne suit pas le chargement comme il le fait toujours, de son pas sautillant et aérien.

Inquiète, la Mesquakie scrute encore plus attentivement les alentours. C'est alors qu'elle distingue la petite silhouette du garçon ; il pénètre dans une allée étroite qui sépare deux pièces de canne encore debout. Les tiges font trois fois sa hauteur et il disparaît sous le couvert verdoyant, comme aspiré par les plantes. « Que fait-il donc ? » s'étonne Thana, en appréhendant le pire. « Va-t-il recommencer à manger de la terre ? » Du coin de l'œil, elle cherche le gérant. Celui-ci se trouve maintenant du côté opposé du jardin. Par chance, l'infraction lui a échappé, mais pour combien de temps ? La jeune femme sait bien qu'elle ne doit pas perdre une minute si elle veut tirer son protégé de ce mauvais pas.

***

Dans la grande maison, les Savari, père et fille, de même que le jeune Gabriel Desfontaines, bavardent à bâtons rompus. Le mauvais temps les préoccupe et Henriette ne reste pas en place. À tout moment, elle quitte son siège et va à la fenêtre la plus proche. Devant le panneau à claire-voie, le rideau de dentelle s'agite par intermittence sous l'effet des bourrasques. Lorsque la jeune fille entreprend de fermer elle-même les contrevents, Gabriel se précipite pour lui offrir son aide.

— Ce ne sera qu'une ondée, dit-il pour la rassurer.

Henriette croise les mains sur sa poitrine.

— Espérons-le, dit-elle. Je n'aime pas les orages ; ils me font peur.

Son fiancé lui prend doucement les doigts pour les porter à ses lèvres. Ce faisant, il a effleuré les seins de la jeune fille rougissante.

— Je ne te crois pas, dit-il. Tu n'as jamais eu peur de rien.

Gabriel Desfontaines fait sa cour, et Henriette se

laisse charmer sans exiger davantage. Pour l'instant, les attentions de son soupirant la comblent.

Dans le salon, Adrien Savari tire sur son cigare, en suivant du regard les deux tourtereaux qui reviennent s'asseoir côte à côte sur le seul canapé de la pièce.

— Alors ? demande-t-il. Vous avez choisi une date pour la noce ?

— Ce sera fin février, annonce la jeune fille.

— C'est parfait. La coupe sera sûrement terminée. À moins que le mauvais temps persiste. Ce n'est pas habituel, cette pluie pendant le carême.

Le planteur n'ose pas aborder des questions plus délicates, comme celle de la dot. Fidèle à ses principes, il persiste à croire que certains sujets ne se discutent pas devant une femme. Ces tractations doivent se faire entre hommes. De toute façon, il compte bien être généreux.

— Nous nous installerons chez mon père, précise Gabriel. J'ai de bonnes idées pour la sucrerie. Mon séjour en France m'a permis de mieux connaître les marchés. Je me suis également informé des nouvelles méthodes de production.

L'enthousiasme du jeune homme est loin d'être partagé par ses interlocuteurs. Pour des raisons différentes, Henriette et son père préféreraient le voir se tenir loin des sucreries. La première, parce qu'elle a bien l'intention de partir en France au bras de son mari le plus rapidement possible ; le second, parce qu'il connaît bien son vieil ami, le père de Gabriel. Celui-ci n'acceptera pas de voir ses méthodes bouleversées, même par son propre fils. Sous ses airs désinvoltes, Vincent Desfontaines est pétri de principes souvent loufoques et, la plupart du temps, incompatibles avec les règles du marché. Pourtant, il y tient. S'il n'est jamais devenu riche, ce n'est pas faute de ressources. Il possède une des terres les plus productives de toute la côte atlantique et il compte dans son cheptel les nègres les plus habiles. Non, ce sont plutôt ses principes, et les incroyables paradoxes qu'il nourrit avec une mauvaise foi désarmante, qui l'ont empêché de prospérer. Propriétaire d'esclaves et pourtant antiesclavagiste, jaloux de sa solitude mais capable d'organiser des fêtes mémorables, Vincent Desfontaines est un gouffre de contradictions. Le jeune Gabriel devra mettre des gants blancs s'il veut forcer les résistances de cet être extrêmement complexe.

— Je songe même à une caféière, continue le jeune homme, très heureux de pouvoir exposer ses projets.

— Justement, le coupe Adrien Savari, j'ai vendu la vieille caféière abandonnée.

— À qui ? demande Henriette, étonnée.

— À Jasmin...

La jeune fille blêmit, alors que son fiancé écarquille les yeux. Le jeune Desfontaines ne veut pas discuter une décision de son futur beau-père, mais de nombreuses objections lui brûlent les lèvres, qu'il n'ose pas formuler.

Un silence empesé s'installe dans la pièce sombre.

Quand elle entre, afin de disposer quelques chandelles sur les tables, Virgine sent très bien le malaise. Cependant, sa présence s'avère bénéfique. Elle permet à chacun de retrouver son sang-froid et de préparer ses arguments. Après son départ, Henriette va droit au but, au risque de déplaire à son père :

— Où Jasmin a-t-il pu trouver l'argent ?

— Il a emprunté, répond vaguement Adrien Savari, désireux d'éluder la question et de passer à autre chose.

— Mais qu'avez-vous pensé, père ? s'indigne Henriette. C'est un... mulâtre.

— Les autres planteurs verront d'un très mauvais œil qu'un homme de couleur possède une si belle terre, renchérit Gabriel.

— N'a-t-il pas été affranchi lors de son séjour en France ? demande Adrien Savari, l'air détaché.

— Si, bien sûr...

Gabriel repense à ces trois années fébriles de pure camaraderie et de grande complicité. Certes, il a toujours considéré Jasmin comme son demi-frère et il a vécu avec lui des moments inoubliables. Or, dans son esprit, tout cela ne change rien à cette donnée essentielle : un mulâtre ne peut accéder à certains privilèges réservés aux Blancs, et ce n'est que justice.

Le jeune homme aimerait expliquer son point de vue plus avant, mais un visiteur inattendu fait une entrée remarquée.

— Quel temps de chien ! s'exclame Vincent Desfontaines.

Le planteur tient son chapeau à la main et ses cheveux ébouriffés retombent sur ses yeux pétillants de malice, plus violacés que jamais.

— Je ne croyais pas te trouver ici, dit-il à son fils sur un ton qui dissimule mal une certaine irritation. On aurait eu besoin de toi à la sucrerie.

— Je devais discuter de certaines choses avec Henriette et son père, explique le jeune homme, heurté dans son orgueil.

Il ne supporte pas que son père le sermonne devant sa fiancée.

Vincent Desfontaines, quant à lui, ne tient pas à poursuivre cette conversation. Il se gratte le cuir chevelu, derrière la tête, un geste qui trahit son embarras.

— Asseyez-vous, propose Henriette. Vous semblez à bout de souffle.

— Je n'ai pas le temps : je veux retourner avant

l'orage. Je suis venu t'apporter ton cadeau de mariage.

— Qu'est-ce que c'est ? s'enquiert la jeune fille, ravie.

— Il attend dehors ; je vais le chercher.

27

Thana s'est rendue à pas feutrés là où Papillon a disparu. Avant de s'engouffrer entre les cannes, elle se retourne. Tout va bien : Pasquier est occupé ailleurs et Jolicœur ne peut la voir. Quant aux femmes qui observent son manège à la dérobée, elles ne la trahiront sûrement pas.

Le garçon a déjà atteint l'extrémité opposée, fermée par un massif de balisiers. Il tente de se glisser à quatre pattes sous les plants serrés.

— Que fais-tu là ? demande Thana en agrippant son pantalon.

Le coupable sursaute à peine. D'un geste, il réclame le silence.

— Quelque chose a bougé par ici, murmure-t-il. C'est sûrement un rat ; il faut l'attraper.

— Ou un serpent ! Et c'est lui qui va t'attraper... à moins que le gérant ne soit plus rapide ! Viens vite avant qu'on s'aperçoive de ton absence.

— Je n'ai pas peur ! rétorque le garçon, tout de même un peu penaud. (Il prend conscience avec un brin de retard de son étourderie.) Je voulais aider Magloire, plaide-t-il.

— Viens, ordonne Thana en le prenant fermement par la main.

Devant eux traverse un gros lézard aux yeux exorbités. Thana frémit. Papillon veut parler, mais elle le fait taire avec une raideur inhabituelle. Pour le moment, une seule chose importe : tromper la vigilance de Pasquier. Ils vont vite sortir de ce couloir trop étroit qui se resserre sur eux. Le petit va courir pour rattraper le cabrouet ; elle-même va reprendre ses fagots. Tout se passera bien et cette imprudence n'aura pas de suite. La jeune femme répète ce scénario dans sa tête, lorsque Pasquier et sa monture viennent obstruer la sortie, vers laquelle elle se hâtait. Il fait soudain très sombre entre les cannes. La croupe rebondie du cheval occupe tout l'espace, comme une pierre qu'on aurait roulée jusque-là pour les prendre au piège. Thana serre la main de Papillon. D'abord hésitante, elle se remet en marche, tout en cherchant un moyen de contourner l'obstacle. Elle espère un miracle, qui ne viendra pas.

Pasquier les a vus. Il presse les flancs de sa monture et la dirige vers eux.

Les narines dilatées, le cheval résiste. Les feuilles au rebord coupant s'accrochent à son pelage et le sol inégal se dérobe sous ses sabots. Son instinct l'avertit d'un danger. En outre, il voit bien devant lui Thana et Papillon, impossibles à éviter. Les ordres de son maître vont à l'encontre de son apprentissage. Il a été dressé à respecter les êtres humains, à les craindre et non pas à les charger. Pour le calmer, Blaise Pasquier lui chuchote quelques mots à l'oreille, puis il le fait reculer, jusqu'à ce qu'il émerge du rang et retrouve sa liberté de mouvement.

Thana et Papillon ont suivi, et dès qu'ils paraissent dans la trouée, le gérant brandit sa cravache. Persuadée qu'il va les frapper, la Mesquakie se place devant Papillon et attend, sans détourner les yeux. Jolicœur les a rejoints et les esclaves observent la scène. Même Michau s'est rapproché. À son corps défendant, il éprouve une admiration grandissante pour la Sauvagesse. Son entêtement à sauver Papillon et à le protéger, à ses risques et périls, sa franchise, ce don pour la vie qui confère aux êtres et aux choses les plus simples une valeur insoupçonnée, tout chez la jeune femme le déconcerte et le fascine en même temps. À son contact, il découvre avec étonnement que la solidarité procure à ceux qui la pratiquent une certaine force. La serpe à la main, il attend donc lui aussi, prêt à agir.

Comme à l'accoutumée, le gérant cravache sa botte.

Soulagée, Thana prend aussitôt les devants avec une hardiesse qui subjugue les témoins.

— Le petit a vu un rat, explique-t-elle. Il voulait l'attraper pour aider le vieux Magloire.

— Il a quitté son travail, rétorque Pasquier. Il mérite le fouet.

— Je suis responsable de lui, déclare la jeune femme. C'est moi qu'il faut punir.

Pasquier regarde Jolicœur qui confirme d'un hochement de tête. Quelques gouttes de pluie mouillent les joues du commandeur et tous lèvent les yeux au ciel. Un éclair zèbre alors la masse nuageuse et des trombes d'eau s'abattent sur les champs de canne. Les hampes ploient sous l'averse.

— Vous allez au moulin tous les deux ! lance Pasquier. Vous y travaillerez jusqu'à ce que la réserve soit épuisée, toute la nuit s'il le faut.

— Pas le petit, implore Thana.

— Tous les deux, et tout de suite ! hurle Pasquier en éperonnant sa monture qui bondit comme un ressort, en soulevant de grosses galettes de tourbe.

Il est déjà loin lorsque les esclaves, rassemblés par Jolicœur, se mettent en marche sous la pluie battante.

***

Surveillés de près par le commandeur, Thana et Papillon se rendent directement au moulin, où les cabrouettiers ont déchargé des montagnes de fagots. Quatre femmes y travaillent déjà.

Le ventre vide et les traits tirés par le manque de

sommeil, la Mesquakie s'attelle courageusement à la tâche, en espérant que le petit tiendra le coup. Une fois les amarres coupées, elle pousse les tronçons de canne dans les tambours et le jus s'écoule dans les gouttières. Après deux ou trois passages entre les rouleaux, les tiges complètement asséchées — les bagasses — sont liées en paquets et transportées dans un hangar attenant au moulin. On les utilisera pour chauffer les chaudières.

Papillon ramasse les bagasses brisées, ou trop petites, qui jonchent le sol. Il les entasse dans un grand panier et les traîne près d'un entrepôt, où elles serviront de nourriture aux animaux, bœufs, cochons et chevaux. Après deux heures de ce manège, la fatigue rougit ses joues et il est souvent débordé, mais il ne se plaint pas. Au contraire, il encourage Thana, la frôlant au passage et la gratifiant d'un sourire chaque fois qu'il croise son regard. Il ne sait trop comment exprimer le terrible sentiment de culpabilité qui l'étreint. Parfois, les paupières trop lourdes de son amie se ferment et elle doit se secouer pour résister au sommeil. Le garçon s'en veut et il essaie de s'éloigner le moins longtemps possible pour mieux veiller sur elle.

Lorsque le raffineur chargé de la bonne marche des opérations oblige les femmes à chanter, le petit mêle sa voix aux leurs, un peu rassuré. Le travail au moulin devient vite routinier, et des accidents malheureux se produisent parfois, dus à la trop grande fatigue. Certaines ont perdu une main entre les tambours, d'autres, tout un bras. Quelques-unes ont eu moins de chance ; le corps tout entier a été broyé et la machine les a décapitées. Outre le chant qui peut aider les travailleuses à rester éveillées, on garde donc toujours sur la table une serpe bien effilée, car il vaut mieux trancher rapidement la main prise au piège plutôt que de voir tout le corps passer à travers les mâchoires de fer.

Plus on avance dans la nuit, plus les femmes chantent avec ardeur. Thana ne connaît pas les paroles, mais elle fredonne quand même les airs pour ne pas s'endormir, habitant à sa manière les pleins comme les silences, accordant ses gestes au rythme saccadé de la mélodie. Quand le chœur s'interrompt, le temps de reprendre son souffle, elle persiste dans sa tête à battre la mesure. Plus loin, les hommes qui travaillent aux chaudières leur répondent, et ces mélopées étranges s'élèvent dans l'obscurité, comme une lueur qui garderait l'esprit en alerte.

Peu à peu, cependant, le roulement régulier des tambours hypnotise la jeune femme épuisée, et les chants, qui pour elle ne signifient rien, deviennent murmures. Ses gestes perdent de leur précision, prenant parfois une ampleur démesurée, tout à fait inutile. Plutôt que de se retirer lorsque le rouleau agrippe les cannes, elle suit le mouvement, se penchant de plus en plus sur l'établi. Malgré toute sa bonne volonté, ses yeux se ferment et elle n'arrive plus à les rouvrir. Elle continue toutefois à pousser les tiges devant elle dans un élan machinal, si familier que même le sommeil le plus profond ne peut l'empêcher. Comme les bagasses, happées par le vide, elle plonge elle aussi. Elle coule profondément au creux d'une caverne. De l'eau suinte sur les parois et les bruits se dissipent. Elle tombe.

Une douleur aiguë la réveille. Les dents du tambour lui ont arraché un ongle et le sang gicle. Tout le bras lui élance et son cœur se débat dans sa poitrine. Hébétée, la jeune femme ne réalise pas encore ce qui lui arrive.

Tout le monde l'entoure et pousse de hauts cris. Une de ses compagnes, plus avisée, lui fait un pansement.

— Laissez-moi passer.

Au-delà des exclamations apitoyées, un silence étrange habite le moulin. C'est seulement quand elle aperçoit le raffineur, une serpe à la main et prêt à s'en servir, que Thana comprend enfin ce qu'on lui répète depuis quelques minutes. Elle s'est endormie et elle aurait perdu quelques doigts, et peut-être même la vie, si Papillon n'avait pas jeté une pince de fer entre les dents pour stopper le mouvement des tambours.

— Remettez vite en marche ! ordonne le raffineur, très inquiet des conséquences d'un tel incident.

La production ne doit jamais s'interrompre. Si les maîtres apprennent ce qui s'est passé, il sera tenu responsable, non seulement du bris occasionné au tambour, mais également d'avoir laissé s'endormir une des travailleuses. Sa principale tâche est de voir à ce qu'elles restent éveillées.

— Allez vous coucher tous les deux, dit-il à Thana et Papillon. Je vais arranger ça.

***

Appuyés l'un sur l'autre, la blessée et son jeune ami rentrent chez maman Joseph en se guidant sur les lampes à deux lumignons installées ici et là. La pluie s'est arrêtée, mais le ciel demeure chargé. Leurs pieds nus s'enfoncent dans la boue du sentier. À quelques pas de la case, ils deviennent une ombre qui se dissipe dans un froissement de jupe. « Virgine... », pense Thana en suivant le garçon à l'intérieur.

Sans se dévêtir, ils s'étendent sur la paillasse et se blottissent l'un contre l'autre. Rompus de fatigue, ils croyaient s'endormir aussitôt allongés. Or, les émotions de la journée affluent à leur cerveau et les gardent éveillés. Comme si le danger encouru leur apparaissait soudain dans toute son énormité.

Le petit essaie de chasser les images sanglantes qui le hantent dès qu'il ferme les yeux. Il a eu peur pour son amie, très peur de ne pas pouvoir la sauver. Fébrile, il cherche une position plus confortable et se tortille comme un poisson hors de l'eau. Troublée elle aussi, Thana le ramène doucement vers elle.

— Tu ne dors pas..., dit-il.

— Non, je pensais à toi.

— À moi ?

— Oui, je pensais comme tu as été brave, ce soir.

L'enfant se pelotonne contre la Mesquakie. Après un moment de silence, il demande :

— Veux-tu être ma mère ? Je ne me souviens plus de ma vraie mère.

Émue, Thana l'embrasse sur le front. Elle ne sait trop que dire.

C'est le garçon qui revient à la charge.

— Tu crois qu'ils m'oublient aussi ?

Cette terrible question, Thana se la pose chaque jour. Là-bas, au pays, des êtres se souviennent-ils qu'elle existe ? Chikea, Wapiskwato, Philippe, Josiah, et tous les autres, ont-ils seulement souvenance de leur amie en exil ? Et son fils ? Aura-t-il au moins gardé de sa mère un vague sentiment de bien-être, assez fort pour résister au temps et à la distance ? Même de Kiala, elle doute parfois. Se souvient-il de la douceur de sa peau, de l'odeur de leurs corps enlacés ?

— N'aie pas peur de l'oubli, murmure-t-elle au garçon. Il ne peut rien contre toi.

Papillon ne répond pas. Il s'est assoupi.

Triste à mourir, la jeune femme cherche dans sa mémoire le visage de son mari, comme s'il devait lui révéler sa propre image. Et parce qu'il se dérobe, elle a l'impression de devoir renoncer à une part d'elle-même. Sa tête est si lourde. Les coqs chantent pour rien. Plus personne ne les entend.

***

— Réveille-toi, Thana !

Une résine soude ses paupières. Son corps est un roc sur lequel sa volonté n'a plus aucune prise. Laissez-moi dormir. Je cherche Kiala. Je dois trouver Kiala. Ses lèvres bougent sans émettre un seul son. Là-bas, de l'autre côté de la nuit, les voix insistent.

— Viens vite voir !

— C'est M. Desfontaines qui l'a emmené !

— Il l'a offert à Mlle Henriette pour ses fiançailles !

Thana geint en enfouissant son visage dans la paillasse. Son front colle au tissu rugueux. Personne ne pourra la convaincre. Vous faites erreur ; le soleil ne peut pas s'être déjà levé. N'entendez-vous pas les esprits de la nuit ?

— Laissez-la. Je vais le chercher.

La jeune femme a conscience des gens, des gestes ; elle capte les sons, mais tout paraît venir de si loin : des respirations, des murmures. Elle voudrait rester seule avec Kiala, avec ce souvenir qui se précise, se rapproche. Une main la frôle. D'abord, elle se rebiffe, puis la main insiste, douce, cajoleuse. Une odeur de sapin et d'épinette surgit de sa mémoire et flotte dans l'air. La main caresse ses cheveux, libère sa gorge. S'attarde.

Alors des larmes dessillent ses yeux.

Il est là, torse nu, le crâne rasé, vêtu d'un pantalon élimé. Il est là, juste à l'orée du rêve, encore en marge de la réalité, mi-réel, mi-inventé. L'oiseau fabriqué par le vieux Magloire pend à son cou.

DEUXIÈME PARTIE

Nous ne connaissons pas les autres hauteurs,
nous ne manions pas les pirogues,
nous avons laissé nos dieux là-bas.
Les vieillards disaient, il y a la falaise
pour se précipiter. Il répondait, je veux
me planter dans la terre d'ici.

Édouard Glissant
La Case du commandeur

1

Thana se glisse entre les cases-nègres, ombre furtive et silencieuse. Kiala l'attend dans leur repaire. Il s'agit d'une ajoupa, une cabane en bambou recouverte de feuilles, sans doute construite à l'origine par un Indien caraïbe. L'emplacement a été choisi avec soin. Adossé à la colline, dans un boisé où dominent des caimitiers chargés de petites baies rondes presque à maturité, il offre une vue intéressante sur la vallée arrosée par la rivière du Lorrain, et sur la mer. Depuis toujours, des mains anonymes semblent entretenir cet abri, où fuyards — blancs ou noirs —, amants clandestins et voyageurs pressés passent inévitablement.

Michau connaissait l'endroit. Il venait souvent s'y cacher quand il était enfant. C'est lui qui y a emmené les Mesquakies, et, depuis, la hutte est devenue leur tanière, un lieu pour rêver et pour s'aimer. Dans cet espace intime, et pourtant ouvert sur l'horizon, ils se rappellent le temps d'avant, usant de la mémoire comme d'une fuite.

Dès qu'il aperçoit sa femme, Kiala ouvre les bras et elle s'y réfugie. Il la serre très fort, longtemps, et ni l'un ni l'autre n'a envie de rompre ce contact dont ils ont un besoin immense, insatiable. Depuis leur réunion, il y a un peu plus d'un mois, les époux ne supportent plus d'être séparés. Les journées leur paraissent interminables et, à la fin du jour, ils se retrouvent à bout de souffle, comme s'ils avaient manqué d'air, pendant toutes ces longues heures de séparation. Alors, ils se séduisent, chacun à leur façon.

Thana part à la conquête de son mari avec une détermination qui ressemble à un acte de foi. Ils sont si loin, si seuls. Ils ne sont que deux et il leur faut pourtant paraître des milliers. Dans l'esprit de la jeune femme, la passion qui les unit doit pouvoir remplacer les absents. Elle compte sur l'amour pour les multiplier et donner un sens à leur errance.

Kiala est moins impétueux. La fougue du guerrier n'a pas résisté aux privations. Les longs mois d'emprisonnement ont brisé quelque chose en lui, même s'il n'a rien perdu de sa prestance. Comme toujours, sa forte carrure et l'autorité qui transpire dans chacun de ses gestes en imposent. Ce qui l'a déserté, c'est plutôt la conscience de sa force. On l'a dépossédé de lui-même, de ce qu'il a été. Malgré tous les efforts de Thana, il ne retrouve plus cette vaillance et cette lucidité remarquables qui faisaient de lui un grand chef, capable, dans des circonstances tragiques, de prendre des décisions éclairées. Le plus étrange, c'est qu'il ne semble pas souffrir de cette aliénation. Il affiche en effet un détachement paisible, presque béat, comme si, pour le moment, il se contentait d'être en vie, tout simplement. Ses gestes posés sont maintenant empreints d'une tendresse émouvante. Il ne touche plus Thana de la même manière.

Elle le remarque encore ce soir, alors qu'il glisse une main sous sa jupe. Ses caresses n'ont plus l'ardeur de jadis ; elles gagnent toutefois en douceur. Son regard ne convoite plus ; il implore. La rage amoureuse, celle du conquérant, a disparu.

Avec une lenteur ensorcelante, Kiala effleure les parties intimes de sa femme. Il cherche son chemin, sans rien brusquer, comme s'il voulait désormais consacrer sa vie à explorer ce corps mystérieux.

Entre les mains de son mari, Thana est emportée vers le plaisir. Son corps ondule, s'impatiente parfois, puis il éclate, envahi par un formidable raz-de-marée qui balaie tout le reste. Pendant de longues minutes, les amants ne disent rien. Souffle contre souffle, peau contre peau, ils se dévorent des yeux, en attendant que vienne la nuit et que la triste réalité les rejoigne.

— Il faudrait rentrer, murmure Thana.

D'emblée, la jeune femme s'est imposé le désagréable devoir de gardienne du temps. Laissé à lui-même, Kiala oublierait si facilement. Il n'arrive plus à assimiler les règles qui, dans ce pays, peuvent faire la différence entre la vie et la mort. Toujours le dernier à se lever, le dernier à obéir, il s'attire souvent des réprimandes, ce qui inquiète Thana. D'abord parce qu'il risque le fouet, ou pire, mais surtout parce qu'elle connaît trop son mari pour ne pas deviner, sous cette apparente démission, une révolte latente. Quelque chose fermente, dont Kiala n'est pas encore conscient. Sans le savoir, il porte en lui des orages qui peuvent se déchaîner à la moindre provocation, et la jeune femme se demande s'il saura alors les dominer. Ni elle ni son mari ne maîtrisent suffisamment la situation pour se permettre des écarts. Ils n'ont pas encore identifié leurs alliés avec certitude, et le pays lui-même constitue une énigme. La patience est leur seule arme. Quand il aura repris des forces et retrouvé son équilibre, Kiala pourra-t-il s'en accommoder ?

Pour l'instant, la question ne se pose pas. Elle le tire gentiment sur le sentier et, docile, il accepte de rentrer.

Le jour décline lorsqu'ils réintègrent le quartier des esclaves. La soirée est magnifique. Assis par terre ou sur une souche, plusieurs jouissent tranquillement de la tiédeur de l'air, après la canicule. Même si, dès l'aube, ils devront reprendre le collier, ils préfèrent rogner sur les heures de sommeil et veiller encore un peu sous le ciel étoilé. Ici et là, des papillons voltigent, attirés par les feux de cuisson, et les criquets remplissent la nuit de leur stridulation.

Soudain, un groupe surgit de derrière les cases, cinq hommes tenant chacun un flambeau de bagasses. À la lueur des torches, Thana ne distingue des visages que des bouches grimaçantes, parfois un œil, grossi et déformé par le jeu des flammes. Tout de suite, elle pense aux masques hideux sculptés par les Wendats de Lorette. Un de ces masques n'a-t-il pas guéri Kiala autrefois ? L'objet sacré appartenait à une vieille femme qui connaissait les rituels enseignés par l'Aide, le grand guérisseur de cette nation installée tout près de Québec.

Émue, la Mesquakie se prend à espérer. En même temps, une crainte l'habite, car elle ignore si ces sorciers nocturnes sont malins ou bienveillants. Elle se plante donc devant son mari, prête à le défendre s'il le faut.

Heureusement, elle n'est pas longue à reconnaître des esclaves de l'habitation.

Michau vient en tête, et c'est avec un soupir de soulagement que Thana le salue. En y regardant mieux, elle aperçoit également Papillon, au milieu des hommes.

— Nous allons chasser les grenouilles, annonce le petit, fier comme un paon.

— Mais il fait nuit, s'étonne Thana. Comment ferez-vous ?

Le garçon, pour qui c'est une première expérience, se tourne vers Michau.

— Elles sont plus faciles à trouver la nuit, explique celui-ci, parce qu'elles coassent très fort. La lumière des flambeaux les attire et on n'a plus qu'à les frapper sur la tête. Les maîtres adorent la chair blanche des grenouilles et ils nous paient bien quand on leur en rapporte. Tu devrais venir avec nous, ajoute-t-il à l'intention de Kiala.

Le Mesquakie fait d'abord non de la tête, mais Thana insiste :

— J'aimerais bien goûter à ces grenouilles, dit-elle.

Elle désire surtout susciter chez son mari un nouvel intérêt. En outre, elle compte beaucoup sur l'amitié qui semble vouloir se tisser entre lui et Michau. Contre toute attente, les deux hommes ont tout de suite sympathisé. Peut-être parce qu'ils se ressemblent. Chacun a reconnu chez l'autre un frère jumeau, et Thana espère que la présence du grand esclave noir à ses côtés ravivera l'esprit épuisé de Kiala. Cette perspective comporte bien quelques dangers, car l'insubordination naturelle du guerrier, pour le moment mise en veilleuse, pourrait trouver un écho dans les emportements de Michau. La démesure dont les deux hommes sont capables, une fois conjuguée, les exposerait au pire. La jeune femme en est pleinement consciente et elle accepte de courir ce risque, convaincue que seul Michau pourra aider Kiala à remonter le courant.

Pressé de partir, Papillon a pris les devants. Michau et Kiala le suivent, côte à côte, et leurs compagnons leur emboîtent le pas.

Toute légère, Thana se dirige en souriant vers la case de maman Joseph.

Celle-ci profite de la fraîcheur, en compagnie de Magloire, le quimboiseur et chasseur de rats. Assis sur le même banc étroit, les deux complices ont l'air de vieux amants que le temps aurait figés dans une attitude familière. Le repas du soir est terminé depuis longtemps, mais rien n'a été ramassé. Discrète, Thana lave et range les couis et les bâtons-lélés, de petits batteurs en bois. Elle balaie ensuite devant la case, tout en écoutant les deux vieux discourir.

— Le calalou était excellent, dit le quimboiseur.

— Avec le lézard, ça ne pouvait faire autrement, lui répond la vieille femme, flattée du compliment.

À la soupe de gombos et d'herbes, la viande délicate du lézard donne en effet une saveur des plus agréables. Le vieux Magloire se rengorge, car c'est lui qui a apporté la petite bête. Il l'a aperçue en chassant les rats, à la fin d'une journée infructueuse. À force de ruse, il a réussi à s'en approcher suffisamment pour lui passer un nœud coulant autour du cou.

— Pas si mal pour un vieux fou, non ?

— Un vieux prétentieux, tu veux dire ! raille maman Joseph.

Ils ne cessent jamais de s'asticoter. Derrière ces railleries, Thana mesure toute l'affection qui lie les deux vieillards. Ils s'aiment à leur façon, sans se le dire, sûrs d'eux et de leurs sentiments. Attendrie, la jeune femme s'arrête un moment pour les regarder.

— Viens t'asseoir avec nous, lance le quimboiseur.

Thana hésite. Ils semblent si bien, si paisibles. Elle ne voudrait pas les déranger.

— Je vais d'abord ranger le canari, dit-elle en montrant du doigt un bol en argile resté sur le foyer presque éteint.

— Non, laisse ! dit maman Joseph avec une certaine précipitation. Je veux garder le calalou au chaud pour Virgine, au cas où elle viendrait...

Tout en parlant, la vieille femme a jeté un œil attristé vers la grand'case, où scintillent encore quelques lumières.

***

Virgine est agenouillée devant une table basse, sur laquelle Henriette Savari vient de déposer des chaussures d'un blanc immaculé. Totalement subjuguée, la jeune esclave en perd le souffle. Même dans ses rêves les plus insensés, elle n'aurait pu imaginer une plus belle coupe, un satin plus lustré. On dirait de la porcelaine.

Un éclair de convoitise traverse les yeux sombres de la jeune fille, un éclair qui n'échappe pas à Henriette et qui la rassure.

— Comment les trouves-tu ? demande-t-elle.

L'autre ne répond pas. Elle tend plutôt la main vers les souliers sans toutefois oser les toucher.

— On dit que ça porte malheur de porter ses souliers de noces une seconde fois, commente Henriette. Qu'en penses-tu ?

— Peut-être..., marmonne la femme de chambre, incapable d'en dire plus.

— Je devrais sans doute te les donner quand je serai mariée. Ce serait plus sûr, tu ne crois pas ?

Virgine roule des yeux éberlués. Un trésor comme celui-là, aucune des négresses de l'île n'en possédera jamais. Même les mulâtresses entretenues par des colons ne peuvent espérer un tel cadeau. L'esclave porte les mains à sa poitrine pour contenir les battements de son cœur. Elle veut remercier, ne sait trop comment. Elle ouvre la bouche, mais Henriette l'interrompt. La jeune Savari sait déjà comment sa femme de chambre pourra lui manifester sa reconnaissance.

— J'ai promis une grosse somme à Margot, commence-t-elle.

— Pourquoi ?

— Parce qu'il est hors de question que je porte ça ! éclate Henriette, en pointant le doigt vers le lit, où est étalée une robe de mariée un peu jaunie, d'une grande simplicité.

— Mais c'était à notre grand'madam ! se désole Virgine.

— Oui, je sais, rage Henriette, c'était la robe de ma mère. Ce n'est pourtant pas une raison pour que je la porte à mon mariage. Mon père insiste, mais je refuse catégoriquement de me présenter à l'autel avec cette vieillerie. J'ai demandé à Margot de surveiller les arrivages. Je veux le plus beau tissu, le plus fin, le plus blanc. Je vais avoir besoin de ton aide.

— Je ferai comme tu voudras, maîtresse, la rassure Virgine en caressant les souliers du regard.

— Cette fois, tu devras prendre aussi du sucre. Ça ira plus vite.

— C'est plus difficile...

— Je te fais confiance.

***

Une fois dehors, Virgine souffle sa bougie : elle n'en aura pas besoin. Elle aurait préféré une nuit d'encre. Or, le ciel constellé d'étoiles répand partout une lumière diffuse. En longeant prudemment le mur de la grand'case, la jeune fille parvient sans encombre au fromager. Elle pensait emprunter ensuite le chemin parallèle à l'allée d'orangers et se rendre directement aux entrepôts. Ce ne sera pas possible : quelqu'un vient. Virgine se précipite derrière un buisson et attend. Elle reconnaît les voix de M. Savari et de Blaise Pasquier. Elle l'a échappé belle. En grande discussion, les deux hommes passent devant elle sans soupçonner sa présence.

La voie est libre.

Même s'ils avaient vu la jeune fille, le planteur et son gérant auraient probablement négligé de la questionner, car les décisions qu'ils ont à prendre exigent toute leur attention.

Adrien Savari doit rencontrer son commissionnaire la semaine prochaine, à Saint-Pierre. C'est toujours un moment délicat, et avant de discuter des prix, le planteur a besoin de connaître très exactement la quantité de sucre dont il dispose et la qualité de son produit. Son inspection se termine sur une note positive.

— Je suis très satisfait, dit-il. Vous avez fait du bon travail.

— Merci. Nous serons prêts pour la plantation.

— Vous devrez vous en occuper seul cette année encore, car je ne reviendrai pas à Grand'Anse. Après le mariage de ma fille, je m'installerai à Saint-Pierre. Vous avez déjà prouvé que vous pouvez prendre l'habitation en main ; je compte sur vous encore une fois.

Blaise Pasquier transpire dans sa veste de toile. Alors qu'il croyait Adrien Savari revenu pour de bon et s'y était résigné, l'annonce de son départ le remplit d'aise. Pendant que son patron précise quelques points, le gérant songe à toutes les possibilités qui s'ouvrent de nouveau devant lui. Peut-être pourra-t-il, cette fois-ci, atteindre enfin le but qu'il s'est fixé. Il ne restera pas simple gérant toute sa vie. Lui aussi aspire à la propriété et son choix s'est arrêté sur une parcelle de terre laissée en friche qu'il convoite depuis des années.

— Pendant que j'y pense, je voulais vous dire que j'ai vendu la caféière abandonnée à Jasmin. Vous le saviez peut-être ?

Blaise Pasquier s'arrête net. Même en le souhaitant très fort, il ne pourrait avancer d'un pas. Adrien Savari vient de réduire ses projets à néant. Une seule phrase et plus rien n'existe.

— La caféière... ? balbutie-t-il.

Celle qu'il comptait acheter avec ses économies, ce bout de terre qui lui aurait permis d'accéder au rang de petit propriétaire ?

Tout à ses affaires, Adrien Savari ne remarque pas la déconvenue de son employé. Lorsqu'il l'abandonne sous le fromager, celui-ci met de longues minutes à retrouver ses esprits. Une colère sourde monte en lui.

— Ce mulâtre ne me volera pas ma terre ! siffle-t-il entre ses dents, en donnant un coup de pied dans les racines de l'arbre.

Jolicœur l'observe depuis le seuil de la grande maison. Il espérait pouvoir s'éclipser sans être vu, mais en se retournant Pasquier l'aperçoit.

La première surprise passée, le gérant se rue sur son subalterne.

— Tu le savais ? crie-t-il.

— Quoi donc ?

— Que le mulâtre avait acheté la caféière.

— Non, ment Jolicœur, même s'il en avait entendu parler.

La furie de Pasquier ne l'étonne pas. Celui-ci lui avait déjà fait part, sans entrer dans les confidences, de son désir d'acheter cette pièce de terrain. De surcroît, le commandeur sait par quels moyens il espérait y parvenir. Observateur intelligent, le Noir n'est pas dupe des supercheries du gérant. Si Adrien Savari était plus avisé, il se rendrait compte aisément de certaines irrégularités. Combien de fois Pasquier a-t-il menti sur le nombre des malades, ou sur le prix des denrées ? Tant que les esclaves ne sont pas directement concernés et que leurs rations ne sont pas menacées, Jolicœur a décidé de garder le silence sur les agissements malhonnêtes de son supérieur. Ce sont des affaires de Blancs ; qu'ils s'arrangent entre eux.

— J'ai permis à un petit groupe de chasser la grenouille, ce soir, dit-il. Je vais voir où ils en sont.

— Une nuit comme celle-là ! Tu n'aurais pas dû. Ça risque de leur donner des idées.

— Je ne crois pas. Michau est avec eux.

— Celui-là..., grogne le gérant. C'est le pire de tous. Je t'avertis : s'il en manque un seul, tu auras affaire à moi.

Jolicœur ne répond pas. Il s'éloigne prudemment, comme on s'écarte d'un chien enragé. Au cours des prochains jours, les esclaves devront se méfier. La mauvaise humeur de Pasquier finit toujours par leur valoir quelque désagrément.

2

Le lendemain matin, Thana regarde partir les esclaves de jardin avec un pincement au cœur. Maintenant que la roulaison tire à sa fin, la Mesquakie a dû réintégrer les rangs de la domesticité. Il ne reste plus que quelques jours avant le mariage de Mlle Henriette et celle-ci a exigé que la grande maison soit astiquée de fond en comble. Aujourd'hui, il faudra laver à grande eau les parquets incrustés de bois de rose, une tâche ennuyeuse que Thana échangerait volontiers contre une journée dans les champs.

Avant de retrouver Virgine qui l'attend à la cuisine, la jeune femme cherche son mari du regard pour un dernier au revoir. Kiala s'est déjà mis en marche. Il suit un petit groupe guidé par Blaise Pasquier lui-même. Selon son habitude, le Mesquakie traîne derrière et chaque pas semble lui peser. Sa hache se balance lourdement au bout de son bras, comme une ancre qui freinerait sa progression.

Les yeux de Thana s'embrouillent devant la vulnérabilité de cet homme qu'elle aime plus que tout. Il se retourne et lui fait un petit signe de la main. Elle voudrait courir vers lui et le soulager de ce poids qui l'accable. Mais par quel détour ? de quelle manière ? Comme s'il avait deviné le désarroi de la Sauvagesse, Michau, toujours en tête, s'arrête pour attendre Kiala. Ensemble, ils disparaissent ensuite dans le sentier qui les mènera à la forêt.

En son for intérieur, Thana confie son mari au fils aîné de maman Joseph et elle entre à reculons dans la grande maison. Un mauvais pressentiment lui fait un nœud dans la poitrine, et lorsque Virgine lui explique sa besogne de la journée, elle ne saisit pas tout de suite de quoi il retourne.

— Nous laverons les planchers demain, s'impatiente la jeune fille. Il faut d'abord fabriquer les bonbonnières. Je vais te montrer ; c'est facile. La couturière a déjà fait la moitié du travail. Il ne te reste plus qu'à glisser le ruban dans les fentes.

Thana s'installe à la table. Elle déplace le banc, de manière à regarder dans la direction des grands bois, où viennent de s'enfoncer Kiala et ses compagnons.

***

La provision de bois à brûler a beaucoup diminué et les six hommes, parmi les plus capables, ont été assignés à l'abattage. La coupe se fera dans un boisé qui tourne le dos à l'habitation Savari, tout près de la caféière abandonnée. D'ailleurs, si les bûcherons se rendaient au bout de la trace qu'ils ont empruntée, ils déboucheraient sur cette petite pièce de terrain que Pasquier connaît par cœur pour l'avoir arpentée à de nombreuses reprises.

Toute la nuit, le gérant a ruminé sa déception. Il ne digère pas cet affront, doublé d'une humiliation. Un mulâtre l'a supplanté, lui, un Blanc ! Comment accepter une telle injustice, qui offense par ricochet tous les petits propriétaires de l'île ?

Les mauvaises dispositions de Pasquier n'échappent pas aux esclaves. Habitués à ses sautes d'humeur, ils ont appris à distinguer les bonnes journées des autres. Les plus téméraires en profitent même pour donner libre cours à leur passion du jeu. Ils parient, en effet, sur le premier coup de fouet, quand il sera donné et qui le recevra. Certains ont perdu leur seule chemise à ce petit divertissement, mais tous y trouvent un formidable dérivatif à l'amertume. Prudents, ils s'arrangent quand même pour ne pas contrarier leur gardien. Après la distribution des tâches, tous se mettent donc à l'ouvrage sans tarder.

Le gérant va de l'un à l'autre et cette dépense d'énergie semble l'apaiser quelque peu. Malheureusement, l'accalmie est de courte durée, à cause de l'arrivée inopinée du nouveau propriétaire de la caféière. Une hache à la main, celui-ci apparaît dans le sentier. Surpris par la présence des bûcherons, il se dirige aussitôt vers Blaise Pasquier. Jasmin a passé trois ans en France avec le fils Desfontaines. Il a oublié l'animosité qui oppose les mulâtres de l'île, en nombre toujours grandissant, aux petits Blancs. La concurrence est de plus en plus féroce entre ces deux groupes. Elle s'est d'ailleurs beaucoup intensifiée, ces dernières années, et le jeune homme, absent depuis trop longtemps, en mesure mal les enjeux et les conséquences. C'est donc en toute bonne foi qu'il vient saluer le gérant de l'habitation Savari, devenu depuis peu son voisin.

Dans l'état d'esprit où se trouve Blaise Pasquier, cette démarche pourtant toute naturelle est perçue comme un acte de provocation. La présence de Jasmin en ces lieux ravive son courroux et il apostrophe le jeune homme avec une agressivité qui prend celui-ci au dépourvu.

— Tu n'as pas le droit de couper des arbres sur cette propriété !

— Je ne coupe que ce que j'ai le droit de couper, explique calmement le mulâtre, en se demandant ce qui a bien pu provoquer une telle malveillance.

— Alors, que fais-tu ici ? Ce n'est pas ta place !

— Ça ne regarde que moi.

Le jeune homme n'a pas élevé la voix. Son visage est resté ouvert, avenant.

Blaise Pasquier crache par terre, tout près de lui.

— Ça n'en restera pas là, menace-t-il. M. Savari va savoir qu'on le vole.

Ne désirant pas en découdre avec le gérant, Jasmin passe son chemin sans argumenter. L'autre, soudain aussi démuni qu'un chat privé de sa souris, se tourne vers ses hommes, la mine fielleuse. Tous se remettent aussitôt à l'ouvrage.

Michau et Kiala travaillent de concert. La main solidement fermée sur la cognée, ils alternent les coups avec une régularité sans faille. Ils ont abattu deux gommiers et vont s'attaquer à un grand bois-lézard. Le gérant fond alors sur eux en levant les bras.

— N'y touchez pas, imbéciles ! Il est pour le charpentier.

— Le cœur est pourri, rétorque Michau, sûr de lui.

L'esclave sait bien qu'ils ne doivent pas couper ces arbres, devenus très rares. Cependant, il a tout de suite vu que l'eau avait pénétré dans le tronc. Même si l'écorce semble intacte, l'intérieur est gâté.

Il a beau en faire la démonstration à Pasquier, celui-ci ne décolère pas. Sans aucun avertissement, il soulève son fouet et la lanière cingle la cuisse de Michau, déchirant son pantalon. La peau est tailladée très légèrement. Abasourdi, Kiala fixe la jambe de son compagnon. Depuis son arrivée à l'habitation Savari, jamais le gérant ne s'était servi de son fouet. Michau, tout aussi étonné, empoigne sa hache à deux mains, prêt à frapper. Le gérant ne lui en laisse pas la chance. Il lève le bras très haut, en bandant ses muscles, et la corde de chanvre claque de nouveau. Toutefois, plutôt que d'atteindre sa cible, elle vient s'enrouler autour du bras de Kiala. D'un bond, le Mesquakie s'est placé entre l'esclave noir et son assaillant. En effectuant une rotation rapide, il a pu saisir la lanière et diriger son élan. Elle a pénétré sa chair sans trop faire de dégâts.

Ahuri, le gérant laisse vite tomber son fouet pour saisir le pistolet accroché à sa taille. Son visage rubicond sue à grosses gouttes et sa main vacille.

Les esclaves retiennent leur souffle.

— Remettez-vous au travail, hurle Pasquier en les menaçant de son arme.

Il n'a pas besoin de le répéter.

***

En fin de journée, les femmes qui s'activent autour des foyers voient rentrer les hommes, fourbus. Les bûcherons arrivent les derniers, quelques minutes à peine avant l'obscurité.

Thana vient au-devant de Kiala, mais Blaise Pasquier lui coupe la route et pousse le Mesquakie en direction de la prison. La jeune femme a tout juste le temps de croiser le regard de son mari, avant qu'il ne lui tourne le dos, et le choc est si grand qu'elle reste pantoise, la main tendue. Elle a vu le sang coagulé sur le bras de Kiala, et les éclaboussures sur son pantalon. Or ce n'est pas ce qui la tourmente. Pasquier a fait travailler ses hommes si fort, sans leur accorder un moment de répit, que tous ont les mains sanguinolentes.

Cependant, dans leurs yeux on ne décèle pas cette lueur vive comme rivière en débâcle qu'elle a aperçue dans la prunelle de Kiala. Le guerrier est de retour.

3

— Que comptez-vous faire de ce Sauvage ?

Henriette Savari ne sait trop que répondre à cette question. Blaise Pasquier lui a donné sa version des faits et il propose une punition exemplaire. Il va même plus loin :

— Si vous ne voulez pas vous en débarrasser, ce que je vous conseille fortement, il faut le dresser avant qu'il ne soit trop tard.

L'indécision de la jeune créole conforte le gérant dans ses convictions : les femmes ne devraient posséder ni esclaves ni domaine. Leur sensiblerie ne convient pas aux affaires. Dans le cas du Sauvage, par exemple, il faudrait une poigne de fer. Les scrupules d'Henriette Savari sont non seulement déplacés, mais dangereux. Ils mettent en danger sa propre sécurité et celle des autres.

— Alors ? insiste Pasquier.

Henriette pose les mains sur ses hanches et baisse la tête pour mieux se concentrer. Elle devine aisément les pensées de son interlocuteur et elle aimerait pouvoir le remettre à sa place. Or son esprit confus ne trouve aucune riposte digne de ce nom. Pour l'instant, une seule certitude l'habite : avant de prendre une décision, elle doit voir Kiala. Le gérant ne comprendrait pas.

— Laissez-le où il est, dit-elle. Nous en reparlerons demain.

Déçu et scandalisé par tant d'incompétence, Pasquier quitte la maison en grommelant une dernière recommandation. La jeune fille n'y prête aucune attention. Elle l'épie plutôt à travers les persiennes, et dès qu'il prend la direction de la sucrerie, elle sort à son tour. En s'efforçant de passer inaperçue, elle se rend à la prison, de l'autre côté des cases-nègres.

Elle n'est jamais entrée dans cette cabane et ce qui s'y passe ne l'a jamais intéressée. En général, tout ce qui concerne le quotidien des esclaves lui répugne, leurs logements exigus où ils vivent les uns sur les autres, leurs vêtements rapiécés, leurs danses impudiques, et surtout les châtiments qu'on leur inflige, souvent sur la place publique. Elle se tient le plus loin possible de ces manifestations vulgaires. Henriette n'avait que six ans lorsqu'elle a vu pour la première et dernière fois un nègre fouetté à mort. Elle se souvient encore de l'odeur du sang mêlé à la sueur et du bruit de la lanière mordant la peau. La plainte ravalée du supplicié trahissait une souffrance si grande qu'elle aurait pu, à elle seule, le tuer.

Ce jour-là, la petite fille s'est juré de ne plus jamais assister à ces démonstrations obscènes du pouvoir blanc. Elle ne désapprouve pas les châtiments administrés aux esclaves récalcitrants. Ils sont sûrement nécessaires. Elle veut tout simplement ne plus en être témoin. D'ailleurs, son désir de la France prend probablement sa source dans cette expérience traumatisante. Elle s'est alors mise à rêver d'un pays sans nègres, sans fouets, où l'inventivité des hommes et des femmes serait mise au service du beau plutôt que de concourir au raffinement de la torture. La métropole, idéalisée, est devenue à ses yeux un royaume d'élégance et de progrès, une obsession dont elle ne peut se libérer.

Elle ne devrait donc pas être ici. Elle se le répète en entrouvrant doucement la porte. Il serait plus raisonnable de rebrousser chemin, mais la fascination l'emporte sur la sagesse. Elle a déjà vaincu son dégoût une première fois pour satisfaire sa curiosité, à la prison de Saint-Pierre. Aujourd'hui, dans un environnement familier, rien ne devrait lui faire peur.

Depuis que Vincent Desfontaines lui a offert le Mesquakie en cadeau de mariage, la jeune fille l'a observé de loin, prudente. Prise par les préparatifs de la noce, elle a cru l'oublier, sans jamais y réussir tout à fait. Maintenant qu'elle tient son sort entre ses mains, elle ne peut plus se défiler. Il lui faut franchir cette étape, risquer le tout pour le tout. Cette démarche lui apparaît essentielle, aussi nécessaire qu'un exorcisme.

Dans la pièce sans fenêtre, Kiala est étendu sur le dos, complètement nu, les chevilles enserrées dans la barre. En dépit de l'air vicié, Henriette avance de quelques pas, en prenant bien garde de ne pas laisser la porte se refermer. Pendant quelques secondes, elle contemple le prisonnier, s'attardant sur son sexe et sur les longues jambes musculeuses, aux angles saillants. Le rouge lui monte aux joues et une chaleur trouble se disperse dans ses veines. Elle retrouve, intacte, l'émotion de la première rencontre, quand elle avait osé s'approcher de ce géant. La virilité sauvage de Kiala attise des désirs enfouis dans les replis de son corps, dans des cavités secrètes qu'elle n'a jamais explorées, et ces désirs la rendent vulnérable. Voilà pourquoi elle doit leur opposer une volonté farouche.

Bouleversée, la jeune fille fait un pas de plus, un pas de trop. La porte se referme d'un coup sec.

Kiala tourne la tête et la dévisage avec une froideur telle qu'Henriette se sent poussée vers l'arrière. Elle croise les bras sur sa poitrine pour se protéger et se réchauffer. Elle frissonne, soudain fiévreuse. Le guerrier, imperturbable, la transperce de son regard noir, sans haine, sans passion, seulement avec une morgue glaciale.

Affolée, la jeune fille sort précipitamment avec l'impression d'avoir été rouée de coups.

***

Le lendemain, elle fait venir le gérant.

— Libérez le Sauvage, mais surveillez-le de près, ordonne-t-elle.

Elle ne peut imaginer la peau cuivrée de Kiala, lacérée par la corde de chanvre.

Le gérant ne comprend pas. Il exprime son désaccord avec véhémence.

— Pensez-y bien; vous risquez de le regretter. Ce mâle est dangereux, extrêmement difficile à contrôler. Il faudrait au moins le marquer. Si on le perd, ce sera plus facile de le retrouver.

Henriette n'a pas encore d'étampe à son nom. Si elle fait marquer Kiala maintenant, elle devra utiliser l'étampe de son père. Il n'en est pas question.

— Nous verrons cela plus tard, dit-elle.

— Ces choses-là ne peuvent pas attendre, riposte le gérant.

— Ma foi, on dirait que vous avez peur de ce Sauvage! explose Henriette, ulcérée par l'insistance de Pasquier.

— En tout cas, je prends mes responsabilités..., répond celui-ci.

La jeune fille a saisi le sous-entendu. Mal à l'aise, elle cherche une façon de clore cette discussion. Virgine vient à son secours, en surgissant dans le salon, surexcitée.

— La voilà! Elle arrive! crie-t-elle, en sautillant sur place.

— Elle a ce que j'ai demandé? s'enquiert Henriette.

— C'est sûr! Elle porte son plus gros panier.

— Fais-la monter dans ma chambre, et va chercher la couturière, ordonne la jeune Savari. (Elle se tourne ensuite vers Blaise Pasquier.) Vous m'excuserez, dit-elle. Je n'ai malheureusement plus de temps à vous consacrer. Faites votre travail et tout ira bien, j'en suis convaincue.

Le gérant quitte le salon en maugréant.

De la galerie intérieure, Thana a tout entendu. Ivre de joie, elle frotte énergiquement le plancher en chantonnant. Quand il l'aperçoit, le gérant donne un coup de pied dans le seau. L'eau se répand autour d'elle, mais la Mesquakie ne lève même pas la tête. Pasquier sort, furibond. Il tombe sur Margot-la-marcheuse qui entrait justement, en compagnie de Virgine. Son air méprisant ne perturbe en rien la bonne humeur des deux femmes.

***

Quelques minutes plus tard, la marchande déploie ses trouvailles sur le lit : une toile de lin très fine, tramée de fils d'or arachnéens, des mètres de batiste et un long carré de mousseline, tous blancs comme lis.

— Je m'excuse d'avoir pris tant de temps, explique Margot. Le bateau n'a été déchargé que ce matin.

Henriette ne l'écoute pas. Elle palpe plutôt les étoffes, en connaisseur.

— C'est exactement ce que je voulais, dit-elle enfin, ravie. (Puis elle se tourne vers la couturière, une Noire bedonnante avec des mains d'homme :) Tu as toujours le modèle que j'avais dessiné ?

— Oui, mademoiselle.

— Alors mets-toi tout de suite au travail. Il te reste trois jours et quatre nuits pour coudre la robe. Tu ne peux pas te payer le luxe de te tromper.

La grosse femme plie soigneusement les tissus et sort.

Avant de la suivre, Margot s'informe :

— Vous pouvez me payer aujourd'hui ?

— Tu as ce qu'il faut ? demande Henriette à Virgine.

L'esclave acquiesce et entraîne la marcheuse à l'extérieur, derrière la maison. Contre un mur, elle découvre trois gros pains de sucre, recouverts d'une natte.

— Ça ira avec ça ?

Margot examine la marchandise attentivement.

— Il en faudrait deux de plus.

— Tu les auras demain, la rassure Virgine sans chercher à discuter.

Satisfaite, la marcheuse remplit son panier et le pose sur sa tête. Virgine la précède jusqu'à l'angle de la maison. Elle observe les alentours, puis donne à la mulâtresse la permission de passer. Elle-même retourne aussitôt dans la grande maison.

C'est ce qu'attendait Thana pour aborder son amie.

— Attends-moi ! lance-t-elle à la marcheuse.

Celle-ci sourit. La Mesquakie court vers elle, un seau à la main.

— Tu me sembles en pleine forme !

— Et toi, tu as fait de bonnes affaires à ce que je vois !

— J'ai trouvé un trésor ! Mlle Henriette était enchantée.

Thana n'a pas beaucoup de temps. On ne doit pas s'apercevoir de son absence. Elle va donc directement au but.

— J'ai peur pour toi..., commence-t-elle.

— Mais pourquoi donc ?

— Virgine vole des marchandises pour te payer. C'est Mlle Henriette qui le lui ordonne. J'ai peur que tu sois accusée de vol.

Margot grimace.

— Je m'en doutais bien, avoue-t-elle, mais ce n'est

pas la première fois que l'on me paye avec du sucre de lune.

— Du sucre de lune ?

— Oui. C'est ainsi qu'on appelle la marchandise volée de nuit par des esclaves dévouées à leur maîtresse. Sans le sucre de lune, les femmes de la colonie ne pourraient pas rivaliser d'élégance comme elles le font.

— Et si on t'accusait ?

— Ne t'en fais pas pour moi ; il n'y a aucun danger. Je prends ce qu'on me donne et je n'ai pas à en connaître la provenance.

Thana est soulagée. Elle ne veut pas s'attarder, mais Margot la retient.

— Il y a un bateau qui vient du Canada au cul-de-sac de La Trinité, dit-elle. J'ai acheté du tissu à un marchand qui était à bord.

La Mesquakie pense tout de suite à Philippe, et son cœur bat la chamade.

— C'était un bel homme ? demande-t-elle, la voix tremblante. Grand, mince ?

Elle voudrait ajouter bon et généreux, mais elle ne sait pas si son amie comprendrait.

Margot s'esclaffe.

— Il était rondouillard et courtaud, au contraire.

Déçue, Thana garde quand même la tête froide.

— Le bateau est reparti ?

— Non, pas encore. Il devrait rester quelques jours. Vincent Desfontaines a invité le capitaine à coucher.

Thana jubile. C'est un jour faste. Kiala sera libéré et le destin leur offre un bateau qui vient de chez eux et qui, obligatoirement, retournera à son point de départ.

***

Ce soir-là, les époux se retrouvent avec une joie immense. Blottie contre son mari, Thana emmagasine son odeur, avec la même urgence que les femmes mesquakies engrangent le maïs, au temps des récoltes. Leur été s'achève. Elle le pressent à la respiration saccadée de Kiala, à sa façon de la serrer contre lui. Elle le devine au tressaillement de ses muscles, à la tension dans ses doigts, aux veines gonflées de sang qui affleurent sous sa peau, comme si elles allaient éclater.

Le sommeil les fuit tous les deux. Quand l'un s'assoupit, l'autre le réveille à force de soupirs et de secousses impatientes, et ils reparlent encore et encore de ce bateau, ancré à La Trinité, à quelques heures de marche. Il y a toujours autre chose à dire, de nouvelles questions à poser. Des obstacles se dressent, que Kiala s'évertue à aplanir. Thana pense à Papillon : comment partir sans lui ? Le garçon s'est attaché à eux et ils l'aiment de tout leur cœur. Il a remplacé le fils qu'ils ont laissé là-bas. Thana a réussi à l'apprivoiser ; elle lui a redonné goût à la vie. L'abandonner est maintenant impensable. Elle n'en parle pas, mais elle est convaincue que son mari ne partirait jamais sans Papillon. Le garçon lui fait confiance, et un vrai chef ne trompe jamais la confiance des siens. Kiala l'a appris en même temps que la parole. Cette affection que l'enfant lui offre, il l'accueille donc avec reconnaissance, conscient des obligations qui lui incombent.

— Nous prendrons ce bateau ; il le faut, conclut le guerrier d'une voix ferme.

— Comment ? demande tout simplement sa femme.

— Je vais trouver.

En dépit des difficultés, et même du bon sens, une foi inébranlable les transporte. Leur séjour dans l'île tire à sa fin.

4

Toute la journée, Kiala essaie de déjouer la surveillance de Jolicœur pour questionner Michau. Par chance, Blaise Pasquier a dû s'absenter. Il a confié le groupe de bûcherons au commandeur. Se sont joints à eux le cabrouettier et son assistant, le petit Papillon, qui transportent les bûches à l'habitation.

Jolicœur exerce un contrôle discret. La plupart du temps, son frère et lui s'efforcent de contenir leur inimitié en public. Par un accord tacite, ils sauvent ainsi les apparences en se tenant le plus loin possible l'un de l'autre. Tous les deux le savent très bien : un simple geste pourrait mettre le feu aux poudres et les relancer dans cette querelle interminable qui les oppose depuis toujours. Alors, pour que sa propre respiration bourdonne très fort à ses oreilles et lui fasse oublier tout le reste, Michau redouble d'ardeur au travail. Il va au-devant des ordres pour ne pas donner à son frère l'occasion de le commander. D'ailleurs, son charisme est si grand que tous les autres l'imitent sans qu'il les ait le moindrement sollicités. En contrepartie, Jolicœur se tient un peu à l'écart, leur offrant de la sorte tout l'espace dont ils ont besoin pour manœuvrer à leur aise et à leur rythme.

Les deux frères ennemis n'agissent pas ainsi par respect mutuel. Ils le font uniquement pour maman Joseph. Grâce à la position de Jolicœur, la vieille femme jouit de certains privilèges dont aucun de ses fils ne voudrait la priver. Si Michau, par sa conduite irrévérencieuse, minait la crédibilité de son cadet, celui-ci risquerait de perdre son poste. Adrien Savari ne garderait pas à son service un commandeur sans autorité sur les esclaves. Leur mère serait alors la première à en souffrir. Voilà ce qu'ils veulent éviter à tout prix.

— Y a-t-il des soldats à Grand'Anse ? demande Kiala à Michau entre deux coups de hache.

D'une question à l'autre — comment se rendre au village sans passer par la route ? où trouver une embarcation ? —, l'esclave noir finit par deviner où son compagnon veut en venir, et il s'emploie à le décourager.

— N'y pense pas, chuchote-t-il. Tes chances sont à peu près nulles. Tu ne connais pas assez le pays. Il te faudrait des complices.

Kiala est renversé par le défaitisme de Michau. Comment un être aussi intelligent, et aussi puissant, peut-il supporter l'esclavage sans chercher à fuir ? Tous ces hommes à la peau noire qui abattent des arbres et coupent la canne avec une force et une endurance exceptionnelles, pourquoi ne se rebellent-ils pas ? Ils valent mille fois ces Blancs prétentieux, inférieurs en nombre et plus faibles que des femmes, qui tiennent leur pouvoir de leurs fusils. Si tous les esclaves de l'île se concertaient et lançaient une attaque, personne ne pourrait leur résister, pense le Mesquakie.

Peu à peu, au fil de sa réflexion, le désir de la liberté devient quasi insupportable. Si seulement il avait une arme, un arc et des flèches, un casse-tête... Lentement, le guerrier referme les doigts sur sa hache. Il les place l'un après l'autre sur le manche de bois, avec un grand souci de précision, et presse de toutes ses forces. L'exercice fait tomber une partie de la tension, sans toutefois altérer sa volonté. Un bateau les attend, lui et Thana, et ils doivent le prendre. Ils emmèneront Papillon avec eux et, si cela est possible, ils l'aideront à retrouver sa propre trace. Rien d'autre ne compte que leur fuite.

Absorbé, Kiala ne perçoit pas immédiatement le brouhaha derrière lui. Un appel désespéré le ramène à la réalité. Une mauvaise manœuvre de Papillon a fait basculer la charge, et le cabrouettier, en furie, a entrepris de corriger son jeune assistant. Armé d'un morceau de bois, il frappe l'enfant à bras raccourcis.

Les bûcherons ont interrompu leur élan pour se tourner vers Jolicœur, qui s'était éloigné et tarde à réagir. Lorsque le commandeur, alerté, empoigne enfin son pistolet, il est déjà trop tard : Kiala a bondi sur le cabrouettier et l'a saisi à la gorge. L'autre a beau se débattre, le Mesquakie le serre à l'étouffer. L'homme plie les genoux et s'effondre, à bout de souffle, les yeux exorbités. Kiala ne le laisse pas en paix pour autant. Il lui assène d'abord un coup de pied en plein visage, puis, quand le cabrouettier se retrouve allongé sur le sol, il saisit sa hache et le frappe avec le tranchant. Le crâne de sa victime se fend en deux dans un craquement lugubre et la cervelle éclate.

Tout s'est passé si vite que les témoins horrifiés de la scène n'ont pu intervenir. Même le coup de feu tiré par Jolicœur les saisit moins que la boucherie à laquelle ils viennent d'assister.

Haletant, Kiala laisse tomber son arme près du cadavre. Il a tué un homme. C'était comme à la guerre. Il essaie de comprendre contre quoi, contre qui il se défendait avec tellement de colère, mais l'image d'un bateau qu'il ne prendra pas occupe toutes ses pensées.

En relevant la tête, il aperçoit Jolicœur, le bras tendu. Son pistolet fume encore, prêt à cracher de nouveau.

Le Mesquakie se braque alors devant le commandeur. Les bras en croix, très digne, il semble appeler la mort, défiant son adversaire d'en finir. Michau vient se placer près de lui ; il ne le voit pas. Cependant, lorsque le petit Papillon prend sa main, il sursaute. Le sang leur colle à la paume, les soude l'un à l'autre, et c'est l'enfant qui ramène le puissant guerrier à l'habitation. Jolicœur les suit, l'arme pointée vers eux.

***

Toute la soirée, Thana rôde autour de la prison où Kiala a été mis à la barre et enchaîné, pour plus de sécurité. Le gardien la tient à distance, mais, à plusieurs reprises, elle croit entendre un chant, parfois un cri.

Le visage tuméfié et la lèvre fendue, Papillon lui a raconté le drame, sans pleurer, tout son désarroi enclos au fond de ses yeux sombres. Malgré son propre désespoir, la jeune femme a dû le consoler. Or, les pauvres mots de réconfort qui sortaient de sa bouche sonnaient si faux qu'elle a préféré fuir. Depuis, elle tourne en rond autour de la case-prison, sans chercher à comprendre. Elle tourne et tourne, comme une chienne qui aurait perdu ses petits, avec son seul instinct, les sens exacerbés.

La nuit tombe sur sa quête impossible. La cabane et Kiala disparaissent dans la pénombre. Le gardien allume sa lanterne et se remet à faire les cent pas. Un manicou se déplace de branche en branche. Il ne reste plus qu'à rentrer.

Dans le quartier des esclaves, chacune des cases est éclairée. Des lueurs percent les interstices. Malgré le peu d'estime dont jouissait le cabrouettier, sa mort violente a choqué tout le monde, et les Noirs veillent leur défunt dans un silence recueilli. À l'aube, avant l'office religieux célébré par le prêtre de Grand'Anse, le vieux Magloire présidera clandestinement une courte cérémonie inspirée du rituel africain. En attendant, personne n'ose dormir.

Chez maman Joseph, la consternation allonge les visages. Plusieurs voisins sont venus pour ne pas être seuls. Quand Thana pénètre dans la petite pièce bondée, où se consument les flambeaux dans une odeur de roussi, personne ne la regarde. Même sa vieille complice garde la tête baissée. Le Sauvage a tué un des leurs; il en a sauvé un autre. Leur mutisme comporte autant de blâme que d'admiration, beaucoup de peur et une envie malsaine. Tout acte de rébellion ne les confronte-t-il pas, chaque fois, à leur désolante soumission?

Thana passe devant eux, invisible. Elle s'assoit sur sa couche, où Papillon s'est réfugié. L'enfant dort, tout recroquevillé sur lui-même. Le quimboiseur a pansé ses plaies et lui a fait boire une tisane pour l'aider à trouver le sommeil. Thana ne veut pas pleurer, mais des larmes lui montent aux yeux. Elle ne sait plus que faire, où espérer. À qui doit-elle s'adresser, où doit-elle aller? Complètement démunie sur une île perdue entre deux océans, elle ne sait plus rien.

Malgré les murmures désapprobateurs, Michau vient la retrouver. Il lui tend un coui rempli de tafia en souriant tristement.

— Que vont-ils faire de lui? demande la jeune femme.

Le bel esclave sourit toujours, avec, dans les yeux, une douleur infinie.

5

— Je t'avais pourtant avertie ! Comme d'habitude, tu as voulu faire à ta tête. Et regarde où nous en sommes : un esclave mort, et ce fou furieux qu'il va falloir pendre !

Adrien Savari fulmine. Il a toujours su qu'il ne fallait pas mêler des Sauvages aux Noirs. Ces deux races se méprisent et leur cohabitation ne peut que tourner au vinaigre. En outre, toutes les expériences démontrent que les autochtones résistent à l'esclavage. Ils préfèrent mourir plutôt que d'être commandés. Si, de surcroît, le spécimen vient du Canada, précédé d'une réputation de brute sanguinaire, le drame est inévitable.

— C'est M. Desfontaines qui me l'a offert, lui rappelle Henriette.

Son père lui jette un œil courroucé. Il la soupçonne d'avoir intrigué pour obtenir ce cadeau. Quand sa fille désire quelque chose...

— Eh bien, tu aurais dû refuser ! Ou le vendre immédiatement.

Jusque-là, Gabriel hésitait à s'immiscer dans leur querelle. Dès qu'il est question des Mesquakies, le jeune homme se souvient de l'émotion indéfinissable qu'il a éprouvée en croisant pour la première fois le regard de Thana, le jour des fiançailles. Il comprend la fascination d'Henriette, mais, comme son beau-père, il préférerait se débarrasser du mâle.

— Il n'est peut-être pas trop tard, risque-t-il.

— Vous n'en tirerez pas une demi-barrique de

sucre ! raille Adrien Savari en levant les bras au ciel. Il faut le pendre et qu'on en finisse !

Témoins discrets de la scène, Jolicœur et Blaise Pasquier ne sont pas encore intervenus, sauf pour raconter une fois de plus les faits incriminants. Le visage du premier, tendu, exprime son embarras. Quelles que soient les circonstances, une pendaison d'esclave provoque toujours un remous difficile à contenir. Dans les semaines qui suivent l'exécution, des incidents surgissent inévitablement, évasion, suicide, insubordination. Désorganisés, les travailleurs mettent un certain temps à se recomposer une routine, et les fauteurs de troubles ont alors beau jeu. Inquiet, le commandeur se tourne vers Blaise Pasquier. Celui-ci se mord la lèvre inférieure ; ses préoccupations rejoignent celles de son subalterne.

D'un geste enfantin, le gérant lève la main pour demander la parole. M. Savari grogne son consentement.

— Cet esclave est un bon travailleur, solide, avec un rendement supérieur, commence Pasquier. Ce serait dommage de gaspiller un tel investissement. Si vous m'en donnez la permission, je crois pouvoir le briser. Cinquante coups de fouet et la brimbale pendant quelques jours devraient en venir à bout. Quand il aura été suspendu par les mains un certain temps, il n'aura plus envie de tuer personne. Ce sera alors beaucoup plus facile de le vendre — si vous y tenez toujours —, et à meilleur prix.

— J'en doute, grommelle Adrien Savari, mais vous pouvez toujours essayer. Si sa propriétaire est d'accord, évidemment, ironise-t-il en dévisageant sa fille.

Celle-ci rougit, humiliée. Son père la ridiculise devant des employés et devant son fiancé. Tous ces hommes la jugent d'emblée incompétente, sans jamais lui avoir offert la moindre chance de montrer ce qu'elle vaut. Leur condescendance la blesse aussi sûrement qu'une gifle. Elle en ressent la brûlure sur ses joues en feu. Cette émotion désagréable n'est pas nouvelle. Elle l'a éprouvée à maintes reprises déjà. Cependant, avec le temps, elle la tolère de moins en moins.

— Faites comme vous l'entendez, dit-elle, amère. À quatre, vous devriez pouvoir trouver une solution.

***

Jolicœur était attendu chez maman Joseph.

Dès son arrivée, Michau l'assaille de questions, et les réponses de son cadet accroissent sa fureur.

— Le fouet, c'était ton idée, je suppose !

Jolicœur ne se défend même pas ; ce serait inutile.

— Cet homme est dangereux, explique-t-il cependant.

— Pour qui ?

— Pour tout le monde ! Tu as bien vu ce qu'il a fait ! Entre le fouet et la pendaison, je trouve qu'il s'en sort plutôt bien.

— Mlle Henriette va le garder ?

Jolicœur ne répond pas. Le jour où il a accepté le poste de commandeur, il s'est donné comme règle de conduite de ne jamais agir en félon. Il ne veut manquer de loyauté ni envers ses maîtres ni envers les esclaves. Un principe qui mécontente les uns et les autres, mais auquel il se cramponne malgré l'inévitable isolement qui en résulte.

Son aîné, exaspéré, l'empoigne par sa casaque.

Découragée, maman Joseph cache son visage dans ses mains. Cet affrontement perpétuel entre ses deux fils accable la vieille femme. Elle craint constamment qu'ils en viennent aux coups. « Quand je serai morte, a-t-elle déjà confié à Thana, ils vont s'entre-tuer. »

Cette fois, la Mesquakie se sent concernée, et elle n'hésite pas à intervenir.

— Vous ne devez pas vous battre, dit-elle en obligeant Michau à desserrer son étreinte. Vous êtes des frères. (Elle s'adresse ensuite à Jolicœur :) Kiala n'est pas dangereux ; il est seulement différent. Il ne peut pas supporter l'injustice. C'est un chef. Mon peuple l'avait élu à cause de sa générosité et de sa force. Un chef ne peut pas laisser les faibles sans défense. Ce serait indigne de sa fonction.

Le discours simple et sincère de la jeune femme a jeté un malaise. Jolicœur se retire dans un coin de la case où il s'est aménagé un espace. Thana sort à l'extérieur, en compagnie de Michau. Le grand Noir se penche vers elle et lui souffle à l'oreille :

— Il y a sûrement quelque chose à faire. Ne te décourage pas.

Thana saisit la main tendue. Non, elle ne se décourage pas. Au contraire, elle se sent plus forte que jamais. Une idée fait son chemin dans son esprit. Il ne lui reste plus qu'à passer à l'action.

***

À la première occasion, elle monte à l'étage pour parler seule à seule avec Mlle Henriette. Virgine vient de sortir ; la cuisinière est à mariner des ramiers. Sans frapper, Thana pousse la porte de la chambre et surprend la jeune fiancée en train d'enfiler des bas de coton.

Estomaquée par l'audace de la domestique, Henriette se redresse vivement et fait face, l'injure à la bouche.

— Qui t'a permis... ?

— Je dois te parler...

— Sors !

— ... de Kiala. Je dois te parler de Kiala. Il ne faut pas le faire fouetter ou le vendre.

Henriette Savari tressaille à la pensée du Sauvage et des émois qu'il a pu lui procurer. Elle respire à fond. Demain, elle se marie avec Gabriel Desfontaines, un ami d'enfance, son amour de toujours. Du moins le croit-elle. Devenir une tendre épouse, une merveilleuse amante, voilà ce qu'elle souhaite de toute son âme, en rejetant du revers de la main les sombres doutes qui la tenaillent. Toutes les femmes de l'île l'envient, et elle échappe à la tutelle écrasante de son père. L'avenir s'ouvre enfin, aussi somptueux et prometteur qu'un lever de soleil. Ses projets prendront bientôt forme. Bref, le bonheur est à portée de main, et rien ne doit l'écarter de cette route, large et belle, déjà toute tracée dans sa tête.

— Ton mari a commis un crime, réplique-t-elle, et il risque fort d'être pendu.

La Mesquakie ne bronche pas. Elle a besoin de tout son courage pour continuer.

— Si tu fais du mal à Kiala, menace-t-elle, je dirai à tout le monde que tu voles du sucre et de l'eau-de-vie.

Henriette blêmit en ravalant sa colère et sa salive.

— Quoi ! Que dis-tu là ? Qu'as-tu inventé ?

— J'ai suivi Virgine. Je sais comment tu payes les robes et les bijoux. Je dirai à ton père et à ton fiancé que tu es une voleuse. Et je peux le prouver.

Sans attendre la réaction de l'accusée, Thana quitte la pièce, les jambes flageolantes. Elle a joué le tout pour le tout.

***

En revenant du travail, ce soir-là, tous prévoient être appelés pour assister au châtiment du Sauvage. Le bourreau est prêt. Il a fixé en terre les quatre piquets où sera attaché le coupable. Les plus croyants ont prié pour eux, le supplicié et l'exécuteur des hautes œuvres, pour que Dieu pardonne leurs fautes.

Dans la cour et dans le jardin attenant à la grand'case, des tables ont été dressées pour la noce. Demain, l'heure sera aux réjouissances. Il faut donc régler le cas du meurtrier dès ce soir, tout le monde en est convaincu.

Or rien ne se passe, et ils s'endorment tous, perplexes et anxieux.

Pelotonnée sur sa natte, Thana sourit. Elle presse sur son cœur l'oiseau du quimboiseur, qu'elle avait offert à Kiala et qui, elle le sait, l'a fait sortir de prison. Elle prie pour que sa magie opère toujours, car, bien qu'elle ait réussi à gagner du temps, il lui faut maintenant passer sans tarder à l'étape suivante, la plus risquée.

6

Les invités, très nombreux, gazouillent comme les bandes de petits martinets noirs qui viennent de migrer dans l'île. Une armée d'esclaves s'agitent autour d'eux, telles des fourmis besogneuses. Les autres ont reçu l'ordre de ne pas quitter leur quartier de la journée. On leur a cependant promis les restes de table.

Avec maman Joseph, Thana a préparé des plateaux de fruits, puis les deux femmes se sont retirées, avant même l'arrivée des convives. Les Savari, père et fille, préfèrent tenir la Mesquakie loin des invités. Le mari de la Sauvagesse a déjà causé assez d'émoi. Le temps de la noce, ils veulent tous penser à autre chose.

C'est plus que n'en souhaitait Thana.

Assise près du feu, la jeune femme aux aguets observe Papillon d'un œil distrait. Le garçon joue aux dés avec d'autres enfants. Les derniers incidents l'ont bouleversé et Thana a eu du mal à le consoler. Il se croyait responsable de tout — la mort du cabrouettier, l'emprisonnement de Kiala — et n'osait plus la regarder en face, ni même l'approcher.

Sans qu'il y paraisse, la Mesquakie écoute les bruits de la fête.

Des applaudissements nourris lui parviennent.

— Jolicœur vient sûrement de présenter ses hommages, dit maman Joseph, plus fière que jamais.

Au nom de tous les esclaves, le commandeur a offert aux nouveaux mariés un coui sculpté par un artisan. Les motifs gravés dans la calebasse représentent un couple d'ortolans aux ailes entrelacées, et l'objet est censé porter bonheur.

— La fête va pouvoir commencer, précise le vieux Magloire.

C'est ce que Thana attendait.

Quand les violons s'accordent, elle sait que l'heure est venue.

Aux premières notes, accueillies par les exclamations joyeuses des danseurs, la jeune femme se rend au potager, l'air dégagé. Elle arrache quelques mauvaises herbes en jetant des regards furtifs aux alentours. Personne ne l'a suivie. C'est alors un jeu d'enfant d'enjamber les buttes et de se glisser jusqu'au boisé. En suivant la ligne des arbres, il est possible de longer à distance le quartier des esclaves, pour ensuite revenir vers la case-prison, en effectuant un grand détour. Thana s'y emploie avec prudence et tout se passe comme prévu. Sous un buisson, elle retrouve la hache qu'elle avait cachée la veille. La voilà tout près du but.

Une poule caquette dans son dos.

Effrayée, la jeune femme se retourne vivement.

Dans un grand battement d'ailes, le volatile disparaît derrière un bouquet d'héliconias en fleurs, mais Michau est là, le visage sévère, gigantesque dans le rai de lumière.

— Tu n'y arriveras pas, dit-il.

Sa voix retentit au-dessus des sons ambiants. Thana se précipite sur lui et l'oblige à s'accroupir. Elle met en même temps un doigt sur sa bouche.

— Je dois réussir, murmure-t-elle.

— Tu n'y arriveras pas toute seule, insiste le Noir. Laisse-moi t'aider.

La Mesquakie veut riposter, lui rappeler les dangers. En vain : l'esclave s'est déjà emparé de la hache.

— Reste là, ordonne-t-il. Quoi qu'il arrive, jure-moi de ne pas bouger. Jure-le !

La jeune femme hoche la tête en signe d'assentiment, et Michau prend la direction de la prison. La hache pend au bout de son bras puissant, et Thana se rend compte de sa lourdeur, en même temps que de sa propre témérité. « Merci », chuchote-t-elle, reconnaissante. Pendant quelques secondes, elle ferme les yeux et prie Wisaka, puis le son mat d'un corps qui tombe la propulse vers l'avant. Elle doit se faire violence pour tenir sa promesse et demeurer sur place. Les yeux braqués sur la cabane, dont elle n'aperçoit qu'un pan de mur à travers les feuillages, le corps tendu à l'extrême, près de la cassure, elle attend en égrenant le temps, prise d'une angoisse folle.

Heureusement, un bruit de course canalise toute son attention. Les pas se rapprochent, puis s'éloignent, puis se rapprochent de nouveau. Et Kiala apparaît entre les fourrés.

Thana tend les bras, sans bouger. Elle est prête. Son mari n'aura pas à contenir son élan. Elle va s'agripper à lui, épouser sa cadence, et ils vont fuir. Un bateau les attend.

Maintenant, elle distingue aussi Michau qui ne se laisse pas distancer, malgré la lourde hache qu'il tient toujours. La jeune femme piétine en fixant les deux hommes. Lorsqu'elle entend leurs voix, elle n'y prête d'abord aucune attention, trop concentrée sur l'effort à venir. Cependant, quand un rire cristallin tinte à ses oreilles, elle s'affole. Les sons ne viennent pas des fuyards. Ils arrivent d'ailleurs.

Le cœur de la Mesquakie se débat comme un oiseau en cage.

En tournant sur elle-même, elle aperçoit Gabriel Desfontaines, le héros du jour, et une toute jeune mulâtresse, presque une fillette. Le premier poursuit l'autre en lançant des remarques grivoises et la petite se sauve en gloussant. Bientôt, tourtereaux et fuyards se trouveront nez à nez. Quelques secondes, quelques pas.

— Monsieur Gabriel ! Tu as vu passer ma poule ?

Thana a crié très fort, en ouvrant exagérément les bras, comme si elle voulait ameuter toute la noce. Des deux côtés, on s'est arrêté brusquement. Michau et Kiala se sont jetés sur le sol, alors que le jeune marié et la mulâtresse restent figés. Pris en flagrant délit, Gabriel Desfontaines ne sait trop comment réagir.

— Que fais-tu ici ? demande-t-il, l'œil mauvais et la bouche pâteuse.

— Je cherche ma poule, s'égosille Thana en feignant un véritable désarroi.

D'un geste, Gabriel congédie la mulâtresse, et celle-ci, soulagée, retourne aussitôt à son poste, qu'elle n'aurait jamais dû quitter. Une fois seul avec Thana, le jeune marié reprend de l'assurance, celle d'un homme éméché qui a perdu toute inhibition.

— Alors tu cherches ta poule, n'est-ce pas ? dit-il en tournant autour de la Mesquakie comme autour d'une proie.

Celle-ci devine ses intentions, mais elle décide de jouer la candeur.

— Je l'ai vue partir par là-bas, explique-t-elle en indiquant la direction opposée à la prison. Tu vas m'aider à la retrouver ?

Sans attendre la réponse, elle bondit par-dessus les buissons, entraînant le jeune homme à sa suite. Elle a déjà franchi une certaine distance lorsqu'elle entend un chant d'oiseau. Les trois notes chevrotantes rappellent le cri du cygne. Tout son être voudrait courir vers cette voix, vers Kiala qui lui demande d'attendre. Il va revenir la chercher ; elle devra se tenir prête. Pour envoyer son message, le guerrier a choisi le cygne, le totem de Thana. Ce choix inhabituel, lourd de sens, s'imposait. La jeune femme y décèle autant de colère que d'amour, et une grande dose d'espoir : Kiala ne sera jamais loin. Il va la retrouver. Bientôt, ils seront ensemble, et libres.

Pour le moment, Thana doit éloigner le danger des deux fugitifs. Impossible de ralentir ou de rebrousser chemin : Gabriel la talonne.

C'est Jasmin qui la sauve encore une fois, comme s'il devait toujours se trouver là au moment où elle a besoin d'aide. Le mulâtre a voulu s'éloigner de la noce, où sa présence est plus ou moins bien accueillie. Ni Blanc ni Noir, le jeune homme se sent mal à l'aise partout, sauf sur sa caféière dont il a commencé l'exploitation avec beaucoup d'enthousiasme. Il vient d'apercevoir la Sauvagesse et lui fait signe. À bout de souffle, celle-ci s'arrête devant lui. L'autre s'inquiète de la voir en nage, les cheveux en bataille.

— Il se passe quelque chose ?

— Non... Rien...

Thana regarde derrière elle. Pour échapper aux questions de Jasmin, Gabriel Desfontaines a pris la direction de la grande maison. Après avoir rassuré le mulâtre, la jeune femme revient donc aux cases-nègres en empruntant un autre chemin. Elle ne rencontre personne.

***

La fête se prolonge et Thana tarde à s'endormir. Elle imagine Kiala quelque part dans les mornes, caché entre les roseaux ou tapi derrière les rochers. Michau est près de lui. Épuisés par leur longue course, les deux hommes se taisent. Ils n'ont pas fait de feu. Peut-être ont-ils faim, ou soif. Ou peur.

Pendant de longues heures, le fugitif habite l'esprit

tourmenté de Thana. Elle entend sa voix. Il bouge en elle, la caresse de l'intérieur, comme si elle le portait.

Toutefois, juste avant de sombrer dans le sommeil, la Mesquakie a une pensée pour Mlle Henriette, la jeune épousée déjà trompée. Et elle a terriblement pitié de cette femme mal aimée.

7

— Je compte sur vous pour me les ramener.

— Ils ne peuvent pas nous échapper.

Tout en rassurant Adrien Savari, le capteur d'esclaves examine sa petite équipe. Il est très tôt. Le soleil se levait à peine lorsque le message du planteur lui est parvenu et il a dû rassembler ses hommes en toute hâte. Quelques-uns n'ont pu être rejoints. Malgré tout, ce qu'il voit le satisfait : une dizaine de chasseurs d'esclaves, robustes et alertes malgré l'heure matinale — autant de Blancs que de mulâtres —, montés sur des chevaux à leur image, sans finesse mais increvables, plus vaillants que fringants. Tenues bien en main, les bêtes attendent patiemment le signal du départ. Quelques-unes somnolent, d'autres s'ébrouent sans trop d'enthousiasme. La journée sera longue. Elles le savent et ménagent leurs forces. Autour d'elles, trois molosses aux jambes torses et au faciès hargneux flairent déjà le gibier, le nez au sol.

Le capteur, quant à lui, flaire surtout la bonne affaire. Il y a eu double mort d'homme, le cabrouettier et le gardien de la prison, et la prime offerte est importante. Fort de son expérience, il a déjà porté la somme à son crédit. Depuis le temps, il en est venu à connaître parfaitement ces misérables fuyards, ces nègres marrons comme on les appelle dans le pays, qui fuient droit devant eux, sans autre but que la liberté dont ils ne savent bientôt plus que faire.

Tous ceux qu'il a pourchassés dans sa longue carrière, il les a retrouvés, morts ou vifs, dans les jours qui ont suivi leur évasion ou des mois plus tard — et même ceux qu'il ne cherchait pas, car il a développé un instinct infaillible pour débusquer les clandestins. Il les repère à coup sûr dans la foule où ils croyaient se perdre, à Saint-Pierre ou ailleurs, les jours de marché surtout, quand les pauvres hères, affamés, se glissent entre les étals. Il les reconnaît à l'inclinaison de la tête ou à la raideur de la nuque. Fin limier, il en a retrouvé certains dans l'habitation même qu'ils étaient censés avoir fuie, cachés dans les champs de canne ou dans les boisés environnants, comptant sur quelque complicité interne pour les ravitailler. D'autres, plus audacieux, se hasardent jusqu'aux ports, prêts à monter dans le premier bateau. Ce sont habituellement les plus jeunes, que l'aventure n'effraie pas.

— N'oubliez pas que Michau n'est pas seul. Un Sauvage l'accompagne. Vous devrez vous méfier, car c'est un coupe-jarret de la pire espèce. Un lascar redoutable.

Le capteur sourcille. Adrien Savari vient de ramener à la surface une de ses principales craintes. C'est vrai, il ne connaît pas ce Sauvage du Canada, et un marron dont on ne peut prédire les réactions est toujours plus difficile à pister. D'ailleurs, personne ne sait rien de ce Kiala, sinon qu'il peut être « redoutable » — un mot qui revient dans toutes les bouches et que le chasseur d'esclaves admet aisément puisque deux cadavres en font foi. Même la femme du fuyard, qu'il a interrogée assez rudement, ne lui a rien appris de valable, sauf que ces Sauvages sont entêtés, secrets, prêts à tuer pour leur liberté et d'un courage à toute épreuve. Il l'a perçu très clairement dans le regard vif de la jeune femme, derrière les larmes refoulées qui donnaient à ses yeux le lustre d'un miroir.

Il ne la voit pas parmi les esclaves rassemblés, mais il sent sa présence hostile.

Piqué au vif, le chasseur de marrons enfourche résolument sa monture. Pour rassurer son équipe et impressionner les fuyards potentiels ou leurs complices, il ne veut laisser filtrer aucun doute, ne montrer aucune défaillance.

Cachée derrière le fromager, Thana voit donc partir un cavalier sûr de lui, à la tignasse cendrée et laineuse. Ses hommes le suivent avec la suffisance de conquistadors auxquels rien ne résiste. Parfois, l'un d'eux lance un cri de rassemblement et les chiens se regroupent. Impatients, ils mordillent les pattes des chevaux, à la hauteur des canons — ces lourdauds ne vont jamais assez vite à leur goût —, ce qui leur vaut quelques ruades bien placées.

La troupe disparaît au détour du chemin et on entend encore les aboiements des molosses et le trot inégal des montures qui soulèvent un nuage de poussière. « Ils sont trop bruyants, pense la Mesquakie. Kiala a une chance. » Mais une chance quand il en faudrait mille, est-ce suffisant ?

Avec cette inquiétude profondément ancrée dans la poitrine, aussi lourde qu'un pain de sucre, la jeune femme se dirige vers la grande maison. Virgine l'attend pour rassembler les effets de Mlle Henriette. Toutefois elle n'a pas fait deux pas qu'une main s'abat sur son épaule.

— Tu monteras dans le cabrouet avec le chargement, lui ordonne M. Savari. Je veux te voir chez les Desfontaines, dès que tu y mettras les pieds. J'ai quelques questions à te poser.

***

Pris de court par leur propre audace, Michau et Kiala n'ont d'abord pas su où aller. Ils ont foncé au hasard, puis se sont arrêtés. Kiala refusait de s'éloigner de Thana, et Michau, blessé à la cheville, avait besoin de temps pour récupérer. Ils sont donc restés tout près, et se sont endormis profondément, plus épuisés que s'ils avaient couru sur des kilomètres. Avant l'aube, le chant des coqs, projeté en écho de la vallée jusqu'aux mornes, les a tirés de leur hébétude et ils se sont mis en marche dans les premières lueurs du jour. Michau avait recouvré toute sa lucidité. Réussir ou mourir, ils n'avaient plus que ce choix. Il fallait gagner au plus vite le territoire des marrons.

Kiala suit son compagnon depuis des heures. Très souvent, il serait tenté de le précéder. Malheureusement, il ne connaît pas la piste. Avec lui devant, ils iraient peut-être plus vite, mais ils ne se rendraient nulle part, car le Mesquakie n'arrive pas à s'orienter dans ce dédale boueux, où les lianes descendent en torsade jusqu'au sol, comme autant de pièges. Ses pieds nus s'enfoncent parfois dans l'humus, parfois dans un tapis de fleurs sauvages. Les frondes des fougères arborescentes et les écharpes de mousse, suspendues aux arbres, lui fouettent le visage. Perdu dans ce foisonnement végétal auquel il ne comprend rien, il est pourtant le premier à entendre les chiens.

Des aboiements furieux ou dépités leur parviennent, souvent précédés d'un geignement. Pour les bêtes comme pour les esclaves, le fouet n'est jamais loin.

Les deux hommes font appel à toutes leurs réserves, celles qui se manifestent dans les situations extrêmes et peuvent faire la différence. Cette force mystérieuse a gardé Kiala en vie jusque-là et il sait où puiser pour la faire surgir.

Michau entraîne le Mesquakie dans des sentes secrètes. Ils foulent les traces des esclaves, ces chemins de délivrance et de rédemption qui traversent l'île d'une mer à l'autre, en frôlant rivières et vallées sans jamais les heurter, pour ensuite pénétrer dans les mornes et se perdre dans les grands bois ou les ravines. Ces traces empruntent des itinéraires non balisés. Pourtant, les Noirs s'y retrouvent grâce à un code secret qui déjoue toute logique : une percée devient, pour l'initié, un passage interdit ; les précipices cachent des signes. Dans tout le pays, les pieds nus des déracinés ont ainsi dessiné, à force d'entêtement, un vaste réseau que les pères transmettent en héritage à leurs fils. Et même si la plupart ne s'y aventureront jamais, la seule existence de ces traces leur procure un miraculeux sentiment d'accomplissement. Michau s'y enfonce avec confiance.

Au bout d'un certain temps, les aboiements s'atténuent. Les sons ne franchissent plus l'épaisseur des grands bois. La sente monte à contrepente et s'élargit, puis une trouée offre aux fuyards le spectacle vertigineux des vallées et des montagnes qui s'appuient les unes sur les autres, à perte de vue. Et la mer, tout en bas, qui leur lèche les pieds.

Les deux hommes s'arrêtent. Ils cherchent leur souffle. Kiala a du mal à tenir son équilibre, tellement il est épuisé. Il veut s'appuyer à un arbre, mais il retire aussitôt sa main, car le tronc est recouvert d'une matière verdâtre et visqueuse. À ce moment, le siffleur des montagnes lance son cri d'alarme, mettant le silence en perspective. Les chiens se sont tus.

Les fuyards ont franchi une frontière invisible, au-delà de laquelle même les chasseurs d'esclaves les plus hardis ne s'aventurent jamais. Leurs poursuivants ont rebroussé chemin. L'esclave noir le sait, contrairement au Mesquakie qui s'essuie la main sur son pantalon déjà maculé de boue, en pressant son compagnon de repartir.

— Non, maintenant il faut attendre.

— Pourquoi ?

Le Noir n'a pas besoin de répondre.

Des fourrés surgissent quatre hommes que ni l'un ni l'autre n'avait entendu venir, mais que Michau espérait. Sales, hirsutes, vêtus de haillons, les nègres marrons sont armés et menaçants. Un seul cependant possède un pistolet, qu'il braque sur le couple.

— Que voulez-vous ? demande-t-il.

Michau le regarde droit dans les yeux. Leur sort dépend de ces hommes. Ils peuvent les tuer ou les obliger à rebrousser chemin, ce qui revient au même. Des histoires d'esclaves en fuite abattus par des bandes de marrons circulent depuis toujours dans les cases-nègres.

— Nous voulons vivre en liberté dans la montagne, répond le fugitif, comme s'il formulait un mot de passe.

Le marron désigne Kiala :

— Qui est-ce ?

— Un ami, le rassure Michau, en espérant que cette caution suffira.

8

Les nouveaux mariés ont passé leur nuit de noces à l'habitation Desfontaines, où ils vivront dorénavant. Pour l'occasion, le maître des lieux leur a abandonné la grande maison. Une délicatesse inutile, puisque Gabriel, ivre mort, s'est effondré sur le lit et a sombré dans un sommeil pesant avant même qu'Henriette ait enlevé sa robe de mariée.

Amèrement déçue et un peu dégoûtée, la jeune épousée l'a écouté ronfler, incapable de dormir, humiliée. Elle avait rêvé mieux. Imperméable aux grandes amours romantiques, pas du tout en mal de prince charmant, elle avait tout de même rêvé mieux.

Maintenant que le soleil entre à pleins rayons à travers les persiennes, elle en profite pour observer son mari, cet homme avec lequel elle devra vivre pour le reste de sa vie. Les cheveux ébouriffés, les traits chiffonnés, celui-ci grogne comme un porc et son haleine empeste. Malgré tout, son visage conserve une certaine candeur. Avec précaution, la jeune femme soulève la couverture. Gabriel est couché en chien de fusil. Son corps amaigri et fragilisé par la maladie qui a bien failli l'emporter suscite chez Henriette un élan de tendresse.

En dépit de son désenchantement, la créole ne baisse pas les bras. Femme d'action plus que de passion, elle s'arrime à son grand dessein : convaincre son mari de l'emmener en France. S'il lui faut, pour arriver à ses fins, subir quelques affronts, elle l'accepte d'emblée. Quand Gabriel ouvre les yeux, elle est donc toute prête à passer l'éponge sur ce premier rendez-vous raté. Il y en aura d'autres, tant d'autres. Désormais, Gabriel lui appartient.

Le jeune homme met quelques secondes à se souvenir des derniers événements. Aussitôt, la honte lui monte au visage.

— Excuse-moi, murmure-t-il. Le bonheur m'a fait perdre la raison. J'ai abusé du vin et j'ai manqué le meilleur.

Il sourit et Henriette s'attendrit.

— Ça ne fait rien, dit-elle.

— Nous pourrions nous reprendre maintenant...

Gabriel caresse les jambes de sa femme. Ses mains remontent jusqu'aux cuisses pendant qu'il enfouit son visage entre les seins, petits mais fermes.

Henriette frémit. Elle ne sait trop que faire de ce désir qui la prend toute, de la tête aux pieds. Elle en veut plus, tout en tremblant de peur devant l'inconnu.

Trois coups frappés à la porte la font bondir comme un ressort. Confuse, elle se dégage brusquement et son mari se retrouve sur le dos, les mains vides.

— Man'Gabriel ! C'est moi !

Tous les deux reconnaissent la voix de Virgine, mais ni l'un ni l'autre n'a envie de répondre.

— M. Savari vous demande en bas. Il a dit que c'était urgent.

Les nouveaux mariés se regardent, perplexes.

— Ça commence mal, maugrée le jeune Desfontaines en se frottant les tempes.

Un violent mal de tête lui rappelle ses excès de la veille.

***

Quand ils pénètrent dans le grand salon, le visage bouffi et l'air hagard, Adrien Savari s'y trouve déjà avec Thana.

— Que fais-tu ici ? s'étonne Henriette en venant vers la Mesquakie.

Le planteur prend aussitôt la parole. Sans ménagement, il annonce aux jeunes gens la fuite des deux esclaves et le meurtre du gardien.

— Tu te rends compte de la gravité de la situation ? demande-t-il à sa fille sur un ton courroucé. Nous n'aurions jamais dû introduire ce Sauvage sur la plantation. Il a tué deux hommes et a entraîné dans sa fuite un de mes meilleurs esclaves.

Henriette ne réplique pas, bien que la nouvelle la renverse. Elle se tient très droite, tout près de son mari, si près qu'elle semble vouloir s'en servir comme d'un bouclier. Les crimes de Kiala la troublent, certes, mais les reproches de son père la touchent moins qu'avant. Son nouveau statut lui confère une certaine autonomie. La petite Henriette n'existe plus ; elle est devenue man'Gabriel, la maîtresse de l'habitation Desfontaines, et même Adrien Savari devra s'y faire. Quant au Sauvage duquel elle s'était entichée, comme une fillette d'un beau jouet, il sera pendu, cela ne fait aucun doute. Or cette perspective, étrangement, l'émeut beaucoup moins qu'elle ne l'aurait imaginé. Elle est maintenant rendue ailleurs, bien loin de ces ivresses juvéniles. Le Mesquakie n'aura été, somme toute, qu'un mauvais placement pour son beau-père, et celui-ci s'en remettra sûrement très vite.

Toute à ses réflexions, la jeune femme s'étonne d'entendre la voix claire et affermie de Thana qui répond à une question du planteur.

— J'ai préparé les plateaux de fruits.

— Et après ?

— Je suis allée au potager. Maman Joseph avait besoin de patates.

— C'est tout ?

— C'est tout.

— Tu nous as tout dit ?

— Tout.

— Tu n'as pas quitté le quartier des esclaves ?

— Non...

Thana a hésité, à peine, en tout cas pas assez pour que M. Savari le remarque. Toutefois, elle a cherché Gabriel du coin de l'œil, un geste furtif, presque imperceptible, qui n'a malheureusement pas échappé à Henriette. Celle-ci se tourne vers son mari. Le jeune homme a baissé la tête et tripote nerveusement le bouton de son pourpoint. Son attitude embarrassée confirme la première impression d'Henriette : cet échange fugace révèle une complicité flagrante.

Une jalousie féroce s'empare de la jeune femme. Que s'est-il donc passé entre son mari et la Sauvagesse ? Pourquoi Gabriel détourne-t-il les yeux comme un coupable et pourquoi souhaite-t-il manifestement se trouver à mille lieues d'ici ? Le doute s'installe dans l'esprit de la jeune mariée. Thana a déjà réussi à la faire chanter, à cause de son petit trafic, et voilà maintenant qu'elle complote avec Gabriel. Adrien Savari avait peut-être raison, après tout : ces Sauvages sont dangereux et il vaut mieux s'en tenir loin.

De son côté, Gabriel repense à ses fredaines de la veille. Il avait trop bu ; la petite esclave lui a fait des avances. Voilà pour les circonstances atténuantes. Il n'aurait pas dû la suivre ; voici pour les remords. Si Thana raconte ce qu'elle a vu, il risque gros. Par chance, la Sauvagesse ne peut le trahir sans se trahir elle-même. Un peu rassuré, le jeune homme lève la tête et croise le regard soupçonneux de sa femme. Il sourit. Henriette ne lui rend pas son sourire.

— Retourne à l'habitation, ordonne M. Savari à Thana. Va aider au déménagement.

La jeune femme quitte la pièce, persuadée qu'elle n'a convaincu personne et que, désormais, elle servira d'appât. « Reste où tu es, mon amour, supplie-t-elle en silence. Surtout, ne reviens pas vers moi. Attends qu'on t'oublie. »

Elle n'a pas sitôt quitté le salon qu'Henriette s'excuse auprès de son père.

— J'ai beaucoup à faire, dit-elle.

Gabriel tend la main pour l'escorter. Elle feint de ne pas le voir et sort.

La jeune épousée se sent trahie. Même si son mari n'a pas ouvert la bouche, elle sait sans l'ombre d'un doute qu'il a menti. Pourquoi ? Pour qui ? Toutes les hypothèses la font frémir et elle court se réfugier dans sa chambre, où Virgine s'affaire déjà à tout ranger.

L'esclave tente naïvement, et avec beaucoup de tendresse, de reproduire ce qu'elle connaît et qui la rassure. Elle a replacé les objets là où elle les a toujours vus, dans le même ordre, avec la même perspective, recréant sans s'en rendre compte la chambre de jeune fille d'Henriette.

En pénétrant dans la pièce, celle-ci a l'impression de revenir en arrière, de ne s'être libérée de rien, alors qu'elle le souhaitait si fort. Une colère immense la saisit contre ce qui lui semble un complot pour la maintenir dans un état de dépendance, contre les goujateries de Gabriel, contre la vie qui n'est jamais à la hauteur de ses ambitions. À certains moments, et celui-ci en est un, elle se sent plus esclave que les nègres des plantations. Elle a tenté parfois de partager cet étrange sentiment. Ses interlocuteurs ont toujours esquissé un sourire embarrassé en orientant la conversation vers des sujets moins compromettants, ou alors ils se sont esclaffés en la traitant d'enfant gâtée. « Tu veux toujours tout et trop vite ! » lui ont si souvent répété ses parents ou les ursulines. Pourtant, la jeune Savari persiste à croire qu'elle a droit à plus, beaucoup plus, et qu'elle ne réclame que son dû. Cette incompréhension à laquelle elle se bute constamment exacerbe son impatience naturelle et la maintient dans un état de guerre permanente.

Se croyant seule, Virgine suspend la robe de mariée en passant des mains gourmandes sur le tissu soyeux. La couturière s'est surpassée. Elle s'empare ensuite des souliers avec mille précautions, comme s'il s'agissait d'objets fragiles et précieux. Une joie dubitative illumine son visage. La maîtresse a promis de lui donner ces merveilles et un tel bonheur exige d'être apprivoisé.

Henriette l'observe un moment. La main noire aux doigts effilés caresse les souliers blancs. Elle en suit les contours, frotte au passage la moindre éraflure. Quand l'esclave serre les chaussures contre sa poitrine, sa maîtresse esquisse un demi-sourire, d'abord railleur puis méprisant. Elle passe ensuite à l'attaque, si rapidement que Virgine n'a pas le temps de réagir. Elle lui arrache les souliers des mains avant même que la pauvre ait constaté sa présence.

— Mlle Henriette... Man'Gabriel..., bredouille l'esclave, stupéfaite. Que fais-tu ? Les souliers...

— Je te défends d'y toucher !

Virgine ne comprend pas. Elle a gardé les mains sur son cœur.

— Tu avais promis..., commence-t-elle.

— C'était avant d'avoir la preuve de ton étourderie. Les cadeaux se méritent, pauvre idiote.

Consternée, l'esclave ne cherche même pas à se défendre. Toute son attitude crie son désarroi. Elle a si mal qu'elle craint de mourir.

— Qu'est-ce que... Qu'est-ce que j'ai fait ? articulet-elle, la bouche pâteuse comme si elle s'était enivrée de tafia.

— On t'a vue prendre le sucre et le vin.

— Non ! Ce n'est pas possible !

— Thana t'a vue. Sors d'ici ! Va-t'en !

9

En quelques heures, Virgine est passée du désespoir à la fureur. Elle a même songé à fuir, comme son frère aîné, dans les grands bois. Puis elle a décidé de rentrer tout simplement là où elle se savait aimée, chez maman Joseph, avec un grand désir de redevenir une petite fille. Pourtant, elle ne sait pas très bien comment être une enfant, car les esclaves sont privés de cela aussi, l'enfance. De toute façon, peu importe le passé maintenant qu'elle a perdu la confiance de sa maîtresse.

Ce n'est pas la première fois que Mlle Henriette passe ses frustrations sur son dos. En d'autres circonstances, elle a encaissé sans trop s'en faire. Elles sont liées depuis si longtemps : leurs brouilles ne durent jamais. Aujourd'hui cependant, la situation est différente. Entre elles, il y a maintenant Thana, toujours Thana, cette Sauvagesse menteuse et hypocrite, qui sème le désordre partout où elle passe. De plus, Mlle Henriette est mariée et elle peut partir pour la métropole à n'importe quel moment. Virgine veut être du voyage. Depuis trois ans, elle rêve de ce départ, depuis que le jeune maître, le cadet des fils Savari, lui a juré qu'il l'aimait. « Je te ferai venir, a-t-il promis, avant de prendre le bateau. En France, les esclaves sont affranchis. » La jeune Noire ne souffrira pas qu'une intrigante vienne ainsi ruiner toutes ses chances.

Elle arrive à destination, bouleversée et en nage. La marche est longue et les pentes sont raides, de l'habitation Desfontaines à celle des Savari, situées aux deux extrémités du bourg. Elle a pris par les traces, derrière les champs de canne, et débouche directement dans l'allée des cases-nègres.

Maman Joseph n'est pas chez elle, ni au potager.

Virgine pousse ses recherches jusqu'à la grande maison, et c'est alors qu'elle aperçoit sa mère en compagnie de Thana. Toutes les deux scrutent la route, si près l'une de l'autre qu'on les croirait enchaînées par quelque lien invisible.

Décontenancée, la jeune fille se cache derrière le fromager. « Thana t'a vue. » Les accusations de Mlle Henriette reviennent la hanter. « Qu'a-t-elle vu au juste, cette Sauvagesse ? » La voleuse a toujours dissimulé le produit de ses larcins dans les contreforts du fromager. Elle y savait les marchandises en lieu sûr, à cause des craintes qu'inspire cet arbre à tous les esclaves, jeunes ou vieux. Des racines gigantesques jusqu'au faîte entremêlé de lianes, des revenants vont et viennent sans cesse. Les anciens l'affirment et tous les croient. C'est là, derrière l'écorce grisâtre de ces géants, que se cachent les âmes qui n'ont pas trouvé la paix. Virgine a vaincu sa peur, à force de prières et de volonté, et elle était persuadée que personne, jamais, ne s'approcherait du fromager. Voilà pourquoi elle n'a porté aucune attention aux propos de la Sauvagesse quand celle-ci a fait allusion aux vols. « Thana t'a vue... » La jeune esclave serre les poings sans quitter son poste d'observation.

Une poussière se lève au loin, bien au-delà de la haie d'orangers. On dirait presque une pluie d'embruns poussée par l'alizé.

Thana et maman Joseph font quelques pas, aussi craintives que des bêtes sauvages, toujours serrées l'une contre l'autre. Cette complicité entre l'étrangère et sa mère irrite Virgine, qui se sent dépossédée d'un bien précieux. Or, malgré son envie de courir vers les deux femmes pour les séparer, elle ne bouge pas.

La nuée se rapproche et les bruits se précisent : le frottement des bottes sur les sangles, le glapissement des chiens, à bout de voix, le grincement du cuir, les fers mal ajustés et le chuintement des queues qui balaient l'espace.

Les cavaliers ont maintenant atteint la ligne des arbres. Le chef vient en tête et Virgine discerne très bien son visage. De la boue a séché sur les jambes de son cheval, des sabots aux jarrets. Le capteur d'esclaves et son équipe n'ont pas ménagé leur peine. Elle aperçoit ensuite le corps jeté de travers sur l'encolure de la bête. Thana et maman Joseph l'ont vu également. La Mesquakie gémit comme un animal blessé — Virgine devine sa plainte à ses lèvres entrouvertes —, et maman Joseph s'accroche de tout son poids au bras de sa compagne.

Virgine ne les quitte plus des yeux, ni l'une ni l'autre. Peu à peu, à mesure que les cavaliers progressent, leurs traits s'apaisent et l'anxiété cède la place à l'allégresse. Dans le regard lumineux des deux femmes, Virgine comprend que le capteur est revenu bredouille. Le blessé est un membre de son équipe. Il n'a retrouvé ni Michau ni Kiala.

Quand maman Joseph serre tendrement Thana dans ses bras, la jeune Noire tourne les talons et s'enfuit à toutes jambes, la rage au cœur.

***

Les marrons se sont installés à environ huit cents mètres du niveau de la mer, sur le morne Jacob, un des plus anciens volcans de l'île. Dans la forêt touffue, leur camp semble aussi minuscule qu'un nid de colibri dans les branches d'un bois-puant. Une dizaine d'hommes y vivent entassés, autour d'un feu de braise soigneusement entretenu, jour et nuit.

Kiala remarque d'abord leurs cheveux longs,

tressés ou en queue, et les nombreuses difformités dont ils sont affligés. L'un d'eux a une oreille coupée ; à l'autre, il manque deux doigts. Chancre, gale, pian, petite vérole, tous conservent sur le visage les souvenirs de cruelles maladies, et rien ne ressemble moins à la liberté que ce ramassis d'indigents à l'air soupçonneux. « Je ne dois pas rester ici », se dit le Mesquakie, pendant qu'on les pousse, lui et Michau, devant le chef de la bande.

Les lèvres entrouvertes sur des dents cariées, l'homme à la peau charbonneuse et luisante les observe en silence. Sur sa poitrine s'embrouillent de multiples étampes. À plusieurs endroits, la peau a été brûlée. Combien de fois cet homme s'est-il enfui et combien de fois a-t-il été repris, puis revendu ? Chacun des maîtres a voulu le marquer de son sceau, en essayant d'effacer les anciennes initiales. À cause de cet acharnement, on dirait un manuscrit illisible, où se révèlent la barbarie des uns et l'insatiable désir d'échappée des autres.

Le marron examine longuement Kiala avant de se tourner vers Michau, qu'il interpelle d'une voix lourde de reproches.

— Je m'appelle Mayombé, dit-il, et je sais que ton frère est commandeur chez les Savari.

Michau se redresse.

— Je n'ai pas de frère, réplique-t-il, avant de cracher par terre.

À côté de lui, Kiala tressaute.

Les Noirs ont parlé en créole, mais il a compris, et d'entendre son compagnon renier ainsi son frère lui fait mal. Lui n'a eu qu'un frère. Il s'appelait Chakoso, et jamais, même dans les pires moments de crise, quand il a été jusqu'à souhaiter sa mort, il ne l'aurait renié. Un homme ne doit-il pas assumer son frère, comme une responsabilité dont se décharger équivaut à se tuer soi-même ?

Le chef des marrons a surpris le frémissement du Mesquakie. Il se plante devant lui et les deux hommes se toisent, sans jamais baisser les yeux. Ce duel silencieux leur permet de se jauger sans vraiment s'affronter. Ils ne sont pas prêts. Mayombé connaît l'histoire de l'étranger. Tout se sait dans l'île. Les rumeurs circulent dans les traces, portées par les esprits de la nuit jusqu'aux repaires les plus secrets. Deux hommes sont morts, dont un Noir, tués par le Sauvage. Le garder peut être dangereux. Mayombé doit prendre une décision.

Brusquement, le chef des marrons lance un ordre.

Michau se rapproche de Kiala. Coude à coude, les fugitifs font face à leurs adversaires. Ils baissent toutefois leur garde lorsqu'on amène une femme nue, le dos strié de cicatrices, les deux seins marqués d'une étampe différente. Son visage ingrat exprime une soumission résignée. Jamais, chez les esclaves, Kiala n'a perçu une telle désespérance. Médusé, il regarde Mayombé et la femme se retirer derrière un amas de fagots qui ne cache à peu près rien de leurs ébats. La femme s'est agenouillée devant le chef des marrons et celui-ci la pénètre en ahanant. Les autres s'occupent ailleurs, à n'importe quoi, à sculpter un morceau de bois ou à sucer un os de poulet, n'importe quoi pour tromper leurs faims.

Laissés à eux-mêmes et soulagés d'être encore en vie, Michau et Kiala s'assoient un peu à l'écart. Un grand Noir au nez percé et aux membres démesurément longs leur apporte une bouteille de tafia à moitié vide et un coui rempli d'un bouillon où flottent, clairsemés, des morceaux d'ignames. Ils n'ont pas commencé à manger lorsque le chef revient au milieu du cercle et désigne un de ses hommes, parmi les plus misérables. Celui-ci se lève immédiatement, indifférent aux grognements des autres. L'heureux élu se dirige en petits bonds joyeux vers l'amas de fagots derrière lequel la femme attend, toujours agenouillée, la tête basse.

Kiala comprend que l'avorton a été récompensé pour quelque service rendu. Il comprend également que Mayombé a droit de vie et de mort sur cette femme et sur ces hommes. « Je ne dois pas rester ici », se répète-t-il, dégoûté.

10

Les coqs viennent à peine de se taire. La prière est terminée.

Thana s'apprête à monter dans la charrette où sont empilés les derniers effets d'Henriette Savari : deux coffres, des vêtements, quelques meubles, un peu de vaisselle, des livres, beaucoup de papier à lettres et un nombre incalculable de fioles. Mais maman Joseph ne veut plus la laisser partir.

— Ne vous inquiétez pas, murmure Thana en pressant sa vieille amie contre son cœur. Ils ne les trouveront pas.

Elles partagent un chagrin et un espoir, s'appuyant l'une sur l'autre, et Jolicœur, témoin de cette connivence, n'ose pas les séparer. Ils devraient tous être partis depuis un bon moment. Mlle Henriette attend ses coffres et lui-même a rendez-vous avec Vincent Desfontaines. En outre, Adrien Savari est sur le point de quitter l'habitation pour retourner à Saint-Pierre. Il fait ses dernières recommandations à Blaise Pasquier et lui rappelle qu'il passera d'abord à Basse-Pointe saluer un ami. Le gérant hoche la tête, attentif et visiblement très excité de se retrouver de nouveau le seul maître de la plantation. Tout en parlant, M. Savari jette parfois un œil impatient vers les deux femmes, toujours enlacées. Mal à l'aise, Jolicœur se racle la gorge.

Maman Joseph se résigne.

— Tu dois partir, maintenant, dit-elle à Thana en la repoussant doucement.

— Prenez bien soin de Papillon. Dites-lui que je viendrai le voir dès que je pourrai.

Tout en montant auprès du charretier, la jeune femme cherche en vain le garçon. Il est déjà parti avec les hommes. Elle aurait aimé saluer le vieux Magloire ; lui aussi a disparu. Encore une fois, son univers s'effrite, comme si les liens qu'elle s'acharnait à créer étaient condamnés à se désagréger. Reste Kiala, sa seule lumière, son unique certitude. Saura-t-il la retrouver ?

Plus que jamais déterminée à ne pas se laisser abattre, la Mesquakie replace sa jupe et resserre sa natte. C'est alors qu'elle surprend le désarroi de Jolicœur. Le commandeur a perdu sa belle sérénité. Il regarde sa mère avec des yeux d'enfant, si pleins d'attentes. Celle-ci fixe plutôt Thana, puis la charrette, puis la route et encore au-delà. Tout pour ne pas voir son fils, qu'elle renie sans le dire, peut-être même sans le savoir, avec une éloquence du corps qui ne trompe pas. Depuis le départ forcé de Michau, elle en veut à son cadet, sans jamais rien lui reprocher de précis, sauf de n'avoir pu empêcher ce drame.

Jolicœur soupire. Il monte à cheval et le petit convoi se met en branle, vite doublé par Adrien Savari. « L'habitation n'a plus de maître ni de maîtresse », songe le commandeur, soudain écrasé par un douloureux sentiment d'échec. « Et je n'ai plus de famille... »

***

Plus renfrognée que jamais, Virgine les attendait à l'ombre des acajous-pays. Avant même que le charretier ait immobilisé ses bêtes, elle les rejoint au bas de la terrasse et abreuve le pauvre homme d'injures. Il aurait dû prévoir une bâche ; la poussière de la route a collé sur les coffres.

— Et s'il avait plu ! ajoute-t-elle en levant les bras vers un ciel d'un bleu étincelant.

Le ridicule de sa remarque ne l'effleure même pas.

Jolicœur descend de cheval et tend la main à Thana. Surprise, cette dernière accepte son aide. Le jeune homme en profite pour lui glisser à l'oreille : « Bonne chance... » De plus en plus étonnée, Thana veut le remercier, mais il s'est déjà éloigné. À se demander si ces paroles de réconfort ont réellement été prononcées. La jeune fille en doute, encore sous le choc. Et elle ne pourra s'en assurer, car Vincent Desfontaines arrive justement, et le commandeur s'empresse à sa rencontre, pendant qu'elle-même s'emploie à décharger la charrette avec Virgine.

Les deux hommes échangent quelques mots, puis le planteur demande à Jolicœur de patienter.

— Je reviens, dit-il. Ce ne sera pas long.

D'un geste déterminé et pourtant très tendre, il saisit le bras de Thana et l'entraîne. La jeune femme ne peut que le suivre.

Derrière elle, Virgine laisse tomber une fiole qui éclate sur le sol, répandant une très forte odeur vanillée. Jolicœur veut prêter main-forte à sa sœur, mais celle-ci le repousse violemment.

***

D'un pas pressé, Vincent Desfontaines mène Thana à travers l'habitation. Ils ont tourné le dos à la grande maison de bardeaux et descendent maintenant vers la sucrerie. Les bâtiments de pierre ronronnent comme des félins repus. Le feu sous les chaudières, l'eau qui dévale bruyamment vers le moulin, les hommes de métier en plein travail, tous les bruits s'entremêlent jusqu'à se confondre en un unique grondement et devenir la voix de l'habitation.

Derrière son guide, Thana reconnaît le sentier qu'elle a déjà emprunté et qui mène à la rivière. M. Desfontaines chasse quelques poules du pied en bougonnant. Tout au bout, un petit jardin brodé de fleurs enlace une case différente des autres.

— Je veux te présenter quelqu'un, explique le planteur.

Thana le suit à l'intérieur, où le soleil pénètre par toutes les ouvertures. Une femme est couchée dans un hamac. Sa jambe droite pend nonchalamment jusqu'à terre et, du bout du pied, elle se donne de petits élans.

— Je suis là, *Iboüénene*...

Vincent Desfontaines a parlé tout doucement.

La femme se redresse, le visage réjoui. Avec une grâce particulière, non dénuée d'une certaine robustesse, elle s'extirpe du hamac et vient vers les visiteurs. Elle tend les mains devant elle et le planteur les saisit comme on attrape un papillon en plein vol.

— *Cat onati boubara* ? demande la jeune fille.

Vincent Desfontaines rit, admiratif.

— Qui t'a dit que je t'amenais quelqu'un ?

— Elle sent la rivière, encore enveloppée de brume.

La beauté primitive de la Caraïbe subjugue Thana. Tellement qu'elle met plusieurs minutes à se rendre compte de sa cécité.

— Voici Thana, dit le planteur. Je sais que tu l'aimeras ; elle est de ta race.

La Mesquakie reconnaît en effet des traits familiers chez la Caraïbe, et un même grain de peau, fort et cuivré. Elle ne sait presque rien de ces gens, mais chaque fois qu'on lui en a parlé, c'était pour évoquer leur caractère indépendant. Chassés de la Martinique il y a longtemps, les Caraïbes ont préféré la mort et l'exil à l'asservissement. Cela lui suffit.

— Parle-moi d'elle, demande l'aveugle en attirant le planteur vers le hamac.

Ils s'assoient tous les deux et se bercent. À son cou, la Caraïbe porte un étrange collier : cinq pierres polies, reliées par un cordon tressé. « Une pour chaque rivière, se rappelle Thana. C'était donc pour elle... » Vincent Desfontaines lui avait parlé de ce bijou lors de leur première rencontre et la jeune femme sait que la personne à qui il le destinait compte énormément pour lui.

Vincent Desfontaines a oublié Jolicœur. Il explique à sa compagne d'où vient Thana, en insistant sur le Mississippi, ce fleuve mythique qu'il n'a pourtant jamais vu. La Caraïbe lui caresse la joue, comme si elle voulait le consoler. Encouragé, le planteur se tourne alors vers Thana et déclare, la voix frémissante :

— J'ai un fils en Louisiane.

— Un soldat ? demande Thana, intriguée, car de la Louisiane elle ne connaît bien que les soldats.

— Quand je t'ai vue pour la première fois, j'ai eu l'impression étrange que tu pourrais me parler de lui, que tu le connaissais peut-être.

— Mon pays est si grand, s'excuse la Mesquakie, désolée de le décevoir. Et je connais si peu d'étrangers.

— Je sais... Je suis un vieux fou. Oublie ça, veux-tu ? D'ailleurs, Jolicœur m'attend. Je vous laisse faire plus ample connaissance.

Thana s'inquiète :

— Mlle Henriette va me demander...

— Je m'en occupe.

***

De retour à la grande maison, Vincent Desfontaines trouve son fils et Jolicœur en grande discussion. Resplendissant, le jeune marié se frotte les mains et accueille son père avec un plaisir évident.

— Tout est réglé ! lance-t-il d'entrée de jeu.

— Que veux-tu dire ?

— Jolicœur m'a expliqué la raison de sa visite. Vous avez des problèmes...

— Je sais pourquoi il est ici, le coupe son père. C'est moi qui lui ai demandé de venir.

— Nous avons parlé du pont et nous avons convenu de le construire derrière le marécage. C'est le meilleur endroit.

— Pour qui ?

Gabriel ne sait trop que répondre. Ce n'est pas tant la question qui l'embarrasse que le ton plein d'animosité emprunté par son père.

— Que voulez-vous dire ?

— C'est trop loin, explique le planteur. Ça obligerait les esclaves à un trop long détour. Ils travaillent déjà assez dur. Je ne vais pas leur imposer une marche supplémentaire de plusieurs kilomètres.

Sans fournir à son fils de plus amples explications, il ordonne à Jolicœur de l'accompagner.

— Je vais te montrer où je veux ce pont, dit-il. Les deux plantations y trouveront leur compte. Et tout le bourg en profitera du même coup.

Gabriel suit son père des yeux un long moment, avec une envie irrépressible de le détester. Le message est clair : « Tu es revenu, tu es marié, tu habites chez moi, mais je reste le maître. Tout se fera comme avant, à ma manière. » Voilà ce que vient de lui signifier Vincent Desfontaines, en l'humiliant devant Jolicœur pour que la leçon porte davantage.

Il aurait dû s'y attendre. Toutes ses propositions sont systématiquement écartées, même les plus anodines. Le jeune homme ne comprend pas. Il croyait pourtant que son retour ferait plaisir à son père. Plusieurs fils de famille décident de rester dans la métropole ; lui a préféré revenir dans l'île. C'est sa terre, le pays de son enfance. C'est là qu'il veut vivre et être utile. Pendant ces trois années passées en France, jamais il n'a songé à s'y installer définitivement, et cela en dépit des pressions exercées par sa mère qui, elle, ne remettra jamais les pieds en Martinique. Au contraire, tout en profitant du faste parisien, il s'est beaucoup intéressé au commerce, a écouté les discussions concernant les colonies, a posé des questions. Il sait l'importance des îles pour la France. Il entrevoit des possibilités d'expansion vers l'Amérique. Si seulement son père voulait l'écouter.

Dépité, le jeune homme descend lentement vers la rivière. Sur la rive, il aperçoit deux silhouettes presque identiques qui se découpent loin devant et ondulent dans les rayons du soleil. « Les femmes de mon père, marmonne-t-il, plein d'amertume, sa maîtresse et sa protégée, qu'il ne tardera sûrement pas à mettre dans son lit. » Combien de femmes comme celles-ci ont remplacé sa mère au fil des ans ? Dans quels bras, sur quelles poitrines son père a-t-il cherché refuge depuis que sa femme l'a quitté, et peut-être bien avant ? Et pourquoi se tourne-t-il toujours vers ces créatures primitives ? Quelle fierté mystérieuse en retire-t-il ? Vincent Desfontaines n'est pas un homme comme les autres. Sa peau blanche cache une âme de couleur. Gabriel comprend qu'on veuille s'étourdir auprès de belles et jeunes esclaves. Il a goûté lui aussi à ces corps d'ébène, frais comme la brise. Lui aussi a apprécié cette douceur différente, qui s'offre sans retenue. Comme il aimerait s'allonger auprès de Thana, cette Sauvagesse au corps vibrant comme les cordes d'un violon, aussi voluptueux que la nuit antillaise. Il le ferait sans remords, sans autre désir que le plaisir, fugace et sans cesse à reprendre.

Mais son père va plus loin : il aime ces femmes. Il va trop loin : il les respecte.

Thana et la Caraïbe marchent dans l'eau. Elles viennent vers lui. Le jeune homme éprouve une envie folle de les humilier. Toucher son père à travers elles, venger sa mère.

Il se sauve avant de passer aux actes.

11

Une heure avant le coucher du soleil, Kiala se joint aux sentinelles. Il a été désigné par Mayombé pour garder le camp une partie de la nuit, en leur compagnie. Il suit donc les deux hommes jusqu'à un plateau qui domine les montagnes environnantes. Méfiants, les marrons le surveillent du coin de l'œil. Au bout d'un certain temps, ils s'habituent pourtant à sa présence et ne lui prêtent plus qu'une attention distraite.

Autour d'eux, mornes et vallées se déploient comme les voiles froissées d'un navire. Dans cet univers vaste et sauvage d'une beauté à couper le souffle, le vert se décline dans toutes les nuances. Des vapeurs brumeuses s'accrochent aux plus hautes crêtes. Parfois, un vent de montagne découvre un coin de ciel que Kiala confond avec la mer, tout au fond, où pointe hardiment une élégante presqu'île. Fine et élancée comme les anolis, ces petits lézards insaisissables, la langue de terre reste prisonnière de l'île, alors qu'elle semble vouloir s'en détacher et prendre le large.

De ce décor grandiose Kiala retient surtout l'étrange paradoxe : vastitude et contrainte. Il ne sera pas libre tant qu'il ne quittera pas cette île aux formes trompeuses. Même en se perdant dans les mornes, même en disparaissant dans les grands bois, les marrons demeurent captifs. Son pays à lui n'a pas de frontières. Il est si vaste qu'une vie d'homme ne suffirait pas à le sillonner. Le cœur du Mesquakie se serre au souvenir de sa terre. Il s'émeut comme une femme et, s'il était seul, il ne retiendrait pas les larmes qui lui brûlent la gorge.

Tourné vers la vallée, il devine, au loin, l'habitation Savari. Longtemps, il fixe les champs de canne, comme s'il pouvait, par la seule force de sa pensée, communiquer avec Thana. Puis la nuit tombe sans prévenir, oppressante. Pour respirer à son aise, Kiala aurait besoin de sa femme. Elle lui dirait les légendes que Wapello racontait aux enfants du village. Bien mieux que lui, Thana sait ranimer les feux éteints dans le cœur des hommes.

Les bras croisés sur sa poitrine pour se garder au chaud, le Mesquakie s'allonge dans l'herbe humide et ferme les yeux. Il doit trouver un moyen de ramener Thana à la rivière des Renards. Fuir encore... Monter sur un bateau... Sa respiration devient de plus en plus profonde. Il somnole, laissant parfois échapper un ronflement.

Les sentinelles se regardent et hochent la tête.

Leur patience sera bientôt récompensée.

***

Henriette espérait son mari depuis un bon moment lorsqu'il se décide à la rejoindre dans leur chambre. Sans être désagréable, il semble préoccupé, ce qui accroît les soupçons de la jeune mariée. Parce qu'elle n'arrive plus à chasser de son esprit la complicité qu'elle suppose entre Thana et Gabriel, elle a décidé d'en avoir le cœur net en tendant un piège à ce dernier.

— Je vais vendre ma Sauvagesse, déclare-t-elle à brûle-pourpoint, en observant très attentivement son époux.

Celui-ci ne semble pas avoir entendu. Il verse un

doigt de guildive au fond d'un verre, puis hume l'odeur forte de la boisson.

— C'est une bonne idée, dit-il enfin sans regarder sa femme, sur un ton désintéressé.

Henriette épie ses moindres gestes. Elle ne décèle rien de suspect : ni agacement ni curiosité. Le sort de Thana le laisse froid.

La jeune mariée jubile. Elle s'était trompée.

Après avoir bu, Gabriel se déshabille et la rejoint. Elle se colle contre lui et, au bout de quelques minutes, le lit devient un brasier. Les draps lui collent sur la peau. Une bouffée de chaleur traverse le corps d'Henriette. Elle détache le cordon qui ferme sa chemise de nuit et veut se découvrir. Son mari l'en empêche. Il relève plutôt la couverture au-dessus de leur tête. Les voilà seuls au monde. Après l'avoir dévêtue, il caresse les seins de sa femme, lui écarte les jambes et la pénètre d'un coup. Henriette croit défaillir, mais elle garde les yeux ouverts, savourant la douleur comme une victoire.

Satisfait, Gabriel l'embrasse sur la joue et la libère. Il lui tourne ensuite le dos et soupire, prêt à dormir. C'est du moins ce que croit la jeune femme. Elle sursaute donc légèrement lorsqu'il lui demande, d'une voix enrouée :

— Tu veux que je m'en occupe ?

— De quoi ?

— De la Sauvagesse. Je crois pouvoir trouver un bon acheteur.

Henriette sourit. Loin de se désoler, son mari lui offre son aide pour la débarrasser de Thana. La voilà complètement rassurée.

— Bien sûr, dit-elle en lui effleurant l'épaule de ses lèvres. Je te fais confiance.

Il ne répond pas ; elle le croit endormi.

Pourtant Gabriel n'a pas encore fermé les yeux.

***

Kiala ne dort que par intermittence, une courte période de somnolence succédant à un long moment de semi-conscience, tout habité par le souvenir de Thana. Par contre, ses sens ne perdent jamais contact avec son environnement immédiat. Sa longue expérience le sert.

Ainsi, lorsqu'il entend un bruit, un réflexe atavique le fait rouler sur lui-même. Une lame effleure alors son bras, lui infligeant une douleur cuisante. D'un bond, il se redresse et fait face. Tout comme lui, ses adversaires ont développé une vision nocturne qui leur permet de se déplacer avec aisance dans l'obscurité.

Kiala anticipe la première attaque avant que l'homme ait esquissé son geste. Il s'élance, désarme son assaillant et le frappe à la nuque, du revers de la main. Pendant que celui-ci s'effondre, l'autre est déjà sur lui, mais le Mesquakie n'a aucun mal à le repousser. Il s'empare ensuite du coutelas tombé par terre et se rue sur son agresseur qu'il déséquilibre. Tous les deux roulent dans l'herbe et ils se retrouvent à quelques centimètres du précipice. On accède au plateau par une sente à peine plus large qu'un pied d'homme. D'un côté, c'est la forêt, sur un terrain pentu ; de l'autre, la falaise, découpée abruptement. Un faux mouvement peut précipiter les deux hommes dans le vide.

Plus fort que son assaillant, Kiala lui inflige une blessure sérieuse à la poitrine. L'entaille est profonde et le sang gicle. Le blessé râle comme un mourant. Compatissant, le Mesquakie le tire vers lui, loin du surplomb. Bien armé, il abandonne ensuite les deux hommes à leur sort. Sa rage le guide, mauvaise conseillère.

Revenu au camp, il se jette sur le chef des marrons qui s'était allongé et l'invective :

— Si tu veux me tuer, n'envoie pas tes hommes. Viens toi-même.

Tous les autres font cercle autour d'eux.

Mayombé ne cherche pas à se défendre. Il ricane, amusé par l'indignation de Kiala. Ce dernier se tourne vers les marrons.

— Votre chef a chargé les sentinelles de me tuer. Je lui offre de le faire lui-même, dans un combat loyal, et il refuse. Votre chef manque de courage.

Un tel affront ne peut rester impuni. Un murmure horrifié monte du petit groupe. Or des voix s'élèvent également pour prendre la défense du Sauvage, et une discussion s'amorce, le plus souvent à mots couverts. Le défi lancé à Mayombé trouve un écho auprès de ces hommes rudes qui obéissent par défaut, parce qu'ils ne savent encore rien faire d'autre. Ils le font à contrecœur, en exigeant toutefois de leur chef un minimum de courage.

Mayombé entend bien le blâme. Il lève la main pour être écouté ; les hommes se taisent.

— Personne ici ne connaît cet étranger, commence-t-il.

— Michau le connaît bien, et c'est un des nôtres.

— Il a pu être berné. Le jugement se trouble quand deux hommes fuient ensemble, vous le savez. Pour votre sécurité et la mienne, j'ai voulu mettre le Sauvage à l'épreuve. Il a prouvé qu'il avait du courage et de la force. Si vous êtes d'accord, nous l'accepterons parmi nous.

Les hommes s'épient. Certains aimeraient que le duel annoncé ait lieu, sans oser le dire. D'autres approuvent la sagesse du chef, même s'ils répugnent à s'afficher. Finalement, la femme, que tout le monde avait oubliée, sort de l'obscurité et tend une couverture à Kiala. Bien que le geste ressemble à une invite, le Mesquakie accepte le présent. Il se retire ensuite avec Michau.

L'incident est clos. Pour le moment.

12

De la cour, Thana entend les maîtres vitupérer les uns contre les autres, à coups d'insinuations blessantes ou aigries. Derrière les persiennes gesticulent des ombres furieuses.

La jeune femme n'aura passé que cinq nuits et quatre jours chez les Desfontaines. Déjà on l'emmène ailleurs, elle ne sait trop où. Un des contrevents de l'étage frappe contre le mur de bardeaux. Pourtant, un vent exceptionnellement doux rafraîchit la vallée. C'est dans la grande maison que la colère souffle.

— C'est ridicule ! Tu t'es moqué de moi ! Je t'ai fait confiance, j'ai tout signé les yeux fermés, et tu t'es moqué de moi.

La voix d'Henriette s'éraille sur ces derniers mots.

Sans laisser à Gabriel la chance de s'expliquer, Vincent Desfontaines prend le relais.

— Tu savais que j'étais intéressé à l'acheter. Tu aurais dû m'en parler.

Le planteur ne cache pas sa déception. Dans l'oreille de son fils, elle sonne plutôt comme du mépris et ce dernier n'hésite pas à rétorquer sur le même ton.

— Tu ne peux pas recueillir toutes les Sauvagesses des îles. Il faut en laisser pour les autres.

Un silence pesant s'abat sur l'habitation, pareil à celui qui précède un tremblement de terre. Dans les écuries, les chevaux immobiles flairent le temps avec prudence. Les domestiques de la grand'case semblent tous avoir disparu. Même les chiens, habituellement intarissables à cette heure, se sont tus.

Thana attend toujours, perplexe, se demandant quel sort on lui réserve et ce qui a bien pu déclencher cette altercation entre les maîtres.

Finalement, la porte s'ouvre sur le jeune Gabriel Desfontaines. Il apparaît sur la galerie, aussi ébouriffé qu'un coq de combat après une bataille dans le pitt, ces petites arènes où les volailles jouent leur vie devant une foule exaltée. Il s'attarde un moment, regarde de chaque côté, comme s'il venait d'échapper à un danger, puis il descend les trois marches sur lesquelles les acajous-pays jettent leur ombre gigantesque. Les feuilles tombées sur le sol crissent sous ses pas.

— Suis-moi, ordonne-t-il à Thana, en enfourchant sa monture que maintenait en place un petit esclave apeuré.

— Où ? demande la Mesquakie.

— Tu verras bien...

Ils s'engagent dans l'allée de cocotiers lorsque Vincent Desfontaines sort à son tour de la maison. Il rejoint tout de suite sa maîtresse qui attendait, appuyée contre le mur des cuisines. En reconnaissant son pas, l'aveugle quitte sa cachette et tend les bras.

— Elle est partie ?

Son désarroi fait peine à voir. La jeune femme, doublement isolée à cause de son handicap et de ses origines, avait reconnu en Thana une complice, une amie. Entre la Caraïbe, fille des îles, et la Mesquakie venue du grand fleuve, la sympathie s'était immédiatement installée.

— Je sais ce que tu ressens, dit le planteur. J'aurais aimé moi aussi qu'elle reste auprès de nous. Mais ne t'en fais pas. Elle ne sera pas très loin et elle viendra te visiter très souvent.

***

Sous l'impulsion de son cavalier, le cheval a adopté un pas allongé, et Thana doit courir parfois pour ne pas se laisser distancer. Gabriel ne lui donne aucune chance.

Sitôt sur la route, ils prennent la direction du village. Dès la première côte, Thana prend du retard. Sans dire un mot, Gabriel lui tend la main. Elle monte en croupe et pose son petit baluchon entre elle et le jeune homme. Ils traversent Grand'Anse sous le regard curieux des villageois, que l'attitude rébarbative du jeune marié tient éloignés. Thana cherche Margot du regard, sans succès. La mulâtresse est peut-être à Saint-Pierre ou en train de sillonner les routes du pays. Les contrevents de sa petite boutique sont ouverts sur des fenêtres sans persiennes, mais il semble n'y avoir personne à l'intérieur. Thana se tourne donc vers la mer qui roule son écume sur la plage de sable noir. Le mouvement des vagues, mille fois répété, l'étourdit et elle doit se retenir à Gabriel lorsque le cheval effectue un virage brusque vers la droite pour emprunter un chemin de traverse.

Le bourg est maintenant derrière eux. Pendant quelques instants, Thana avait cru qu'on la ramenait tout simplement à l'habitation Savari. Or, pour s'y rendre, il aurait fallu continuer sur la route. À moins que ce sentier ne soit un raccourci qu'elle n'a jamais eu l'occasion d'emprunter.

Décontenancée, elle lève les yeux pour tenter de s'orienter et aperçoit, tout au fond, plongé dans un halo de brume, le morne Jacob. Les nègres considèrent cette montagne comme un lieu mythique. Selon eux, une grande confrérie de marrons y aurait reconstitué un village. Tous jurent avoir vu les feux de leurs campements, certains soirs étoilés. Plusieurs racontent même avoir entendu très clairement le son des lambis descendre dans la vallée, au crépuscule. Depuis le départ de Michau et de Kiala, des rumeurs ont couru. Des esclaves ont laissé entendre que les fugitifs se seraient réfugiés là-haut. D'autres affirment que les marrons les ont abattus.

Thana refuse de croire à cette dernière éventualité. Si souvent elle a scruté le ciel, à l'affût du moindre signe. Des heures durant, elle a humé l'air. Parfois, elle a eu l'impression que Kiala voulait lui envoyer un message. Elle a senti le cœur de son mari battre au creux de sa main. Elle sait qu'il vit encore.

Au-dessus du morne, les nuages tournent au gris sombre. Il va pleuvoir. Kiala aura froid. Il lui faudrait un wigwam pour s'abriter et une femme pour le garder au chaud.

L'âme en peine, Thana s'abandonne au pas ondulant du cheval.

***

Dans le camp des marrons règne une grande fébrilité.

Le chef, Mayombé, projette pour les prochains jours une razzia sur la propriété d'un mulâtre, trop petite pour être surveillée, mais assez grande et bien pourvue pour attirer les maraudeurs.

Les marrons manquent de nourriture. En outre, s'ils veulent défricher et agrandir leur campement, ils doivent trouver des outils. Pour semer, il leur faut des graines, et une ou deux chèvres seraient aussi les bienvenues. Une fois mieux installés, certains comptent bien aller chercher leur femme, et peut-être même les enfants, si la récolte est bonne.

Tout en mettant la main aux préparatifs, Kiala reste sur ses gardes. Depuis l'attaque dont il a été l'objet, ses deux agresseurs demeurent introuvables. Quand il s'enquiert d'eux, on détourne la tête. Le Mesquakie soupçonne qu'ils ont été éliminés ou chassés parce qu'ils ont raté leur coup. De toute façon, personne ne s'en préoccupe. Tous resserrent les rangs autour de Mayombé et de son projet ambitieux, pour lequel une préparation minutieuse s'impose. Ils fonderont sur l'habitation ciblée quelques minutes avant la tombée du jour, de façon à pouvoir revenir sous le couvert de la nuit.

À cet égard, les marrons font entièrement confiance à leur chef qui leur a prouvé, à maintes reprises, ses compétences dans le domaine. Celui-ci expose son plan et répartit les tâches. De petites cellules se forment. Kiala est repêché par Mayombé.

13

Thana est déçue lorsque le cheval s'arrête et que Gabriel lui ordonne de descendre. Pourtant, en apercevant son nouveau maître, elle ne peut que se réjouir.

Jasmin les accueille avec sa réserve habituelle, un mélange de timidité et de disponibilité. D'ailleurs, rien qu'en serrant la main de Gabriel, il devine son agacement. Son compagnon d'enfance passe un mauvais moment et, comme toujours, il devra le protéger de lui-même autant que de ses opposants.

— Les autres sont là-bas, dit-il à Thana en désignant les cases-nègres. Elles te diront où t'installer.

Il a dit « les autres » pour ne pas employer le mot « esclaves ». Il les a payés, ils lui appartiennent désormais, mais cette réalité, toute nouvelle pour lui, l'embarrasse.

Thana empoigne son baluchon — quelques vêtements, un coui et l'oiseau que Kiala a laissé derrière lui, voilà tout ce qu'elle possède —, et elle s'engage dans la montée.

Resté seul avec Gabriel, le mulâtre tente de susciter ses confidences.

— Henriette n'a pas apprécié que j'achète Thana, n'est-ce pas ? Elle t'a fait une scène ?

— Ne te présente pas à la maison avant quelque temps, mon frère. Tu risques d'être mal reçu.

Jasmin sourcille. Quand Gabriel l'appelle « mon frère », c'est qu'il ne sait plus très bien où il en est. Il hésite probablement entre le remords et l'affrontement. Inutile alors d'en remettre. Un rien, un haussement d'épaules pourrait provoquer une réaction aux conséquences désastreuses.

— Ça va s'arranger, dit-il sur un ton rassurant. Des jeunes mariés ne restent jamais fâchés très longtemps.

— Je ne partage pas ton optimisme. Henriette se fait des idées.

— Vraiment ? demande doucement le mulâtre. Ce ne sont que des idées ? Tu n'as aucune mauvaise intention ?

Agacé par la perspicacité du jeune homme, Gabriel choisit la dérision.

— Tu ne peux pas comprendre : tu es parfait. Mais pour nous, pauvres êtres sans défense, c'est difficile de résister. Elle est belle, la Sauvagesse, et, je l'avoue, j'aimerais bien la mettre dans mon lit. C'est vrai, je n'avais pas envie qu'elle parte trop loin.

— Tu es marié, maintenant...

— Et qu'est-ce que ça change ? Ça n'a jamais empêché mon père de papillonner.

— Ce n'est pas la même chose, tu le sais très bien.

— Je ne vois pas où est la différence. Un homme est un homme, et une femme intelligente comme Henriette devrait le comprendre. Coucher avec les esclaves est un privilège dont tous les maîtres profitent. Ça ne fait de mal à personne.

— Tu le crois vraiment ? Tu crois que ta mère n'a jamais eu mal ? Pourquoi penses-tu qu'elle est partie ? Songe un peu à elle quand tu verras Henriette souffrir à cause de tes frasques.

Gabriel baisse la tête pour mieux contenir sa colère. Il déteste ce mulâtre qui le connaît trop bien et à qui il n'arrive jamais à rien cacher. Il le déteste et l'envie, comme un grand frère qui a toujours réponse à tout, même aux questions qu'on ne lui pose pas. Malgré cela, il ne peut se passer de lui. Toujours, dans les moments difficiles, il revient se confier. C'est si facile quand l'autre comprend à demi-mot. Et si agaçant en même temps ! Avec Jasmin, qui pourtant parle si peu, impossible d'argumenter : il finit toujours par avoir raison.

Exaspéré, le jeune Desfontaines attrape les rênes de sa monture. Il saute en selle et lance la bête sur le sentier. Avant de disparaître dans le premier tournant, il lève toutefois la main, sans se retourner, en guise de salut et de réconciliation.

Le mulâtre garde les yeux fixés sur la route, comme s'il espérait le voir revenir. Il aurait tant aimé exprimer ses inquiétudes à haute voix, et qu'on l'écoute. Chaque jour, il se bute à l'animosité des Blancs, franche ou voilée. Une remarque désobligeante, parfois une menace, des outils qui disparaissent, rien ne lui est épargné. Ses ennemis n'ont guère apprécié qu'un mulâtre achète la caféière. D'autant plus qu'ils ne comprennent pas où il a trouvé l'argent. En vérité, M. Savari n'a rien exigé. « Tu me paieras avec tes profits », a-t-il dit, prétextant que, de toute façon, la caféière était abandonnée. « Si tu peux en tirer quelque chose, tant mieux », a-t-il ajouté.

Les joues gonflées, le tout nouveau planteur laisse s'échapper de ses poumons une longue bouffée d'air, puis il frappe ses cuisses de ses mains pour se donner un peu d'allant.

***

Thana pénètre dans la première des trois cases qui forment tout le quartier des esclaves. Les murs en bois ti-baume ne freinent ni le vent ni la lumière, et encore moins les anolis et les insectes. Quant à la toiture en feuilles de canne séchées, elle offre très peu de protection contre la pluie. Pas de porte non plus, seulement une ouverture par laquelle il est impossible de pénétrer sans se pencher.

À l'intérieur, trois femmes attendent, assises dos à dos sur un coffre, deux devant, une derrière. Celles qui font face à Thana réagissent à son arrivée avec une prudence agressive. La troisième se retourne, curieuse.

La Mesquakie reste bouche bée. Elle n'a pas le temps de réagir que la jeune esclave lui saute dans les bras comme un puma sur sa proie, et elle doit s'affermir sur ses jambes pour ne pas tomber à la renverse.

— Thana ! Comme je suis contente !

Adélaïde n'en finit plus de s'exclamer. Elle embrasse son amie, la serre contre elle en sautillant. Thana suffoque, mais elle ne tente pas de se libérer. Elle se laisse porter par la joie d'Adélaïde, heureuse elle aussi de retrouver sa compagne de Saint-Pierre. Quand la petite esclave se calme enfin, les deux amies se tiennent un moment enlacées. C'est alors que Thana perçoit un renflement dans le corps fluet d'Adélaïde. Elle l'éloigne et examine son ventre, où un enfant a fait son nid. Les yeux de la jeune Noire se brouillent de larmes.

— Ce n'est pas ma faute, geint-elle. Je ne voulais pas.

— Qui t'a fait ça ?

— Le médecin du couvent...

— Et les sœurs t'ont vendue...

Adélaïde hoche la tête. Elle pleure maintenant de tout son corps, avec la même exubérance qu'elle mettait, il y a quelques minutes, à rire et à sautiller.

Jasmin arrive à cet instant précis. Embarrassé, il effectue d'abord un mouvement de recul, puis se ravise. Peu habitué à commander, il doit tout de même faire un effort pour s'imposer. En une semaine, il a acheté six esclaves : quatre femelles et deux mâles. Or, l'autorité est une drogue à laquelle il n'a jamais goûté. Il sait pourtant qu'il deviendra un bon maître, au même titre qu'il se croit capable d'exploiter une caféière. Si, bien sûr, on lui en laisse la chance...

— Il y a des tiges à transplanter, dit-il. Les hommes sont déjà aux champs. Il ne faut pas lambiner.

Les femmes se dirigent vers les caisses installées à l'ombre, où des pousses de caféier d'à peine quelques centimètres attendent d'être mises en terre. Elles s'affairent à remplir la charrette qu'elles devront par la suite tirer elles-mêmes — Jasmin ne possède pas encore de bœuf.

C'est alors que la belle Margot surgit au détour du sentier. Magnifique, elle porte une robe de cotonnade au fleuri audacieux. Sa nuque, droite et forte, supporte avec une facilité toujours aussi étonnante le panier posé sur sa tête.

Après un moment d'hébétude, Jasmin s'empresse auprès d'elle et l'aide à déposer son fardeau. Thana les observe tout en travaillant. Elle aurait aimé parler à la marcheuse, mais ce n'est pas le moment, car le jeune homme l'accapare. Il tourne autour de la belle mulâtresse, comme s'il désirait ériger entre elle et les autres un écran invisible. Lui, habituellement si placide, se découvre tout à coup disert et nerveux. Il se meurt d'amour pour la sculpturale marcheuse, ça saute aux yeux. Par contre, Margot ne semble pas partager ce sentiment. Elle paraît plus intéressée à vendre sa marchandise qu'à se laisser conter fleurette.

Le jeune planteur voudrait tout acheter, la belle y comprise. Il n'a malheureusement pas encore les moyens de ses ambitions. Il l'invite donc à venir se désaltérer pour prolonger le plaisir de sa visite. Margot acquiesce, mais ne le suit pas tout de suite. Elle se dirige plutôt vers Thana. Surpris, Jasmin n'ose pas s'interposer, même s'il sait d'instinct que sa complaisance mine son autorité. « Je me reprendrai lorsqu'elle sera partie », se dit-il, en espérant du même souffle qu'elle ne parte jamais. Un planteur a besoin d'une femme et c'est celle-là qu'il désire, aucune autre. En la regardant s'avancer d'un pas royal vers les esclaves, il comprend que le bonheur ne sera plus possible sans elle.

Amusée par le regard éperdu de Jasmin, Thana laisse son travail et rejoint la marcheuse.

— J'ai des nouvelles de Kiala, lui annonce celle-ci avant même de la saluer.

14

Il est vivant. Il est avec les marrons.

La veille, Margot n'a pas précisé d'où lui venaient ces informations et Thana n'a pas insisté. Kiala est vivant et il est avec les marrons, c'est tout ce qui importe. Depuis que la marcheuse lui a confirmé ce qu'elle pressentait, la jeune femme répète ces quelques mots — Kiala est vivant... —, comme des incantations susceptibles d'abuser les mauvais esprits.

— Nous allons semer des patates entre les rangs, explique Jasmin. Vous trouverez ce qu'il faut au hangar.

Thana et Adélaïde vont chercher les boutures. Lorsqu'elles reviennent, Jasmin n'est plus seul.

— Ma terre n'est pas à vendre, je vous l'ai déjà dit ! s'emporte le mulâtre.

Rivé au sol devant lui, les jambes légèrement écartées, Blaise Pasquier lui oppose une fin de non-recevoir. Dans son esprit, aucun argument ne tient. Jasmin n'a tout simplement pas droit à ce bout de terrain. Il devra le rendre tôt ou tard et, s'il n'en tient qu'à lui, ce sera plus tôt que tard.

— Tu devrais être moins arrogant. Tu sais ce qu'on pense par ici des gens de couleur qui veulent devenir planteurs. Ce n'est pas parce que tu as fait un petit détour par la France que tu auras un traitement de faveur.

Devant la menace à peine voilée, Jasmin tressaille. Il avait prévu des difficultés : la liberté est plus accessible sur papier que dans les faits. Toutefois, il ne croyait pas devoir se quereller avec Blaise Pasquier, un petit Blanc hargneux et sans envergure qui semble avoir développé un goût subit et surprenant de propriétaire terrien. Le mulâtre aurait préféré se colleter aux grands planteurs, plus enclins à jouer l'interminable carte procédurière et à laisser courir jusqu'à la lassitude puis l'abandon. Plusieurs mulâtres, tenaces, ont ainsi gagné leur pari, parce que les grands Blancs s'étaient désintéressés de la cause, appelés par d'autres défis.

Ce ne sera sûrement pas le cas avec Blaise Pasquier, car celui-ci s'agrippe à son os comme un chien enragé. Jasmin ignore que le gérant des Savari lorgne ce lopin de terre abandonné depuis des années. Il constate cependant que, sans l'avoir le moins du monde prémédité, il lui a coupé l'herbe sous le pied. Une impolitesse que l'autre ne lui pardonne pas.

— Vous ne me faites pas peur, risque le mulâtre. J'ai la loi de mon côté.

Pasquier ne répond pas. Les lèvres serrées, il lève plutôt l'index vers son adversaire et le fusille du regard avant de quitter la plantation.

Pressé de se retrouver au milieu de ses caféiers et de sentir l'odeur sucrée des fleurs, Jasmin précède Thana et Adélaïde jusqu'aux champs. Dieumerci, un nègre congo débonnaire mais solide, et son compagnon bêchent autour des arbustes qui produiront dès cette année. Certains atteignent une hauteur respectable. Ils ont été plantés par M. Savari qui, pour toutes sortes de raisons, a ensuite délaissé cette production.

Ce carré à flanc de colline représente pour le mulâtre tout ce dont il avait rêvé : la liberté et l'autonomie, la chance de devenir quelqu'un et, surtout, d'épouser celle qu'il aime. S'il perd ce bout de terrain, il perd tout.

Devant ses esclaves étonnés, le jeune homme s'agenouille et se met à l'ouvrage. Tout l'après-midi, il creuse des sillons, transplante des semis. Il travaille à une cadence inutilement rapide et la sueur ruisselle à ses tempes.

Thana a pitié de lui. Jasmin meurt de peur, c'est évident, et il cherche instinctivement protection auprès de la Terre Mère. Sensible à son désarroi, la Mesquakie implore Wisaka de lui venir en aide.

***

Au même moment, Kiala a lui aussi une pensée pour le Grand Esprit.

En file indienne, marchant en équilibre sur une crête d'une trentaine de centimètres, les marrons atteignent le sommet du morne et entreprennent la périlleuse descente du versant sud. Mayombé s'arrange toujours pour garder Kiala à l'œil, et ses procédés, peu subtils, n'échappent pas au Mesquakie. Provocateur, celui-ci manœuvre pour gagner la tête et s'y maintenir, au grand dam du chef. Il se trouve ainsi à diriger la petite troupe dans sa prudente progression jusqu'au lieu désigné pour la razzia.

Comme prévu, l'habitation est à peu près déserte. Quelques enfants sautillent dans la cour. Une vieille femme travaille au jardin. Rien d'inhabituel ou d'alarmant.

À grand renfort de gestes, Mayombé donne ses directives. Il distribue ses hommes et, lorsque chacun est à son poste, il lève le bras. C'est le signal. Toute la bande se rue alors sur les bâtiments. Dans le feu de l'action, Kiala se retrouve aux côtés du chef. Très efficaces, les deux hommes raflent un butin considérable. Toutefois, comme le temps court, ils se concertent du regard et décident d'un commun accord de battre en retraite. En passant près de l'écurie, ils ne peuvent cependant pas résister à un dernier larcin. Leur audace est récompensée. À l'intérieur, deux chèvres bêlent à fendre l'âme et un cheval piétine le sol, dur comme la pierre.

— Occupe-toi du cheval, lance Mayombé.

Kiala ne se méfie pas.

Dehors, un sifflement les avertit de l'urgence de déguerpir, mais le Mesquakie compte sur sa chance et sur sa force pour réussir à emporter ce butin d'une valeur inestimable. Le cheval rue dans les murs de planches. Il n'aime pas cet inconnu à l'odeur étrange. Kiala s'entête. Il contourne l'animal et réussit à attraper la corde qui le retient prisonnier. Il défait le nœud en vitesse, malgré les mouvements désordonnés de la bête, et tire d'un coup sec. Surpris, le cheval cesse de s'agiter. Seules les oreilles frémissantes témoignent de sa nervosité. Il se laisse conduire en renâclant.

Quand Kiala tente d'ouvrir la porte, celle-ci résiste. Il donne un coup d'épaule ; elle reste obstinément fermée, comme si rien ne pouvait l'ébranler. Le Mesquakie doit se rendre à l'évidence : on l'a enfermé dans l'écurie. Consterné, il regarde autour de lui. Le chef des marrons a évidemment disparu, de même que les chèvres.

À l'extérieur, des voix se rapprochent. Probablement les esclaves qui reviennent des champs. Kiala risque une dernière tentative, de toutes ses forces, sans succès. Alors qu'il cherche un objet assez lourd pour au moins fracasser quelques planches, il entend son nom.

— Par ici, vite !

Michau a passé la tête à travers une trouée dans le mur. En unissant leurs efforts, les deux hommes pourront agrandir la brèche.

— Il faut passer par ici, explique Michau. Les maîtres et les esclaves sont dans la cour.

— Va vite ouvrir la porte, murmure Kiala. Je veux le cheval.

— C'est trop tard !

— Dépêche-toi ! Je ne partirai pas sans le cheval.

— Maudit Sauvage, grogne Michau avant de disparaître.

Kiala craint fort de ne plus jamais le revoir. Il regrette déjà son entêtement lorsque, à son grand soulagement, la porte s'ouvre toute grande sur son compagnon.

D'un bond, celui-ci saute sur la bête. Kiala l'imite et monte en croupe.

— Serre les jambes, ordonne le grand Noir. Ça va brasser.

Comme s'il n'attendait qu'une occasion de prendre le large, le cheval détale. Il file à vive allure, sans que le poids des hommes ralentisse sa course. Un coup de feu résonne derrière les fuyards. Ils sentent la poudre portée par la brise.

Faisant fi du danger, Kiala se retourne. Personne ne les suit et le jour tombe. Fou de joie, il éclate de rire. Il connaît la valeur de sa prise et personne ne la lui ravira sans prendre en même temps sa vie. Il est prêt à affronter quiconque s'y risquera. Même Mayombé. Surtout lui.

15

Le lendemain matin, les marrons se congratulent encore à grandes claques dans le dos. On dirait le marché de Saint-Pierre, un jour d'abondance. Pendant quelque temps, ils mangeront à leur faim. Même la femme, habituellement passive et imperméable à toute émotion, glousse en frappant des mains.

Parmi tous les trésors étalés sur le sol, elle repère un châle de soie écrue. D'un geste furtif, elle s'en empare, veut s'en draper, mais un des hommes le lui arrache en la bousculant. Il est prêt à mordre pour défendre son butin. La femme se résigne. D'autant plus que le marron a fait limer ses incisives pour les rendre aussi aiguës que des canines. C'est une coutume répandue chez quelques nations africaines, et ceux qui s'y adonnent y gagnent une allure féroce de carnassier. La pauvre femme ne fait pas le poids. En outre, le voleur est dans son droit, car une convention tacite permet à chacun des marrons de se réserver un objet personnel, lors des rapines. Dans certains cas, quand la prise est convoitée par plusieurs, de longues discussions sont nécessaires. Par ailleurs, si aucun arrangement ne semble possible, le litige se règle à coups de poing.

Kiala et Michau se réjouissent eux aussi de leur bonne fortune. Ils ne sont pas en reste. Après que tous l'eurent admiré, ils ont laissé le cheval entravé à mi-chemin du sommet. La bête n'aurait pas pu franchir les montées escarpées, dans la boue jaunâtre, et encore moins gravir la dernière paroi, presque à la verticale. Les sentinelles du versant sud ont promis de garder un œil sur elle.

Le gros du butin, surtout des denrées, a été mis en commun. Tous, Kiala comme les autres, s'empiffrent en éructant et pétant à qui mieux mieux, trop heureux d'oublier pour un temps les privations et les rationnements qui sont leur lot.

Tout en festoyant, Kiala observe subrepticement le chef de la bande. Mayombé l'évite et il sait pourquoi. C'est lui qui l'a enfermé dans l'écurie, ça ne fait aucun doute. Et le différend qui les oppose ne trouvera de solution que dans le départ de l'un ou de l'autre. Il n'y a pas assez d'espace ici pour ces deux meneurs, et tant que Mayombé sentira son autorité menacée, il essaiera de toutes les façons de se débarrasser du Mesquakie.

En pleine liesse, les marrons sont ramenés à la réalité par un sifflement strident : un avertissement des sentinelles. Quelqu'un vient. La bouche pleine, encore portés par leur récent succès, tous se ruent sur leurs armes et se placent en position de défense.

***

Jasmin aussi a une visite.

Trois hommes viennent de faire irruption dans la caféière. Le plus malingre reste en retrait, une main sur la hanche, l'autre sur son pistolet. Ses compagnons, beaucoup plus costauds, pénètrent dans les rangs, écrasant les semis sous leurs bottes.

Averti par un des esclaves, le mulâtre accourt aussitôt.

— Que venez-vous faire ici ? demande-t-il en se braquant devant les deux hommes.

— Une inspection, répond le plus vieux, laconique.

— Vous êtes déjà venus, riposte le planteur, et vous n'avez rien trouvé.

Sans tenir compte de ses objections, les inspecteurs prennent quelques mesures. Ils comptent les rangs, le nombre d'esclaves.

— Tu as d'autres mâles ? demandent-ils.

— Non. Deux mâles et quatre femelles.

— Et tu crois que c'est suffisant ?

— Pour le moment, je n'ai pas besoin de plus de travailleurs. Après la première récolte, je pourrai en acheter d'autres.

— Une plantation comme la tienne demande au moins une bonne quinzaine d'esclaves pour être rentable. Tu ne pourras pas t'en tirer à moins. Et si je comprends ce que tu me dis, tu n'as pas les moyens de les acheter.

— Non, je dis que je n'en ai pas besoin pour le moment.

Les deux hommes se dirigent vers les jeunes plants, encore fragiles. Jasmin leur bloque le passage.

— Ôte-toi de là ! ordonne l'aîné des inspecteurs.

— Vous allez tout détruire. Je ne vous laisserai pas passer.

Les esclaves mâles viennent se placer de chaque côté de leur maître, et tous les trois font front. Sans aucun avertissement, l'inspecteur en chef frappe très violemment le pauvre Dieumerci du revers de la main. Étourdi, le Congo recule d'un pas. Jasmin le soutient tout en criant son indignation :

— Ne touchez pas à mes gens ! Vous n'avez pas le droit.

— N'importe quel Blanc a le droit de se défendre contre une mutinerie de Noirs.

Ce disant, l'inspecteur fait demi-tour, suivi de son collègue. L'air insouciant, il piétine quelques plants au passage. Il frôle ensuite Thana de si près qu'elle peut sentir son haleine chaude et vineuse. D'autant mieux que l'inspecteur, arrivé à sa hauteur, décide de se retourner et de s'adresser à Jasmin.

— Tu devrais être moins arrogant. Ce n'est pas parce que tu as fait un détour par la France que tu auras un traitement de faveur.

Jasmin reste bouche bée. L'inspecteur a utilisé les mêmes mots que Pasquier, avec le même ton menaçant, lourd d'insinuations.

Quand les trois hommes quittent enfin la plantation, Thana et ses compagnes demeurent immobiles pendant d'interminables secondes. Ces hommes blancs dans leurs chemises noires leur glacent le sang.

***

Les marrons n'ont pas eu à attendre longtemps.

Les sentinelles du versant sud escortent un petit homme râblé jusqu'au campement. Sa poitrine velue et large domine de toute sa puissance des membres inférieurs courts et arqués. Rassurés, les marrons déposent leurs coutelas.

— La cueillette a été bonne à ce que je vois, remarque le nouveau venu en rejoignant Mayombé. En bas, on ne parle que de votre audace.

Le chef se rengorge, flatté.

— Il nous manque des armes, dit-il. Nous comptons sur toi.

Le boucanier sillonne l'île depuis des années, du sud au nord, de l'est à l'ouest, des plages désertes, haut lieu de contrebande, jusqu'aux montagnes les moins fréquentées. Il connaît les traces aussi bien que les Noirs et peut se sortir des situations les plus délicates. Avec le temps, son teint de Blanc au cheveu châtain clair a pris le hâle des coureurs des bois et des flibustiers.

— Je vais voir, dit-il. Tout dépendra de ce que vous aurez à m'offrir.

Mayombé lui propose des marchandises triées sur

le volet : bijoux, vins et autres articles de luxe, mais le boucanier fait la moue. Après inventaire, il déclare, déçu :

— Je m'attendais à plus... Je vous offre deux pistolets. C'est à prendre ou à laisser.

— Nous en avons besoin de dix au moins, et d'un fusil de chasse.

— Il faut pouvoir les payer.

Mayombé regarde autour de lui. Les marrons ont suivi la négociation avec un intérêt avide. Il lit la déconvenue sur leurs visages et s'affole, car ses hommes ne lui pardonneront pas un échec.

— Nous avons un cheval, déclare-t-il, en prenant toute la bande à témoin. Tu as dû le voir sur le plateau. Il vaut bien plus que dix pistolets.

Un silence tendu accueille ses paroles. Même le boucanier sent l'orage gronder. Il suit les regards et aperçoit Kiala qui, jusque-là, se tenait à l'écart. Le Mesquakie s'est redressé, tel un cerf aux aguets, la ramure pointée vers l'ennemi. Entre lui et Mayombé, l'espace s'est libéré comme par enchantement. Kiala s'engage à pas lents dans ce corridor et le remonte jusqu'au chef des marrons. Celui-ci n'a pas bougé. Arrivé à sa hauteur, le Mesquakie le dévisage longuement, puis il dit, d'une voix blanche :

— Le cheval est à moi. Si quelqu'un le veut, il devra d'abord me le prendre.

Rien d'autre. Ni bras levé ni menaces.

Pas un muscle de son corps ne bouge et cette immobilité terrifiante confère au guerrier la puissance immuable des pierres. Mayombé pose la main sur le manche de son coutelas, qu'il porte à la taille. Kiala a perçu le mouvement, mais il ne bouge toujours pas. Le chef des marrons sue maintenant à grosses gouttes. Il n'aurait besoin que d'une impulsion pour se débarrasser à tout jamais de ce Sauvage désarmé. Un geste connu, intégré à la fois par son corps et son esprit : saisir le coutelas, le lever et frapper. Il l'a fait à des dizaines de reprises, sans même y penser. Ça devrait être facile, presque routinier. Pourquoi n'y arrive-t-il pas ? Pourquoi reste-t-il ainsi pétrifié, absolument convaincu à l'avance qu'il n'a aucune chance ?

Kiala recule d'un pas, puis d'un autre. Le Noir sait qu'il a perdu. La peur l'a condamné. Pour la première fois, il a manqué de confiance en lui. Kiala lui échappe pour de bon et il reste seul devant ses hommes et leur dédain, visible à leur façon de pencher la tête ou de se ronger les ongles.

— Bon..., maugrée le boucanier, mal à l'aise et pressé de partir avant que tout cela ne tourne au drame. Vos histoires ne me regardent pas. Je dois cependant vous dire qu'un de mes amis cherche des hommes. Il embauche sur son navire. Ceux à qui la flibuste ne fait pas peur sont les bienvenus.

Une chaleur monte au visage de Kiala. Un navire... Voilà enfin l'occasion qu'il espérait. Fébrile, il quitte le campement sans dire un mot et se rend auprès de son cheval. Michau l'accompagne.

— Je vais partir avec cet homme, annonce le Mesquakie.

— Es-tu fou ? C'est un Blanc ! Tu ne peux pas faire confiance à un Blanc.

— Je ne fais confiance à personne, lui rétorque Kiala.

— Reste avec nous, c'est plus sûr.

— Ces hommes seront toujours des esclaves. Ils fuient un maître et en cherchent aussitôt un autre. Je ne peux pas rester ici. Ce bateau, c'est ma seule chance de rentrer chez moi, avec Thana.

Kiala n'ajoute rien. Si Michau est un véritable ami, il comprendra.

Celui-ci a baissé la tête. Il frappe le sol de son pied, signe chez lui d'une grande perplexité. Après quelques secondes, il pousse un profond soupir et rejoint son compagnon.

— Si tu pars, je pars aussi, dit-il.

Kiala lui touche l'épaule. Pour la première fois peut-être, depuis son arrivée dans ce pays, il retrouve un semblant d'espoir.

Quand le boucanier passe par là, quelques minutes plus tard, les deux hommes l'interceptent et lui apprennent leur désir de s'embarquer.

— Ce ne sera pas facile...

— Nous sommes prêts.

— Tu ne passeras pas inaperçu, dit le boucanier à Kiala. Vous aurez besoin de papiers, de déguisements, de laissez-passer. Ça risque de coûter cher...

— Nous avons le cheval.

L'homme se frotte le menton. La bête est magnifique, certes, mais en bon négociant, il cache son enthousiasme.

— D'accord, dit-il, en prenant le cheval par la longe. Je vous arrange ça.

Kiala lui saisit brusquement le bras et l'oblige à lâcher prise. Le boucanier lève les deux mains, paumes tournées vers l'extérieur : une façon universelle d'afficher ses bonnes intentions. Pourtant, il a beau montrer patte blanche, Kiala se méfie.

— Tu auras le cheval quand tout sera... arrangé, dit-il.

16

Après plusieurs jours sans nouvelles, le Mesquakie, qui commençait à se reprocher sa crédulité, voit enfin arriver le boucanier. Comme tous les jours depuis leur rencontre, il l'attendait en contrebas, dans la forêt de gommiers et de châtaigniers où lui et Michau se sont installés avec le cheval, à une bonne distance de Mayombé.

L'homme dépose son lourd baluchon et entreprend de le vider, devant les yeux ébahis des deux fuyards qui n'osent croire à leur chance. Le sac renferme des trésors : un peu de nourriture, bananes séchées, noix, prunes et papayes ; des vêtements, pantalons et chemises propres, bakouas, ces chapeaux de paille à larges bords qui dissimulent le haut du visage. Le boucanier a même pensé à apporter un peu de rocou dilué dans l'huile de ricin. Il recommande à Kiala de s'en peindre tout le corps, et surtout le visage, afin de passer pour un Sauvage caraïbe.

— Mais voici le plus important, déclare-t-il en brandissant deux feuillets barbouillés de signes, auxquels les esclaves en fuite ne comprennent rien.

— Nos laissez-passer ? demande Michau, les yeux ronds comme des billes.

L'homme hoche la tête à plusieurs reprises, très fier de lui.

— Des faux plus vrais que les vrais ! Même vos maîtres s'y tromperaient.

— Qu'est-ce que ça dit ? s'inquiète Kiala, irrité par son ignorance.

L'aventurier ne répond pas tout de suite. Il jouit de

sa supériorité. Sa connaissance très rudimentaire de l'alphabet lui permet tout de même de déchiffrer les documents, en sautant les mots plus compliqués.

— Votre maître s'appelle Louis Carrié, explique-t-il enfin. Il faut absolument vous souvenir de ce nom : Louis Carrié. Il a une habitation au Robert et vous a chargés de venir chercher un colis pour lui.

— Où ça ?

— Vous devez voir le capitaine Godefroy, dans la rade de Saint-Pierre. Son bateau s'appelle *Le Lamantin*. Vous lui demanderez le colis pour Louis Carrié. Il comprendra.

— Comment on reconnaîtra le navire ?

— Il y aura ce dessin sur la coque, les rassure le boucanier en leur tendant un feuillet où il a esquissé la silhouette joufflue d'un drôle d'animal. Vous ne pouvez pas vous tromper.

— C'est tout ?

— Oui. Le capitaine vous attend. Tout est arrangé.

Le boucanier n'a plus rien à ajouter. À sa manière un peu brusque, il pose une main sur l'encolure du cheval. Cette fois, Kiala ne peut s'opposer : l'homme a rempli sa part du contrat. Le cœur gros, il laisse donc aller l'animal. Celui-ci devait acheter sa liberté. Maintenant qu'il s'en va, le Mesquakie ne possède plus aucune garantie. Si le plan élaboré par le boucanier échoue, il se retrouvera encore une fois les mains vides.

Tout en emboîtant le pas à Michau, Kiala lève les yeux. Il vient d'entendre un cri. Au-dessus de leur tête, des malfinis — de petites buses — tournoient inlassablement. Les rapaces prennent possession de l'espace, et leurs arabesques griffent le plein du ciel, à la manière d'un message gravé dans l'écorce. Kiala s'arrête pour écouter leur sifflement mélancolique, comme un appel. Lorsque les oiseaux de proie disparaissent, il s'empresse de rattraper Michau.

***

Thana les voit descendre vers la vallée en décrivant des courbes de plus en plus resserrées. Venus des hauteurs, les rapaces planent avec le vent, minuscules dans l'infini bleuté, infatigables et courageux. En levant la tête, elle espérait établir un contact, même imaginaire, même fragile, avec Kiala. Elle a plutôt surpris la valse des malfinis.

— Le mulâtre ne sera jamais riche si tous ses esclaves travaillent comme toi.

Blaise Pasquier est à quelques pas seulement. Éblouie par le spectacle aérien, Thana ne l'a pas entendu venir. Il l'observe peut-être depuis un bon moment. Elle aurait dû rester sur ses gardes. A-t-il deviné ses pensées ?

Désemparée, la jeune femme choisit de passer à l'attaque.

— Vous n'avez pas le droit d'être ici !

— Tu es bien insolente, ma belle. C'est parce que tu es la catin de Gabriel Desfontaines que tu te permets de sortir tes griffes ?

— Je ne suis pas ce que vous dites, rétorque Thana, sans trop comprendre ce que signifient ces mots.

— Ne t'en fais pas, ricane l'autre. Ça ne saurait tarder.

Alertés par les éclats de voix, les esclaves accourent, Dieumerci en tête.

Ils sont seuls à la caféière. Après la visite des inspecteurs, Jasmin a mis du temps à se ressaisir, mais il est finalement parti l'avant-veille pour Saint-Pierre, dans le but de se dénicher des appuis solides avant qu'il ne soit trop tard. Il aurait préféré ne pas avoir à le faire, mais il doit rencontrer Adrien Savari. Le planteur a toujours été bon pour lui. Il acceptera peut-être de raisonner son gérant.

Les esclaves, qui espèrent leur maître d'un moment à l'autre, ne savent trop comment se mesurer à Blaise Pasquier. Démunis, ils se serrent les coudes. C'est le mieux qu'ils puissent faire.

Peu impressionné, le gérant les menace :

— Quand la caféière sera à moi, vous verrez ce que c'est qu'un vrai maître. Vous ne perdez rien pour attendre.

Il repart, les laissant pantois.

***

À son retour de Saint-Pierre, une heure plus tard, Jasmin est informé de l'incident, mais son agacement s'estompe rapidement. Le jeune maître rayonne. Devant ses esclaves réunis, il se tient plus droit qu'à l'accoutumée et son air épanoui fait plaisir à voir.

Il faut dire qu'il n'est pas revenu seul. Un Blanc l'accompagne.

Assise sous un cocotier où les esclaves prennent leur repas de midi, Thana se demande d'où peut bien venir cet étranger. Le teint d'un rose éclatant, les cheveux plus jaunes qu'un lever de soleil, le nouveau venu jette une œillade bleutée sur chacun des esclaves, homme ou femme, comme s'il voulait, d'ores et déjà, établir une connivence.

À première vue, lui et Jasmin n'ont rien en commun. Pourtant, après examen, on dirait deux versions d'un même modèle. La ressemblance est dans l'attitude plus que dans les traits. Les jeunes gens affichent une retenue un peu gauche, conjuguée à une qualité d'écoute exceptionnelle. Il résulte de cette dualité une naïveté touchante dans le regard et une bonté qui s'exprime dans un engagement de tout le corps.

— Guillaume Lascaze sera votre commandeur, explique Jasmin.

Le nouveau venu hoche la tête en guise de salut.

— Nous ferons sûrement du bon travail tous ensemble, dit-il avec un accent à peine perceptible qui tient à une prononciation plus marquée de certaines consonnes.

Intriguée, Thana se tourne discrètement vers Adélaïde pour partager son étonnement. Alors seulement, elle se rend compte que la jeune Noire est totalement subjuguée par Guillaume Lascaze.

D'ailleurs, celui-ci s'est rapproché. Il est maintenant tout près des deux amies.

— Comment t'appelles-tu ? demande-t-il à Thana.

La jeune femme ne répond pas tout de suite. Comme tous les Mesquakies, elle répugne à dire son nom devant un étranger.

— Tu n'es pas d'ici, n'est-ce pas ?

— Je viens du Canada.

— C'est ce que je me disais. J'en arrive...

Surprise mais ravie, Thana tend une oreille attentive, espérant que le nouveau commandeur en dira un peu plus, mais celui-ci, pressé par Jasmin, doit repartir aussitôt. Déçue, elle veut reprendre le travail et constate qu'on la retient : Adélaïde est accrochée à son bras, encore sous le charme.

17

Le lendemain matin, Jasmin saute du lit de très bonne heure. Il doit tenir une promesse faite à son nouvel employé au moment de la signature du contrat qui les lie désormais l'un à l'autre. Ils n'étaient pas légion, les jeunes hommes blancs prêts à travailler pour un mulâtre sans expérience et sans fortune, sur une caféière laissée à l'abandon depuis des années, située au fin fond des bois, loin des routes. Jasmin a dû faire preuve de largesse d'esprit et d'ingéniosité pour compenser les désavantages, pécuniaires et autres.

Voilà pourquoi lui et Guillaume sont arrivés la veille avec un mulet chargé de coffres et de ballots. Et voilà pourquoi ils s'apprêtent déjà à repartir avec ce même mulet et son fardeau.

Guillaume Lascaze, né en France d'une mère allemande et d'un père français, a quitté son village natal, il y a quelques années, pour d'abord monter à Paris, puis, six mois plus tard, s'embarquer à La Rochelle en direction de la Nouvelle-France. Il caressait un rêve : devenir libraire au Nouveau Monde. Des livres plein ses coffres, il a accosté à Québec où rien ne s'est passé comme prévu. D'épreuves en déboires, il a vécu d'expédients un certain temps. Puis, incapable de supporter un autre hiver canadien, il a finalement quitté ce pays glacial pour se retrouver, après quelques détours, en Martinique. Il ne lui reste plus de ses ambitions que ces livres portés par le mulet, et une écritoire, confident de toutes ses aventures.

Sans un sou en poche, il doit se débarrasser de sa marchandise le plus rapidement et au meilleur prix possible. C'est ce qu'il tentait de faire à Saint-Pierre, avec bien peu de succès. Pour le persuader de se joindre à lui, Jasmin s'est engagé à lui trouver un bon acheteur. Il pensait, bien sûr, à Margot-la-marcheuse, que les jeunes gens ont tous les deux bien hâte de rencontrer, pour des raisons tout à fait différentes.

Ils sont donc prêts de grand matin à se mettre en route, lorsque Thana surgit devant eux.

— Venez voir, dit-elle.

Ils abandonnent le mulet et la suivent, convaincus qu'elle ne les retarderait pas ainsi sans raison.

Une surprise désagréable les attend.

Les caisses de semis ont été renversées et piétinées. Pas un plant n'a résisté au traitement.

— Qu'est-ce qui s'est passé ? demande Jasmin, s'affolant.

Thana ne peut pas leur apprendre grand-chose. En sortant de la case, elle a trouvé les boîtes dans cet état. Ce n'est pas la première fois qu'on s'en prend ainsi aux biens du jeune mulâtre, mais il croyait avoir mis fin au harcèlement grâce à l'appui promis par Adrien Savari. Il semble que le message de ce dernier n'ait pas encore atteint les personnes concernées.

— Il est préférable que je ne m'éloigne pas, explique-t-il à Guillaume.

L'autre comprend très bien.

— Je vais rester aussi, dit-il.

— Ce ne sera pas la peine. Si tu ne vois pas Margot aujourd'hui, tu devras patienter une semaine. Elle part pour Saint-Pierre demain.

Guillaume insiste. Jasmin le rassure. Il sait que son commandeur travaillera mieux quand il aura réglé ses affaires personnelles.

— Thana ira avec toi. Elle connaît la route et Margot est son amie.

L'idée plaît bien à la Mesquakie. Elle salue Adélaïde au passage — la jeune Noire ne desserre pas les lèvres — et entreprend la longue marche derrière le mulet. Bâté et lourdement harnaché, celui-ci avance à contrecœur. Il ne faut jamais le laisser sans surveillance, sinon il s'arrête et broute tout ce qu'il trouve.

Quand le sentier s'élargit, Guillaume la rejoint et ils cheminent lentement côte à côte. Parfois, le jeune homme pose une question. Il veut savoir à quelle tribu elle appartient, avec qui elle est venue en Martinique, où elle habitait autrefois. Thana aimerait le questionner aussi. Peut-être connaît-il Philippe ou Josiah... S'est-il rendu jusqu'à la rivière des Renards ?

Avant, elle aurait osé. Aujourd'hui, elle renonce. Elle a cessé de croire aux miracles. De toute façon, autre chose attire son attention et celle de Guillaume. Un son profond et d'une grande puissance est transporté par l'alizé. On dirait l'appel désespéré d'un monstre marin.

— Qu'est-ce que c'est ? demande le jeune Français en écarquillant les yeux. Que se passe-t-il ?

Thana a tout de suite reconnu le grondement particulier du lambis, ce gros coquillage dont se servent tous les commandeurs. Pourtant, elle ne comprend pas pourquoi il retentit à cette heure et à cet endroit.

— Je ne sais pas, dit-elle en poussant le mulet.

Armée d'un rameau, elle lui pique les flancs pour le faire avancer.

Ils étaient tout près et Grand'Anse apparaît bientôt devant eux. D'abord la mer, vibrante comme une bête en maraude, avec ses vagues écumantes qui déferlent en soupirant sur la plage de sable noir, puis le bourg et ses chaumières décolorées par les embruns. Dans ce décor austère, où la vie se déroule habituellement au ralenti, règne ce matin une activité fébrile qui contraste avec la monotonie des lieux. La grand-rue grouille de gens pressés. Ils sortent des cases, des boutiques ou bien de la vieille église. Tous courent vers la grève.

Encore une fois, le son angoissant du lambis se fait entendre.

— Allons voir, dit Guillaume. Il se passe sûrement quelque chose de grave.

***

Pour Kiala et Michau, le voyage s'est passé sans encombre. Par les traces, le plus discrètement possible, en effectuant de longs détours quand ils le croyaient nécessaire, ils ont finalement atteint les abords de Saint-Pierre.

De leur poste d'observation, dans les hauteurs derrière la ville, ils aperçoivent la rade, où des dizaines de bateaux se balancent doucement au bout de leur ancre. Belle et paisible comme un enfant endormi, la mer des Antilles brasille sous les premiers rayons du soleil. Petits points noirs sur l'écume blanche, des barques de pêcheurs s'attaquent, au loin, à la ligne d'horizon sans jamais réussir à l'atteindre.

— On y va ? demande Michau.

L'attente accroît leur nervosité. Mieux vaut agir.

En calquant leurs pas sur ceux des voyageurs qui convergent vers Saint-Pierre, les deux compagnons descendent la côte. Bien avant d'y être, ils perçoivent les rumeurs de la ville, comme un ronronnement fait de voix multiples, humaines ou animales, de martèlements et de grincements de toutes sortes, cortège sonore incessant dont tous se disputent la première place. Sans se consulter, de peur de déceler chez l'autre leur propre peur, ils se joignent résolument à la foule, espérant passer inaperçus parmi les esclaves en commission, les affranchis, les nègres à talent loués pour la journée et les matelots.

Au cœur du bourg, dans le quartier du Mouillage, le marché bat son plein.

Des pacotilleurs offrent leur marchandise et des colporteurs ont profité de l'occasion pour étaler leurs nombreux articles. Venues des habitations voisines, des femmes écoulent à petits prix les produits de leur potager. Tout près de la grève, des poissonnières arrangent les balaous et les volants que les pêcheurs viennent déposer à pleines caisses à leurs pieds. Les acheteurs se bousculent pour se procurer ces petits poissons succulents. Parfois, une engueulade attire l'attention quelques instants, puis tout rentre dans le désordre coutumier et on n'entend plus, au-dessus de la cohue, que les cris des marchandes entourées de cabas débordant de bananes, d'ananas, de mangues, de citrons, de corossols et de tant d'autres fruits et légumes, dont Kiala ne soupçonnait pas l'existence.

Michau et lui se perdent dans l'affluence, sans toutefois se laisser distraire. Tendus, ils ne répondent pas aux nombreuses sollicitations. Certains s'en trouvent offusqués et les montrent du doigt en réitérant leur offre.

— Eh! le Sauvage! Emmène-toi par ici. J'ai des goyaves dont tu me donneras des nouvelles.

Chaque fois qu'on les désigne ainsi, les deux hommes sont pris de palpitations. Kiala transpire sous la peinture de rocou. Il ne reconnaît plus sa peau rougie par la solution épaisse. Est-il un autre, ou personne? Un fuyard sans identité qui, pourtant, joue sa vie. Par miracle, ils atteignent les quais sans avoir eu à montrer leurs papiers.

Michau repère le premier *Le Lamantin*, et ils se précipitent, oubliant toute prudence, vers un gamin assis dans une barque. Sans poser de questions, celui-ci accepte de les mener jusqu'au navire.

Une fois parvenus à destination, ils réclament à grands cris le capitaine Godefroy, qui se fait attendre. Les deux hommes et l'enfant maintiennent difficilement la frêle embarcation le long du trois-mâts. Quand le visage raviné du capitaine apparaît au-dessus de la rambarde, ils ont déjà des ampoules aux mains.

— Nous venons chercher un colis pour Louis Carrié, lance Michau.

— Parfait, répond l'autre au grand soulagement des fugitifs.

— Déroulez vite l'échelle !

— Je veux voir vos écus avant, réplique le capitaine.

— Comment ? Quels écus ? Nous n'avons pas d'écus.

— Il faut payer une caution pour monter à bord, leur explique le capitaine avant de disparaître.

— Attendez ! crie Michau, désespéré. Vous ne pouvez pas nous abandonner comme ça ! Nous avons déjà payé et on nous a promis que vous nous prendriez.

Le capitaine Godefroy reconnaît bien là les méthodes du boucanier. Il est désolé, mais lui-même doit monnayer ses services. Prendre des marrons à bord est dangereux et mérite dédommagement. C'est pourtant un bon bougre ; il a pitié des deux hommes. En se penchant le plus possible, il leur dit, sur le ton de la confidence :

— Si vous voulez gagner rapidement, j'ai peut-être une solution. Allez voir la veuve Germain ; elle vous dira ce qu'il faut faire. Le petit va vous conduire. Et ne vous inquiétez pas : je vous garde votre place à bord.

Pendant les quelques minutes que dure le trajet en barque jusqu'à la grève, Michau et Kiala gardent un silence accablé. Le boucanier les a trompés en omettant de mentionner la caution. Sa fourberie les a menés aux portes de la liberté pour ensuite tout leur enlever. Que se passera-t-il maintenant ?

Kiala pose les mains sur ses cuisses. Si le boucanier était dans les parages, il le tuerait sans hésiter.

18

Sur la grève, les gens se bousculent pour ne rien manquer. Le vent soulève les jupes des femmes, et les enfants, excités, courent et sautillent comme des faons, sans but précis, pour le seul plaisir de creuser le sable charbonneux et d'y laisser leurs traces.

Thana cherche dans la cohue un visage familier. Elle aperçoit d'abord Jolicœur. Le commandeur de l'habitation Savari hurle des ordres, par-dessus les mugissements de la mer, à trois esclaves qui s'échinent sur un cabrouet enlisé dans le sable. De plus en plus intriguée, la jeune femme poursuit son exploration visuelle et finit par repérer Margot. Elle lui fait de grands signes et celle-ci la rejoint.

— On embarque des barils de tafia, annonce fébrilement la marcheuse en réponse au regard interrogatif de son amie. La barque est arrivée.

Thana regarde au large, où une embarcation, avec deux hommes à bord, est soulevée par une mer rétive. Guillaume, quant à lui, s'intéresse plutôt à cinq hommes complètement nus qui attendent, figés comme des statues, les pieds dans l'eau.

— Ce sont les nageurs, lui explique Margot, une fois les présentations faites. Le sucre et le tafia sont transportés par barque à Saint-Pierre, mais il faut d'abord apporter les barils jusqu'à cette embarcation, là-bas. Les nageurs vont s'en charger.

Ces derniers se recueillent avant d'affronter la mer, et la foule respecte leur méditation en se tenant à une bonne distance. Leur immobilité, confrontée à l'océan sans cesse en mouvance, recèle une force saisissante. La couleur de leur peau se décline du brun cuivré au noir intégral, et c'est seulement lorsqu'ils se retournent que Thana constate qu'ils ne sont pas tous de la même race. L'un d'eux, en effet, est un Indien caraïbe. Ses yeux noirs, petits et bridés, expriment une volonté à la fois farouche et chagrine. Ses lèvres pulpeuses, sans ourlet et soulignées d'un trait noir, révèlent par ailleurs une certaine fragilité chez cet être d'une beauté singulière, jeune et vieux en même temps, puissant et vulnérable, et d'une si troublante intensité.

Les esclaves ont débarqué les barils des cabrouets et les ont roulés jusqu'aux nageurs, qui scrutent maintenant la foule, comme s'ils voulaient emporter une dernière image. Thana suit le regard du Caraïbe et découvre un enfant, debout près d'une minuscule pirogue, qui sourit à son père. Rassuré, ce dernier pousse alors à la mer un premier baril, puis un deuxième. Ses compagnons, moins hardis, se contentent d'un seul. La foule crie des encouragements et bat des mains.

— Pourquoi en prend-il autant ? demande Thana, que cette témérité inquiète.

— C'est un nageur hors pair, la rassure Margot en criant pour se faire entendre. On l'a souvent vu en pousser trois sans difficulté. Il vient de la Dominique. Tu vois l'île, là-bas ?

Thana distingue au loin une figure irrégulière. Les contours montagneux de la Dominique se fondent dans les brumes blanchâtres. On dirait une île fantôme, inabordable, et pourtant, cette silhouette nébuleuse apparaît à Thana comme un espace de délivrance. C'est la terre que le marin devine après des semaines de navigation, ou le coin de ciel que le prisonnier aperçoit à travers ses barreaux.

— Pourquoi a-t-il quitté son île ? demande la jeune

femme, consternée par l'imprudence du Caraïbe. Pourquoi fait-il ça ?

— Pour du tafia et des outils. Plus il transporte de barils jusqu'à la barque, plus il sera payé. Je le connais bien, il vient souvent me voir à la boutique pour échanger de la marchandise.

Les cinq hommes sont entrés dans l'eau jusqu'à la taille en poussant les barils devant eux. L'embarcation les attend à environ trois cents mètres de la plage. Les marins ont jeté l'ancre dans un endroit sûr, à l'abri des nombreux récifs, et ils préparent les cordes qui serviront à hisser les gros contenants.

Une déferlante fait vaciller les nageurs, qui retrouvent vite leur équilibre et continuent de progresser avec une lenteur théâtrale. Leur tâche consiste à mener le tafia jusqu'à la barque, mais ils se sentent un devoir vis-à-vis de leur public venu assister au spectacle. Comme si l'un d'eux en avait donné le signal, ils plongent tous avec un bel ensemble pour ressurgir quelques secondes plus tard en même temps que leurs barils. Aucun n'a perdu le sien, maintenu en ligne droite par un mouvement vigoureux de tout le corps.

Les spectateurs éblouis lèvent les bras au-dessus de leur tête et frappent dans leurs mains en cadence.

Thana se concentre sur le Caraïbe.

Un peu à l'écart des autres nageurs, il semble maîtriser la situation. Ses gestes sont réguliers, et les deux barils demeurent bien alignés devant lui, donnant parfois l'impression de le tirer vers le large. Comme ses compagnons, il disparaît à plusieurs reprises sous les vagues écumantes, puis réapparaît, salué par les exclamations de l'assistance.

Fascinée par sa hardiesse, Thana ne regarde que lui. Quand un grand cri monte de la foule, elle met donc quelques instants à comprendre la cause de l'émoi général.

Le nageur voisin du Caraïbe a échappé son tonneau, qui est vite devenu une arme redoutable. La houle le secoue dans tous les sens et, malgré ses efforts, le nageur ne réussit pas à le rattraper. Après quelques secondes, qui semblent pourtant une éternité, il préfère abandonner pour ne pas être blessé.

Le Caraïbe n'a encore rien vu de l'incident. Il continue sa progression au même rythme, l'esprit et le corps tout occupés par la tâche à accomplir et les brisants à éviter. Il vient tout juste d'en contourner un lorsque le tonneau fou, charroyé par la mer, percute les siens. Grâce à son expérience, le nageur résiste au premier assaut, en tentant de récupérer le tonneau emballé. Il va réussir, tout le monde en est convaincu.

Thana serre les poings et les porte à son visage. Les yeux plissés, elle essaie de suivre le drame. Sans s'en rendre compte, elle a fait quelques pas vers la mer. Les vagues lèchent maintenant ses pieds nus.

Là-bas, le Caraïbe semble avoir repris le contrôle. Les spectateurs rassurés se regardent en souriant et en hochant la tête. Puis tout se passe très vite. Le troisième tonneau, pas encore dans l'axe, frappe un récif et vient rebondir sur le deuxième qui s'écarte de sa trajectoire et revient ensuite vers le nageur. Sans qu'on sache comment cela a pu se produire, celui-ci se trouve coincé entre les deux lourdes barriques. Il disparaît sous l'eau, longtemps, assez pour que la foule retienne son souffle. Quand il rejaillit à la surface, deux barils se sont passablement éloignés et le nageur s'accroche au troisième d'une seule main. Peut-être a-t-il un bras cassé. À moins qu'il n'ait été frappé à la tête. Incapable de tenir, il glisse, disparaît de nouveau, réapparaît, perd prise encore une fois, puis attrape de justesse le bois trempé et fuyant. Le baril devient alors un ennemi mortel, qui peut le tuer, mais auquel il se cramponne parce qu'il n'y a pas d'autre choix.

Thana n'hésite pas.

Elle se débarrasse rapidement de ses vêtements et plonge. Elle n'a pas nagé depuis si longtemps que les premiers mètres lui paraissent un supplice. Bien vite cependant, l'eau la caresse de nouveau, comme autrefois, et elle se laisse porter au lieu de combattre. Ses bras fendent la houle avec une grande régularité, presque sans efforts, et elle rejoint le Caraïbe au moment où il coule. Alors, elle le suit dans les profondeurs plus calmes. Côte à côte, ils s'engouffrent lentement dans l'apesanteur, sans se quitter des yeux. Quand Thana donne le signal, le Caraïbe est prêt. Il passe son bras valide autour du cou de la jeune femme et ils remontent.

Sur la plage, les spectateurs restent figés, sauf l'enfant qui tente désespérément de mettre sa pirogue à l'eau. Trop lourde pour lui, l'embarcation bouge à peine, malgré tous ses efforts. L'enfant regarde autour, suppliant. Personne ne lui vient en aide. On ne risque pas sa vie pour un Caraïbe. Le petit s'acharne, impuissant. Alors qu'il désespère, des bras d'homme poussent la pirogue. L'enfant saute à bord et Margot fait de même pendant que Guillaume entre dans l'eau jusqu'à la taille. D'un bond, le jeune homme se propulse ensuite à l'intérieur de l'embarcation. Il s'empare d'une pagaie, en tend une autre à Margot et tous les deux souquent ferme.

Quand ils arrivent à la hauteur des naufragés, il est grand temps. Thana est à bout de forces et le Caraïbe, trop souffrant, a perdu conscience. La Mesquakie maintient sa tête hors de l'eau de peine et de misère. Leurs sauveteurs les hissent à bord et les ramènent sains et saufs sur la plage, non sans avoir dérivé à quelques reprises.

En foulant le sable noir, Thana a un moment de

faiblesse. Elle se ressaisit pourtant et aide Guillaume et Margot à transporter le blessé. L'enfant suit, muet, le regard affolé et reconnaissant à la fois. Ses cheveux noirs et raides caressent ses joues rebondies.

Une heure plus tard, allongé sur une paillasse, dans l'arrière-boutique de la marcheuse, le Caraïbe reprend des forces. La propriétaire du petit commerce, une vieille femme silencieuse et décharnée, a pansé son bras fracturé et lui a installé une attelle. Avec les quelques mots de français qu'il connaît, le rescapé remercie ses sauveteurs, mais il n'a d'yeux que pour Thana, cette femme qui lui est apparue, lumineuse, dans l'obscurité de la mer. Il se croit en présence d'un esprit qui, très bientôt, retournera à l'eau, son élément. Cette femme n'a-t-elle pas des cheveux qui lui tombent en cascades sur les reins et des lèvres ourlées comme des vagues ? Et ces yeux, d'écume et d'abysse, plus ardents et plus secrets que toutes les marées ?

Il est subjugué. Thana l'attire et l'apeure.

Son fils doit le tirer par le bras pour le ramener à la raison. Toutefois, avant de quitter la boutique, le Caraïbe, très solennel, se place devant Thana, une main sur la poitrine, à la hauteur du cœur.

— *Naboucouyéntina, ibaoüánale,* dit-il.

Ces quelques syllabes rappellent à Thana certaines intonations de la langue mesquakie. Elle sourit, attendant la suite. Or, plutôt que de poursuivre, le Caraïbe tourne brusquement les talons et sort de la boutique.

— Qu'a-t-il dit ? demande Thana à la ronde, déconcertée par l'attitude du nageur.

— Je ne sais pas, lui répond Margot, mais j'ai l'impression qu'il t'a demandée en mariage.

***

Le garçon a conduit Michau et Kiala dans une arrière-cour des bas-fonds de Saint-Pierre. Il les abandonne devant une bicoque aux murs sales et sans fenêtres, dont la porte est marquée de coups de hache.

Les fugitifs ne savent pas du tout ce qui les attend derrière. Bien décidés à défendre chèrement leur peau, ils pénètrent à l'intérieur, les poings serrés, sur la défensive. Après la lumière chaude et dorée du soleil, la pénombre les saisit. Des relents de tafia et d'urine s'entremêlent aux effluves corsés du tabac.

En se guidant sur les lueurs tremblotantes des quelques chandelles prises dans leur cire, à même les quatre ou cinq tables disséminées dans la pièce, les deux compagnons vont vers le comptoir. La veuve Germain les accueille avec un sourire forcé. Les rares clients n'ont même pas levé la tête.

— Le capitaine Godefroy nous envoie, explique Michau.

La tenancière baisse aussitôt sa garde, et son sourire y gagne en chaleur. Elle quitte son poste et les invite à la suivre. Son élégance étonne dans ce lieu sordide, mi-auberge, mi-bordel. Les hanches bien découpées, la démarche gracieuse, elle se fraie un chemin entre les tables avec autant de détermination que si elle remettait, à chaque pas, sa vie en jeu. Derrière elle flotte un parfum fruité qui fait oublier la puanteur des lieux. Cette femme aguerrie, que plus rien ne surprend, n'a renoncé ni à sa féminité ni à une certaine distinction.

Elle introduit les visiteurs dans un réduit et leur demande d'attendre.

— Quelqu'un va venir, dit-elle. Ce ne sera pas long.

Sans donner plus d'explications, elle retourne ensuite à son comptoir, souveraine dans sa robe affriolante.

19

Ils se morfondent depuis une heure dans l'air vicié de leur réduit et personne n'est encore venu. Les premiers clients ont quitté les lieux; d'autres les ont remplacés. Les chaises raclent parfois le sol. Des querelles s'amorcent que personne n'a le courage de poursuivre.

À bout de patience, Michau propose de partir; Kiala insiste pour rester.

Ils ont été arnaqués, par le boucanier d'abord, et par le capitaine Godefroy. Le Mesquakie n'en doute pas un instant : on profite d'eux et ça va continuer tant qu'ils n'auront pas quitté cette île. Pourtant, il ne renonce pas. Ils se sont jetés dans la gueule du loup, certes, mais au point où ils en sont, mieux vaut aller de l'avant en attendant que la chance tourne. Fuir ne servirait plus à rien. Où pourraient-ils donc aller?

Il en est là de ses réflexions lorsqu'un homme pénètre dans le cagibi.

On dirait le pendant masculin de la veuve Germain. Même grâce, même allure racée qui contrastent avec l'insalubrité de l'endroit. Même teint nacré, mis en valeur par des yeux d'un bleu très pâle. Les vêtements de lin tombent parfaitement sur le corps élancé. Toutefois, le visage affiche une telle dureté que Kiala recule d'un pas pour éviter de toucher cet homme qui lui apparaît comme le mal dans ses plus beaux atours.

— J'ai un travail pour vous, commence le Blanc, sans dire son nom ni demander le leur.

Tout doit se passer dans l'anonymat le plus total, et

le plus rapidement possible, comme il le leur explique en quelques mots.

— Que devrons-nous faire ? demande Michau, sur la défensive.

L'autre lui répond en fixant Kiala :

— Je cherche un papier identique à celui-ci. (Il déroule sous leurs yeux un parchemin.) Regardez-le bien, ordonne-t-il ensuite en promenant la flamme de la chandelle à la surface du document. Examinez-le dans ses plus petits détails, la signature surtout, juste ici.

Il leur laisse quelques minutes, puis questionne Kiala.

— Tu le reconnaîtras ?

— Oui, affirme le Mesquakie.

Il a bien étudié, au bas de la page, les paraphes en forme de cercles concentriques, pareils aux sphères produites par un caillou jeté dans l'eau. Il pourrait les reconnaître sur n'importe quel document.

— Ce que je cherche se trouve chez M. de Ravel, à la sortie de Saint-Pierre, probablement dans son bureau. J'ai un plan de la maison. Si vous me ramenez ce papier, vous aurez une petite fortune. En tout cas, bien assez pour vous embarquer à bord du *Lamantin* et vous payer quelques gâteries. Les voyages de flibuste peuvent être longs. Aussi bien avoir des réserves...

Sur ce, il disparaît sans les saluer.

***

Ce soir-là, allongée sur sa couche, Thana repense aux événements de la journée. Le visage du Caraïbe s'est imprégné dans son cerveau et ne semble plus vouloir la laisser en paix.

— Adélaïde... Tu dors ?

Sa compagne répond par un grognement.

Toute la soirée, Thana a essayé de lui raconter sa mésaventure, sans succès. La petite esclave noire a joué l'indifférente. Quand Thana lui a décrit le bonheur du commandeur qui a vendu tous ses livres — sauf son écritoire dont il n'a pas voulu se séparer —, elle n'a pas sourcillé non plus. La Mesquakie a d'abord mis cette froideur inhabituelle sur le compte de la fatigue. Pourtant, cette explication la satisfait de moins en moins.

— Qu'est-ce que tu as ? murmure-t-elle.

— Je dors, maugrée Adélaïde. Et tu devrais dormir aussi. Il y aura du travail demain...

Trop lasse pour insister, Thana se tourne sur le ventre, bien décidée à suivre le conseil de sa compagne.

— ... à moins que tu ne passes encore la journée avec Guillaume, siffle celle-ci, d'une voix sarcastique où ressort beaucoup de dépit.

Thana sourit. Tout s'explique : son amie est jalouse. Complètement éprise, elle veut le beau commandeur aux cheveux blonds pour elle seule. Sa mauvaise foi amuse Thana un moment, puis elle soupire et essaie de dormir. Au bout d'une heure elle est toujours éveillée. Elle se tourne et se retourne sur sa couche, incapable de se départir d'un terrible pressentiment dont elle ignore la source. En allongeant le bras, elle attrape l'oiseau de Kiala, fabriqué par le quimboiseur, et le serre sur son cœur.

***

Bien cachés, les deux hommes ont vu le soleil se coucher sur la mer des Antilles, dans un grand pavoisement de couleurs : du rouge à l'orangé, de l'orangé au rose, puis au pourpre.

La grande montagne pèse de tout son poids dans leur dos. Impossible de lui échapper. Elle les surveille.

Kiala et Michau doivent en appeler à tout leur courage pour résister à l'envie de fuir.

Dans la maison Ravel, les lueurs s'évanouissent une à une. Le maître et ses domestiques sont enfin allés se coucher. Les deux maraudeurs patientent encore une heure, puis ils forcent la porte arrière et s'introduisent sans faire de bruit à l'intérieur. Leurs yeux s'adaptent très vite à ce nouvel environnement. En outre, ils connaissent le plan par cœur : le bureau est tout au fond.

La grande pièce sent l'encre et le cuir. Michau ouvre doucement les persiennes et un rai de lune glisse sur le sol, arrosant au passage les meubles et les murs d'un reflet blafard. Se révèle alors au regard ébahi des deux complices un fatras inextricable de livres et de papiers. Les documents s'empilent sur les tables de travail et les étagères. Même les chaises disparaissent sous la paperasse.

Découragés, les cambrioleurs d'occasion ont d'abord envie de rebrousser chemin. Par où commencer ?

Kiala fait un premier pas, puis un deuxième, sans trop saisir s'il avance ou recule. Finalement, la rage l'emporte. Il se jette sur le bureau et s'empare d'une pile de parchemins qu'il feuillette avec attention. Michau se met lui aussi à la tâche. S'il faut éplucher chacun de ces documents, ils le feront.

Ils ont l'impression d'être là depuis des heures, sans aucun résultat tangible, lorsqu'ils croient entendre un bruit de pas. En retenant leur souffle, ils écoutent le silence, se rassurent.

— Il faut trouver, marmonne Kiala en se remettant en chasse.

Il prend les documents les uns après les autres et les approche si près de son visage qu'on dirait qu'il les flaire. En même temps, il dresse l'oreille.

Un bruissement l'avertit du danger.

Cette fois, plus question de s'attarder, ne serait-ce que deux secondes. Quelqu'un respire derrière la porte.

Le Mesquakie pousse son compagnon vers la fenêtre. Dans sa hâte, celui-ci fait tomber d'une chaise une liasse de feuillets qui recouvraient un coffret en bois laqué rouge. Obéissant à une impulsion, Kiala s'empare de l'objet rutilant, simplement pour ne pas partir les mains vides.

Ils sont encore dans la cour lorsque la maison s'éclaire de partout à la fois et que des voix horrifiées crient au vol. Les deux hommes prennent leurs jambes à leur cou et ne s'arrêtent qu'aux abords de la ville. Après un grand détour, ils reviennent chez la veuve Germain. Il fait encore nuit noire et la porte est verrouillée.

— Il ne faut pas rester ici, fait Michau, inquiet. Nous n'avons rien trouvé...

— Nous avons le coffre, réplique Kiala. Je suis sûr que le papier est dedans.

— Comment peux-tu dire ça ?

— Parce que je le sais, répond simplement le Mesquakie. On va l'ouvrir et tu verras bien.

Son désir de partir est si grand qu'il en est venu à se convaincre qu'un document en vaut bien un autre, et que le Blanc qui les paie ne verra pas la différence. Buté, il arrache une petite pierre au muret lézardé. D'un coup sec, il brise le cadenas du coffret. En soulevant le couvercle, il retient sa respiration, comme si le contenu pouvait s'évaporer. Dans la boîte, il n'y a qu'un seul papier, dont Michau s'empare en tremblant.

— C'est le même ! s'exclame-t-il, en prenant dans ses mains le visage de Kiala. Comment as-tu fait ? Serais-tu un peu sorcier ?

Le Mesquakie ne s'emballe pas aussi vite. Quand son compagnon le libère, il examine la signature très attentivement. Longuement, pour être tout à fait sûr. C'est bien la même.

***

Alerté par la veuve Germain, l'homme les retrouve au petit jour. Il glousse de plaisir devant le document et prouve sa satisfaction en remettant aux voleurs une bourse pleine d'écus.

— Ne vous laissez pas berner par ce sacripant de Godefroy, leur recommande-t-il.

Les deux hommes retiennent la leçon, Kiala surtout, et ils prennent la direction des quais, bien déterminés à monter à bord du bateau. À première vue, la ville semble déserte. Pourtant, plus ils se rapprochent de la mer, plus l'air s'alourdit, comme s'ils plongeaient dans une masse compacte. Une rumeur leur parvient, et, de la venelle où ils se tapissent, ils voient courir des soldats ici et là. Dans la rade, des barques remplies de militaires font la navette entre les différents navires. Tous, sans exception, sont fouillés. Pour provoquer de telles mesures, le document qu'ils ont volé devait être très important.

Désemparés, les deux hommes reviennent chez la veuve Germain, qui accepte de les cacher. Elle s'attendait à les voir rappliquer. Ils ne seront pas les premiers à profiter de sa générosité aux dépens des autorités.

— Vous ne pourrez pas vous montrer avant plusieurs jours, dit-elle, le temps que ça se calme et que cessent les recherches. Le mieux serait de vous faire oublier. Vous verrez : ça ne durera pas.

20

Il aura fallu trois jours et autant de nuits à Adélaïde pour séduire Guillaume Lascaze qui, il faut bien le dire, ne demandait pas mieux. Les deux jeunes gens, pourtant si différents, se sont trouvé des affinités. Aussi épris l'un que l'autre, ils ne sont heureux qu'ensemble et, tout le jour, ils cherchent les occasions de se frôler. Leur amour éclate, aussi aveuglant qu'un plein soleil, même si, dans leur naïveté, ils le croient clandestin.

Pour la seconde fois, Thana surprend la petite esclave à sortir en catimini de la case du commandeur. La veille, elle n'a rien dit. Aveuglée par la passion, Adélaïde pourrait l'accuser de jalousie ou de vouloir garder Guillaume pour elle seule, ou quelque autre bêtise du genre dont les amoureux ont le secret. Ce matin, toutefois, l'inquiétude prend le dessus et elle se permet d'affronter son amie.

Sa présence n'embarrasse nullement la jeune Noire. Au contraire, elle paraît ravie d'avoir été surprise. Le secret lui pèse et elle a besoin de crier son bonheur. D'ailleurs, comment pourrait-elle continuer à dissimuler ? Son corps transpire le plaisir. Jusque-là, Adélaïde s'attardait dans l'enfance, et voilà que l'amour et la maternité lui confèrent une maturité voluptueuse. Toutes les craintes, fondées ou non, qu'elle nourrissait consciencieusement semblent évanouies.

— C'est un Blanc, lui souligne simplement Thana, sans la brusquer.

— Il n'est pas comme les autres.

— Et le bébé ?

— Guillaume désire être le père. C'est un homme bon.

Quelques doutes subsistent dans l'esprit de Thana, mais elle choisit de se taire. « Je dois réapprendre à faire confiance, se dit-elle. Adélaïde a raison : il y a des hommes bons. J'en ai connu. » Des visages s'imposent à sa mémoire, des noms qu'elle aurait envie de crier.

À ce moment, Guillaume Lascaze sort de chez lui. Il devine immédiatement quel était le sujet de conversation des deux esclaves et il rougit du front au menton.

Son malaise inspire Thana qui s'avance, intrépide.

— Veux-tu écrire pour moi ? demande-t-elle.

Elle a vu l'écritoire où le commandeur note tout. Il l'avait apportée à Grand'Anse avec l'intention de la vendre. Il n'a pas pu. Thana a remarqué comment il la serrait sur son cœur au retour. Alors l'idée lui est venue, et aujourd'hui elle ose.

— Écrire..., bafouille le jeune homme en jetant un regard anxieux à Adélaïde qui choisit de s'éclipser. À qui ? Pourquoi ?

— Je veux écrire à un ami, au Canada.

— Tu connais son adresse ?

— Je sais où il habite.

— D'accord, viens avec moi.

De l'écarlate, le visage du commandeur est passé au rosé, et quand il s'assoit devant son écritoire, il ne reste plus de son émoi qu'une légère moiteur aux tempes.

— Mon ami s'appelle Philippe Maillard. Il a sa maison à Batiscan.

Ces mots, prononcés à haute voix pour la première fois depuis si longtemps, émeuvent la jeune femme. Elle a du mal à continuer.

— Tu veux lui dire que tu es ici, précise Guillaume

à sa place, d'une voix douce et empreinte de compassion.

Thana hoche la tête. « Adélaïde a raison, se dit-elle. Il y a beaucoup de bonté chez cet homme. »

— Dis-lui aussi que Kiala est vivant, mais qu'il a dû fuir chez les marrons.

— C'est tout ?

Thana hésite. Elle a peur d'avoir mal.

— Demande si Josiah a retrouvé mon peuple, murmure-t-elle d'une voix étouffée.

— Qui est Josiah ?

Devant son silence, Guillaume n'insiste pas. Il trempe sa plume dans l'encrier et écrit.

— Voilà, dit-il au bout de quelques minutes. Tout est là. Tu peux compter sur moi : ton ami recevra ton message.

Il referme le pli, inscrit le nom et l'adresse du destinataire et dépose la précieuse missive sur son écritoire. En dépit de son désarroi, Thana éprouve la délicieuse sensation d'une présence. Elle a établi un contact avec son passé, avec des gens qui l'ont aimée et qu'elle aime, qui savent qu'elle a un fils et qu'elle appartient à un lieu. Et ce contact ténu lui est aussi précieux que celui qu'elle entretient quotidiennement avec Kiala en se tournant vers le morne Jacob, en quête d'un signe qui ne vient pas. Elle se rend aux champs plus légère qu'à l'accoutumée et s'agenouille au milieu des caféiers avec plus d'entrain.

***

La journée est assez avancée lorsqu'une odeur de roussi lui chatouille les narines.

— Il y a le feu !

Le cri d'Adélaïde ameute les autres esclaves et le jeune maître.

— C'est dans le coin des semis, indique Jasmin en

courant vers les flammes qui montent déjà très haut au-dessus des plants.

Plus rapide que lui, Dieumerci arrive le premier près du brasier.

— J'ai vu deux hommes s'enfuir par là, annonce-t-il à son maître qui vient de le rejoindre.

— Pasquier..., marmonne Jasmin.

Le mulâtre n'a guère le temps de ruminer sa rancœur. Il faut éteindre le feu ou, à tout le moins, le circonscrire. Sous ses ordres, la lutte s'organise. Les hommes jettent de la terre sur les flammes qui meurent les unes après les autres en projetant des myriades d'étincelles. À grands coups de feuilles de balisier, les femmes étouffent celles qui résistent. Grâce à la célérité de chacun, le feu ne peut se répandre aux caféiers en pleine maturité. Par contre, les jeunes plants sont entièrement détruits.

Jasmin est atterré. Il cherche un conseil, un réconfort qu'aucun des esclaves ne peut lui offrir.

— Où est Guillaume ? demande-t-il en regardant vers la maison et ses dépendances. Il aurait dû venir.

Avant même que quiconque ait réagi, Adélaïde a bondi. Elle dévale la colline à toutes jambes, en dépit de son état.

— Fais attention ! lui crie Thana.

Mais la jeune fille court toujours avec, nouée dans la gorge, la prescience d'un malheur Le maître a raison : de sa case, Guillaume a sûrement vu le feu. Il aurait dû laisser ses comptes et accourir. S'il ne l'a pas fait, c'est qu'il en a été empêché. L'esclave fonce à toute vitesse, au risque de tomber. Elle ne songe ni à sa sécurité ni à celle de l'enfant. Seul compte l'homme qu'elle aime, par tous les pores de sa peau.

La jupe retroussée, elle se précipite à la case de son amant et la trouve vide.

— Par ici ! À l'aide !

La voix lui parvient d'une remise sans fenêtre où

on range les caisses de semis ainsi que les outils à réparer.

— Je suis là ! crie la jeune fille. Je viens !

La porte est obstruée par une planche rivetée dans le mur. Adélaïde a beau tirer de toutes ses forces, elle n'arrive pas à la faire bouger. Heureusement, Thana et Dieumerci arrivent à leur tour, suivis de Jasmin, et, tous ensemble, ils réussissent à arracher le morceau de bois.

Dès qu'ils ouvrent, une odeur pestilentielle les prend à la gorge. Guillaume est allongé par terre, une épaule appuyée contre le mur. Près de lui, un trigonocéphale d'une taille impressionnante dégage une puanteur caractéristique. La tête triangulaire du serpent tient au reste du corps par un filet de graisse. Guillaume s'est acharné : il l'a écrabouillée avant de laisser tomber la pelle et de s'effondrer.

— Il t'a mordu ? demande Adélaïde d'une voix chevrotante.

Le commandeur montre sa cheville, où les crocs du fer-de-lance ont laissé deux marques bien définies.

— Transportons-le dans sa case, ordonne Jasmin.

Dès qu'ils l'ont allongé sur sa paillasse, le jeune maître se tourne vers Thana.

— Il faut aller chercher Magloire, le quimboiseur. Lui saura quoi faire. Tu connais la trace des esclaves qui passe par les champs de canne ?

— Oui.

— Alors cours, et ramène le quimboiseur. Avec lui, Guillaume a peut-être une chance.

Thana file comme une flèche. Elle se concentre sur sa course pour ne pas se tromper et s'égarer. Chaque minute compte. Après la forêt, toujours sombre et inquiétante, elle débouche sur les champs de canne de M. Savari, où travaillent quelques esclaves. Selon eux, le vieux Magloire est à soigner les coqs. Thana dévale les rangs en pente. Sur le chemin bordé d'orangers qui mène à la grande maison, elle croise Jolicœur et lui explique la situation.

— Je vais chercher Magloire, dit-il. Attends-moi ici. Reprends ton souffle.

Trop excitée pour rester longtemps en place, la jeune femme s'aventure jusqu'au grand fromager. Aussitôt, Blaise Pasquier sort de la maison et se dirige vers elle.

— Que fais-tu là ?

Elle lui raconte tout, même si elle est persuadée de ne rien lui apprendre.

— Je ne te crois pas, lui rétorque le gérant. As-tu un laissez-passer pour te balader ainsi ?

Il saisit le poignet de Thana et la tient solidement. Malgré tous ses efforts, la jeune femme ne réussit pas à se libérer. Le secours lui vient de Jolicœur qui reparaît, accompagné du quimboiseur.

— On ne peut pas refuser de l'aide à un voisin, invoque le commandeur, dès qu'il comprend la situation délicate dans laquelle se trouve la Sauvagesse. M. Savari ne l'accepterait pas.

Le gérant pince les lèvres de dépit et desserre son étreinte. Thana se libère d'un coup sec et s'empare aussitôt du sac-médecine du quimboiseur qu'elle entraîne vers les champs.

***

En attendant les secours, Jasmin a posé un garrot sur la jambe atteinte. Enveloppé de plusieurs couvertures, Guillaume se plaint du froid et demande constamment à boire. Adélaïde l'aide à se désaltérer, tout en l'obligeant à garder les yeux ouverts.

— Il ne faut pas dormir, supplie-t-elle. Regarde-moi. Parle-moi.

Le malade délire. Les mots se bousculent, tantôt cohérents, tantôt sans suite.

— Ils étaient deux, dit-il. J'ai du feu dans la poitrine. De l'eau, de l'eau! Il faut éteindre le feu. Ils m'ont enfermé. Je ne les ai pas vus. Le serpent. Tuez le serpent!

Adélaïde lui tient la main en pleurant. Parfois, leurs yeux se croisent et Guillaume ne semble pas la reconnaître. Toute sa vie, la jeune esclave a eu peur des bètlongs. « Je savais que ces monstres m'enlèveraient un jour ce que j'aurais de plus précieux; je le savais. » Cette pensée la hante. Malgré tout, quand Thana revient, suivie du quimboiseur, elle s'accroche à l'espoir.

Le vieux Magloire prend aussitôt les choses en main. Il examine la jambe déjà très enflée, cherche les morsures, autour desquelles il pratique quelques petites incisions au couteau, avant d'y appliquer des ventouses. Il sort ensuite de son sac un mélange d'herbes et de racines broyées.

— Il me faut du vin, dit-il.

Après avoir ajouté les herbes à l'eau-de-vie, il fait boire cette mixture au malade. À plusieurs reprises, il presse la partie blessée et en extirpe le venin mêlé au sang.

— Je vais appliquer un cataplasme, explique-t-il. Il faudra le tenir au chaud et lui faire boire le reste du vin.

— Il ne mourra pas, n'est-ce pas? demande Adélaïde.

— Il faut attendre.

***

Toute la nuit, Thana, Adélaïde, Jasmin et le quimboiseur se relaient auprès du malade. Même quand ils ne sont pas de garde, aucun d'eux n'arrive à vraiment se reposer, encore moins à dormir. Dieumerci a rôdé autour de la case une partie de la nuit. Dévoué comme toujours, il voulait surtout rassurer Adélaïde, lui apporter son soutien. Si la petite esclave comprenait à quel point son compagnon l'aime, elle aurait peut-être un peu moins de chagrin.

Au premier chant du coq, quand une lueur orangée annonce le soleil, Thana surprend le nègre congo, assis par terre devant la remise. Elle le salue de la tête — elle sait bien pour qui il est là — et se rend auprès du vieux Magloire, toujours au chevet du patient.

— Il va mieux ?

Le vieillard refuse de se prononcer. Il est trop tôt. Dans quelques heures, peut-être...

— On s'ennuie de toi, là-bas, dit-il plutôt.

— Comment se porte maman Joseph ?

— Son fils aîné lui manque, mais elle est courageuse.

Thana comprend ce que ressent la vieille femme. Elle n'a pas besoin d'en savoir plus.

— Et Papillon ? demande-t-elle, après un moment de silence.

— Il ne va pas bien. Il a recommencé...

— Non !

— Tu devrais venir, dit simplement le vieil homme en retournant au blessé qui réclame à boire en claquant des dents.

Bouleversée, Thana sort pour aller chercher de l'eau-de-vie. Quand elle revient, quelques minutes plus tard, le quimboiseur remonte la couverture sur le visage de Guillaume Lascaze. Le jeune homme a perdu la bataille.

La Mesquakie recule, effrayée, jusqu'à la table du commandeur. Elle regarde l'écritoire, où il ne tracera plus jamais les signes qui parlent, et aperçoit, du même coup, la lettre destinée à Philippe. En toute hâte, elle la subtilise et la dissimule dans sa casaque.

Adélaïde et Jasmin pénètrent alors dans la case. Tous les deux comprennent au premier coup d'œil.

21

La douleur rend Adélaïde amnésique, et Thana doit lui enseigner chaque geste, comment tenir la houe, comment se nourrir. À certains moments, la petite esclave semble même oublier de respirer.

Les trois premiers jours suivant la mort de Guillaume, la Mesquakie accompagne fidèlement son amie endeuillée. Elle la suit comme son ombre, sans jamais la laisser, ni la nuit ni le jour. La petite esclave dort et s'éveille dans ses bras. Or, pendant tout le temps qu'elle consacre à Adélaïde, les propos alarmistes du quimboiseur ne cessent de l'obséder. Le quatrième jour, elle n'y tient plus : elle doit savoir ce qu'il advient de Papillon. « Tu devrais venir », a dit le vieil homme sur un ton plein de reproche.

Elle confie donc Adélaïde à Dieumerci, ravi de pouvoir choyer la petite esclave tout à son aise, et elle demande à Jasmin la permission de se rendre chez les Savari. Le mulâtre lui signe un laissez-passer sans même discuter. Le pauvre fait peine à voir. Il donne des ordres incohérents, distribue aux esclaves des tâches déjà accomplies. Le jeune planteur a perdu son commandeur et ami ; le feu a anéanti tous ses rêves ; mais, plus encore, il se sent abandonné. Personne n'est venu lui proposer de l'aide, même pas Gabriel Desfontaines qu'il considère pourtant comme un frère. La petite caféière semble en quarantaine.

Par chance, les esclaves ont pris les choses en main, sans qu'il y paraisse. Grâce à eux, la récolte sera sauvée. Sur les plants qui ont échappé au sinistre, les fruits ont commencé à rougir et les branches généreuses s'étalent comme une belle promesse.

Laissez-passer en poche, Thana traverse la plantation avec une pensée pour Jasmin. « Quand ses yeux s'ouvriront sur toute cette beauté, se dit-elle, il reprendra espoir. » Il en va de même pour Adélaïde, croit-elle, qui recommencera à vivre quand elle tiendra son enfant dans ses bras.

Avant même d'apercevoir les pièces de canne de l'habitation Savari, la jeune femme entend le tambour. Elle s'étonne, car le planteur n'a jamais permis que l'on joue de cet instrument chez lui. Quelle circonstance exceptionnelle a bien pu pousser ses nègres à défier le règlement ?

Accompagnée par les battements monotones, Thana hâte le pas. Son cœur se serre. La musique funeste vient du quartier des esclaves. Elle parle de malédiction. Que s'est-il donc passé ?

Ils sont tous là, maman Joseph, Jolicœur, Magloire, tous les autres aussi, à moitié nus, jeunes, vieux, épuisés, le dos courbé, désespérés. Ils font cercle, et Papillon repose, frêle et diaphane, au centre de son monde, en dehors de la vie.

Le tambour s'est tu à l'arrivée de Thana. On dirait une accalmie au creux d'un orage. Beaucoup plus que le silence : un engourdissement.

La Mesquakie a trop mal pour pleurer. Elle se dirige vers maman Joseph, qui s'abîme dans son chagrin. Dès qu'elle aperçoit Thana, la vieille femme vient se blottir dans ses bras, toute menue et si fragile.

— Il s'est pendu, murmure-t-elle.

— J'aurais dû venir plus tôt, se reproche Thana à haute voix.

— Tu n'aurais rien pu faire. Il est retourné chez lui.

Les deux femmes enlacées regardent le petit garçon, resté prisonnier de sa mémoire. Une partie de lui n'était jamais montée sur le bateau négrier et n'avait donc jamais accosté sur les rives de la Martinique. Il ne pouvait plus vivre ainsi, écartelé. Aucune torture n'aurait pu égaler ce déracinement. Thana le sait. Ils le savent tous, même ceux qui sont nés dans l'île.

La jeune femme veut se rapprocher du garçon, mais quelqu'un l'en empêche. Virgine, qu'elle n'avait pas vue, se plante en effet devant elle. Son air mauvais détonne dans l'atmosphère de deuil. Sur son visage, ni tristesse ni compassion. Uniquement de l'âpreté.

— Qu'est-ce que tu fais ici, la Sauvagesse ? demande-t-elle en frappant Thana à l'épaule comme pour la repousser.

— Papillon était mon ami, explique Thana, estomaquée par la rudesse de la jeune fille.

Après la fuite de Kiala et de Michau, elle ne l'a guère vue, entrevue seulement. Et depuis son départ de l'habitation Desfontaines, elle n'a plus eu de ses nouvelles. Virgine lui semble changée. Jamais auparavant elle n'aurait levé la main sur quelqu'un. Son agressivité tenait beaucoup plus à sa façon d'être et de s'exprimer. Elle donnait des ordres, pas des coups.

— À ce que je vois, il ne fait pas bon être ton ami, raille la jeune Noire, en prenant tout le monde à témoin. D'abord Guillaume Lascaze, puis le petit Papillon. Quand tu rôdes aux alentours, le malheur n'est jamais loin. Parles-en à ma mère qui a perdu un fils à cause de toi. Tu ne serais pas un peu sorcière, par hasard ? Voilà peut-être ce qui expliquerait comment tu peux tirer un noyé de l'eau dans une mer démontée.

Virgine a crié. Elle embrasse la foule du regard pour s'assurer que tout le monde a bien compris.

Cette sortie, tout à fait déplacée dans les circonstances, est un outrage à l'enfant mort. Or personne ne semble s'en offusquer. Au contraire, tous les yeux sont braqués sur la Mesquakie, l'étrangère.

— Je ne comprends pas où tu veux en venir, dit Thana. Que veux-tu dire ?

Virgine pointe le doigt sur elle et accuse :

— Seule une sorcière peut affronter la mer comme elle l'a fait et en revenir vivante. Je vous le dis : la Sauvagesse est une sorcière et il faut s'en méfier.

Virgine n'est plus elle-même. Ses propos aberrants étonnent et blessent la Mesquakie. Elle cherche un appui dans la foule et ne rencontre que des visages fermés, certains menaçants. Il y a eu trop de malheurs ces derniers temps, trop de morts. Pour expliquer tous ces drames, il faut un bouc émissaire. Qui de mieux qu'une étrangère mariée à un assassin pour jouer ce rôle ?

Défaite, Thana préfère partir. Après un dernier adieu à Papillon, elle fend le cercle qui la gardait prisonnière. Les esclaves s'écartent, sans un mot. Un homme veut lever la main sur elle, mais Jolicœur lui saisit le bras et l'en empêche. À cet instant, maman Joseph entonne un chant funèbre et tous reviennent à la petite dépouille pendant que la Mesquakie franchit lentement la distance qui sépare les cases-nègres de la chapelle. Elle se croit seule, mais Virgine épie de loin chacun de ses gestes et, quand elle s'effondre sous un châtaignier en fleurs parce que ses jambes ne la portent plus, l'esclave noire se hâte vers la grande maison.

Les dernières forces de Thana se sont envolées avec son courage. Si la mort s'installe maintenant en amont et en aval, la vie ne sera plus qu'un jardin en friche, toujours stérile. Le mal la dévore de l'intérieur. Il creuse un grand trou où s'engouffrent des milliers de papillons noirs. Brisée, la jeune femme éclate en sanglots. Elle pleure des temps anciens à jamais disparus et un présent trop cruel. Sa douleur est si grande qu'elle réagit à peine lorsque Henriette Savari lui adresse la parole, et il lui faut quelques secondes pour reconnaître, derrière la jeune femme, la silhouette de Virgine.

— Que fais-tu ici ?

— Je l'ai vue rôder autour de la maison, ment Virgine avant même que Thana ait pu dire un mot. Elle préparait sûrement un mauvais coup.

— Ce n'est pas vrai ! rétorque Thana à travers ses larmes. (Elle brandit son laissez-passer.) Je suis venue voir Papillon.

Après avoir examiné le document, Henriette lui ordonne de rentrer chez son maître.

— Je ne veux plus jamais te voir ici, ni à l'habitation Desfontaines. Blaise Pasquier sera averti et si tu remets les pieds sur cette propriété, tu seras punie, avec ou sans laissez-passer.

Avant d'obtempérer, Thana regarde Henriette Savari dans les yeux. La jeune femme est blême comme un quartier de lune, et la Mesquakie s'étonne de la voir aussi pâlotte, tout comme elle s'interroge sur sa présence à l'habitation Savari. Que fait-elle chez son père ? Pourquoi n'est-elle pas auprès de son mari ? L'incartade de Gabriel Desfontaines, le jour du mariage, lui revient alors en mémoire et elle croit comprendre, du moins en partie. C'est bien de l'amertume qu'elle lit sur le visage de la jeune mariée. Plus que de l'amertume : une profonde déception. Henriette Savari n'est pas heureuse.

Sans insister, Thana tourne les talons et s'engouffre dans le sentier.

Elle ne s'arrête que tout en haut de la colline, hors d'haleine, avec l'impression d'abriter une roche incandescente et d'une lourdeur incroyable dans sa poitrine. À ses pieds, les cannes à sucre font des vagues, et dans la vallée, la rivière paresse sur un lit de cailloux. Les mains sur les hanches, tantôt pliée en deux, tantôt la tête rejetée vers l'arrière, la jeune femme n'arrive pas à reprendre son souffle. Et malgré la chaleur, une froidure lui court dans le dos, pareille aux bourrasques qui dénudent les conifères, là-bas, au pays. Aussi perdue qu'une feuille morte détachée de l'arbre et ballottée par le vent, elle ne trouve plus ni saisons ni repères. *Tagwaniha,* quand on peut marcher sur la neige gelée ; *papakwaha,* quand la glace cède. Il y a aussi la saison des amours pour les ours et le retour des territoires de chasse. Dans son pays, tant de jalons marquaient la vie, donnant un sens aux jours et aux nuits. Ici ne sévit que le cycle monotone de la servitude.

Elle voudrait se souvenir à haute voix pour que rien ne meure, mais les forces lui manquent. Elle s'allonge plutôt sur le sol pour soutirer à la terre toute son énergie. Sa survie en dépend. Elle reste ainsi très longtemps à prier Wisaka et à appeler les ancêtres.

Quand elle se relève, sa décision est prise.

Une heure plus tard, son baluchon est prêt et bien caché. Dès demain, elle ira rejoindre Kiala, où qu'il soit. À deux, ils trouveront le chemin.

***

De l'autre côté de l'île, Michau et Kiala mettent fin à des jours d'inertie qui ont failli les rendre fous. Ils peuvent enfin sortir et tenter leur chance. Grâce aux informations et aux complicités de la veuve Germain, ils se rendent sans encombre au bateau. Une fois monté à bord, le Mesquakie prend les devants, déterminé à ne plus se laisser flouer.

— Nous serons trois, déclare-t-il au capitaine, devant un Michau stupéfait.

Godefroy soupèse la bourse, de laquelle les deux hommes ont tout de même retiré la moitié des écus pour leur propre usage.

— Trois..., grommelle-t-il en détaillant les gaillards qui se tiennent devant lui. D'accord, mais je lève l'ancre dans deux jours. Si le troisième larron n'est pas là, je ne l'attendrai pas.

— Nous y serons tous les deux, le rassure Kiala en enjambant la rambarde.

— Où vas-tu ? demande Michau, s'alarmant pour son ami. Qu'est-ce que c'est que cette histoire ?

— Je vais chercher Thana.

— Tu es fou ? Ne fais pas ça, c'est trop risqué !

— Je vais réussir. Ne t'inquiète pas pour moi.

— Eh oui, je m'inquiète. Et je vais même t'accompagner.

— Non, tu me retarderais. Et quelqu'un doit rester pour empêcher le capitaine de partir sans nous.

— Tu ne connais pas le chemin.

— Je l'ai fait une fois ; je l'ai dans les jambes maintenant.

— Fais attention aux serpents et voyage dans...

Michau parle tout seul. Le Mesquakie a déjà sauté dans la barque.

22

Les cloches des églises accompagnent Kiala dans sa course, lui indiquant la route à suivre vers Thana. Pour éviter les mauvaises rencontres, le fuyard se fraie un chemin hors des sentiers battus, sa trace à lui, que d'autres emprunteront peut-être sans rien savoir de l'homme qui l'a foulée le premier. Parfois, son instinct l'avertit d'un danger. Il frappe alors le sol de ses deux pieds, à plusieurs reprises comme le lui ont enseigné les marrons, pour faire fuir les serpents. Quand des voix lui parviennent, il se terre au milieu des grands roseaux qui jacassent en se frottant les uns sur les autres. Ailleurs, les héliconias en fleurs lui servent de refuge. La nature veille sur lui.

Le guerrier a retrouvé le rythme d'autrefois, lorsqu'il parcourait son territoire de chasse ou poursuivait ses ennemis. Jamais, alors, il ne songeait à la mort. Et cette confiance l'habite de nouveau. Quelqu'un le protège, il le sait ; on lui ouvre la voie.

Tout en progressant, il comprend pourquoi les esclaves jalonnent l'île de toutes ces traces, avec une telle opiniâtreté. Dans les grands bois ou sur le bord des rivières, au plus haut des mornes, souvent, là où l'horizon leur paraît accessible, et même dans la mangrove, quand la mer se retire, découvrant les racines des palétuviers, ils cherchent désespérément leur passé, la marque d'avant. Il fait de même, car son histoire à lui, Thana la contient toute, et chacun de ses pas pour retrouver sa femme lui restitue une parcelle de lui-même. En revenant vers elle, il reconstruit leur passé commun et gagne du terrain sur le temps qu'on leur a volé.

Trois ou quatre heures de sommeil lui suffisent amplement, et il arrive à la rivière Grand'Anse dans les premiers brasillements de l'aube. Il a longé la mer le plus longtemps possible. Maintenant, il doit remonter vers les habitations.

Un peu pour reprendre son souffle, beaucoup pour réfléchir, Kiala s'assoit sur le sable noir, les jambes repliées, dans la position adoptée par les membres du conseil durant les discussions importantes. Il reste ainsi quelques minutes, dans la pureté du jour naissant, à l'écoute des messages portés par le vent salin. En arrière-plan, à demi-voilée dans une lumière vaporeuse, la Dominique s'étire comme un animal endormi. Ce n'est qu'une forme anonyme et floue, trop lointaine pour y distinguer quoi que ce soit, sans véritable relief que ces contours inégaux, tout en courbes et contre-courbes. Pourtant, il émane de cette ombre blafarde une force tranquille à laquelle Kiala n'est pas insensible. Une pensée fugace traverse son esprit, une vision semblable à celles qui lui venaient lorsqu'il tentait de sauver son peuple. Il s'imagine accostant sur cette île et un sentiment de bien-être l'envahit, comme s'il débarquait en terrain connu. La perception, très nette, s'évanouit aussi vite qu'elle était apparue, non sans lui avoir infusé une dose considérable de courage. Il en aura besoin.

***

— Vincent Desfontaines veut me voir, confie Jasmin à ses esclaves, occupées à coudre des sacs de toile. (Son œil brille d'un tout nouvel éclat : voilà peut-être l'aide tant attendue.) Je serai de retour en début d'après-midi.

Le visage de Thana s'éclaire. Ce sera encore plus facile que prévu.

À la première occasion, la jeune femme invite Adélaïde à l'accompagner derrière la remise. Les deux amies traversent la cour, lorsque Margot débouche en trombe du sentier. La mulâtresse monte maladroitement un cheval bai, à la poitrine écumante. D'un bond, elle saute par terre et accoste Thana.

— Viens avec moi, ordonne-t-elle. Tout de suite.

— Mais...

— Tout de suite !

L'angoisse évidente de la marcheuse affole Adélaïde.

— Qu'est-ce qui se passe ? demande-t-elle.

— Henriette Savari a été empoisonnée. Elle a failli mourir cette nuit et tout le monde accuse Thana, Virgine en tête.

— Quoi !

— À ce qu'on dit, vous avez eu une dispute et elle t'a chassée. Virgine crie partout que tu as voulu te venger. Ils vont venir te chercher. Tu n'as pas une minute à perdre.

La Mesquakie hésite. Quelle âme fourbe pourrait raconter un tel tissu de mensonges, et qui pourrait bien la croire ? Elle veut s'expliquer ; que ses amies, à tout le moins, connaissent la vérité.

— Dépêche-toi ! hurle Adélaïde, gagnée par l'anxiété.

Elle pousse Thana vers le cheval, mais celle-ci lui échappe et court derrière la remise, d'où elle revient, son baluchon à la main.

— Je vais vivre avec Kiala dans les mornes, annonce-t-elle. C'était ce que je voulais te dire. J'ai pris ma décision.

— Il n'en est pas question ! rétorque Margot. C'est là qu'ils vont d'abord aller te chercher. Si tu te diriges de ce côté, tu n'as aucune chance. Tu dois venir avec moi : j'ai tout arrangé.

— C'est impossible. Je dois retrouver Kiala.

— Tu ne le trouveras pas, affirme la marcheuse, sans expliquer d'où lui vient cette certitude.

— Et tu vas mourir, là-haut ! hurle Adélaïde au bord de l'hystérie. Les marrons vivent comme des bêtes. Tu auras faim, les nuits sont humides et froides, et il y a les... ces maudits serpents !

Sa voix s'étouffe dans un sanglot, mais son plaidoyer n'a pas convaincu Thana.

— Avec Kiala, je m'en sortirai. Nous avons connu pire.

Soudain très grave, Margot lui prend la main.

— Écoute-moi, dit-elle. Tu ne trouveras pas ton mari parce qu'il n'est plus dans les mornes.

— Où est-il ?

— Il est parti. Il a quitté l'île. (Un silence douloureux s'abat sur les trois amies.) Il est monté sur un bateau de flibuste.

— Non... Ce n'est pas vrai...

Un désespoir sans fond étreint Thana. Elle ne croit pas que Kiala ait pu l'abandonner, fuir sans elle, et pourtant elle l'espère de tout son cœur même si elle craint d'en mourir.

— Non..., répète-t-elle.

Adélaïde la prend par la taille et l'entraîne vers le cheval qui hennit et s'ébroue.

— Fais ce qu'on te dit, murmure-t-elle. Reste en vie. Ça va s'arranger.

Atterrée, Thana ne résiste plus. Elle monte derrière Margot qui lance aussitôt la bête à vive allure. Après avoir atteint la grand-route, la mulâtresse se dirige vers le village sur une courte distance, puis elle bifurque à droite pour emprunter un sentier étroit, à peine une trace. Des branches éraflent les cuisses des cavalières et des feuilles humides collent à leurs vêtements. Elles doivent souvent pencher la tête pour éviter les lianes qui pendent aux arbres.

— Pourvu qu'ils soient là..., marmonne la marcheuse.

Thana ne dit rien. Margot jette un œil pour s'assurer qu'elle tient le coup, puis elle se concentre sur le sentier boueux et pentu. À son grand soulagement, le cheval s'en tire bien et elles débouchent sur une grève rocailleuse.

***

Au pas de course, Kiala remonte la rivière, tantôt dans l'eau, tantôt sur la rive. Au loin, un lambis appelle les esclaves. En effectuant un grand détour derrière les champs de canne, il évite l'habitation Desfontaines et retrouve la sente qui passe par la caféière de Jasmin. Un hennissement lui parvient. Sans s'en préoccuper, il poursuit jusqu'à l'ajoupa où sa femme et lui ont connu des moments de grande douceur. Le toit a été refait avec des feuilles de bananiers. Peut-être est-ce l'œuvre de Thana... Peut-être est-elle revenue chaque jour, dans l'espoir de l'y retrouver.

— Je suis là..., murmure le Mesquakie en se pressant.

Une savane, une colline, de nouveau une savane, asséchée par le temps chaud des derniers jours, et le voilà en vue de l'habitation Savari. Sa gorge se noue. Il est si près du but. Dans quelques instants, il pourra toucher Thana, la prendre par la main et la ramener à la rivière des Renards.

Avec mille précautions, il traverse le potager principal et se poste derrière un bâtiment, d'où il peut apercevoir les esclaves réunis devant le commandeur. Il ne distingue que des épidermes sombres, dans toutes les nuances de brun. Thana n'est pas là. Sans se décourager, il attend le départ des esclaves. Les femmes entonnent un chant joyeux en se rendant sur les pièces de canne et les cabrouettiers font siffler leur fouet en criant à hue et à dia. Comme par miracle, la cour se vide et le jeune homme s'aventure jusqu'à la grande maison.

En se hissant sur la pointe des pieds, il observe à l'intérieur. Deux jeunes filles préparent la lessive en pépiant. Toujours pas de Thana.

Le Mesquakie rebrousse chemin et monte vers les cases-nègres. Il sait qui pourra l'aider.

Dans sa hâte, il ne voit pas l'ombre furtive qui disparaît derrière l'écurie.

***

— Les voilà ! s'exclame Margot en tendant le bras. Ils ont tenu promesse.

Thana reconnaît la petite pirogue du Caraïbe. Celui-ci se tient très droit près de son embarcation. Il n'a plus qu'un léger pansement au bras. Margot s'inquiétait pour rien : il aurait attendu tout le temps nécessaire. Un autre Caraïbe l'accompagne. Dès que celui-ci aperçoit les deux femmes, il pousse la frêle embarcation à la mer.

— Tu vas aller avec eux, explique Margot. Ils vont t'emmener à la Dominique. Tu y seras en sécurité le temps que Mlle Henriette s'en remette et qu'on trouve la vraie responsable de l'empoisonnement. Tu sais de qui je parle...

Désemparée, Thana recule.

— Je ne peux pas..., bredouille-t-elle. Kiala...

— Tôt ou tard, il saura où tu es allée. Là-bas tu pourras l'attendre sans danger. Ton mari a dû fuir pour ne pas être pendu, pour rester vivant. Tu dois avoir le même courage que lui.

Thana fouille dans son baluchon et en sort la lettre écrite par Guillaume.

— Peux-tu l'envoyer à mon ami du Canada ?

Margot hoche la tête. Ses yeux se mouillent.

— Fais attention à toi.

Les deux femmes s'enlacent tendrement, puis la marcheuse pousse son amie, qui monte bien à contrecœur à bord de la pirogue.

***

La pauvre maman Joseph en perd le souffle. Elle doit s'asseoir pour ne pas s'affaler de tout son long. Elle aurait tant de questions à poser, mais elle a perdu l'usage de la parole.

Kiala la presse.

— Dis-moi où est Thana, supplie-t-il.

Les deux mains sur la poitrine, la vieille femme exhale un soupir semblable à un sanglot.

— Elle... Elle n'est pas... plus ici, bredouille-t-elle enfin.

— Où ?

— Elle a été vendue à Jasmin.

— À la caféière ?

Maman Joseph hoche la tête. Ses traits s'affaissent. Son visage ridé exprime une telle détresse que Kiala s'inquiète.

— Tu me caches quelque chose, accuse-t-il. Parle.

Des larmes coulent maintenant sur les joues fanées. Le Mesquakie a peur. Il vient vers la vieille, le corps tendu à l'extrême.

— Tu ne pourras pas la voir, explique maman Joseph. La milice est en route pour l'arrêter. Si tu y vas, tu seras pris aussi.

— Pourquoi ? Qu'est-ce qui se passe ?

— Mlle Henriette a été empoisonnée.

— Et puis ? s'impatiente Kiala.

— Les gens accusent Thana.

Le guerrier écarquille les yeux, saisi d'effroi.

— Ce n'est pas possible. Thana ne ferait pas ça.

— Je sais, murmure la vieille esclave. Je sais bien.

Elle connaît la coupable et le secret pèse lourd sur ses épaules. Pourtant, elle ne dira jamais son nom.

— Je dois arriver avant eux !

Kiala veut sortir de la case. Maman Joseph s'accroche à son bras.

— Parle-moi de Michau, supplie-t-elle à son tour. Où est-il ?

— Il va bien, la rassure Kiala en tentant de se dégager. Je n'ai pas le temps ; je dois y aller.

Il pousse la porte d'un coup de poing, soudain imprudent, comme si plus rien ne comptait que ce temps à gagner.

— Au contraire, entend-il, tu as tout ton temps.

Devant lui, entre Thana et lui, entre tout un pays de rivières et lui, Blaise Pasquier se dresse, tel un immense mur de pierres, un pistolet à la main.

TROISIÈME PARTIE

Il nous apparaissait que ce pays à son tour (les arbres dessouchés, les noms perdus, les voix altérées, les rythmes éteints) s'était en elle accroupi, ensommeillé de ce vide incernable qui lancinait partout, et qu'à la fin il lèverait en elle et la pousserait à nouveau.

Édouard Glissant
La Case du commandeur

1

Les mains pleines, Thana courbe les épaules pour se glisser dans la petite ouverture qui donne accès à l'unique pièce du grand carbet. Une fois à l'intérieur, elle s'arrête quelques secondes afin de s'habituer au manque de clarté. Elle ne voudrait pas trébucher et ainsi risquer de renverser son panier. Derrière elle, ses compagnes s'impatientent, mais la jeune femme a besoin de cette pause.

Le repas du soir, ce rituel quotidien incontournable, engendre toujours chez la nouvelle venue une grande nervosité. Malgré toute sa bonne volonté, elle ne s'habitue pas au cloisonnement des sexes préconisé par ses hôtes. Chez les Mesquakies, hommes, femmes et enfants mangeaient et veillaient au même feu. Il en va tout autrement chez les Caraïbes : avant de se retirer dans leurs cases respectives, en compagnie des tout jeunes enfants, les femmes doivent d'abord servir les hommes réunis dans le grand carbet.

D'ailleurs, on commence à maugréer dans les rangs. La jeune fille qui suit Thana grogne son mécontentement. Il lui tarde de déposer son lourd panier rempli de balaous, ces petits poissons dont raffolent les Caraïbes. Sans aucune délicatesse, elle se sert du bord de son récipient pour marteler les cuisses de la Mesquakie. Surprise, la peau éraflée par les bouts de jonc, celle-ci effectue un bond vers l'avant et provoque ainsi l'hilarité des hommes, assis en cercle autour d'un feu de braise qui leur embrase le blanc des yeux.

Érigé au centre du village et bâti en ovale, le grand carbet est essentiellement réservé aux mâles qui s'y rassemblent à toute heure du jour pour discuter, travailler, manger ou se divertir. Le soir venu, les hommes mariés se dispersent dans les cases tout autour pour dormir avec une de leurs femmes, mais les célibataires passent la nuit dans cette grande pièce où sont accrochés de nombreux hamacs. Les femmes n'y sont tolérées qu'à de très rares occasions, pour certains rituels, ou encore lorsqu'elles doivent servir les repas, comme maintenant.

Les rires provoqués par l'entrée peu glorieuse de Thana se propagent dans l'assemblée, tel un roulement de tonnerre, et gagnent les épouses. Celles-ci déposent sur le sol leurs paniers et leurs canaris — des récipients en terre — pleins à ras bord de cassave et de sauce tomali. On dirait une bande de gamins, heureux de se divertir aux dépens de l'étrangère.

Thana ne se formalise pas de leurs railleries. Cette impertinence bon enfant lui rappelle les espiègleries de Paketo, le joueur invétéré mais sans malice, qui a tant amusé la tribu des Mesquakies avant de mourir au combat. D'ailleurs, en dépit de certaines disparités, le mode de vie des Caraïbes réveille souvent chez la jeune femme des souvenirs enfouis. Parfois, de simples attitudes évoquent des façons d'être qui lui sont coutumières.

Par exemple, elle a vite remarqué que le chef du village, le capitaine, ne détient, en fait, aucune véritable autorité sur les autres. Comme chez les Mesquakies, il ne doit vraiment jouer son rôle qu'en temps de guerre, quand il faut mener les hommes au combat et prendre des décisions qui engagent la survie même de la tribu. Sinon, chacun fait comme il l'entend et personne ne commande à personne. Parfois aussi — comme chez les nègres, d'ailleurs —, quelqu'un joue d'un instrument qui ressemble au *che-che-quon*, ce hochet que les femmes brandissent les jours de fête et qu'ici on appelle *chichira*. La première fois qu'elle a entendu le son familier, la Mesquakie a senti une chaleur dans la poitrine, tout comme elle a eu le cœur serré quand elle a vu, suspendues au cou de certains, les pochettes-talismans qui protègent des mauvais esprits. Tout de suite elle a pensé au petit sac dont son ami Philippe lui avait fait cadeau et qu'elle a elle-même attaché au cou de son fils avant de le quitter. Cela et bien d'autres choses font que la jeune femme se sent chez elle dans ce village enfoui au creux de la forêt, sur les rives d'une rivière indolente et généreuse, si près de la mer qu'on entend sans cesse les vagues battre les rochers. Elle n'avait pas éprouvé une telle sensation de bien-être et de sécurité depuis si longtemps qu'elle est prête à tout pour se tailler une petite place au sein de la tribu, même à supporter bravement les risées.

Le nageur qu'elle a sauvé de la noyade à Grand'Anse et avec qui elle est venue jusqu'ici voit toutefois les choses d'un autre œil. Contrairement à la jeune femme, il s'accommode très mal de ces ricanements interminables. Depuis l'instant mémorable où Thana lui est apparue en un ruissellement de lumière dans les eaux ténébreuses, il lui voue une admiration sans limites et tout à fait inusitée dans une communauté qui condamne habituellement ses femmes à une vie de servitude. Le comportement irrévérencieux de ses commensaux le scandalise. Il y voit une offense grave, non seulement envers celle qui lui a sauvé la vie, mais aussi envers lui qui a ramené au village cet être aux dons exceptionnels dont tout le monde pourra profiter. Après un tel exploit, il s'attendait à plus d'égards.

Outré, il se lève en bougonnant, et les autres comprennent aussitôt qu'ils sont allés trop loin. Ils connaissent tous sa dévotion à Thana. Mille fois il leur a raconté comment la jeune femme l'avait arraché à une mort certaine, et son enthousiasme superstitieux a réussi à les ébranler. C'est d'ailleurs en grande partie parce qu'ils ont peur de l'étrangère et de ses pouvoirs qu'ils se livrent à cet exercice de dérision. Ils croient ainsi échapper au magnétisme naturel de Thana duquel le nageur semble prisonnier.

Celui-ci s'adresse aux personnes présentes d'une voix blanche de colère. Provocateur, il a gonflé le torse pour que chacun de ses mots porte et il parle d'une traite, jusqu'au bout de son souffle.

Thana n'a rien compris de son exposé. Ses compagnes non plus puisqu'il a utilisé la langue des guerriers, intelligible aux hommes adultes seulement. Trois langues ont en effet cours dans la tribu, celle des femmes, celle des hommes et celle des guerriers. Les deux premières, bien qu'appartenant spécifiquement à un sexe, peuvent être comprises par l'autre sans trop de difficulté. La troisième par contre, beaucoup plus complexe, n'est accessible qu'aux seuls initiés et est rarement utilisée en temps de paix. Que le Caraïbe ait choisi de s'en servir maintenant donne encore plus de poids à son discours.

Donc, même si Thana n'a pu déchiffrer le message incisif du nageur, elle n'en constate pas moins la stupéfaction de l'auditoire. Les rires se sont tus ; les visages se sont figés. Tous les regards fuient le sien. Plusieurs femmes ont baissé la tête dans une attitude de soumission. Sans saisir tous les mots, elles ont deviné où l'orateur voulait en venir.

Thana renonce à leur demander une explication. Elle retient toutefois un mot qui est revenu à trois reprises dans la harangue du Caraïbe : *ibaoüánale*. Elle l'a remarqué, car, chaque fois qu'il l'a prononcé, il la désignait du doigt. En outre, elle croit bien qu'il avait déjà employé ce terme pour la remercier lors de leur première rencontre. Elle le répète donc dans sa tête pour ne pas l'oublier pendant que la plus âgée de ses compagnes la tire doucement par le bras. Toutes quittent le carbet, abandonnant les hommes à leur effarement.

Intriguée et vaguement inquiète, la Mesquakie sait qui pourrait la renseigner sur ce qui vient de se passer, mais elle ne peut assouvir tout de suite sa curiosité. La journée n'est pas terminée, du moins pour les femmes, qui doivent encore fendre le bois en petits éclats pour les feux de la nuit et préparer le manioc pour le lendemain.

Une hache à la main, Thana suit donc ses compagnes dans la forêt. Celles-ci ne se comportent plus de la même façon à son endroit. Leur désinvolture a cédé la place à une crainte respectueuse. Un courant froid circule entre les corps moites. Là où s'était installée une certaine camaraderie, du moins Thana l'espérait-elle, il ne reste plus qu'une révérence glaciale. La jeune femme se désole. Depuis son arrivée, elle s'était employée à établir un contact et ses efforts des derniers jours semblent réduits à néant. En effet, toutes s'affairent en silence à remplir les catolis. Ce sont des hottes ouvertes, tissées à partir d'un roseau et maintenues dans le dos grâce à une solide lanière d'écorce posée sur le front.

Une fois les catolis chargés de copeaux et de ramilles, elles reviennent au village. Il est très tard lorsque le manioc est râpé et tout le jus, qui contient un poison violent, soigneusement extrait. Or, Thana ne peut se résoudre à réintégrer la case familiale, semblable à toutes celles qui entourent le grand carbet, qu'elle partage avec une fillette et ses parents. Elle se dirige plutôt du côté opposé, vers la rivière, espérant bien y rencontrer celui qu'elle cherche.

2

Il est assis à sa place coutumière, dans l'ajoupa qui sert de cuisine collective : quatre poteaux fichés en terre et recouverts, sur trois faces, de feuilles de lataniers qui retombent jusqu'au sol. Il y trône avec la fierté d'un prince, le visage tourné vers la nuit, les yeux ouverts sur une réalité qu'il est le seul à contempler.

Jamais Thana n'a connu d'être humain, homme ou femme, aussi vieux que celui-là. Il n'a plus de dents ; sous sa peau translucide court un réseau de veines bleuâtres. Les rares cheveux qui lui restent ont jauni comme un vieux parchemin. Les premiers jours, elle l'a observé, intriguée par cet ancien qui passait lentement du grand carbet à l'ajoupa et de l'ajoupa au grand carbet, en marmonnant des paroles inintelligibles. Cependant, dans les phrases sans suite, la jeune femme a fini par reconnaître des sons familiers. Alors seulement elle a remarqué, entre les paupières tombantes, l'iris glauque comme l'eau stagnante des marécages, acquérant ainsi la certitude que le vieillard était français. Ces yeux-là ne pouvaient être caraïbes.

Les autres l'appellent Bába, « le père par excellence », et il jouit manifestement d'un statut particulier au sein de la tribu. On ne le malmène jamais, même quand il dérange. Au contraire, chacun fait preuve d'une patience infinie à l'endroit de ce patriarche que les dieux semblent avoir oublié. On lui a même assigné une jeune esclave noire, repêchée à la suite du naufrage d'un bateau négrier. L'enfant le suit pas à pas, attentive à tous ses besoins. Elle le nourrit, le lave. Elle est ses bras et ses yeux, et les discours interminables du centenaire trouvent chez la fillette une auditrice captive.

Maintenant qu'elle le voit de si près et peut l'examiner à son aise, Thana se dit que cet homme devrait depuis longtemps avoir quitté la terre pour le royaume de Iyapata. « Comment un corps aussi usé peut-il encore retenir la vie à l'intérieur de lui ? » se demande-t-elle, fascinée par ce vieillard à l'écorce décrépite et au cœur rongé par le temps.

De son doigt elle effleure la peau flasque du bras décharné.

Sans la regarder, le vieil homme reprend son soliloque, comme si le contact, même très léger, avait tout déclenché. La voix monocorde réveille la petite esclave, couchée en chien de fusil près de son maître. En apercevant Thana, la fillette sourit et se rendort.

Au début, Thana ne s'attarde pas au galimatias de Bába. Elle attend plutôt une occasion d'attirer son attention. Cependant, au fil du discours, les mêmes mots reviennent sans cesse, tels des leitmotivs, et les mêmes phrases se reconstituent comme si, malgré tout, un certain ordre régentait cette parole erratique. L'histoire se dévoile en minuscules fragments, grossièrement ciselés par la voix fluette du vieil homme. Il n'avait que dix-huit ans alors — peut-être moins, peut-être un peu plus — et devait se battre aux côtés de son maître. Car il avait un maître. C'était l'époque des engagés. Il n'y avait pas encore d'esclaves dans les îles, ou si peu. Les engagés étaient les esclaves. Lui était venu de France, confiant. On lui avait promis qu'après trois années de travail il serait libre. Ce qu'il ignorait, c'est le traitement horrible qui lui serait réservé pendant ces trois années. Horrible, répète le vieil homme. On l'a fait travailler presque nuit et jour, sans le nourrir ni le vêtir convenablement, ni même lui fournir une couche décente. Un jour, son maître lui a appris qu'il devrait se battre comme tous les Blancs de l'île en âge de le faire. Il fallait chasser les Caraïbes de la Martinique. Il fallait tuer ces Sauvages jusqu'au dernier. Le vieillard frémit en évoquant ces moments dramatiques. Le débit s'accélère. La voix s'étrangle et les mots se perdent dans une quinte de toux. Lui n'a pas pu. Ce n'est pas comme ça qu'il avait rêvé le Nouveau Monde. Il avait imaginé l'aventure tout autrement. Esclave, oui ; assassin, non. Quand il a vu à quel massacre les siens se livraient, il a changé de camp au pire de la bataille, épousant la cause des Caraïbes. Il a tourné son arme contre les Français et s'est enfui avec les indigènes. En accostant à la Dominique, l'ultime refuge, il ne donnait pas cher de sa peau. Ces cannibales, lui avait-on dit, mangeaient leurs prisonniers. Il les a bien regardés. Ils étaient aussi décharnés que lui, aussi désemparés. Ils ne l'ont pas dévoré ; ils l'ont simplement oublié.

— Pourquoi es-tu resté ici ? s'étonne Thana qui peine à rassembler les bribes de ce récit décousu et n'en saisit que les grandes lignes.

Le vieil homme continue comme s'il ne l'avait pas entendue. On voulait les tuer jusqu'au dernier, les rayer de la surface de la terre. Il n'a pas pu. Les Caraïbes l'ont oublié, puis ils ont oublié qu'ils l'avaient oublié. Alors il est tout naturellement devenu l'un des leurs. Maintenant, c'est Dieu qui l'oublie puisqu'il devrait être mort et qu'il vit toujours.

— Sais-tu ce que veut dire *ibaoüánale* ? demande la jeune femme.

Sans répondre, le vieillard reprend son récit tout au début. À dix-huit ans, il était trop jeune pour mourir, et les Caraïbes étaient trop anciens pour disparaître. Les Blancs, si nombreux, venaient de tous les coins de la Martinique. L'île aux fleurs était devenue un champ de bataille.

Les propos de Bába ravivent des souvenirs douloureux. Thana se rappelle un autre siège, dans la grande prairie, et des milliers de soldats. Des images se forment dans sa tête. Elle les rejette et revient à sa préoccupation actuelle.

— Un homme m'a appelée *ibaoüánale*. Sais-tu pourquoi ?

La respiration de Bába devient haletante. Il n'a pas entendu la question de Thana. Celle-ci lui prend le bras, sans serrer, de peur de briser l'os palpable sous la peau, si fragile. Juste une pression.

— Dis-moi ce que signifie *ibaoüánale*, supplie-t-elle avec l'impression de parler à un fantôme.

Le patriarche devra quitter son univers pour lui répondre. Or elle doute maintenant qu'il en soit capable. Cependant, elle s'entête et repose sa question, cette fois en accentuant sa poigne sur le bras décharné. En outre, elle penche la tête pour se placer dans le champ visuel du vieux Bába.

Contre toute attente, celui-ci plonge ses yeux verts striés de jaune dans les siens. Il est enfin là ; le contact est établi. L'obstination de Thana a arraché le vieillard à ses étranges visions, toujours en parallèle avec la vie réelle. Tout son corps semble s'affaisser d'un coup et la Mesquakie regrette un instant de l'avoir ramené ainsi dans le monde des vivants, un monde beaucoup trop lourd pour ses os décalcifiés. Poussée par un sentiment d'urgence, elle repose sa question :

— Que veut dire *ibaoüánale* ?

— C'est ainsi qu'on nomme un ami particulier, un homme à qui on doit la vie.

— Un homme ou une femme, précise Thana.

— Non, seulement les hommes. Les femmes n'ont pas d'ami particulier.

— Jamais ?

— Jamais. Une amitié comme celle-là est trop forte pour les femmes. Elle peut mener à la mort. Elle dépasse celle qui règne au sein d'une famille. Elle va au-delà de tout ce qui existe. Quand un homme choisit un ami particulier, il engage même ses frères qui doivent à cet élu respect et fidélité. Chez les Caraïbes, le lien entre un homme et son *ibaoüánale* est plus puissant que les liens du sang et bien au-dessus des lois de la tribu. Je le sais. Je...

Le vieil homme est à bout de souffle, exténué. Ces quelques mots représentent un périlleux voyage dont il lui tarde de revenir. Thana ne pourra plus rien en tirer. Il est reparti. « Cet homme est si vieux, pense-t-elle, qu'il n'a plus devant lui que son passé. »

Après l'avoir remercié, elle le quitte sans qu'il lui témoigne le moindre intérêt. Doit-elle le croire ? Le Caraïbe l'a-t-il vraiment désignée comme son amie, elle, la Mesquakie, femme et étrangère ? A-t-il osé transgresser la règle ?

Tout en réfléchissant, Thana revient vers sa case. La petite habitation fait une tache sombre dans la nuit étoilée. On en compte une douzaine, toutes semblables, éparpillées autour du grand carbet et flanquées de minuscules ajoupas qui servent de dépôt ou de cuisine. Elles sont souvent divisées en deux ou trois chambres, parfois plus, selon les besoins.

Thana pénètre à l'intérieur par la seule ouverture. Le fouillis qui règne dans la plus grande pièce lui arrache un sourire affectueux. Elle aime se retrouver dans ce bric-à-brac de poteries grossières. En effet, des canaris de toutes les dimensions s'empilent contre la paroi. Certains servent exclusivement à la fabrication du ouicou, une bière de manioc, la boisson préférée des Caraïbes ; d'autres sont utilisés pour cuire les patates ou le poisson. Un peu plus loin, des couis sont entassés, tous vides et bien propres, car les gens du village ne font guère de réserves. Ils vivent au jour le jour, confiants en la nature généreuse. Ils savent pouvoir subvenir à leurs besoins, quoi qu'il arrive. Aux murs sont accrochés quelques catolis, vides eux aussi, et aux poutres du plafond sont suspendus plusieurs paniers. Les Caraïbes maîtrisent magnifiquement l'art de la vannerie, qu'ils réservent d'ailleurs aux hommes et qui fait l'envie des Blancs et des autres tribus.

Le désordre rappelle à Thana celui des wigwams. Le bourdonnement des insectes, les effluves qui émanent des arbres et de la rivière, ce goût d'humus plein la bouche, et la fumée qui enveloppe tout et rougit les yeux... La Mesquakie connaît tout cela. À son corps défendant, elle replonge dans le temps d'avant, le temps d'ailleurs, tout ce dont elle aurait souhaité se libérer. Mais peut-on vraiment effacer une ombre, surtout la sienne ?

Soudain la peur de ne plus avoir devant elle que son passé, tout comme le vieux Bába, l'assaille de plein fouet. N'est-elle pas, elle aussi, prisonnière de son histoire ? Comme tant d'autres, comme maman Joseph, comme Kiala, ne court-elle pas à rebours, vers une vie illusoire, déjà vécue ? Tel ce vieillard qui répète les mêmes mots, les mêmes phrases, ne ressasse-t-elle pas inlassablement les mêmes douleurs ? Le seul courage qui l'habite n'est-il pas celui de la mémoire ? Et si la mémoire ne pouvait plus rien pour elle ? S'il fallait tout effacer et recommencer, balayer les traces anciennes et en créer de nouvelles, encore vierges ? N'est-ce pas ce que Kiala a tenté en s'embarquant sur ce navire ?

Le cœur gros, le cerveau embrouillé, la jeune femme se dirige vers la petite chambre où la fillette dort profondément, le visage enfoui dans son hamac. Thana se blottit contre elle, insufflant au lit suspendu un léger mouvement de balancier. Les notes d'une berceuse s'égrènent dans sa tête, la musique d'abord, puis les mots, un à un. Elle chantonne doucement et finit par s'endormir sur tous les adieux qu'elle ne se résigne pas encore à prononcer.

3

Maman Joseph prend la main de Kiala dans les siennes. Allongé sur le sol, le Mesquakie ne peut pas bouger. Grâce à un appareillage complexe de chaînes et de pieux, des anneaux de fer aux chevilles, aux poignets et au cou le maintiennent parfaitement immobile.

Depuis qu'on l'a repris et enfermé dans la prison-hôpital de l'habitation Savari, la vieille femme vient le voir tous les jours et ils attendent ensemble le verdict, sans rien espérer ni l'un ni l'autre. Ils parlent, ou plutôt maman Joseph se confie et Kiala écoute, en marmottant parfois un acquiescement. Quand sa vieille amie rêve tout haut au retour de Michau et lui invente des exploits ou un avenir tranquille, il ne la détrompe surtout pas. Très souvent, elle réclame un détail : comment s'appelait le chef des marrons, combien de jours ils sont restés cachés à Saint-Pierre. Elle s'inquiète également de l'état de santé de son fils. Kiala la rassure de son mieux, d'une voix étouffée et rauque, due à la pression du métal sur sa gorge. Il parle peu et très mal, comme s'il résistait à cette langue étrangère, comme si l'utiliser s'apparentait chaque fois à pactiser avec l'ennemi.

Heureusement, la présence compatissante de maman Joseph lui rappelle qu'il est encore vivant, qu'il reste un être humain malgré les sévices et les humiliations. Il n'a pas été nourri depuis deux jours et il a dû uriner sur lui. Le liquide chaud a coulé le long de ses cuisses, répandant une odeur putride.

Avec des gestes tendres, maman Joseph a nettoyé

les longues jambes du prisonnier. Elle l'a fait à chaque visite, et encore aujourd'hui. Hardie, elle a même caché une orange dans ses jupes. C'était risqué, mais ça en valait la peine. Elle l'a compris en regardant le visage fermé de Kiala s'épanouir soudain pendant qu'il avalait le fruit, à petites bouchées pour ne pas s'étouffer.

Toutefois, même si le Mesquakie apprécie la sollicitude de la vieille femme, il souhaiterait certains jours qu'elle l'abandonne à sa déchéance. La pitié se supporte mal pour un homme habitué à inspirer la crainte. « Qu'on en finisse », se dit-il souvent. Que cesse enfin toute cette misère puisque la migration tant attendue n'aura pas lieu. Il ne rentrera pas au pays avec les outardes. Les oiseaux feront le voyage sans lui. Chaque année, plusieurs manquent à l'appel; il sera du nombre. Il a lutté et perdu. Son peuple a combattu et a été décimé. Or ce terrible constat ne le désespère pas, car un espoir demeure : Thana, toujours en fuite, si vivante qu'elle tient la mort en échec.

— Thana, murmure-t-il.

Un nom, rien qu'un nom, mais maman Joseph a compris. Elle répète ce qu'elle a déjà dit plusieurs fois : toute l'histoire récente de Thana, à laquelle Kiala n'a pas participé. Tant d'événements en si peu de temps. La vieille femme raconte fidèlement, dans le détail. Généreuse, elle joue tous les rôles pour permettre au prisonnier de tenir le coup.

— J'entends du bruit, dit-elle soudain, interrompant son récit au milieu d'une phrase. (En effet, des cavaliers et leurs montures viennent de surgir dans la cour, et une voiture roule à grande vitesse sur le chemin empierré. Le grincement des roues fait comme une plainte au-dessus des autres sons.) Je vais voir, mais ne t'inquiète pas : je reviendrai. Jolicœur m'a obtenu la permission de te rendre visite aussi souvent que je le voudrais.

Dehors, un soleil vaporeux promène ses rayons dans un nuage de poussière. La vieille femme se hâte à petits pas et arrive juste à temps pour voir sa fille, en compagnie de Mlle Henriette. La voiture vient à peine de s'immobiliser et Virgine s'empresse auprès de sa maîtresse pour l'aider à descendre. Celle-ci la congédie aussitôt sur un ton péremptoire avant de se diriger vers la grande maison. Blaise Pasquier la suit, de même que le capitaine de milice de la Capesterre et deux de ses soldats. Sur un ordre de leur supérieur, ces derniers se mettent au garde-à-vous devant la porte, tandis que les autres disparaissent à l'intérieur.

— Tout va bien ? s'informe maman Joseph à Virgine, restée près de la voiture.

Elle voulait simplement prendre des nouvelles de sa fille, mais celle-ci se méprend sur le sens de la question.

— Très bien ! Tout va très, très bien ! On va enfin se débarrasser de ce Sauvage.

— Que veux-tu dire ?

— Tout ce beau monde est ici pour discuter de son cas et ça ne fait pas de doute, on va le pendre. Et si on pouvait le brûler vif, ce serait encore mieux !

Maman Joseph regarde sa cadette avec un pincement au cœur. Une telle animosité crispe les traits de la jeune fille qu'on la dirait vieillie avant l'âge. « Comment peut-on être si jeune et si amère ? » se demande la pauvre femme. Virgine l'inquiète. Elle se prépare une mauvaise vie, où le bonheur ne pourra entrer. Depuis quelque temps — en fait, depuis son départ de l'habitation Savari —, sa colère prend toute la place. Elle cultive le fiel avec un plaisir malsain et le déverse sur tous ceux qui tentent de l'approcher, même s'ils sont animés des meilleures intentions. Elle ne fait plus confiance à personne. « Et pourtant, se désole sa mère, c'est plutôt d'elle qu'il faudrait se méfier... » L'épisode de l'empoisonnement lui a laissé un goût âcre. Trop heureuse d'être encore en vie et prise par d'autres problèmes, Mlle Henriette — la vieille femme, qui l'a vue grandir, ne s'habitue pas à l'appeler man'Gabriel — n'a pas porté plainte. Ni contre Thana, sur qui les soupçons ont principalement pesé, ni contre personne d'autre. Pourtant, dans la tête de maman Joseph, aucun doute ne subsiste : Virgine a bel et bien empoisonné sa maîtresse dans le seul but de faire accuser Thana. Elle connaît trop sa fille pour ne pas avoir vu clair dans son jeu. Elle ne voulait tuer personne, seulement assouvir cette obsédante jalousie qui, doublée d'une ambition démesurée pour une personne de sa condition, pourrait bien la perdre.

— Viens, nous allons boire une limonade. J'ai des oranges et un beau citron.

Maman Joseph précède sa fille jusqu'à la case. Elles ne sont pas sitôt assises que Virgine veut repartir. Depuis peu, elle répugne à se retrouver dans cette bicoque minuscule où elle a grandi et tant rêvé. Elle craint toujours d'y être happée par quelque esprit malfaisant et de ne plus pouvoir en ressortir. Il lui faut s'affranchir de ces liens désormais inutiles. Personne ici, ni sa mère, ni Jolicœur, ni aucun des autres esclaves ne peut comprendre. Leur destin est tout tracé; ils n'espèrent plus rien. Pour elle, c'est différent. Son amour l'attend dans un pays dont elle n'a pas idée, mais où elle doit absolument se rendre. Dans sa tête, rien n'a changé depuis le jour où ils se sont quittés. N'a-t-il pas juré qu'il l'aimait? Un sentiment comme celui-là transcende tout. Rien ne peut l'altérer.

— Bois, tu as tout le temps, lui dit sa mère en lui tendant un coui.

Virgine se calme et sirote la boisson d'agrumes.

— Tu as vu le fils du père Mouché, dernièrement ? demande la vieille femme sur un ton badin, l'air de ne pas y toucher.

— Ce grand poltron de Bouqué ? Je préfère l'éviter.

— Pourquoi le traites-tu aussi durement ? C'est un gentil garçon.

— Tellement gentil qu'il a peur de tout, et surtout de son père qui le corrige encore comme si c'était son âne.

— Tu ne devrais pas le mépriser. Il t'aime beaucoup.

— Il te l'a dit ?

— Il est venu la semaine passée...

— Tu l'as retourné chez lui à coups de balai sur les fesses, j'espère !

— Ça te ferait un bon mari...

Virgine se lève, ulcérée.

— Tu me connais bien mal ! Jamais je n'épouserai un esclave ; j'ai d'autres ambitions. Comment peux-tu ne pas le savoir ?

— Parfois, il vaut mieux renoncer à ses ambitions et accepter un bonheur plus simple.

— Jamais ! Je ne renoncerai jamais. J'aimerais mieux mourir.

La jeune esclave a posé les deux mains sur la table et elle dévisage sa mère comme pour la foudroyer. Celle-ci refuse de se laisser impressionner. Quelqu'un doit placer Virgine en face de la réalité. Une mère sert à cela aussi.

— Mlle Henriette va exiger bientôt que tu te maries et que tu aies des enfants.

Abasourdie, Virgine ne trouve d'abord rien à répondre. Elle n'avait jamais envisagé la question sous cet angle. Jusque-là, ses relations très intimes avec sa maîtresse lui octroyaient un statut particulier et jamais elle n'aurait craint qu'on lui force la main.

Or, depuis l'histoire des souliers, leurs rapports sont tellement tendus. Man'Gabriel ne lui fait plus jamais de confidences. Pire encore, elle ne lui a plus demandé de brosser ses cheveux. Très souvent, la domestique a eu l'impression que sa maîtresse aimerait se débarrasser d'elle, l'éloigner en tout cas. Pourrait-elle vraiment l'obliger à... ?

— Non, ma maîtresse ne me mariera pas contre mon gré, bredouille-t-elle, plus ébranlée qu'elle ne veut le laisser paraître. Elle a trop besoin de moi.

Maman Joseph voudrait lui dire que les maîtres n'ont besoin de personne, que les nègres sont pour eux tout à fait interchangeables. Elle n'en a toutefois pas l'occasion. Sa fille est déjà partie.

***

Désemparée, Virgine se réfugie dans le jardin attenant à la grand'case comme elle l'a fait si souvent pour épier les conversations des maîtres. Elle se laisse glisser sur le sol contre le mur et écoute, assise sur les talons, les voix qui lui parviennent par les persiennes ouvertes. Elle espère naïvement une réponse à ses interrogations, mais les discussions tournent autour d'un sujet beaucoup plus préoccupant. Les états d'âme de la femme de chambre n'intéressent personne.

— Est-ce vraiment nécessaire ? demande Henriette Savari.

Virgine n'entend pas la réplique, seulement des bribes. On parle d'exemple à donner, d'avertissement pour les fuyards potentiels. Et toujours, la voix de sa maîtresse, haut perchée, où pointent quelques réticences.

— D'accord, je m'en remets à votre jugement. J'espère ne pas avoir à m'en repentir.

Une chaise repoussée gratte le plancher. On dépose un verre sur un plateau. Virgine se précipite à l'avant de la maison, où les soldats montent toujours la garde. Le capitaine de milice sort le premier. Il passe devant la jeune Noire sans la remarquer. Suivent Blaise Pasquier et Henriette Savari. Le front plissé, celle-ci fait un signe à sa domestique.

— Nous partons, dit-elle, pressée de quitter la propriété de son père.

Sans le savoir, elle partage avec sa femme de chambre un même désir de couper les ponts, une semblable négation de ce qui pourrait l'attacher à un passé, à un quelconque devoir de mémoire. Seul compte ce qui sera accompli, même si les obstacles s'accumulent entre elle et ses aspirations. Elle n'a pas trouvé chez Gabriel le complice qu'elle espérait. Son époux cultive des ambitions irréalistes et il ne se laisse pas convaincre facilement. Henriette se trouve dans une impasse. Et l'histoire du Sauvage n'arrange rien.

Dissimulée derrière le fromager, maman Joseph les regarde partir toutes les deux, Virgine et sa maîtresse, aussi butées l'une que l'autre, avec le même regard ombrageux, sourcils froncés, œil froid. Personne n'a donc réussi à leur léguer ne fût-ce qu'une parcelle de bonheur ? L'âme en peine, la vieille femme se demande ce qu'elle a fait de ses enfants. Michau, qu'elle ne reverra sans doute jamais, Virgine, sa petite fille prisonnière d'un rêve insensé, et Jolicœur, qui devait veiller sur eux tous — n'est-ce pas la mission qu'il s'était donnée ? — et qui pourtant n'a rien empêché.

À trois reprises, la vieille esclave se frappe la poitrine. Elle bat sa coulpe, rongée de remords. Auraitelle dû oublier le passé, son passé ? En restant fidèle à son histoire, a-t-elle privé ses enfants d'une sérénité dont ils auraient eu besoin pour affronter ce Nouveau Monde ?

Éreintée, elle remonte péniblement vers les cases-nègres pour attendre Jolicœur. Son fils saura le sort réservé à Kiala. Peut-être celui-là pourra-t-il être sauvé. Est-ce encore possible ?

4

Main dans la main, Thana et la fillette courent en gloussant de plaisir. D'un même élan, elles sautent dans la rivière et fendent l'eau dans un ensemble parfait. Elles coulent à pic en riant toujours, les lèvres entrouvertes, sans se quitter des yeux, et remontent aussitôt, encore collées l'une à l'autre.

Quand elles se séparent, c'est pour mieux s'asperger en lançant des cris perçants. Puis toutes les deux se jettent sur le dos et se laissent porter mollement. Le soleil émerge tout juste de la mer et sa lumière dorée dissipe lentement les brumes à travers un treillis très fin. Il fera chaud. Le ciel lisse, presque blanc encore, semble né de la nuit, vierge et candide comme la toute première enfance. Thana le voit ainsi : intact et affranchi de ses anciennes colères, prêt à accueillir de nouvelles empreintes. Parce qu'elle nourrit pour elle-même un immense désir de renaissance, elle cherche des signes. Ses certitudes la fuient ; elle doit en trouver d'autres.

En se redressant, la jeune femme constate qu'elles ne sont plus seules. Tous les membres de la tribu commencent leur journée par un bain et plusieurs les ont rejointes. Elle remarque également que tous gardent leurs distances. Personne ne l'approche de trop près, personne ne lui adresse la parole, parfois un sourire gêné, rien de plus.

Après quelques minutes, tout le monde remonte sur la rive et s'ébroue. On dirait une portée de chiots qui seraient tombés à l'eau par mégarde et en sortiraient offusqués. Les hommes s'assoient sur une pièce de bois pour se sécher. Des femmes détrempent le rocou dans l'huile de ricin, pendant que d'autres préparent la cassave pour le déjeuner, à partir de farine de manioc pressée et jetée sur une platine bien chaude. D'ailleurs, quelques galettes fumantes attendent déjà sur une claie de roseaux.

Tout en assistant les cuisinières, Thana garde un œil sur la fillette qui s'est approchée de son *Nirannium*. C'est ainsi qu'elle nomme le nageur qui a emmené Thana au village. L'homme, de son côté, appelle l'enfant *Nanníre*.

Dès le premier jour, Thana a cherché à comprendre le lien particulier qui les unit. Tout s'est mis en place peu à peu et une grande partie de l'explication lui est apparue lorsqu'elle a vu la fillette rocouer chaque matin le Caraïbe. Habituellement, cette tâche est dévolue aux épouses. Après la baignade matinale, celles-ci délaient le rocou dans l'huile comme le fait présentement la fillette. Elles tirent cette peinture rouge des graines du rocouyer, un arbrisseau qui pousse en grande quantité autour du village. Après les avoir fait bouillir, les femmes frottent les graines dans leurs mains et les réduisent en une belle pâte fine, qu'elles font ensuite sécher.

Thana observe sa petite amie.

La pâte de rocou est maintenant parfaitement diluée. Doucement, avec des gestes d'une sensualité troublante, l'enfant plonge ses mains dans la mixture et entreprend de peindre le corps du Caraïbe. Elle a d'abord pris soin de peigner et de relever les cheveux de l'homme assis devant elle, complètement nu. La jeunesse innocente de l'enfant ajoute au rituel quotidien une dimension sacrée qui contraste étrangement avec le caractère érotique du cérémonial.

À force de recoupements, Thana a cru comprendre que *Nanníre* signifie belle-sœur. Le Caraïbe a perdu sa femme il y a quelque temps et, comme le veut la coutume, il devra s'unir à la sœur de la défunte. Pour le moment, la petite est trop jeune — on peut compter son âge avec les doigts des deux mains —, mais elle a quand même la permission de rocouer son futur mari, se familiarisant ainsi avec le premier devoir d'une épouse. Chaque jour, en effet, les hommes se font enduire de peinture rouge, et ce, pour plusieurs raisons, autant esthétiques que pratiques. Le rocou les protège, entre autres, du soleil et des moustiques, tout comme il amoindrit les effets asséchants de l'eau salée.

La plupart du temps, les femmes utilisent un pinceau pour rougir le corps de leur mari. La fillette, encore malhabile, préfère se servir de ses mains. Elle le fait simplement, sans aucune arrière-pensée, et Thana est troublée tant par la candeur de l'enfant, qui lui rappelle sa petite sœur Nucamoan, que par son propre vertige.

L'homme est bien fait, solide. Il excelle à la nage, elle le sait déjà, et il doit être un bon chasseur. Quand il se met debout pour permettre à la petite de peindre ses jambes, son sexe frémit entre ses cuisses : il n'est pas indifférent à la caresse des mains juvéniles. Cependant, il garde une attitude digne, stoïque. Thana sent la chaleur lui monter aux joues quand il frotte ensuite lui-même ses parties intimes. Depuis qu'elle côtoie les Blancs et porte des vêtements de Blancs, la nudité exerce sur elle une fascination inaccoutumée. Ou peut-être la symbiose avec l'autre, cette puissance décuplée dans l'intimité des corps, lui manque-t-elle à ce point qu'elle la cherche partout, disponible, dangereusement abandonnée.

Le Caraïbe lui rappelle les délices des enlacements, lui rappelle Kiala qu'elle ne reverra sans doute jamais. Même si elle refuse de s'y attarder, cette pensée n'en fait pas moins son chemin. Elle vient souvent la hanter, le jour comme la nuit. Kiala a fui sans elle. Il a dû penser à son peuple. Kiala est un guerrier, un chef. En toute circonstance, il pense d'abord à son peuple. Elle l'a toujours su, l'a toujours accepté. Ce qui ne l'empêche pas de souffrir cruellement chaque fois qu'elle imagine son mari sur ce bateau qui, peut-être, le ramène chez eux.

Déchirée, la jeune femme effectue ses tâches en automate. Elle ne veut pas céder à la tristesse. La journée est si douce, la rivière, si belle.

Des femmes reviennent du grand carbet avec des calebasses vides. Heureuse de s'occuper, Thana les remplit d'eau et de sable et les secoue énergiquement pour les nettoyer. En repoussant une mèche de cheveux, elle aperçoit le Caraïbe qui la fixe de ses yeux noirs, si lumineux qu'on les dirait translucides. Avec du jus de génipa, il a délicatement souligné le pourtour de ses lèvres de deux traits foncés. Sa toilette est terminée et il porte un pagne qui tombe jusqu'à terre. À son cou pend un magnifique caloucouli. C'est un bijou en forme de croissant, façonné dans un métal précieux et rare dont seuls quelques initiés connaissent la provenance. Les hommes ne sont pas tous autorisés à porter ces parures. Ils doivent auparavant avoir prouvé leur bravoure.

Mal à l'aise, Thana n'arrive pas à déchiffrer le message que veut lui envoyer le nageur. Son regard ardent exprime à la fois admiration et désir. Or, tout en s'exposant, l'homme garde une certaine réserve. Il l'a désignée comme son amie particulière devant tout le village. En quoi cette prise de position l'engage-t-elle envers lui ? Thana l'ignore et ni l'un ni l'autre ne possède les mots pour le dire. Ils ne peuvent communiquer que par leur attitude et, pour l'instant, la jeune femme ne réussit pas à décoder le langage corporel du Caraïbe. Elle esquisse un mouvement vers lui, mais des chasseurs arrivent, leur arc à la main, le carquois plein de flèches, et il les suit sans se retourner.

Déçue, Thana emboîte le pas aux femmes qui se dirigent vers les jardins, des espaces grossièrement défrichés sur les mornes, assez loin du village pour servir de retraite en cas de besoin et permettre de tenir un siège prolongé. Elles y ont semé du manioc, des patates et du maïs.

La Mesquakie se désole de ne pas comprendre la langue caraïbe, du moins celle des femmes qui lui semble plus harmonieuse et peut-être moins complexe que celle des hommes. Elle aurait tant de choses à demander. Si seulement elle connaissait le nom du nageur. Mais chez les Caraïbes comme chez les Mesquakies, demander le nom de quelqu'un constitue une grave inconvenance. Il faut attendre que l'autre se présente.

Comme si elle avait suivi le cours de ses réflexions, la fillette la rattrape. Elle lui prend la main et trempe le bout de ses doigts dans un coui plein de miel.

— Mànba, dit-elle pendant que Thana se délecte.

La petite frappe ensuite sa poitrine de son poing en répétant le mot.

— Tu t'appelles Mànba ? demande Thana. Comme le miel ?

La fillette acquiesce.

Thana l'embrasse sur le front, tout heureuse de cette marque de confiance. L'autre s'enhardit. Elle désigne le village derrière elle :

— Kanáti.

— Je ne comprends pas.

La petite feint de prendre un sexe d'homme dans ses mains. Elle rit et montre de nouveau le village.

— Kanáti, répète-t-elle en mimant les gestes d'un nageur.

— C'est son nom ? Il s'appelle Kanáti, le nageur ? Le *Nirannium* de Mànba s'appelle Kanáti...

La fillette rit de plus belle. L'étrangère a tout compris. Fébrile, elle attend, les yeux ronds comme des billes.

— Je m'appelle Thana.

Maintenant, elles sont de véritables amies.

Tout heureuse, la petite sautille d'une fleur à l'autre, d'un arbre à un autre. Elle montre le ciel et la chute qui se dresse soudain devant elles, puis le perroquet sur le châtaignier. Elle ramasse une poignée de noix, tombées au pied de l'acajou à pommes, l'*áloi*, hume les fleurs du merisier, *ianáoa*. Tout au fond, elle désigne la grande montagne, visible de tous les coins de l'île. Et, chaque fois, elle nomme. Par exemple, en touchant les bandes molletières des femmes, elle dit : *echépoulou*. Une fois mouillées, ces bandes de coton, qui leur font des mollets charnus, se resserrent jusqu'à causer des douleurs et même de vilains cors aux chevilles. Toutefois, aucune femme ne se départirait de ces chausses qui les distinguent des esclaves. Elles les considèrent comme leur plus bel ornement. En salivant, Mànba apporte ensuite à son amie de petites bananes-figues, les *bacoúcou*. Un peu plus loin, elle trouve de belles grosses papayes, des *ababai*.

Thana essaie de retenir les noms. Elle les répète, malgré les rires suscités par ses tentatives maladroites. Tout le jour, en arrachant le manioc et en creusant de nouvelles fosses, la fillette fait ainsi l'inventaire de son île et l'offre comme un présent à la Mesquakie, ravie.

Au grand soulagement de cette dernière, même leurs compagnes se laissent porter par l'enthousiasme de Mànba, et le retour au village est ponctué d'exclamations, chacune voulant ajouter une trouvaille personnelle et originale au vocabulaire de Thana. L'une d'entre elles lui présente une peau de serpent qu'elle vient de trouver : *lehuechoura*. L'animal a mué, comme les ravets et les crabes. Tous les animaux de l'île, ou presque, finissent un jour ou l'autre par abandonner leur vieille peau. Même les carets, ces belles grosses tortues de mer.

Thana ouvre grands les yeux et les oreilles, car ce peuple réservé, jaloux de sa langue et de son histoire, n'a pas l'habitude de se livrer ainsi aux étrangers. Elle apprend de son mieux, consciente du privilège inestimable qui lui est accordé. Le contact est rétabli.

Au village, où la petite bande pénètre en riant, des hommes devisent devant le grand carbet. D'autres fabriquent des paniers; quelques-uns s'activent autour d'une pirogue, à compresser dans les fentes une étoupe confectionnée à partir de l'écorce du palétuvier.

Thana cherche Kanáti du regard. Il surgit de la forêt et lance devant le feu trois grosses perdrix. Radieux, l'allure fière, il vient ensuite tourner trois fois autour de Thana avant d'aller retrouver ses compagnons. Cette fois, le message est clair : j'ai chassé pour toi; apprête ces oiseaux et apporte mon repas.

Thana hésite, déconcertée par cette offensive directe. Mànba n'a pas les mêmes réticences. Elle s'empare des volatiles d'une main; de l'autre, elle entraîne la Mesquakie. Guidée par sa jeune amie, celle-ci dépose les perdrix dans le feu, sans même les plumer, à la manière des femmes caraïbes. Un rire nerveux la secoue, bien près des larmes.

***

Ce soir-là, Mànba s'endort en serrant sur sa poitrine une petite figurine de bois. Le jouet rappelle à Thana la poupée confectionnée autrefois par son grand ami Josiah, à la naissance de sa petite fille. La jeune femme tente en vain de se souvenir avec quel matériau le mulâtre avait fabriqué cette poupée. Elle ne trouve qu'une mémoire évidée. Comment a-t-elle pu oublier un détail aussi important ? Cette défaillance la chagrine. Elle se tourne alors vers la nuit grouillante de la Dominique, en quête de réconfort. Elle écoute, respire l'air salin et se surprend à aimer profondément cette terre, et ce ciel sans nuages, et les gens qui l'habitent. Comment ne pas chérir un peuple qui utilise, comme elle l'a appris aujourd'hui, un seul mot pour dire pays et visage : *ibátali* ?

5

— Nous avons déjà eu cette conversation. Je ne peux que te répéter ce que je t'ai déjà dit.

— À quoi te sert de rester ici ? À qui veux-tu prouver quelque chose ?

Henriette hausse le ton. Encore une fois, elle a cru pouvoir entretenir calmement son mari de son désir de vivre en France. Une fois de plus, son entêtement à ne rien vouloir entendre la jette hors de ses gonds.

— Si j'avais voulu vivre dans la métropole, lui explique de nouveau Gabriel, j'y serais resté. Je suis revenu parce qu'un projet me tenait à cœur, et je croyais que tu m'aiderais à le réaliser. Je veux que l'habitation Desfontaines devienne la plus belle et la plus prospère de la Martinique. Et je sais comment y arriver.

— Mais cette habitation appartient à ton père ! Tu ne vois donc pas qu'il ne te laissera pas changer une chaudière et surtout pas toucher à un cheveu de ses esclaves ? Tant qu'il sera dans les parages, tu ne pourras rien faire et tes belles idées resteront lettre morte. As-tu l'intention de te morfondre ici en attendant sa mort ? En supposant qu'il fasse de toi son héritier, ce qui est loin d'être sûr quand on voit où il place ses priorités et la façon dont il te traite.

Gabriel se dirige vers la table et se verse un grand verre de vin. Les paroles d'Henriette l'ont blessé. En insistant sur ses relations difficiles avec son père, elle a touché un point sensible. Pourtant, même si le jeune homme est extrêmement déçu de l'imperméabilité de Vincent Desfontaines aux innovations qu'il propose, il ne se laisse pas abattre. En acceptant quelques compromis, il ne désespère pas de le convaincre. En réalité, son père ne nourrit qu'une ambition : maintenir un degré minimal de bien-être pour lui et ses gens. Le jeune homme comprend seulement maintenant ce que voulait dire sa mère lorsqu'elle affirmait : « Ton père est un téméraire sans ambition. » Vincent Desfontaines, en effet, professe des idées vaguement révolutionnaires qui, en d'autres lieux, seraient défendables, mais qui apparaissent tout à fait inconsidérées dans les îles. Le planteur saisit mal le rôle des colonies, et son fils, fort de son expérience française, compte bien réussir à l'éclairer.

— Tu bois trop, lui signale Henriette.

Sans s'en rendre compte, Gabriel a avalé coup sur coup deux grandes rasades de vin et il se sert de nouveau. Rien ne parvient plus à étancher sa soif.

— De toute façon, dit-il en haussant les épaules, nous n'avons pas assez d'argent pour vivre en France. Tout coûte extrêmement cher là-bas ; tu ne te rends pas compte.

— Ta mère pourrait nous aider.

— Il n'en est pas question ! Je suis trop vieux pour vivre aux crochets de ma mère.

— Ton père le fait bien...

— Ce sont ses affaires ! Je ne suis pas obligé de faire comme lui.

— Et ma dot ? Mon père a été généreux, il me l'a dit.

— Pour l'instant, cet argent nous sera plus utile ici.

Henriette fulmine. Jamais elle ne verra la couleur de cette petite fortune qui, en toute justice, aurait dû lui revenir. Elle est passée de la tutelle de son père à celle de son mari, et se retrouve tout aussi démunie. La voilà, de surcroît, prisonnière de cette modeste habitation, coincée entre des esclaves sales et ignares, à peine dressés, et de petits maîtres sans envergure. Si elle part, Gabriel lui coupera aussitôt les vivres, elle en est convaincue. Elle pourrait toujours le traîner en cour et étaler ses infidélités sur la place publique. Elle n'y tient pas. Une réputation fleurant le scandale ne pourrait que lui nuire, une fois dans la métropole. Plus elle y réfléchit, plus la situation lui semble sans issue.

Elle veut revenir à la charge, mais un visiteur est annoncé. Le capitaine de milice vient l'informer que le Sauvage sera fouetté aujourd'hui même, avant d'être emmené à Saint-Pierre, où il sera pendu.

— Vous devriez venir, explique-t-il à Henriette. Si vous n'assistez pas au châtiment, les esclaves croiront que vous désapprouvez la sentence.

Le pauvre homme, qui ne fait que son devoir, essuie la colère de la jeune femme.

— Il n'en est pas question ! explose-t-elle. Faites ce que vous voulez de ce Sauvage, ça ne m'intéresse plus. De toute façon, quoi que vous en pensiez, quelques coups de fouet ne changeront rien à l'affaire : il restera toujours un barbare et mourra en barbare.

— C'est pour...

— Je sais, raille Henriette sur le ton d'un enfant habitué aux mêmes sempiternelles remontrances. C'est pour l'exemple. Eh bien, faites tous les exemples que vous voudrez, mais sans moi ! Je refuse de me donner en spectacle. Le Sauvage est à vous, capitaine. Bonne chance !

Sur ces paroles, elle quitte le salon au grand dam de son interlocuteur qui ne sait trop comment réagir. Offusqué, le militaire salue Gabriel, prend ses gants et sort.

De la pièce attenante où elle s'est réfugiée, Henriette le regarde enfourcher sa monture et disparaître au galop. Épuisée, elle soupire et appuie sa tête contre le dormant de la fenêtre. Au loin, un chant d'esclaves court dans les pièces de canne. Du côté du marécage, les batraciens roulent leurs trilles monotones et la jeune femme se laisse hypnotiser un moment par leur mélopée, jusqu'à ce qu'un goût de terre lui emplisse la bouche.

Elle grimace, soudain prise de nausées, et sa peau se hérisse.

Dans sa tête, des coups de fouet claquent au-dessus de l'aubade des grenouilles.

À la fin du jour, le corps puissant de Kiala ne sera plus qu'une terre ravagée par un séisme aussi destructeur que les plus terribles ouragans. Henriette tend la main devant elle, comme si elle désirait toucher les cuisses fortes et cuivrées du Sauvage. Son estomac se contracte et un peu de bile remonte à sa bouche. Elle frissonne, écœurée par le goût âcre, et va actionner la cloche suspendue par un ruban au-dessus de la porte. Une eau très fraîche, tout juste tirée du puits, lui fera le plus grand bien.

Après quelques secondes, aucun domestique ne s'est encore présenté. Excédée, elle se rend à la cuisine et surprend la cuisinière en grande conversation avec la maîtresse caraïbe de Vincent Desfontaines, son beau-père. Les deux femmes rient à gorge déployée, l'une à ses chaudrons, l'autre assise à la table.

Quand l'aveugle étire le bras pour atteindre un pichet, Henriette décèle, horrifiée, un léger renflement au niveau de l'abdomen. « Cette Sauvagesse est enceinte, constate-t-elle, et on sait de qui ! »

Une fureur indignée la pousse vers la Caraïbe qui l'entend venir et se fige sur son banc. Au claquement des talons sur le plancher verni, l'aveugle a reconnu le pas d'Henriette. Celle-ci fond sur sa proie. Elle la saisit violemment par le bras et l'oblige à se lever. L'aveugle tente de se protéger des coups, mais elle se trouve vite déséquilibrée. Henriette l'empoigne par les épaules et la repousse sans ménagement vers la sortie. Sa victime recule et trébuche sur le seuil de la porte. Lancée dans le vide, sans aucun repère, ni visuel ni tactile, elle bat des bras comme un noyé, tombe par terre et mord la poussière.

Toujours sous le coup d'une colère froide, Henriette veut la frapper avec son pied lorsqu'une voix tranchante stoppe son élan.

— Arrête-toi tout de suite !

Vincent Desfontaines se précipite auprès de la Caraïbe. Il n'est pas seul : Virgine est accourue elle aussi, attirée par la bousculade et les cris. Toutefois, elle reste à l'écart, préférant passer inaperçue. Le planteur aide l'aveugle à se relever. Il s'inquiète de son état, la rassure et lui glisse quelques mots à l'oreille avant qu'elle ne s'éloigne sous le regard protecteur de son amant et ami. Quand elle disparaît dans le sentier, Vincent Desfontaines se tourne vers sa belle-fille.

Elle n'a pas bougé, sûre de son bon droit et de la justesse de son courroux, prête à affronter le monde entier.

— J'attends des explications, explose le planteur, furibond.

Il a du mal à contenir sa colère. Si Henriette était un homme, si elle n'était pas si jeune et ignorante, si elle n'avait pas épousé son fils, il la flanquerait dehors à coups de pied.

Malgré son air menaçant, la jeune femme ne le craint pas, au contraire. Elle le méprise, lui et sa prétendue bonté, toute tournée vers ces pouilleux d'esclaves. Ne voit-il pas tout le mal qu'il sème autour de lui ? Son propre fils n'a droit ni à son amour ni à sa considération. Il l'humilie sciemment, comme s'il avait besoin de dénigrer Gabriel pour se sentir moins fautif vis-à-vis de ses gens.

— Je refuse de vivre avec ce petit bâtard que nous fricote votre Sauvagesse. Vous avez déjà un fils, l'avez-vous oublié ? Il a droit à votre respect.

— Le respect se mérite, grommelle Vincent Desfontaines.

Il aurait tant d'autres choses à rétorquer qui, de toute façon, échapperaient à l'entendement de sa bru. Comment pourrait-elle, en effet, mesurer la cruelle déception d'un père ? Dès la naissance de Gabriel, il a tenté de lui inculquer une conception du bien et du mal qui n'a pas cours dans les îles, mais à laquelle il croit profondément. L'enfant, imbu de lui-même et gâté par sa mère, est toujours resté insensible à ses enseignements. Peut-être a-t-il mal agi envers son fils. Peut-être l'échec de leur relation lui incombe-t-il. Il ne le sait pas et ne désire surtout pas en discuter avec sa belle-fille. Mieux vaut rester sur un terrain plus stable, où ni l'un ni l'autre ne risque trop de déraper. Voilà pourquoi il verse dans l'abstraction et les généralités, pour sauver ce qui peut encore être sauvé.

— Vous ne savez rien du respect, lui lance Henriette. C'est un concept qui vous est devenu totalement étranger. Combien de mulâtres et de petits sauvageons avez-vous contribué à mettre au monde, acculant chaque fois votre fils à la honte ? Votre femme n'a pas pu le supporter et je ne le supporterai pas non plus. Parce qu'il vous porte malgré tout un amour filial que je ne comprends pas, Gabriel se taira. Je parlerai donc pour lui. Débarrassez-vous de cette Sauvagesse et de son bâtard. Je ne souffrirai pas d'être apparentée de près ou de loin à un sang-mêlé.

Le planteur enrage. Le mépris de sa bru pour un être qu'elle ne connaît pas et qu'il aime profondément le met hors de lui. Il en perd tout discernement.

— C'est trop tard, ma chère. Tu as déjà un frère mulâtre...

À peine énoncées, ces paroles lui restent dans la gorge. Poussé à bout, Vincent Desfontaines a manqué à la promesse faite à son ami de ne jamais révéler à quiconque la vérité sur ce drame qui a tué Mme Savari, la mère d'Henriette, et condamné son mari au remords perpétuel. En effet, dès qu'elle a appris l'infidélité de son époux et l'existence du petit bâtard, la femme d'Adrien Savari a perdu goût à la vie. Son mari, dont ce fut le premier et le seul écart de conduite, aurait bien voulu tout effacer, mais il aimait déjà l'enfant de tout son cœur. Il l'a aimé dès le premier jour. C'est pourquoi il l'a confié à Vincent Desfontaines, pour au moins le voir grandir.

Henriette a blêmi et ses traits se sont affaissés d'un coup. La révélation l'a frappée de plein fouet, même si, depuis toujours, elle appréhendait une découverte de ce genre.

— Vous en avez trop dit, accuse-t-elle sans desserrer les dents. Continuez.

Au supplice, Vincent Desfontaines ne sait plus quelle contenance adopter. La jeune Savari a raison : il en a trop dit. La laisser dans l'ignorance maintenant ne ferait qu'envenimer les choses.

— Excuse-moi, dit-il. Je n'aurais pas dû te révéler ce secret.

— De qui s'agit-il ? demande Henriette, exsangue.

— C'est Jasmin, avoue le planteur.

Elle le savait. D'instinct. Même sans le savoir.

La jeune femme tourne le dos à son beau-père et quitte la pièce. Elle ne remarque pas la présence discrète de Virgine qui épie chacun de ses gestes. Déjà stupéfiée par la nouvelle, l'esclave est totalement confondue lorsqu'elle surprend sur les lèvres de sa maîtresse l'esquisse d'un sourire.

***

Kiala gît sur le sol humide de la prison. Malgré son dos tailladé, il ne ressent aucune douleur, seulement une rage désespérée qui lève des bourrasques dans sa tête.

Maman Joseph n'est pas rassurée. Le Mesquakie a beau avoir pieds et poings liés, la vieille femme le croit capable de tout. Son corps tendu recèle une si grande violence qu'elle craint de le voir exploser dans la démesure la plus totale.

En dépit de ses appréhensions, elle tente de le soulager avec des compresses. Le fouet a arraché des lambeaux de chair, et l'huile de ricin, très chaude, pénètre les plaies vives. Kiala ne se plaint pas. Pendant qu'on le fouettait, il n'a pas émis un seul son, ni un geignement ni un cri. Pourtant, maman Joseph n'a qu'à écouter le silence tout autour pour l'entendre hurler. Elle perçoit très bien les vents d'orage qui se déchaînent dans le grand corps brisé. Ce que la cruauté des hommes n'a pas réussi à détruire en lui, Kiala le nourrit avec ce qui lui reste d'agressivité. Le germe maudit prospère et le broie de l'intérieur, comme une bête vorace.

Depuis que la vieille femme a été jetée sur cette île, elle a vu tant de suppliciés s'infuser la mort à même leur propre folie. Elle en reconnaît chacune des manifestations. Tout en pansant le blessé, elle cherche donc ce qui pourrait encore l'atteindre et peut-être le sauver de lui-même. Un seul nom lui vient à l'esprit :

— Thana..., murmure-t-elle.

Le corps martyrisé se contracte. Kiala tourne la tête à gauche et à droite, comme s'il cherchait la lumière. Puis un long sanglot sourd de son ventre jusqu'à sa gorge.

6

Thana a cherché des signes et les a trouvés.

Ils se sont imposés les uns après les autres. Impossible de les nier.

Ces peaux abandonnées par les animaux, au profit d'une autre, toute neuve... Wisaka, le Grand Esprit, ne les a-t-il pas placées sur sa route pour lui enjoindre de commencer une nouvelle histoire ? Et ces petits oublis, de plus en plus nombreux... Des noms lui échappent, qui ont toujours fait partie de sa vie, des traits se dissipent. N'est-ce pas pour céder la place à d'autres savoirs ?

Tiraillée, la jeune femme hésite à quitter son hamac. Ses compagnes barbotent déjà dans la rivière et leurs rires égaient le petit matin. Elle aimerait aller les retrouver, mais un pressentiment tenace l'en empêche. Le jour qui se lève ne sera pas comme les autres. Elle le sait et la peur la retient.

Elle aurait pu tergiverser ainsi très longtemps si Mànba n'était pas venue à sa rescousse. La petite pénètre dans la chambre et la tire de son hamac. Ses cheveux trempés dégoulinent. Son toupet, coupé court sur son front à la manière caraïbe, tient droit dans les airs comme une crête de coq.

— Viens, ordonne-t-elle, et Thana la suit, docile.

La lumière naissante sautille sur la rivière en vaguelettes dorées. Les hommes se sont déjà baignés. Ils attendent qu'on les rocoue et les coiffe avant d'entreprendre une autre journée.

La fillette montre du doigt l'huile et la pâte d'un beau brun orangé.

Thana feint de ne pas comprendre.

Kanáti, le nageur, leur tourne le dos, assis en plein soleil. Il ne voit pas l'insistance de la petite, ni la perplexité de Thana. Si celle-ci donne suite à la proposition très explicite de Mànba, rien ne sera plus pareil. Son ancienne vie se détachera d'elle. Le fil qui la relie encore à son passé cédera d'un coup, comme tranché par un tomahawk. Il ne s'agit pas ici d'un simple renoncement, mais d'une désertion. Du moins le conçoit-elle ainsi, car l'infidélité qu'elle s'apprête à commettre touche un homme et un peuple, engage une histoire qui a commencé longtemps avant sa naissance. En devenant la femme de Kanáti, elle renonce à Kiala, ainsi qu'à tous les Mesquakies, morts ou vivants. À son fils également...

Ses mains tremblent lorsqu'elle prend le rocou et l'huile. Le délayage lui demande beaucoup de temps et sa maladresse lui arrache un juron. En fin de compte, elle y arrive. Le résultat est acceptable. Elle s'empare donc du pinceau, le trempe dans la solution rougeâtre et s'approche du Caraïbe.

Celui-ci se retourne dès qu'il perçoit derrière lui cette présence inusitée.

Thana sursaute et laisse échapper sur l'épaule du jeune homme un peu de la peinture. Embarrassée, elle se sert aussitôt de sa main pour étendre uniformément le mélange. Son inexpérience l'oblige à s'y reprendre à deux fois, mais Kanáti, d'abord étonné puis transporté de bonheur, l'encourage d'un sourire. Elle n'avait pas remarqué la douceur de son regard ni l'arête fine de son nez. Il a posé les mains sur ses genoux. Elles sont longues et délicates, avec des doigts fuselés. Thana frémit. Elle a envie que cet homme la prenne dans ses bras. De sentir ses muscles se contracter. Que les jambes fines mais puissantes enserrent les siennes. Son trouble est tel qu'elle laisse tomber le pinceau et entreprend le rocouage avec ses mains, sans intermédiaire, rien que le glissement de sa paume sur la peau veloutée de Kanáti.

Le Caraïbe ne la quitte pas des yeux tout le temps qu'elle s'exécute.

Autour d'eux, un silence gêné accueille ce consentement tacite. Peu habitués à de semblables démonstrations, les Caraïbes, profondément pudiques, ne savent trop comment réagir. Heureusement, des enfants arrivent en courant. Ils montrent en direction de la mer et poussent des cris terrifiés.

Tout le monde se précipite, croyant apercevoir une pirogue. Ce qu'ils découvrent les amuse et les fait frissonner en même temps.

De jeunes garçons du village, couchés sur des planchettes de bois, se laissent porter par la rivière jusqu'à la mer. À la rencontre des eaux, des vagues les prennent dans une giclée d'écume et ils ne réapparaissent que beaucoup plus loin, parfois debout sur leurs minuscules supports, dans le cas des plus habiles, parfois à moitié désarçonnés. Les jeunes pratiquent ce sport depuis toujours. Ce n'est pas ce qui a effrayé les enfants. C'est plutôt de voir le fils de Kanáti, encore novice, projeté de plus en plus loin, incapable, semble-t-il, de revenir à son point de départ.

Tous se tournent vers le père de l'enfant et attendent sa réaction. Thana est près de lui. Elle esquisse un geste, mais Kanáti la retient. Il serre les doigts sur le bras de la jeune femme qui devine toute son inquiétude. Pourtant, sa décision est prise. Il n'ira pas au secours de son fils et il empêchera quiconque d'intervenir. Le petit ne devra compter que sur lui-même pour se sortir de cette fâcheuse situation. Il a voulu jouer un jeu dangereux. Maintenant, il doit gagner. S'il n'arrive pas à vaincre la mer, il la craindra toujours, un luxe qu'aucun Caraïbe ne peut se permettre. Si le garçon veut devenir un vrai homme, un *Kalinago*, du nom du chef fondateur, il doit remporter seul ce combat.

Lorsque Kanáti desserre son étreinte, le bras de Thana garde l'empreinte de ses doigts. La jeune femme se rapproche du nageur jusqu'à le toucher. Elle est avec lui ; ils affronteront l'épreuve ensemble. Là-bas, l'enfant se débat, de plus en plus loin, sans lâcher sa planche. Les vagues l'avalent puis le régurgitent. Tous ses petits compagnons ont maintenant rejoint leurs parents sur la terre ferme. Il ne reste plus que lui pour affronter le géant.

La lutte semble durer des heures pour les témoins anxieux.

Elle se situe en dehors du temps pour le jeune naufragé.

Un même cri d'admiration et de soulagement monte de la foule lorsque celui-ci réussit à franchir une première vague, puis une deuxième. Il est bientôt hors de danger et il se laisse porter sans se presser vers les siens, en reprenant son souffle et ses esprits.

Kanáti ne l'attend pas. Il retourne le premier au grand carbet et les autres le suivent presque aussitôt. Surprise par un tel comportement, Thana reste seule sur la plage de galets pour accueillir l'enfant qui sourit de toutes ses dents. Il sait l'importance de ce qu'il vient d'accomplir et le nouveau statut que lui vaudra cet exploit. Il a eu très peur, même s'il ne l'avouera jamais. Sûr de périr, désespéré, il a appelé son père et l'a supplié de venir à son secours. Or maintenant que tout cela est derrière lui, il lui sait gré de l'avoir laissé se débrouiller. C'est ainsi que les enfants caraïbes se dirigent doucement vers l'âge d'homme.

Le garçon parti, Thana veut revenir vers le village, mais quelqu'un lui coupe la route. C'est le vieux Français, chancelant sur ses jambes frêles. Personne ne l'assiste; la petite esclave n'a pas dû remarquer son absence.

— Ne fais pas ça, dit-il à Thana d'une voix étouffée. Sauve-toi avant que ce peuple te transforme à tout jamais. Ne les laisse pas te prendre. Sauve-toi.

Le vieillard s'affale sur une souche. Il a déjà réintégré son monde, abandonnant la Mesquakie à son désarroi. Elle ne sait même pas à qui s'adressait réellement cette mise en garde. Les yeux tournés vers le sud, la jeune femme cherche une ultime réponse avant qu'il ne soit trop tard. Dans l'air embrumé, la Martinique lui apparaît, gigantesque et pourtant imprécise.

***

Si la distance était moins considérable entre les deux îles, ou s'il avait des lunettes d'approche et les mains libres, Kiala pourrait peut-être apercevoir sa femme. Il sait qu'elle est là-bas. Maman Joseph le lui a appris parce que Margot n'a pu garder le secret. Elle l'a partagé avec la vieille femme, en lui demandant de rassurer Kiala. Ensuite, la marcheuse a quitté Grand'Anse, prétextant un voyage d'affaires. On ne l'a plus revue dans sa boutique depuis quatre jours.

Kiala aurait aimé lui parler avant qu'on l'emmène à Saint-Pierre. N'est-elle pas la dernière à avoir vu Thana? Parti il y a deux heures de l'habitation Savari, il scrute l'horizon et ne voit que la mer, toujours la mer. Et cette masse grisâtre et immobile que fait la Dominique dans la mouvance azurée des vagues. Pieds et poings enchaînés avec, au cou, un collier de fer à plusieurs branches, le prisonnier jouit d'une liberté de mouvement extrêmement réduite. Dans les sentiers trop étroits, il risque à tout moment de s'empêtrer dans les branches ou les lianes. Sur les terrains accidentés, il doit mesurer chacun de ses pas pour ne pas trébucher. En outre, il a perdu beaucoup de sa souplesse à cause de son dos meurtri et mal cicatrisé. Le voyage jusqu'à Saint-Pierre s'annonce long et pénible.

Encadré par des membres de la milice — deux devant et deux derrière —, armés de pied en cap et menés par le capitaine, lui-même monté sur un cheval noir, le Mesquakie ne songe même pas à fuir. La seule issue pour lui serait de se jeter à la mer. Le poids des chaînes l'entraînerait tout au fond et il échapperait ainsi à ses gardiens. Or même cette solution désespérée lui est refusée, car le capitaine et ses hommes surveillent tous ses mouvements, prêts à intervenir à la moindre tentative.

Quand ils traversent la rivière Capot et s'engagent dans la trace qui monte vers les collines, Kiala sait qu'il a perdu sa dernière chance d'échapper à la pendaison. Il pourrait s'arrêter là, refuser d'aller plus loin et forcer les miliciens à tirer, mais il refuse d'être abattu comme un chien. Il veut mourir en plein vol, en pleine course. Que ceux qui ont décidé de son sort voient tomber devant eux un homme qui aura vécu et lutté jusqu'à la dernière seconde. Alors il avance, sans qu'on ait besoin de le brusquer. Il impose son rythme, malgré les entraves qui décuplent le niveau de difficulté.

Il leur faut des heures interminables pour atteindre le morne Calebasse, le point culminant de leur itinéraire. Sur la chemise souillée de Kiala, les plaies ouvertes dessinent des sillons brunâtres. À chaque pas, les fers mordent un peu plus dans ses chevilles sanguinolentes, mais le guerrier tient bon. Il se concentre sur les sons, privilégiant ceux qui peuvent le soustraire à la triste réalité. Ainsi, au cliquetis des chaînes, il oppose obstinément le bruissement des feuilles ou le caquètement exaspéré des cabrits, ces gros criquets bruyants.

À la première halte, un des miliciens profite de l'éloignement momentané du capitaine pour offrir au prisonnier de l'eau additionnée d'un peu d'eau-de-vie. Reconnaissant, Kiala boit trop vite et s'étouffe. Le bon Samaritain le presse et il réussit à avaler ce qui reste. Il repart revigoré, tant par la compassion que par le breuvage lui-même.

Quelques heures plus tard, ils entreprennent la longue descente qui mène aux abords de Saint-Pierre. Bientôt la forêt tropicale, avec ses grands arbres à contreforts, couverts de lianes et de mousse, va doucement céder la place aux premières plantations de canne. L'attention du prisonnier est attirée par un chant qui prolonge ses sifflements d'une façon inhabituelle. Il se souvient avoir entendu ce son auparavant, comme si l'oiseau les escortait depuis déjà un bon moment. Il reconnaît le babillage inquiet de l'oriole, un petit oiseau au ventre brun-rouge qu'il a souvent aperçu dans les sous-bois quand il vivait avec les marrons. Gêné par le collier de fer, il essaie en vain de le débusquer. L'oriole demeure invisible et le Mesquakie replonge dans ses pensées.

C'est seulement au cinquième appel qu'il se rend compte du répertoire unique du chanteur. Ses envolées ressemblent tantôt à celles de la paruline jaune, tantôt à celles du siffleur des montagnes. Cependant, le timbre est toujours si semblable que Kiala est convaincu qu'un seul individu émet tous ces sons.

Contre tout bon sens, une lueur d'espoir jaillit dans le regard du prisonnier. Quelqu'un l'accompagne, désireux d'établir un contact. De qui peut-il bien s'agir ? Il n'a plus d'ami sur cette île depuis que Michau a pris la mer. Des idées folles lui traversent l'esprit. Peut-être Thana a-t-elle pu revenir... À la seule évocation de cette possibilité, une inquiétude sourde lui noue l'estomac. Non, elle n'aurait pas pris ce risque. Du moins l'espère-t-il de tout son cœur. Ça ne doit pas être Thana. Il pense à maman Joseph et se moque de sa bêtise, à Margot et à tous ceux qui, à un moment ou à un autre, lui ont témoigné de la sympathie. Puis, à bout d'invention, il se tourne vers Wisaka, le seul être assez puissant pour prendre la forme de l'oriole. Le créateur du peuple de la terre rouge ne l'a pas abandonné et Kiala, empli de gratitude, improvise une action de grâce tout en maintenant ses sens en alerte.

Il ne pousse pas très loin sa prière, car une horde de brigands fond brusquement sur les miliciens qui n'ont rien vu venir. Les malheureux n'ont aucune chance. Leurs assaillants agissent avec une célérité étonnante. Quelques secondes à peine après leur apparition, les quatre gardes à pied sont étendus en travers du sentier, la gorge tranchée, alors que le capitaine, plus résistant, a été jeté à bas de son cheval et assommé à coups de gourdins. Tout s'est passé dans le plus grand silence. Chacun savait ce qu'il avait à faire, où frapper.

Abasourdi, Kiala se retrouve au milieu de la bande, sain et sauf, du moins pour le moment, ne sachant trop quel sort on lui réserve.

7

Les hommes tournent autour de lui, curieux. Les plus audacieux se hasardent à le toucher. Ce sont sans aucun doute des marrons descendus des montagnes. Certains désespérés agressent ainsi les voyageurs. Ils vendent ensuite leur butin, vêtements, bijoux, armes, nourriture, chevaux, au plus offrant des contrebandiers. Toutefois, ils s'attaquent rarement à des soldats en armes. Dans ce cas-ci, plus particulièrement, le risque était considérable.

Le Mesquakie s'interroge toujours, lorsque le cercle se fendille pour laisser passer un grand Noir au visage rieur sous sa toison crépue.

Stupéfait, Kiala reste bouche bée.

L'autre rit de bon cœur en levant ses mains tachées de sang. Voilà, a-t-il l'air de dire, ce n'est pas plus difficile que ça.

— Michau...

— Ne fais pas cette tête, raille le bel esclave que la liberté et l'action transfigurent. C'est bien moi, pas un revenant.

— Mais comment ?... Tu n'es pas... ?

— Tu ne croyais quand même pas que je partirais sans toi !

Tout en parlant, le marron a ordonné d'un geste qu'on débarrasse son ami de ses chaînes. Un des hommes trouve les clés dans la sacoche du capitaine et en un tournemain Kiala est enfin libre de ses mouvements. Il prend le bras de Michau, au-dessus du coude, à la manière mesquakie.

— Qui t'a dit ?

— Margot, répond le Noir sans plus de précisions, car le temps presse. Il ne faut pas traîner ici.

Les marrons ont tout raflé. Ils roulent les cadavres nus dans les buissons pour être sûrs qu'on ne les trouvera pas trop rapidement, puis ils prennent la direction de Saint-Pierre, emportant avec eux le cheval du capitaine. Michau, au contraire, se dirige vers Le Morne-Rouge, entraînant Kiala avec lui.

— Où vas-tu ? demande celui-ci.

— Nous allons traverser par la grande montagne. Une barque nous attend à l'anse Couleuvre.

— Tu ne peux pas venir avec moi, s'insurge Kiala. C'est trop dangereux.

— Il va falloir te faire à l'idée, mon ami. Cette fois, je ne te lâche plus. Ça m'a coûté ma bourse, cette petite expédition. Et d'autres petits à-côtés que j'ai dû garantir... Comme tu vois, j'ai tout laissé à mes complices. Le seul butin auquel j'ai eu droit, c'est toi. Je te tiens, je te garde.

En silence, Kiala fait le compte des sacrifices consentis par son ami pour le libérer, et des risques encourus. Il lui doit tout et sa vie lui appartient désormais.

— Dépêchons-nous. Il faut arriver à l'anse Couleuvre avant le coucher du soleil. Tu tiendras le coup ?

Le guerrier acquiesce en mordant à pleines dents dans la goyave que vient de lui tendre son ami.

— Où irons-nous ensuite ?

— Sur l'île de la Dominique.

C'est ce que Kiala voulait entendre.

***

L'air moqueur, la petite Mànba regarde Thana préparer le ragoût d'agouti, un petit rongeur semblable au lièvre d'Amérique. Boucanée puis enveloppée dans des feuilles, la viande a durci et Thana la fait bouillir dans l'eau de manioc pour la ramollir. Selon sa fantaisie, elle a ajouté des herbes qui répandent un fumet délicat.

Les parents de Mànba ont offert la viande séchée. Thana habite chez eux et ils se sentent responsables. Puisque la femme de Kanáti était leur fille, il leur revient de trouver au veuf une nouvelle compagne. Mànba est trop jeune ; ils donneront donc Thana au Caraïbe puisqu'elle semble y consentir. En présentant la viande, ils ont dit : « *poulíba lòne* ». Ils l'ont répété souvent, mimant l'action correspondante, jusqu'à ce que la jeune femme comprenne qu'elle devait porter ce repas à Kanáti et manger avec lui. Thana a bien saisi qu'elle devenait ainsi la femme du Caraïbe, car il suffit d'un repas partagé pour qu'un homme et une femme s'engagent dans une vie commune.

Kanáti l'attendra dans la case. Ni Mànba ni ses parents ne mangeront avec eux. Les jeunes gens doivent être seuls pour sceller leur alliance.

Le cœur serré, mais bien décidée à aller jusqu'au bout, Thana prépare l'agouti en pensant au nageur et à son fils. Si le garçon le désire, elle sera pour lui une mère aimante. Elle a tant d'amour à donner. Elle aura d'autres enfants et peut-être un jour trouvera-t-elle enfin la paix. Cette île veinée de rivières magnifiques, déchirée sur ses côtes mais intacte au-dedans, si riche, si luxuriante, avec ici et là des cascades qui jaillissent comme des éclats de rire dans la jungle épaisse, lui semble désormais le seul lieu concevable. Puisque la retraite n'est plus possible, puisque Kiala est loin, désormais inaccessible, elle veut s'y enraciner et cesser de lutter. Sous la mélancolie, un bonheur fragile commence à poindre, comme une petite fleur de printemps à la fonte des neiges.

Mànba lui présente un matoutou, une corbeille de

joncs tressés qui, posée sur quatre bâtons, servira de table. Thana y dépose le canari dans lequel la viande a mijoté et elle emporte le tout.

Lorsqu'elle pénètre à l'intérieur de la case où l'attend Kanáti, celui-ci ne peut dissimuler son émoi. Son visage radieux transpire le bonheur. Même si Thana, au fil des jours, a pris à ses yeux une dimension plus humaine, il se rappelle la femme de lumière qui l'a arraché à la mer. Son attachement à l'étrangère se double d'une authentique vénération. Avant de devenir son épouse, Thana aura d'abord été son amie, celle qu'il a présentée aux siens comme son âme sœur. Le moment est d'autant plus important que l'un et l'autre se doivent la vie. Il ne s'agit pas d'une union ordinaire et tous les deux en sont pleinement conscients. Le Caraïbe porte d'ailleurs plusieurs colliers et il a piqué dans ses cheveux de belles plumes d'ara.

À la fin du repas, il offre à Thana un catoli qu'il a lui-même confectionné. Faite de roseaux, la hotte a été peinte de jaune et de blanc, et le tressage est si serré que l'eau ne passera pas au travers. La jeune femme hoche la tête pour marquer son appréciation. Kanáti se rapproche et effleure ses lèvres. Il murmure quelques mots, qu'elle ne comprend pas, puis il touche ses yeux.

Une paix délicieuse enveloppe le village. Les oiseaux ont fait une trêve dans leur lutte pour le territoire. La mer ronronne comme un félin heureux. Thana n'a plu connu une telle félicité depuis si longtemps. Voilà pourquoi elle ne réagit pas tout de suite à la soudaine agitation qui s'empare du village. Même Kanáti ne se laisse pas distraire par les clameurs. Il a posé les mains sur les épaules de sa femme et ce simple contact avive leur désir.

Cependant, à l'extérieur, la rumeur se répand.

— Notre compère est mort ! Notre compère à tous est mort !

Kanáti tend l'oreille. Frappé par la nouvelle, il se précipite dehors, et Thana le suit. En voyant le corps du vieux Bába porté en procession par quatre hommes, elle comprend enfin ce qui a tant ému la petite communauté. Tout le monde dans l'île considérait le vieillard comme un gage de bonheur. Il a toujours été là. Personne n'est assez vieux pour se rappeler la vie sans lui. Sa mort équivaut à la perte d'un talisman. C'est sûrement l'œuvre de Mapoya, l'esprit malin, et les Caraïbes y voient un mauvais présage.

Inquiète, toute la tribu se rassemble autour du cadavre pour procéder au rituel, en espérant que les offrandes et les prières éloigneront les mauvais sorts. Le boyé est mis à contribution. À la fois prêtre et médecin, l'homme aux cheveux gris mène le cortège funèbre jusqu'à une case ronde. Pendant qu'on installe le défunt pour le rocouer, Thana cherche des yeux la petite esclave noire. Elle a disparu. La coutume veut que les esclaves meurent avec leur maître. La petite a sûrement fui pour échapper à son triste destin.

Une fois sa dépouille parfaitement couverte de la peinture rouge et ses cheveux graissés et coiffés, le vieil homme est déposé dans une fosse, creusée au milieu de la case. Assis sur une bille de bois, placée tout au fond du trou, il est installé dans une position qui rappelle celle du fœtus, les coudes appuyés sur les genoux et les mains soutenant la tête.

Le respect témoigné au cadavre révèle à Thana toute l'importance du vieillard pour la tribu. À peine mort, il est déjà entré dans la légende. Elle le devine aux conciliabules tenus par les femmes, à la manière respectueuse dont les hommes couvrent la fosse d'une planche et jettent la terre par-dessus. Une plainte lugubre accompagne chacun de leurs gestes.

Kanáti est allé chercher la cassave et l'eau-de-vie. Il dépose les victuailles sur la fosse maintenant recouverte de terre, pendant que d'autres allument tout autour un cercle de feu. Et la longue veillée funèbre commence.

Tout en se joignant aux femmes qui manifestent bruyamment leur chagrin, Thana se remémore les dernières paroles du vieil homme : « Ne fais pas ça... Sauve-toi. » Il aura vraiment tout fait pour perturber son union avec Kanáti, constate la jeune femme. La seule pensée que le patriarche aurait pu mourir pour empêcher son mariage la plonge dans un profond désarroi. Qu'a-t-il voulu lui signifier ?

Sur tout le village se répand une odeur rance. C'est l'odeur de la peur. Celle qui annonce les grands malheurs, comme le bourdonnement des insectes annonce l'ouragan. Hommes et femmes veillent toute la nuit. Plusieurs prennent la parole pour chanter les louanges de Bába. Le boyé prie pour les âmes du mort : la plus noble, celle du cœur, qui rejoindra les autres dieux, et celle de la main qui deviendra un esprit mauvais. Il implore sa mansuétude.

Aux premières lueurs de l'aube, la case funéraire est abandonnée. Personne n'y entrera plus pendant un an. Quand les saisons auront terminé leur cycle, les Caraïbes lèveront la planche qui recouvre le défunt et ils jetteront de la terre sur le corps décomposé. Ensuite, ils brûleront la case et tout ce qui a appartenu au disparu. Peut-être même quitteront-ils à jamais ce village pour échapper aux souvenirs amers.

Fidèles à leurs habitudes, les hommes se font rocouer en silence. Plusieurs ont coupé leurs cheveux en signe de deuil. Kanáti est de ceux-là. D'abord, il reste parfaitement immobile pendant que Thana le peint de rouge. Puis, au bout d'un moment, il lui prend le pinceau des mains et le dépose sur le sol. La jeune femme comprend. Elle enduit aussitôt ses mains de la graisse rougeâtre et frotte la poitrine de son mari en le regardant dans les yeux. Ce dernier esquisse un pauvre sourire. Ses lèvres s'entrouvrent, mais il se tait. Thana promène ses mains caressantes sur les muscles noués. Peu à peu, la tension se retire et la peine devient supportable. Dans le regard reconnaissant de Kanáti, Thana décèle une dévotion qui la trouble. Cet homme attend trop. Quoi qu'il en pense, elle ne pourra pas dompter la colère des Mapoyas. Comment lui faire comprendre qu'elle n'est qu'une femme ? qu'il ne doit rien espérer que la tendresse dont une femme est capable ?

Quelques minutes plus tard, Kanáti monte à bord de sa pirogue pour une excursion de pêche avec ses compagnons. Thana le regarde s'éloigner, prise d'un sentiment étrange. Ce départ lui semble définitif. Déjà le Caraïbe ne lui appartient plus. Or cette pensée n'altère en rien sa sérénité. Comme si la mort de Bába l'avait apaisée.

8

Michau et Kiala ont marché longtemps après la fin du jour, se protégeant l'un l'autre, unissant leur savoir et leur expérience pour surmonter les embûches et déjouer le danger. Après le vent cinglant des hauts sommets et l'obscurité agitée et inquiétante des grands bois, il leur tarde de voir la mer.

Ils la sentent d'abord. Des effluves de grand large chatouillent leurs narines.

— Allons-y, dit Michau, en serrant le bras de son compagnon. On va y arriver.

Margot devait prendre des arrangements avec quelque pêcheur de ses amis pour qu'une barque les attende à l'anse Couleuvre. Elle a tenu parole. En arrivant, ils voient tout de suite l'embarcation, attachée à un pieu enfoncé dans le sable. Des vagues monstrueuses la malmènent et la corde s'effiloche.

Avant de s'aventurer à découvert, les deux complices regardent autour d'eux. Ils sont seuls sur la petite plage de sable noir, encaissée derrière une pointe rocheuse couverte d'arbres échevelés. De chaque côté, de grosses pierres arrondies par la mer et le vent semblent monter la garde. Ils courent vers la barque et conjuguent leurs efforts pour la maintenir tant bien que mal dans la fureur des vagues, le temps de monter à bord. Trempés de pied en cap, ils s'arriment aux pagaies et poussent. L'embarcation franchit la ligne écumeuse et se retrouve dans l'infini bleuté, violemment ballottée.

En dépit de leur fatigue, les deux hommes ne cessent de pagayer. Ils puisent dans leurs réserves de courage et d'endurance. Des vagues se brisent contre la coque, les couvrant d'embruns. L'eau salée brûle les plaies à vif de Kiala, qui serre les dents. Au loin se profile l'ombre montueuse de la Dominique. Monts et vallées se succèdent en un relief harmonieux, et le Mesquakie en fuite ne pense qu'à cette oasis de forêts et de rivières où l'attend Thana.

***

De leur côté, Kanáti et ses compagnons se sont lancés à la poursuite d'un lamantin que l'un d'eux a harponné. L'animal en panique a fui vers le large et les pêcheurs ont laissé la corde se dérouler, en espérant qu'il se fatiguerait assez rapidement. Or, même grièvement blessé, le lamantin ne semble pas vouloir se rendre. Après quelques instants de répit, il vient de reprendre sa course aveugle, tirant la pirogue à une vitesse surprenante. Lorsqu'il essaie de plonger, ses tentatives secouent dangereusement l'embarcation qui pointe parfois du nez.

Après une heure de ce manège, l'animal s'arrête pour reprendre son souffle et les hommes en profitent pour se rapprocher. Le meilleur harponneur se poste au bout de la pirogue et dirige les pagayeurs. Dès qu'il aperçoit le gros mammifère, il darde son arme et le clou va s'enfoncer dans la peau épaisse. Cette fois, c'est la fin. Le lamantin est touché trop gravement ; ses forces l'abandonnent.

Les pêcheurs tentent de le hisser à bord, mais ils doivent vite renoncer. Le mastodonte de mille kilos devra être traîné jusqu'au village. Satisfaits, les hommes vont rebrousser chemin lorsqu'ils aperçoivent une barque apparemment à la dérive. Curieux, ils manœuvrent pour s'en saisir et découvrent, affalés tout au fond, deux hommes à bout de force. Trois des pêcheurs sautent alors à bord de la barque.

Michau et Kiala lèvent à peine la tête. Ils ont parcouru tout ce chemin depuis la Martinique, mais ils avaient mal estimé la distance et leur résistance. Ils sont assommés de fatigue. L'arrivée providentielle des Caraïbes tient pour eux du miracle et ils ne se questionnent pas plus avant. Sans ces sauveteurs, qui sait sur quel rivage ils auraient échoué et combien de temps encore ils auraient pu supporter ce vent du large, aussi brûlant qu'un fer chauffé à blanc ? Ils se laissent donc mener, trop fourbus pour s'inquiéter.

***

Le retour des pêcheurs soulève l'enthousiasme au village. Non seulement rentrent-ils avec un lamantin qui sera rôti à la broche le soir même, mais ils ramènent une autre prise, tout aussi intéressante : un esclave noir, très sûrement en fuite, qui représentera une formidable monnaie d'échange dans leurs tractations avec les Blancs, et un homme sans identité qui, à première vue, pourrait tout aussi bien être de la race des *Kalinagos*. Son corps ensanglanté fascine déjà et tous languissent d'entendre son histoire.

Occupées à la confection d'un hamac, Mànba et Thana arrivent les dernières.

Les pêcheurs et leurs naufragés vont disparaître dans le grand carbet.

Un grand cri les fige tous sur place.

— Kiala !

Le Mesquakie se retourne lentement. Il a reconnu la voix, mais il craint de ne pas reconnaître le visage. Tant de jours, tant de souffrance entre Thana et lui. Que reste-t-il de ce qu'ils ont été ?

Elle est là, la nudité généreuse, plus femme que jamais. À mesure qu'elle s'avance vers lui, les autres s'écartent et lui font une haie. Fille de chef et femme de chef, Thana transporte avec elle la fierté des Mesquakies, et tous en sont conscients, Kiala le premier. Jamais il ne l'a trouvée plus belle. Jamais il ne l'a autant désirée. Pourtant il ne peut faire un seul mouvement. La douleur l'assaille brusquement de partout, comme si la présence de Thana le ramenait tout entier à son corps. Lorsque la jeune femme se jette dans ses bras, il n'a que la force de se tenir debout en humant son parfum.

— Kiala, répète-t-elle, le cœur contrit.

Comment a-t-elle pu manquer de foi à ce point ? Elle a cru au pire, au non-retour, jusqu'à effacer tout le reste. Or la mémoire lui revient en une seule secousse, profonde et somptueuse. Son passé l'habite de nouveau, telle une terre grasse et productive. L'impossible devient tout à coup réalisable.

Elle n'aurait cependant qu'à croiser le regard de Kanáti pour se convaincre du contraire. Les traits du Caraïbe se sont durcis, tout comme son poing sur la cognée de son boutou, une massue semblable au casse-tête mesquakie et destinée au même usage. L'attitude de Thana ne laisse planer aucune ambiguïté sur son lien avec l'étranger. Il ne s'agit pas d'un frère ou d'un cousin. Ces deux-là sont mari et femme, et soudés par quelque magie qui le dépasse, qui les dépasse tous. Non seulement cet homme vient-il lui ravir son épouse, mais celle-ci lui a menti en s'engageant envers lui : elle appartenait déjà à un autre, corps et âme.

Tout le village, qui s'était réjoui de leur union, épie maintenant sa réaction. Il a des droits ; les fera-t-il respecter ? Tremblant de colère, Kanáti pousse Kiala et Michau vers une case et leur ordonne d'entrer. Quand ils sont à l'intérieur, il se tourne vers les siens.

— Ce sont mes esclaves. Je ferai d'eux ce qu'un maître fait de ses esclaves.

— Il faudrait d'abord les entendre, suggère un des hommes, déçu d'être privé d'un récit qui s'annonçait palpitant. Nous voulons connaître leur histoire et pourquoi ils sont ici.

Un murmure approbateur accueille cette proposition. Kanáti est forcé d'accepter, car refuser une confrontation oratoire équivaut pour un *Kalinago* à reculer devant un combat armé. Le même opprobre peut alors s'abattre sur le couard.

***

Pansé et restauré, Kiala pénètre donc dans le grand carbet, à l'heure où le soleil décline. Exceptionnellement, Thana y est aussi admise, puisqu'elle représente le principal enjeu de cette joute. Une douzaine de femmes, parmi les plus vieilles, assistent elles aussi à cette confrontation qui risque d'être intéressante et dont tous les autres, à l'extérieur, attendent le résultat avec impatience.

En tant qu'offensé, Kanáti s'adresse le premier à l'assemblée et Thana mesure alors, avec beaucoup de repentir, le mal qu'elle lui a fait. Le nageur lui a tout donné : un lieu de survivance, la considération, une famille. Il a raison : elle a tout pris. L'engagement était total et rien ne devrait pouvoir le rompre. Ses arguments portent, mais ils occultent tant d'éléments difficilement mesurables. Comment lui faire comprendre ?

— Qui est donc cet homme qui s'arroge des droits sur ma femme ? demande le Caraïbe, en désignant Kiala du doigt.

Thana lui répond. Un seul mot, un des rares qu'elle ait retenus :

— *Icabátobou,* « le lieu de ma naissance »...

Elle a murmuré, mais tous ont entendu. Ils se

tournent vers l'étranger, encore plus avides de découvrir son histoire, et Kanáti doit lui céder la parole.

Le Mesquakie commence d'une voix rauque, affaiblie par la fatigue et la douleur. Pour ne rien manquer de son discours, l'auditoire tout entier plonge dans un silence religieux. Cet homme porte sa souffrance comme d'autres portent une arme. Il a été torturé et a survécu. Il a été fauché et s'est relevé. Pour tout cela, certains égards lui sont dus. Personne ne fera la sourde oreille à ses propos.

Les premières paroles du guerrier, Thana les traduit de son mieux, avec le peu qu'elle connaît de la langue des femmes caraïbes. Ce langage, très rarement utilisé dans le grand carbet, sonne étrangement aux oreilles des hommes et donne encore plus de relief à l'événement.

— Je suis Kiala, chef de guerre des Mesquakies. Je viens d'un pays immense, de l'autre côté de la mer. On a voulu faire disparaître mon peuple.

Au fil du récit, cependant, la jeune femme se rend compte que les visages restent constamment tournés vers Kiala et que son pauvre babillage à elle n'intéresse personne. Elle se tait donc et l'orateur continue seul avec, pour soutenir sa voix abîmée, un corps d'une éloquence troublante et un regard à certains moments d'une intolérable acuité.

Les Caraïbes ne comprennent pas les mots, mais ils saisissent parfaitement le message. N'ont-ils pas, eux aussi, été victimes d'une tentative d'extermination? Les persécutés n'ont qu'un seul langage, tout entier contenu dans leur façon de lever la tête et de tendre les bras. Ces hommes et ces femmes perçoivent la détresse de Kiala, de même que le poids trop lourd de l'histoire. Son discours les atteint en plein cœur. Le Mesquakie les tient comme il tenait autrefois ses guerriers, non tant par ce qu'il énonce que par ce qu'il suppose. Parfois, il oublie tout le reste et s'arrime au regard de Thana. Il lui dit son amour, comme jamais il n'avait réussi à l'exprimer. Il l'affirme haut et fort, inventant juste pour elle des images évocatrices et d'une grande poésie. Émue aux larmes, la jeune femme se blottit dans les mots de son mari avec tant de confiance qu'elle frémit quand il se tait.

Les auditeurs respirent à peine. Ils perçoivent entre les amants un lien indestructible. La force d'attraction entre ces deux êtres est telle qu'il faudrait la puissance d'un Mapoya pour les séparer. Aucun d'entre eux ne s'y risquera.

9

Kiala n'a pas été long à se ressentir de ses blessures et des prouesses héroïques des derniers jours. Thana s'est installée à son chevet sans que personne songe à s'y opposer. Elle a fouillé dans son baluchon et a retrouvé l'oiseau du quimboiseur, qu'elle a passé au cou de Kiala comme un *micami*, une pochette-talisman.

Sitôt après l'affrontement verbal dans le grand carbet, Kanáti a disparu ; sa pirogue également. Il est sûrement allé digérer sa défaite dans quelque crique déserte. Dans le village, tous ont repris leurs tâches, les femmes au jardin, à la cuisine ou auprès des tout jeunes enfants, les hommes à la confection d'outils et à la vannerie. Un petit groupe met la dernière main à la longue pirogue commencée il y a plusieurs semaines. Michau est avec eux. Il ignore le sort qu'on lui réserve. Pour le moment, il semble avoir été adopté par une veuve, peut-être pour remplacer son mari. On le surveille étroitement et il n'est pas libre d'aller où il veut, mais personne ne l'a molesté. Le marron a souvent entendu dire que les Caraïbes mangeaient leurs prisonniers de guerre. Lui n'a livré aucun combat et il ne menace personne. Au contraire, il essaie plutôt de s'intégrer en mettant tout son cœur à l'ouvrage.

Thana entend le bruit sec des haches avec lesquelles les hommes amincissent le fond de l'embarcation. Kiala s'est endormi après avoir avalé une décoction de feuilles de cachiman, préparée par Mànba. Encore ce matin, son front ruisselait de sueur, mais tout va mieux maintenant. Il repose et sa respiration ample soulève la couverture de coton. Ses plaies ne saignent plus.

Sans témoin, Thana pleure de bonheur, à gros sanglots. Elle rit aussi. Son cœur éclate, se libère de ce trop-plein. Tout ce temps, elle garde les yeux fixés sur la poitrine de Kiala, incapable de se concentrer sur autre chose que sur ce souffle vital.

Et la journée passe à son insu, plus chaude encore que les précédentes.

Les épouses ont allumé les feux pour le repas du soir. L'air est si lourd qu'on le sent peser sur les dos courbés au-dessus des canaris. Les enfants ne veulent plus sortir de l'eau. Indolents, les hommes ont cessé toute activité depuis un bon moment déjà. Tout en devisant, ils attendent la fraîcheur crépusculaire.

Pourtant tous se lèvent en bloc lorsque Kanáti débouche du sentier qui mène à la mer, accompagné de trois hommes parés de plumes et de caloucoulis. Ce sont des Caraïbes de Saint-Vincent en mission diplomatique. Une flotte d'une vingtaine de pirogues, partie en voyage d'exploration, a été attaquée par les Arawaks de l'Orénoque, leurs ennemis de toujours. Ces derniers ont eu le dessus et des morts réclament vengeance. Les trois ambassadeurs viennent solliciter l'appui de leurs compères de la Dominique.

Ils n'ont pas à discuter longtemps. Aucun *Kalinago* ne leur refusera son aide.

Malgré la chaleur, une frénésie s'empare du village. Les femmes sortent les feuilles de cassave des réserves. Une odeur de moisissure s'en échappe dès qu'elles les déploient. Lorsque la préparation humide aura été pétrie, elles n'auront qu'à la mélanger à l'eau pour obtenir le ouicou, une boisson rougeâtre et assez forte pour enivrer même les plus résistants. De leur côté, les hommes ont rassemblé les flèches empoisonnées avec le lait de mancenillier, un arbre qui pousse dans la mangrove et dont toutes les parties sont toxiques. Ils entreprennent ensuite de se lacérer les joues avec des dents d'agouti. Ils teindront ces incisions en noir afin de terrifier leurs ennemis par leur seule apparence. L'excitation culmine dans la petite bourgade. Grâce au travail des ambassadeurs, elle s'étendra bientôt à toute l'île.

Thana était venue aux nouvelles ; elle se retire très vite auprès de Kiala que les cris ont réveillé.

— Cette guerre ne nous regarde pas, lui dit-elle. Rendors-toi.

Ils s'allongent tous les deux sur le sol, en espérant que les Caraïbes les oublieront. Thana se réfugie dans les bras de son mari, et longtemps ils écoutent les chants de guerre. Parfois, le sommeil les surprend et ils s'évadent pendant quelques minutes de ce monde en désordre, jusqu'à ce qu'une voix plus forte ou plus aiguë que les autres les tire de leur somnolence.

En très peu de temps, les Caraïbes ont vidé tous les canaris de ouicou. Ils applaudissent maintenant aux exhortations d'une vieille femme qui fait le décompte des morts. Combien de parents et d'amis ont été tués par les Arawaks ! Elle expose ensuite des crânes de leurs ennemis, précieusement conservés, et chacun y déverse sa hargne à coups de crachats et de jurons.

Au milieu de la nuit, l'exaltation guerrière est à son comble et l'irritabilité de certains provoque quelques rixes qui n'ont pas de suite, compte tenu de l'ébriété avancée des belligérants.

Thana essaie en vain de dompter son anxiété.

Le village a perdu la tête. Kiala et elle forment un minuscule îlot de résistance au cœur de cette folie collective et ils ne sont à l'abri de rien. Au moment où elle se demande s'il ne vaudrait pas mieux pour eux s'éloigner, le temps que les esprits se refroidissent, quelqu'un pénètre dans la case. Kiala relève le buste, prêt à se défendre, mais ce n'est que Mànba. La petite cherche un brin de tranquillité dans le tumulte. Pour la sécuriser, Thana et Kiala lui font une place entre eux et elle s'endort rapidement dans leur chaleur. Kiala succombe à son tour, peu de temps après, alors que Thana continue à veiller.

Il fait encore nuit noire lorsque s'apaise enfin le vacarme. Thana écoute. Le vent s'est levé, mais la chaleur est aussi accablante qu'auparavant, comme si l'air s'était raréfié. Un homme vomit près de la case et une odeur fétide pénètre à l'intérieur. Les autres cuvent l'eau-de-feu qui les a abrutis, enfoncés dans une torpeur stérile. Un peu rassurée, la jeune femme se laisse aller au sommeil. Elle entend encore une voix féminine qui geint quelque part. Un chien aboie. Des murmures s'élèvent, puis se taisent.

Bercée par ces sons familiers, derniers échos de la beuverie, la Mesquakie ne porte guère attention aux pas qui se rapprochent. Elle a fermé les yeux, et ses muscles qui se relâchent sont parfois agités de légers soubresauts. Elle va s'assoupir.

Plongée dans un demi-sommeil, elle rêve d'une présence. Quelqu'un est auprès d'elle ; elle entend sa respiration. C'est Kiala. Comme elle se sent bien dans les bras de Kiala.

L'odeur de boisson et de vomissure la tire de sa bienheureuse léthargie. En ouvrant les yeux, elle aperçoit une silhouette au-dessus d'eux, menaçante comme l'ombre d'un rapace. L'esprit égaré, la lèvre méprisante, Kanáti lève son boutou.

— Kiala ! Attention !

Réveillé en sursaut, le Mesquakie a tout juste le temps de rouler sur lui-même. La massue s'abat à deux centimètres de Mànba, qui s'agenouille, effarée. Thana tire la fillette vers elle, pendant que Kiala saisit Kanáti aux jambes. Tout se passe alors en un seul temps, si rapidement que l'effet semble précéder la cause. Le Caraïbe s'affale sur le ventre, là où dormait son ennemi il y a quelques instants. Dans sa main gauche, il tenait une hache en pierre polie. Il tombe sur la lame tranchante qui sectionne la carotide. Le sang gicle.

— Il va mourir, s'écrie Thana, affolée, le cœur révulsé par l'odeur âcre.

— Il faut partir d'ici. Allons chercher Michau.

— Non ! On ne peut pas le laisser comme ça ! Il faut faire quelque chose. C'est mon ami, mon *ibaoüánale* !

Chacun de leur côté, Kiala et Mànba tirent Thana à l'extérieur. Il n'y a plus de temps à perdre. En évitant les corps effondrés sur le sol, la petite les mène jusqu'à la case où Michau aurait dû se trouver sous étroite surveillance. Les gardiens roupillent et l'esclave noir est invisible. À ce moment, un éclair vrille le ciel et permet à Kiala d'apercevoir son ami, endormi contre une souche. En fait, il est ivre mort. Kiala l'empoigne par la taille et le jette sur son épaule. Il ne peut pas le laisser là : c'est sur lui que les Caraïbes se vengeront.

Mànba les conduit au sentier au bout duquel sont amarrées les pirogues. Kiala dépose son ami dans l'une d'elles. Il monte ensuite à bord et tend la main. Thana hésite encore. La petite la pousse doucement. Avant de rejoindre son mari, la jeune femme prend la fillette dans ses bras et la serre très fort.

***

Kiala ne sait trop où se diriger dans cette nuit sans étoiles. Seuls les éclairs de plus en plus fréquents lui permettent de se situer tant bien que mal. Il essaie d'aller vers le nord, convaincu de pouvoir se réfugier sur une île déserte et désireux, avant tout, d'éviter la Martinique. Or le vent furieux les pousse justement vers le sud.

À l'horizon, une lueur jaunâtre finit par percer, laissant deviner une aube lointaine derrière la barrière des nuages. Thana tente de réveiller Michau. Le Noir grommelle sans ouvrir les yeux, jusqu'à ce qu'une vague l'arrose copieusement. Il s'assoit alors d'un bond, complètement ahuri, le regard insane.

— Kiala a besoin de toi, hurle Thana au moment où une autre déferlante cingle l'embarcation.

La pirogue tangue comme un jouet dans les bras de la mer.

Aveuglé, Kiala perd le contrôle.

— Nous allons chavirer !

Le roulement du tonnerre se confond avec le grondement des vagues. Quand l'embarcation se renverse, Kiala a juste le temps de saisir Thana par la taille. Tous les deux se retrouvent au fond de l'eau. Michau n'est pas loin. Ils luttent ensemble contre la mer déchaînée. Thana tient le plus longtemps possible, mais l'eau emplit ses poumons. Elle ressent la présence de son mari autour d'elle sans réussir à le voir ou à l'atteindre. Malgré ses efforts désespérés, elle ne touche plus qu'une effrayante obscurité.

10

Plantée au milieu de sa boutique, les mains sur les hanches, Margot-la-marcheuse chantonne. Elle a réussi ! Tous ces pas dans la boue des traces et le vent des mornes l'ont enfin menée quelque part. Exactement où elle désirait aller.

Les dernières semaines ont été mouvementées.

La propriétaire du petit commerce, à bout d'âge, a rendu l'âme. Assise derrière son comptoir, la tête appuyée sur ses avant-bras, elle est partie sans faire de bruit, comme pour une longue sieste. Ses papiers étaient en règle. Tel qu'elle l'avait promis, elle a tout légué à Margot qui a aussitôt cherché un acheteur.

Un jeune homme a sauté sur l'occasion. Il s'agit d'un Français, frais débarqué, qui a lui aussi tiré parti d'un petit héritage pour venir s'installer en Martinique. Il doit d'ailleurs se présenter ce matin pour terminer l'inventaire et conclure l'affaire.

La mulâtresse n'a cependant pas attendu que tous les papiers soient signés pour réaliser son rêve. Elle a profité de son récent voyage à Saint-Pierre pour acheter une boutique spacieuse, bien située au cœur même du quartier du Mouillage, tout près de la rade. L'endroit est fréquenté par une clientèle en or, hétéroclite à souhait mais prodigue et, surtout, sensible à la qualité et à l'originalité dont Margot veut faire sa marque de commerce.

Malgré son immense satisfaction, une ombre passe dans les yeux de la marchande. Au cours de ce même voyage, elle a tenté d'aider ses amis de son mieux, à la mesure de ses moyens. Elle sait — parce que la nouvelle a vite fait le tour de l'île — que Michau a réussi à libérer Kiala. Mais ont-ils pu se rendre sans encombre à la Dominique ? Pour trouver le fils aîné de maman Joseph et lui faire part de son plan, Margot a dû frayer avec une faune inquiétante dont elle n'a pas l'habitude. Tout le temps qu'a duré sa recherche, elle a eu l'impression de forcer un monde hermétique et obscur, où la clandestinité constitue la règle. Pour la mulâtresse au parcours irréprochable, qui a toujours privilégié le versant lumineux des choses, la démarche a été difficile mais instructive.

— Ils se sont rendus à bon port, j'en suis sûre, marmonne-t-elle, désireuse de chasser ses inquiétudes.

D'ailleurs, la porte s'ouvre en grinçant. « Le nouveau propriétaire, sans doute », pense-t-elle en se tournant vers l'entrée. Quelle n'est pas sa surprise en apercevant un très bel homme, un Blanc, fin de la trentaine, élancé dans sa veste de batiste écrue. Quand il tend la main, elle remarque tout de suite ses doigts fins et très longs, mais ce qui attire surtout son attention, c'est, à son poignet, un bracelet de cuir où sont gravées d'étranges formes arrondies.

— Excusez-moi, dit l'inconnu, on m'a dit que vous pourriez peut-être me renseigner. À ce qu'il paraît, vous connaissez tout et tout le monde.

L'homme sourit, tendrement malicieux. Ses traits délicats accentuent le velouté de ses yeux gris pâle. Dans ses cheveux blonds, le temps a dispersé quelques filets blancs. Margot tombe aussitôt sous le charme.

— Si je peux vous être utile..., répond-elle, minaudant, contrairement à son habitude.

— Vous allez trouver ma requête un peu étrange, mais je cherche une habitation. En fait, je cherche plutôt un tableau...

Margot fait la moue. Après tout, cet homme n'est peut-être pas aussi intelligent qu'il en a l'air.

— Pourriez-vous être plus précis ?

— Quelqu'un m'a parlé d'un tableau que je voudrais acheter. Or la personne en question ne se rappelle plus où elle l'a aperçu.

— Quel genre de tableau ? demande Margot par pure politesse.

— Une femme noire marche dans une allée bordée d'arbres, probablement des cocotiers. Elle tient un tout jeune enfant par la main.

— C'est tout ? Vous n'avez rien d'autre ?

— Si. Elle porte un panier sur son épaule. Elle et l'enfant s'éloignent de la maison. Voilà, je crois bien que c'est tout... Non, c'est vrai : l'enfant regarde en arrière, comme s'il ne voulait pas partir ou comme si quelqu'un l'appelait.

La description éveille une émotion chez la mulâtresse, trop diffuse cependant pour qu'elle puisse l'identifier. Après quelques secondes de réflexion, elle déclare forfait.

— Je suis désolée, je ne vois pas. J'aurais aimé pouvoir vous aider.

— Ça ne fait rien, la rassure l'étranger en lui tendant un bout de papier. Je vous laisse quand même mon nom à tout hasard. Si jamais un souvenir vous revient... Je devrais rester quelques jours à Grand'Anse.

À l'instant où il quitte la boutique, le nouveau propriétaire fait son entrée. Margot dépose le papier sur le comptoir et se lance au-devant de lui. Il lui tarde de régler les derniers détails. Grand'Anse va lui manquer, certes — elle y a beaucoup d'amis —, mais Saint-Pierre, paradis des commerçants, l'attire comme un aimant. Elle rêve depuis si longtemps de cette boutique qu'elle a du mal à se concentrer sur autre chose ! Elle déborde d'idées, de projets. Des plans d'agrandissement mûrissent déjà, avant même qu'elle n'ait emménagé.

De son côté, le jeune acheteur semble tout aussi emballé par son acquisition. Il démontre un enthousiasme à toute épreuve. On dirait un gamin qui joue au marchand. En passant près du présentoir à bijoux, il s'empare d'un long collier et le pose devant lui.

— Ça vous va à ravir, plaisante-t-il, s'adressant à une cliente imaginaire. Mais non, vous n'êtes pas trop vieille pour ce bijou. Mais oui, vous pouvez le porter avec cette robe un peu défraîchie.

La réaction de Margot est instantanée : sans s'excuser, elle se précipite à l'extérieur. Comment a-t-elle pu oublier ? Il n'y a pas d'autre tableau semblable sur toute l'île ! Elle se le rappelle parfaitement maintenant. Habillée très simplement avec des vêtements d'esclave, la négresse porte un collier en or, assorti à ses boucles d'oreilles. Chaque fois qu'elle a jeté un coup d'œil sur la toile, Margot a été agacée par cette incohérence.

Dehors, elle cherche à gauche et à droite avant d'apercevoir l'étranger. Il est escorté par un grand Noir à la démarche singulière.

— Monsieur ! crie Margot. Attendez !

Les deux hommes se retournent et celui qu'elle présume être le maître revient vers elle. L'autre attend, et, en lui jetant un coup d'œil, la marcheuse révise sa première impression : il s'agit plutôt d'un mulâtre au teint marron très foncé.

— J'ai trouvé, dit-elle. Le tableau que vous cherchez est chez M. Desfontaines. C'est la première habitation à l'entrée du village.

Un éclair de joie passe dans les yeux gris de son interlocuteur. Il se tourne vers son compagnon et lève les bras en signe de victoire. L'autre baisse la tête.

***

Thana et Kiala gisent sur le sol, là où les ont déposés les pêcheurs noirs. Ces derniers les ont trouvés, inconscients, attachés par une corde aux débris d'une embarcation. L'homme était complètement nu. Une étrange parure collait à sa poitrine : un oiseau fait de folioles entrelacées. La femme portait un pagne. Les pêcheurs les ont recueillis, puis emmenés jusqu'à une petite crique, à quelques kilomètres seulement de Grand'Anse. Ils les ont étendus à l'ombre et leur ont laissé à chacun une couverture et la moitié d'une noix de coco. Sans l'avoir jamais vu, ils ont tout de suite reconnu le Sauvage en fuite, dont la pendaison tant annoncée n'a jamais eu lieu. Eux-mêmes esclaves et sans cesse exposés aux représailles des Blancs, ils ont voulu lui laisser une chance, de même qu'à sa compagne.

Dès qu'il revient à lui, Kiala cherche Thana. Il la tourne sur le côté, lui tapote les joues, puis la serre contre sa poitrine. La jeune femme reprend doucement conscience. Elle essaie de se lever, mais une quinte de toux la plie en deux. Elle a l'impression d'avoir été battue. Pas un muscle, pas une articulation qui ne souffre d'ankylose. Kiala l'aide à se mettre debout.

— Et Michau ? demande-t-elle.

Son mari secoue la tête de droite à gauche, navré. Transis, ils s'enroulent dans les couvertures et regardent autour d'eux, sans voir âme qui vive.

La Dominique les nargue à l'horizon.

— Nous avons échoué en Martinique, se désole Kiala.

— S'ils nous trouvent, ils nous pendront.

— Ils ne nous trouveront pas.

Il a beau l'affirmer, il est loin d'en être sûr. Où peuvent-ils aller maintenant ? Comment se sortirontils de ce guêpier? Avec seulement un peu d'argent à sa disposition, le Mesquakie pourrait songer à retourner auprès du capitaine Godefroy, si celui-ci n'a pas déjà levé l'ancre, ce qui est fort peu probable. Mais il n'a plus rien et, de toute façon, leurs chances de se rendre à Saint-Pierre sans être repris sont bien minces. En outre, Thana est trop mal en point pour entreprendre une telle équipée. Il leur faudrait des vêtements et de la nourriture. Avec la complicité de ceux qui les ont repêchés, ils pourraient peut-être monter à bord du premier bateau à naviguer dans les environs. Mais seuls ils n'arriveront nulle part.

— Allons voir Margot, suggère Thana. Elle nous aidera.

11

L'étranger et le mulâtre qui l'accompagne hésitent à frapper à la porte de Vincent Desfontaines. Ils restent en retrait, tout au bout de l'allée de cocotiers, sans oser s'aventurer plus avant. Les rares passants leur jettent un regard inquisiteur, mais les deux hommes sont beaucoup trop préoccupés pour le remarquer.

— À toi de décider. Si tu n'es pas prêt, nous pouvons attendre.

Le mulâtre se mord les lèvres.

— J'ai peur, avoue-t-il simplement.

— Je comprends.

— Tu ne diras rien ?

— C'est promis ; nous ferons comme tu veux.

Quelque peu rassuré, l'homme de couleur s'engage le premier dans l'allée, de sa démarche boitillante. Son compagnon s'attache à ses pas, tout en le laissant maître de la cadence. Sa jambe gauche tire un peu, ce qui ne l'empêche pas d'avancer à longues enjambées, comme s'il voulait franchir la distance qui le sépare de la grande maison le plus rapidement possible. S'il tarde trop, il pourrait changer d'idée.

Avant de gravir les dernières marches, il s'arrête de nouveau, se concentre. Sa respiration haletante trahit sa nervosité. L'autre lui met une main sur l'épaule.

— C'est ici ?

Le mulâtre lève la tête vers les acajous-pays qui cachent une partie de la maison.

— Oui... Je crois que oui... Ils sont si grands maintenant.

Son compagnon passe devant, mais ils n'ont pas à frapper. Vincent Desfontaines vient lui-même leur ouvrir. Il allait sortir et les a aperçus par une des fenêtres.

— Excusez-nous d'arriver sans prévenir, dit l'étranger. Je m'appelle Philippe Maillard et voici mon associé, Josiah Morel.

Le planteur tend la main. Quand il serre celle de Josiah et croise le regard myosotis, un frisson le parcourt de la tête aux pieds et son pouls s'accélère. Il se contient cependant et mène ses visiteurs au salon.

— Que puis-je faire pour vous ? demande-t-il en leur versant un peu de vin et en les invitant à s'asseoir.

— Nous venons du Canada et nous cherchons quelqu'un, commence Philippe, aussitôt interrompu par un bruit sourd qui vient de l'étage.

Le plafond vibre comme si on avait laissé tomber un objet très lourd, une malle, par exemple.

— Excusez le tapage. Ma belle-fille nous quitte aujourd'hui même : elle part pour la France. Vous comprendrez que la maison est sens dessus dessous. Mais je vous en prie, continuez.

Josiah jette un regard inquiet à Philippe. Certaines choses ne doivent pas être révélées ; le temps n'est pas encore venu. Son ami saisit la mise en garde. Il reprend :

— Nous cherchons deux Mesquakies qui ont été emmenés en Martinique il y a plusieurs mois, un homme et sa femme.

— Voulez-vous parler de Thana ?

Étonnés et ravis, les deux visiteurs s'avancent en même temps sur le bout de leur siège.

— Vous la connaissez ? Vous connaissez Thana ? Où est-elle ? Kiala est-il avec elle ?

Bombardé de questions, Vincent Desfontaines essaie de rassembler ses idées en commençant par le début.

— C'est ma belle-fille, justement, qui a acheté Thana et je lui ai offert Kiala comme cadeau de mariage.

— Ils sont donc ici? demande Josiah, silencieux depuis son arrivée.

Le planteur sursaute. Il essayait jusque-là d'éviter le regard du mulâtre. Or ce n'est maintenant plus possible. Après avoir tourné la tête dans sa direction, il revient très rapidement à Philippe qui, trop excité, ne perçoit pas son malaise et l'envisage, anxieux d'en savoir plus. Ils n'ont donc pas fait tout ce chemin pour rien! Leurs chances de retrouver Thana et son mari semblent excellentes.

— Hélas, explique Vincent Desfontaines, tous les deux se sont enfuis. Nous ne savons pas très bien où ils se trouvent. Des rumeurs ont couru, voulant qu'ils se soient réfugiés sur l'île de la Dominique, mais comment en être certains?

— Ils sont donc vivants! s'exclame Philippe, soulagé, en joignant les mains. Et libres de surcroît! Parlez-nous d'eux, je vous en prie.

— C'est une longue histoire. Je vous invite à déjeuner; nous pourrons bavarder plus longuement. Je donne des ordres en ce sens, et je vous reviens. Veuillez m'excuser.

Il n'a pas sitôt quitté la pièce que Philippe interroge Josiah :

— C'est lui?

Le mulâtre hoche la tête. Même s'il a pu se dominer jusque-là, il a de plus en plus de mal à cacher son émoi. Vincent Desfontaines est bien son père et il a grandi dans cette maison. Dès qu'il y a mis les pieds, tous les souvenirs lui sont revenus en vrac. Et lorsqu'il a revu le tableau devant lequel il rêvait si souvent, enfant, toujours accroché au même endroit, au bas de l'escalier, un processus mnémonique troublant s'est mis en branle. Il ne se rappelait que ce tableau ; tout le reste lui échappait. Mais les images et les sensations lui reviennent maintenant en rafale, et il lui tarde de sortir à l'extérieur pour confronter ses souvenirs à la réalité. Il voudrait tout revoir en même temps, les cases, le moulin, la rivière, le morne d'où descendaient les malfinis. Tant qu'il n'avait pas revu son père, il refusait de trop regarder, par crainte d'être déçu ou d'avoir mal. Or, après une seule poignée de main, voilà que tous ses sens sont mis en appétit. Il a faim de ces bruits qui ont bercé son enfance : les grincements du moulin, le grondement de l'eau dans la grande roue, le chant des femmes à la brunante et le roucoulement des ramiers, les jours de canicule. Des odeurs s'imposent : de fleurs, de tafia, des fumets de poisson, des parfums d'agrumes. Il voudrait marcher dans la rivière comme il le faisait autrefois. Tout reprendre là où sa bonne fortune l'a quitté. D'un autre côté, il ne veut renoncer à rien de ce qui est advenu par la suite, ni à Marie-Anne, son ange du fort Rosalie, ni à Thana, ni à ce bonheur des derniers mois, à Batiscan. Sa vie a été ce qu'elle a été. Il n'a rien à regretter.

— Tu te rends compte ? lance Philippe, l'air réjoui. Tu as retrouvé ton père et nous allons bientôt revoir Thana et Kiala.

C'est vrai. Ils sont venus en Martinique avec deux objectifs en tête, l'un servant de prétexte à l'autre. C'est Mme Maillard, la mère de Philippe, qui leur a fait promettre de partir à la recherche de Thana. Elle est morte en emportant leur serment.

— Nous les avons retrouvés, mais eux ne le savent pas encore, rétorque Josiah, beaucoup plus circonspect.

Il a connu trop de déboires pour partager l'optimisme de son ami, dont il est devenu depuis peu l'associé. Il ne sera rassuré que lorsqu'il tiendra Thana dans ses bras. Quant à Vincent Desfontaines, comment réagira-t-il devant ce fils prodigue, dont il a préféré se débarrasser autrefois ? Ne l'a-t-il pas vendu et envoyé en Louisiane alors qu'il n'était qu'un enfant ?

S'il pouvait, en ce moment même, voir le planteur appuyé au pilastre de l'escalier, le visage en sueur, il comprendrait avec quelle émotion celui-ci a retrouvé son fils. Car il l'a tout de suite reconnu. Comment oublier ce regard azuré, unique à Josiah ? Vincent Desfontaines lève la tête vers le tableau. Il l'avait peint à la mort de sa jeune maîtresse noire, la mère de Josiah. Elle s'éloigne de la maison, de lui donc, et tient son enfant par la main. Pour préserver l'anonymat de Josiah, le peintre inexpérimenté avait choisi de cacher son visage. Il avait dû se servir de ce subterfuge, car, malgré plusieurs tentatives, il était incapable de changer la couleur de ses yeux. Après, il n'a plus jamais peint.

Bouleversé, le planteur s'assoit sur une marche, le temps de reprendre ses esprits. À l'étage, Henriette et Virgine mettent la dernière main aux préparatifs du voyage. Il entend le crissement des pas sur le plancher. On dirait une bataille rangée. Les belligérants avancent, reculent, se croisent, s'encerclent, se saisissent à bras-le-corps, se séparent.

La voix de Virgine lui parvient, désespérée.

— Je veux aller avec toi, man'Gabriel. Je t'en prie, emmène-moi avec toi.

— Il n'en est pas question. Tu auras beau pleurnicher, je ne reviendrai pas sur ma décision.

— J'ai toujours été près de toi, plaide l'esclave. Je t'ai toujours bien servie. Tu ne peux pas me laisser ici.

— Justement, tu sais des choses que je veux oublier.

— J'ai toujours gardé tes secrets, maîtresse, comme s'ils étaient les miens. Qu'as-tu donc à me reprocher ?

Henriette se radoucit.

— Essaie de comprendre. Je veux couper les ponts. Je n'emporte que l'essentiel. Là-bas, je recommencerai tout. Sans le vouloir, tu me rappellerais d'où je viens et ce que j'ai désiré si fort quitter.

— On ne peut jamais oublier d'où on vient.

— Eh bien, j'essaierai tout de même. Mais avec toi, ce ne serait pas possible. Et de toute façon tu seras beaucoup mieux ici, avec les tiens.

Le ton est tranchant. De toute évidence, la jeune femme ne désire pas poursuivre cette discussion. Les jérémiades de son esclave l'ennuient et risquent de gâcher son plaisir. Elle se remet donc à l'ouvrage avec une énergie décuplée, pressée d'en finir. Vincent Desfontaines entend claquer les portes. Les coffres glissent sur le plancher. « Je retrouve mon fils au moment où mon ami perd sa fille », pense le planteur. Cette fois, Adrien Savari n'a pas pu s'opposer aux projets d'Henriette. « Et c'est de ma faute... », se désole-t-il.

En effet, dès qu'elle a appris, grâce à lui, le lien qui unissait Adrien Savari à Jasmin, le jeune mulâtre, Henriette est allée voir son père. Elle disposait désormais d'arguments solides. Son père, ce modèle de vertu, avait trompé sa femme ; il avait fait un bâtard à une négresse, avait installé celui-ci sur ses propres terres. Et maintenant il obligerait sa fille légitime à vivre en bonne intelligence avec ce mulâtre ? Non ! C'était trop demander ! Il devait le comprendre et lui permettre de s'éloigner.

Adrien Savari n'a pas résisté à ce chantage affectif et Henriette lui a facilement soutiré une somme rondelette, suffisante pour vivre à l'aise à Paris et ne plus dépendre de personne. Triomphante, la jeune femme n'a rien vu du chagrin de son père, qui s'est aussitôt confié à son meilleur ami. Vincent Desfontaines l'a consolé de son mieux, par ailleurs très reconnaissant à son vieux complice de lui avoir pardonné son indiscrétion. « Elle aurait fini par l'apprendre tôt ou tard, lui a tristement concédé Adrien Savari. Cette île ne garde aucun secret. »

— Dépêche-toi, ordonne Henriette à Virgine.

L'autre ne bouge pas.

— Si tu me laisses ici, menace-t-elle, je dirai tout ce que je sais.

Un moment interloquée, Henriette s'esclaffe.

— Pauvre sotte ! Tu peux bien raconter tout ce que tu veux, ça m'est complètement égal. Je serai si loin de tout ça !

— Emmène-moi ! supplie l'esclave. Je dois partir avec toi ! Ton frère m'attend là-bas !

— Tu délires maintenant ? Que vas-tu inventer ? Mon frère va se marier dans un mois. Il l'a écrit dans sa dernière lettre et j'espère bien arriver à temps pour assister à son mariage.

Désemparée, la mort dans l'âme, Virgine abandonne sa maîtresse à ses malles et à ses beaux rêves. Les yeux rouges, elle dévale l'escalier et frôle Vincent Desfontaines sans même le voir.

***

Chez Margot, la porte de la boutique est ouverte et des ombres passent parfois devant l'embrasure. Dissimulés derrière un talus, Thana et Kiala observent ce va-et-vient depuis quelques minutes, tout en surveillant la route. Pour se rendre chez leur amie, ils doivent franchir un espace à découvert et craignent d'être surpris. Jusque-là, la chance leur a souri. Mieux vaut ne prendre aucun risque.

Ils attendent donc que la faim pousse les habitants de Grand'Anse à rentrer chez eux et que Margot se retrouve seule. Épuisée, Thana ferme les yeux et s'appuie sur son mari qui la soutient en scrutant les alentours. Sur la plage, en contrebas, un homme lance un filet et ramène de petits poissons aux reflets argentés. On dirait un déversement de lumière sur le sable anthracite. De temps à autre, un cavalier surgit au tournant et traverse le village au grand galop. Des chaumières émanent des odeurs d'ail et d'oignon, et des femmes sortent des jardins, le tablier retroussé et rempli d'ignames et de concombres.

Toutes ces allées et venues obligent les fugitifs à se terrer. Si bien que le soleil à son zénith brûle les champs de canne lorsque Kiala secoue doucement sa femme, assoupie près de lui.

— La voie est libre, dit-il.

Main dans la main, ils escaladent le talus et traversent la route en courant.

La marchande allait fermer. Kiala bloque la porte de son pied et fait vite entrer Thana avant de s'engouffrer à son tour dans la boutique. Margot en perd le souffle et la parole. Enroulés dans leur couverture, ses amis semblent des âmes errantes, surgies de l'au-delà.

— Que... Quand..., bredouille-t-elle en les poussant dans l'arrière-boutique, à peine plus grande qu'un cagibi.

Trop las pour raconter, ils se laissent tomber sur le sol et s'appuient à un coffre d'où s'échappent des bouts de ruban et des retailles de tissu. Ils paraissent résolus à ne plus bouger de là.

Margot se prend la tête à deux mains. Que va-t-elle faire d'eux ?

Elle les croyait en sécurité et les voilà encore une

fois exposés à tous les dangers. Où donc se terminera cette tragédie ? Cet homme et cette femme ne devraient pas être ici. Ils n'appartiennent pas à cette île ni à son histoire, n'ont rien à y faire. Comment pourra-t-elle les aider maintenant ? « S'il y a un dieu, qu'il se montre ! » supplie-t-elle en silence. Avant que toute la Capesterre apprenne leur retour...

Au même moment, la porte de la boutique s'ouvre et le sang se fige dans ses veines. Les Mesquakies ont également entendu ; ils se serrent l'un contre l'autre.

— Ne bougez pas, murmure la mulâtresse, en soulevant le rideau qui donne sur le magasin.

Ce n'est qu'un enfant, le fils des voisins. Il a déjà la main dans la jarre de bonbons. Les yeux gourmands, il choisit avec minutie. Sa mère coud des mouchoirs de madras pour Margot, et le petit, qui fréquente la boutique depuis sa naissance et même avant, a pris l'habitude de venir se servir quand il en a envie. Il sourit à la nouvelle propriétaire de toutes ses dents et elle le laisse prendre son temps, puisant dans la jubilation tranquille de l'enfant un peu d'apaisement.

Tout en réfléchissant, la marchande range sur le comptoir et trouve le bout de papier que lui avait laissé l'étranger. « Philippe Maillard », lit-elle distraitement. Ce nom lui rappelle quelque chose, une impression de déjà-vu, mais rien de bien défini.

Entre-temps le petit a fait son choix. Il détale sur ses petites jambes et Margot va fermer la porte derrière lui.

D'un coup, le visage de la marcheuse s'éclaire ; ses yeux s'agrandissent.

— Non, non, non, ce n'est pas vrai ! Ce n'est pas possible !

Elle babille comme une enfant dissipée et se sermonne, tout en fouillant dans le tiroir. La lettre que Thana lui avait confiée est toujours là. Elle ne l'a pas encore envoyée, car les bateaux en partance pour le

Canada sont rares. Toute tremblante, elle vérifie le nom : Philippe Maillard.

Surexcitée, elle revient dans l'arrière-boutique. Les Mesquakies sont toujours affalés sur le sol. Elle les saisit par les épaules et les secoue.

— Votre ami est à Grand'Anse ! dit-elle. Philippe ! Il va nous aider. Ne bougez pas d'ici, je reviens tout de suite. Ne bougez surtout pas. Ne faites aucun bruit.

La marcheuse file sans rien ajouter, laissant le couple ahuri.

Après avoir verrouillé la porte derrière elle, elle s'élance au pas de course. Une montée, une descente et la voilà chez les Desfontaines. Une voiture roule dans la grande allée, avec Henriette Savari à son bord. Margot se rue vers la maison des maîtres sans même rendre son salut à sa fidèle cliente, qu'elle risque fort de ne plus revoir. Elle grimpe de terrasse en terrasse et arrive pantelante tout en haut.

— Pourvu qu'il soit encore ici, implore-t-elle en soulevant le heurtoir.

Une esclave lui ouvre. Elle se précipite au salon, vide, pendant que la domestique lui enjoint de s'arrêter. Sans tenir compte de ses réprimandes, la mulâtresse pénètre en trombe dans la salle à manger. Ils sont là : Vincent Desfontaines, Philippe Maillard et son compagnon de couleur. Ils en sont au dessert. Le planteur coupe lui-même une belle tarte à la banane, libérant ainsi une agréable odeur de cannelle. Maintenant qu'elle les a trouvés, Margot s'attarde aux détails, comme si plus rien ne pressait. Elle reprend son souffle.

La voix quelque peu contrariée de Vincent Desfontaines la rappelle à l'ordre.

— Qu'est-ce qui se passe ? demande-t-il. Si tu veux voir Henriette, c'est trop tard : elle vient tout juste de partir.

— Non, je veux parler à M. Maillard, lui répond Margot avec aplomb.

Sans attendre qu'on l'invite, elle vient vers l'étranger et lui tend la lettre.

Philippe lit, de plus en plus étonné.

— Qu'est-ce que ça signifie? demande-t-il avant même d'avoir terminé. Qui a écrit cette lettre? Thana ne sait pas écrire.

Les autres tendent l'oreille, intrigués. Margot leur jette une œillade inquiète, mais Vincent Desfontaines la rassure.

— Il n'y a que des amis de Thana dans cette pièce. Si tu sais quelque chose qui nous permettrait de l'aider, il faut le dire.

12

Philippe Maillard et Vincent Desfontaines ont fait le tour des possibilités. Depuis deux jours, ils cherchent ensemble un moyen de sauver les Mesquakies. Toujours ils se butent au cas épineux de Kiala dont le destin semble inéluctable. Avec plusieurs meurtres à son actif, la sentence qui pèse sur lui ne pourra en aucune façon être levée. Inutile alors d'envisager une reddition.

— Je ne peux rien faire pour lui, se désole Vincent Desfontaines. Si les autorités le prennent, il sera pendu. Rien ni personne ne pourra le sauver. Je regrette...

Les deux hommes mettent quelques secondes à digérer cette implacable réalité. Il leur reste une seule solution : organiser sa fuite. Mais comment ? Et où l'envoyer ?

— Et Thana ? demande Philippe.

— Dans son cas, ce sera beaucoup plus simple. Elle n'a fait de mal à personne — j'avais convaincu Henriette de ne pas porter plainte, faute de preuves —, et son maître n'a même pas lancé d'avis de recherche. Je m'en occupe dès aujourd'hui. J'ai confiance ; tout devrait bien se passer pour elle.

Un peu réconforté, Philippe retourne chez Margot, où se terrent les Mesquakies. La marcheuse les a installés, le plus discrètement possible, dans la case laissée vacante par sa défunte patronne. En plus de la boutique, elle a hérité de cette bicoque délabrée qui prend l'eau de partout, même quand il ne pleut pas. Le couple en fuite y a trouvé un refuge sûr, en tout cas pour le moment. Ils ne sortent jamais, ne font aucun bruit et comptent sur leurs amis pour les ravitailler. Jusqu'à maintenant, ils ont réussi à ne pas attirer l'attention, ce qui ne saurait durer dans un village où tout le monde se connaît et s'épie.

Philippe les retrouve avec plaisir. Bien nourris et bien entourés, ils prennent du mieux rapidement. Josiah ne les quitte pas. Le mulâtre a toujours été très attaché à Thana et il s'occupe de la jeune femme comme une bonne nourrice le ferait d'un poupon. À sa demande, il a déjà raconté des dizaines de fois son périple avec l'enfant qu'elle lui avait confié. Thana a refait la route avec lui, de Batiscan jusqu'à la rivière des Renards, en buvant ses paroles, exigeant des détails. Chaque fois elle frémit lorsque son ami arrive à l'étape la plus cruciale de son expédition. À son grand désappointement, il n'y avait plus personne pour l'accueillir à la rivière des Renards. Les Mesquakies avaient abandonné le village. Épuisé par ses pérégrinations, souvent périlleuses, le mulâtre a pensé alors rebrousser chemin. Puis il a appris que les Mesquakies avaient traversé le Mississippi pour se réfugier plus à l'ouest, sur le territoire des Iowas. Thana se mord les lèvres. Cette tribu n'a jamais été une alliée du peuple de la terre rouge. Résolu à aller au bout de sa mission, Josiah a donc réussi à trouver un canot. Avec une bande de Sioux, il a remonté la petite rivière Wapsipinicon sur une cinquantaine de kilomètres et il les a trouvés enfin. Chikea a alors pris l'enfant en charge. Elle a promis de l'élever comme si c'était le sien et de lui rappeler toujours qui étaient ses parents. « Il saura tout de leur courage », a-t-elle dit.

À ce point du récit, Thana réclame un peu de silence. Elle en a besoin pour assimiler ce grand bonheur. L'enfant les attend là-bas et elle est plus que jamais déterminée à retourner auprès de lui. Rien d'autre ne devra compter désormais. Puis, inévitablement, elle demande :

— Comment Chikea a-t-elle pu s'enfuir ? Raconte encore.

La grande amie de Thana avait été donnée aux Iroquois du lac des Deux Montagnes et elle veut savoir comment elle a réussi à leur échapper. Patient, Josiah répète l'histoire de son évasion, et les journées passent ainsi à rattraper la mémoire, à colmater les brèches.

Thana et Josiah lèvent à peine les yeux à l'arrivée de Philippe. Pour ne pas les interrompre, celui-ci se rapproche de Kiala, seul dans son coin.

Contrairement à sa femme, le guerrier ne se berce pas d'illusions et Philippe n'a pas trop de mal à interpréter son attitude recueillie et distante. Le Mesquakie ne rentrera pas chez lui et il le sait. Résigné, il commence tout doucement à faire ses adieux. Il se détache de cette vie avant qu'elle ne l'abandonne. Les siens ont survécu. Thana va retrouver leur fils. Ça lui suffit.

Philippe vient s'asseoir près de lui, prêt à lui offrir tout le réconfort dont il aura besoin. L'autre le salue d'un grognement, sans quitter sa femme des yeux. Il pourrait être jaloux de l'intérêt qu'elle porte à Josiah. Il ne l'est pas, au contraire. Après quelques secondes de silence, il donne à Philippe une leçon de générosité et d'amour que le Blanc n'oubliera jamais.

— Quand je ne serai plus là pour veiller sur elle, dit-il en désignant Thana et son compagnon de couleur, ma femme aura besoin de ce merveilleux ami. Thana possède la plus grande qualité des chefs : elle sait créer des liens qui la sauveront toujours.

***

Depuis le départ d'Henriette auquel il a refusé

d'assister, le jeune Gabriel Desfontaines est plus souvent chez Jasmin, son confident de toujours, que chez son père. Aujourd'hui encore, les deux amis bavardent tout en observant les esclaves de la caféière en plein travail. Dieumerci et son compagnon passent un gros rouleau de pierre sur les graines de café pour les libérer de leur enveloppe. Adélaïde les étale ensuite au soleil.

Par un accord tacite, les jeunes gens évitent autant que possible les sujets épineux, bien que chacun devine aisément les préoccupations de l'autre. Par exemple, le mulâtre s'abstient de parler d'Henriette. La jeune femme a quitté son mari en rejetant toutes ses objections du revers de la main, et Gabriel encaisse mal cette humiliation. Après avoir vainement tenté de la convaincre de renoncer à son projet, il l'a abandonnée le premier pour sauver la face, mais le subterfuge n'a pas réussi. Difficile de se mentir à soi-même... Pour se remettre de sa déconfiture, l'époux délaissé n'a rien trouvé de mieux que l'alcool. Depuis quelque temps, il est soûl plus souvent qu'à son tour. Une autre question que Jasmin n'aborde jamais malgré ses inquiétudes.

Par contre, lui ne cache pas sa déception. La récolte n'a pas donné la moitié de ce qu'il espérait. Des plants sont morts, rongés par une mystérieuse maladie. Les affaires vont mal. Le sentant ébranlé, Gabriel revient à la charge :

— Laisse tomber tout ça et viens avec moi. Nous ne sommes pas des paysans, tu le vois bien. Ça ne nous réussit guère, cette vie de planteur.

Le projet du jeune Desfontaines est un peu fou, mais tout à fait réalisable. Déçu par son expérience martiniquaise qui, jusqu'à présent, ne lui a valu que des désagréments, il veut partir pour le Canada et joindre La Vérendrye dont il a entendu narrer les exploits. Sans vouloir le vexer, Jasmin se moque un peu de lui :

— Et tu crois que nous serons meilleurs en coureurs des bois ?

— Exactement ! Nous allons explorer de nouveaux territoires, découvrir des fleuves, des mers, construire des forts et combattre les Sauvages. C'est quand même mieux que de faire pousser du café !

— Tu rêves...

— Toi aussi, mais ton rêve à toi est devenu un cauchemar. Laisse donc une chance au mien.

— Et si ce La Vérendrye ne voulait pas de toi ?

— Peu importe ! Je partirai seul. Ces terres sont à tout le monde. J'ai entendu dire qu'on peut y galoper pendant des jours sans voir personne, rien que des bisons. Nous allons réussir. Tout reste à faire là-bas et nous pourrons le faire à notre façon.

Jasmin sent une grande amertume derrière les propos de son compagnon. Il n'est pas convaincu, loin de là. Fuir ne lui a jamais semblé la meilleure solution. En tout cas, lui ne renonce pas encore. Sa mauvaise fortune, il l'espère, ne sera que temporaire. Il doit tenir bon. N'a-t-il pas un appui de taille en la personne d'Adrien Savari ? Il peut compter sur le planteur et sur ses relations. D'ailleurs, ceux qui le harcelaient ont déjà lâché prise.

— Tout va s'arranger, dit-il à haute voix pour s'en convaincre et, du même coup, réconforter Gabriel.

Celui-ci veut lui servir d'autres arguments, mais il est interrompu par l'arrivée de son père qui ne cache pas sa surprise de le trouver là. Ils ne se sont pas beaucoup vus ces derniers temps.

— Que fais-tu ici ?

— Je suis venu voir un ami, lui répond sèchement son fils.

Leurs relations ont atteint un point de rupture avec le départ d'Henriette. Gabriel tient son père responsable de l'échec de son mariage. Le planteur n'a pas su leur faire une place. Il les a accueillis chez lui comme des intrus auxquels on ne veut pas laisser trop de jeu, de peur qu'ils en abusent. Bien qu'ils aient des approches différentes, son père aurait dû l'écouter et tenir compte de son opinion. On ne traite pas ainsi son fils unique.

— Voudrais-tu nous laisser ? demande le planteur. J'ai à parler à Jasmin.

Vincent Desfontaines a été assez distant pour que son fils se sente encore une fois bafoué.

— La confiance règne dans la famille, raille-t-il en montant à cheval.

— Je regrette, tente d'expliquer le planteur. C'est vraiment personnel.

Sur un geste de la main qui balaie toutes les excuses de son père, Gabriel se lance au galop dans le sentier étroit.

Déçu et peiné, Vincent Desfontaines affronte le regard désapprobateur de Jasmin. Depuis toujours, l'affection du mulâtre pour son compagnon d'enfance l'empêche d'être impartial. Il passe à Gabriel tous ses caprices, pardonne toutes ses mesquineries.

— Mon fils est privilégié d'avoir un ami comme toi.

Jasmin hausse les épaules comme s'il s'excusait.

— Je veille sur lui depuis si longtemps...

M. Desfontaines soupire. La détresse de son fils ne lui échappe pas, mais il se sent impuissant à l'aider.

— J'ai un service à te demander, dit-il au bout d'un moment.

— Je vous écoute.

— Je voudrais acheter Thana.

— Elle s'est enfuie, vous le savez bien.

— J'aimerais quand même l'acheter.

Vincent Desfontaines ne veut rien révéler. Il espère que Jasmin comprendra à demi-mot.

— Vous savez quelque chose que j'ignore ? demande le jeune homme.

— Je suis prêt à payer un bon prix, plus que tu ne pourras jamais obtenir.

Jasmin regarde autour de lui sa plantation délabrée. D'une certaine façon, Gabriel a raison : tout ici s'en va à vau-l'eau. À quoi donc pourrait lui servir une autre esclave, dans l'éventualité où Thana reviendrait ? Il ne sait déjà plus très bien que faire de ceux qui lui restent. Il a même pensé vendre Adélaïde. Mais le bon Dieumerci l'aime tellement ! Il n'a pas voulu les séparer.

— C'est d'accord, dit-il.

13

Les choses ne traînent pas. Quelques heures après sa rencontre avec Jasmin, Vincent Desfontaines tend un papier à Philippe Maillard.

— Thana est libre. Je viens de signer son affranchissement. Tout est en règle.

Le cœur en joie, les deux hommes se serrent la main.

— Allons lui apprendre la bonne nouvelle, propose Philippe.

— Très bien, je vous exposerai mon plan en route.

Ils sortent de la maison bras dessus, bras dessous, sans faire attention à Gabriel qui les observe tout à son aise. À peine dix secondes auparavant, il était tapi sous la fenêtre et, malgré la quantité impressionnante de guildive qu'il a ingurgitée, il a tout entendu très distinctement. Depuis que Philippe Maillard s'est installé à l'habitation avec son nègre, fuyant comme une anguille, le jeune homme essaie de comprendre ce qui les retient à Grand'Anse. Maintenant tout s'éclaire.

Il réussit aisément à suivre les deux hommes, car ceux-ci discutent avec animation sans trop se presser. Ils rangent la voiture devant l'église et se rendent à pied jusqu'à la boutique de la marcheuse. De là, ils passent au jardin, à l'arrière. Un filet de lumière traverse les lattes de la vieille case. Ils se penchent et pénètrent à l'intérieur.

Gabriel se rapproche et profite d'un interstice un peu plus large que les autres pour observer tout ce qui s'y passe. Il ne perd pas un seul mot de la conversation. Thana est là, plus belle encore que dans son souvenir. Ils sont tous là à comploter et, plus que jamais, le jeune homme se sent exclu de l'univers de son père. Ces étrangers comptent plus pour lui que son propre fils. Belle compagnie en réalité ! Gabriel est dégoûté. Comme d'habitude, le planteur s'est lié d'amitié avec des nègres et des Sauvages.

— Et Kiala ? demande justement Thana. Il partira avec nous ?

— Nous en avons longuement discuté en venant ici, Philippe et moi, explique Vincent Desfontaines. Si on arrive à acheter le silence du capitaine, on pourra peut-être le faire monter à bord. Toutefois, vous devez comprendre que c'est très risqué. S'il est pris, aucun de vous ne pourra échapper à la justice.

— Je ne veux pas compromettre les chances de Thana, dit Kiala.

— Il n'y a pas d'autre solution, proteste celle-ci. Je ne partirai pas sans toi.

Gabriel choisit ce moment pour faire irruption dans la case.

— Comme c'est touchant ! raille-t-il. Le héros prêt à se sacrifier ! Ne vous torturez plus ainsi. Le capitaine de milice va se faire un plaisir de régler tous vos problèmes de conscience.

L'intrusion du jeune homme a pris tout le monde par surprise. Tous se taisent, estomaqués. Seul Vincent Desfontaines garde son sang-froid.

— Tu ne sais plus ce que tu dis, mon garçon. Tu es complètement soûl.

— Et pourtant je n'ai jamais vu aussi clair. Pouvez-vous m'expliquer ce phénomène, cher père ?

Le planteur veut entraîner son fils, mais celui-ci résiste. Il lève les bras pour signifier à son père de ne pas le toucher, puis il s'avance vers Thana. Aussitôt, les autres se plantent devant lui. Le jeune homme bouscule Philippe et tente de s'en prendre à Kiala. Celui-ci lève le poing.

— Laissez-moi régler ça, intervient Vincent Desfontaines.

Cette fois, il empoigne solidement Gabriel par sa veste et l'oblige à sortir en le poussant devant lui. Avant de le suivre, il glisse à l'oreille de Philippe :

— Il faut faire partir Kiala.

***

Abruti par l'eau-de-vie, Gabriel s'est affalé encore tout habillé sur son lit, et il n'a plus bougé. Navré par ce qui leur arrive et qu'il n'avait pas souhaité, son père l'a regardé dormir d'un sommeil pesant. Les rapports houleux qu'il entretient avec son fils consternent le planteur et il en prend toute la responsabilité. Gabriel ressemble tellement à sa mère ! Il n'arrive plus à les dissocier. La présence du jeune homme ravive des souvenirs si douloureux !

Vincent Desfontaines cache son visage dans ses mains et ferme les yeux. Qu'a-t-il fait de son fils ? de ses fils ? Gabriel et Josiah... Ne les a-t-il pas abandonnés tous les deux ? Manquerait-il de courage à ce point ? Pourquoi n'a-t-il pu supporter l'ingérence de Gabriel dans ses affaires ? Pourquoi n'a-t-il encore rien dit à Josiah ?

En soufflant la chandelle, il se promet de s'amender. Peut-être n'est-il pas trop tard... Il va donner à Gabriel la place qui lui revient. Il va parler à Josiah, lui expliquer ce qui s'est passé, pourquoi il l'a vendu.

Une fois retiré dans sa chambre, le planteur, prisonnier de ses tracas, n'arrive pas à dormir. Au premier coup de minuit, il entend Philippe qui rentre. De nouveau il se penche sur le sort préoccupant de Kiala.

Chacun de leur côté, les deux hommes réfléchissent sans trouver de solution autre que la fuite dans les mornes pour le Mesquakie. Une solution d'urgence qui l'expose à des dangers plus grands encore et qui ne les satisfait pas, ils en conviennent le lendemain matin, attablés devant un café fumant.

Margot les surprend en pleine songerie. Elle arrive en trombe, le madras de travers et les cordons de sa chemise dénoués.

— J'ai trouvé quelqu'un qui accepte de prendre Kiala, annonce-t-elle sans préambule. Il part tout de suite... et j'ai besoin d'argent pour le payer.

— De qui s'agit-il ?

— Un flibustier... que je connais bien.

— Quand lui as-tu parlé ? s'étonne Philippe.

Margot hésite un instant.

— Cette nuit, avoue-t-elle enfin.

— On peut lui faire confiance ?

— Oui, mais il n'attendra pas.

— Allons-y donc ! Il n'y a pas de temps à perdre.

— Et votre fils ? s'inquiète Philippe. Il faudrait le surveiller.

— Il dort encore. Nous avons le temps.

En sortant, ils croisent Jasmin. Le jeune homme blêmit en apercevant Margot. Il veut aller vers elle, mais Vincent Desfontaines l'intercepte.

— Gabriel est là-haut, dit-il. Il faut absolument que tu l'empêches de quitter la maison. Je t'en prie, c'est une affaire d'une extrême importance.

— Qu'est-ce qui se passe ? s'inquiète le mulâtre.

— S'il te plaît, supplie Margot. Empêche-le de sortir. Je t'expliquerai plus tard.

Jasmin hoche la tête et regarde s'éloigner la marcheuse. Tout le monde sait qu'elle a acheté une boutique à Saint-Pierre et qu'elle quittera très bientôt Grand'Anse. Cette femme superbe ne l'aimera jamais et cette triste évidence a beaucoup compté dans la décision que vient de prendre le jeune planteur.

En pénétrant à l'intérieur, il surprend Gabriel en haut de l'escalier, l'air hagard, le cheveu hirsute. Son teint verdâtre trahit ses excès de la veille.

— Mon père cache des assassins, déclare-t-il d'une voix pâteuse en s'effondrant sur la première marche.

— Quels assassins ?

— Les Sauvages...

Jasmin n'est pas surpris outre mesure. Il se doutait bien, après l'étrange requête de Vincent Desfontaines et son étonnante générosité, que Thana et Kiala étaient dans les parages. Il se réjouit de les savoir vivants. Si M. Desfontaines peut aider Thana, il ne l'en empêchera sûrement pas.

— J'ai quelque chose à t'annoncer, dit-il.

Gabriel rouspète, obsédé par son idée fixe.

— Il faut les dénoncer !

— Oublie ces Sauvages et écoute-moi : je pars avec toi, c'est décidé. Nous prendrons le premier bateau en partance pour le Canada ou pour la Louisiane.

Gabriel émerge comme par miracle de son hébétude. Au risque de se briser le cou, il se jette dans les bras de Jasmin.

— Mon frère, dit-il, mon seul ami...

***

Kiala enfile des vêtements très amples. En plus du pantalon et de la casaque qui dissimulent ses blessures, il devra porter un chapeau pour cacher son visage. Le flibustier l'attend dans une crique de Grand'Anse. Ils se rendront ensuite en barque jusqu'à la baie du Robert où le bateau a jeté l'ancre. Le capitaine appareille dans quelques heures pour le Venezuela. Malgré les interdits, il commerce avec les Espagnols. Kiala devra débarquer à l'embouchure de l'Orénoque. S'il se débrouille bien, il a des chances de s'en tirer.

— Tout le monde est prêt ? demande M. Desfontaines, visiblement nerveux. Vous savez ce que vous avez à faire ?

Philippe passe une sacoche en bandoulière. Il accompagnera Kiala au bateau, paiera son passage et s'assurera que tout se déroule comme prévu. Josiah et Margot resteront avec Thana, tandis que le planteur rentrera chez lui pour surveiller son fils. Il n'y a plus de temps à perdre.

Tous sortent et laissent Thana et Kiala en tête-à-tête.

— Ne sois pas triste, murmure le guerrier penché sur sa femme, la tête inclinée comme s'il semonçait doucement un enfant capricieux. Un chef de guerre doit partir parfois. Les femmes le savent et l'acceptent.

— J'aurais voulu continuer à me battre à tes côtés.

— Tu es mon meilleur guerrier. Toi seule pourras enseigner à notre fils le courage des Mesquakies. Raconte-lui notre histoire et celle de notre peuple. Ce sera notre plus belle victoire. (Tout en parlant, Kiala a détaché l'oiseau qui pendait à son cou et il le tend à Thana.) Apporte-lui ce présent. Dis-lui bien que, aussi longtemps que je vivrai, je ne penserai qu'à vous retrouver. Rappelle-lui aussi que son père...

Sa voix se brise. Tout ce qu'il voudrait dire...

Thana prend l'oiseau-talisman d'une main. L'autre, elle la pose sur la poitrine de Kiala, sous la casaque, là où le cœur bat. La peau est chaude, un peu moite. Comme la terre après une pluie d'été.

— Je t'en prie, mon amour, ne meurs pas loin de moi.

14

Pour la première fois depuis très longtemps, Thana va et vient à sa guise, sans avoir de comptes à rendre à personne. Elle a passé des après-midi entiers avec maman Joseph. La vieille esclave dépérit. Incapable de s'occuper des enfants, elle use volontairement le peu de forces qui lui reste, agenouillée au potager, les mains dans la terre. Souvent, elle oublie de rentrer et le vieux Magloire doit venir la chercher et la reconduire.

Thana a profité de ses visites à maman Joseph pour raconter à Jolicœur les crimes perpétrés par Blaise Pasquier à la caféière de Jasmin. Le commandeur se doutait de quelque chose. Cette fois, il n'a pas hésité à révéler au maître les fraudes de son gérant. Le planteur a réagi avec une véhémence inhabituelle. Pasquier n'a pas eu le choix de quitter l'île. Il aurait trouvé un poste à Saint-Domingue.

Pour remercier Jolicœur de son honnêteté, Adrien Savari lui a confié la gérance de l'habitation en lui permettant d'exploiter à son propre compte la caféière abandonnée par Jasmin. Thana s'en réjouit, car, avec ce poste de prestige, Jolicœur pourra assurer à maman Joseph une fin paisible. Déjà la vieille femme et son fils ont emménagé dans une case plus grande et plus confortable.

Quand elle n'est pas à l'habitation Savari, Thana fait de longues promenades avec la maîtresse caraïbe de Vincent Desfontaines. Après son aventure à la Dominique, la Mesquakie se sent encore plus proche de l'aveugle avec laquelle elle réussit tant bien que mal à converser dans sa langue maternelle.

Or, malgré ces amitiés précieuses que la jeune femme nourrit avec un réel bonheur, les heures et les jours lui paraissent interminables. Kiala est parti depuis trois semaines et sans lui, elle a l'impression d'errer, où qu'elle aille, quoi qu'elle fasse ou dise. Elle n'a plus qu'une hâte : partir, retourner auprès de son peuple et de son fils et retrouver un peu de Kiala au milieu de ses gens, le reconnaître dans une attitude, entendre sa voix derrière les mots familiers.

Voilà pourquoi elle jubile lorsque, ce jour-là, Philippe lui apporte la nouvelle qu'elle espérait tant :

— Un bateau en provenance de La Rochelle a accosté à Saint-Pierre. Il doit lever les voiles dans quelques jours, en direction de Québec.

Fou de joie, son ami l'embrasse sur les deux joues. Lui aussi attendait ce moment avec impatience.

***

Le matin de leur départ, Vincent Desfontaines, triste de voir partir ses invités, entraîne Josiah à l'écart. D'abord il n'ose pas regarder son fils dans les yeux. Paralysé, il rougit comme un enfant pris en défaut.

— Vous vouliez me parler? demande Josiah d'une voix posée, pleine de douceur.

En relevant la tête, le planteur croise le regard unique du mulâtre.

— Si tu veux rester, dit-il, il y a une place pour toi ici. Mon... autre fils est parti...

Gabriel a fui l'habitation en même temps que Kiala quittait la Martinique. On ne l'a plus revu à Grand'Anse, mais Jasmin a fait parvenir un mot. Il y a quelques jours encore, ils étaient tous les deux à Saint-Pierre.

— J'ai un champ de lin à Batiscan, explique simplement Josiah, sans aucune rancœur.

— Tu es heureux là-bas ?

— Oui, très.

— Alors, je comprends que tu désires y retourner. Mais n'oublie pas que tu seras toujours chez toi ici.

Ils ne diront rien de plus. Le reste serait superflu. D'ailleurs, le son du lambis résonne dans la touffeur matinale et le planteur s'inquiète. Les esclaves sont déjà aux champs. Que se passe-t-il donc ?

Il descend en toute hâte vers les cases-nègres. Josiah lui emboîte le pas, bientôt rejoint par Thana et Philippe. Ils ne mettent pas longtemps à comprendre. Les femmes éplorées sont rassemblées autour du cadavre de Virgine qu'elles viennent tout juste de repêcher à l'embouchure de la rivière. Bloqué entre deux pierres, le corps n'a pu se rendre à la mer comme l'aurait sans doute souhaité la jeune esclave. Depuis le départ de sa maîtresse, elle travaillait en automate, comme une ombre en peine que plus personne ne savait comment aborder.

Sur la rive, les femmes ont trouvé une liasse de lettres enrubannées.

Vincent Desfontaines les examine. Elles sont toutes adressées à Adrien Savari et signées par son fils cadet, parti en France depuis plus de trois ans. Virgine a dû les voler à son destinataire, mais pourquoi ?

Thana ne peut détacher les yeux de ce visage boursouflé, couvert de varech. Figé dans la mort, il a gardé le même air buté et infiniment triste.

— Viens...

Philippe veut la soustraire à ce spectacle affligeant. Il ne connaissait pas Virgine, ni maman Joseph que la douleur emportera. Ni Adélaïde ou Jolicœur ou Papillon. Il n'a jamais vu Michau et ne soupçonne même pas l'existence de Kanáti. Où s'est donc envolée l'âme du Caraïbe, celle qui part de la main, là où la peau bat comme un tambour ? Où Michau-le-rebelle a-t-il échoué ? À ces questions et à tant d'autres, Thana n'obtiendra jamais de réponse. Et tous ces souvenirs, elle ne pourra plus désormais les partager avec personne. Sur le point de la quitter, elle se rend compte soudain de tout ce que cette île lui a donné et appris. Reconnaissante, elle veut tout emporter, les doutes et les certitudes, les visages bons et mauvais, la violence de l'alizé, ne rien oublier des orages et des embellies, mais tout cela lui paraît tout à coup si lourd qu'elle craint de couler au fond de l'océan.

Apeurée, elle se glisse entre Philippe et Josiah et leur prend la main.

— Je vous en prie, emmenez-moi loin d'ici. Ramenez-moi chez nous.

Épilogue

Alors que Thana monte à bord du bateau qui la ramènera chez elle, les Mesquakies réfugiés à l'ouest du Mississippi songent eux aussi à revenir sur leurs terres. Enfin libérés de la menace française, ils peuvent circuler de nouveau, et quelques-uns risquent un retour à l'embouchure de la Wisconsin, tout près de leur lieu d'origine.

À leur grand soulagement, les tribus voisines les accueillent avec amitié et plusieurs rendent même leurs prisonniers, ce qui vient augmenter le nombre des guerriers mesquakies.

C'est dans ce village, érigé à quelques kilomètres seulement de la rivière des Renards, que Thana retrouve son fils, en août 1735, un peu plus d'un an après l'avoir quitté. Chikea, l'amie fidèle, a veillé sur l'enfant et elle l'a ramené sur la terre de ses ancêtres. Quand Thana peut enfin tenir son bébé dans ses bras, l'émotion la submerge, vaste comme la mer, puissante comme l'orage. Et c'est avec la fierté douloureuse du survivant qu'elle passe l'oiseau-totem au cou de l'enfant. Ce présent, elle en est convaincue, lui conférera les qualités physiques et morales de son père.

La jeune femme s'engage ensuite dans l'attente, comme un guerrier part au combat, avec la même foi et le même courage.

Cependant le calme escompté dans la région des grands lacs tarde à s'établir. Des dissensions apparaissent au sein même de la tribu. Les anciens n'ont pas oublié les grands désordres de la dernière décennie, mais les jeunes guerriers leur reprochent d'avoir renoncé à leur autonomie pour une paix humiliante. De plus, même si Beauharnois finit par accorder aux Mesquakies le pardon qu'ils réclamaient, les relations avec les Français et avec les autres tribus restent toujours tendues. Attaques et réconciliations se succèdent. Un jour on envoie des wampums, le lendemain, un parti de chasseurs en attaque un autre.

Pendant des années, la situation demeurera ainsi conflictuelle et exigera de la part des décideurs un doigté qu'ils ne possèdent pas tous. Avant que les Mesquakies n'accèdent véritablement à la paix, il faudra que les rancœurs se dissipent, que les protagonistes du drame cèdent leur place et que les enfants nés dans la tourmente deviennent des hommes et des femmes.

Aubin Imprimeur
LIGUGÉ, POITIERS

Achevé d'imprimer en juillet 2002
pour le compte de France Loisirs
123, bd de Grenelle, 75015 Paris
N° d'édition 37167 / N° d'impression L 63713
Dépôt légal août 2002
Imprimé en France